Say You'll Stay

Sarah J. Brooks

ISBN-13: 9798677208874

Dieses Buch ist reine Fiktion. Alle in diesem Buch geschilderten Handlungen und Personen sind frei erfunden. Ähnlichkeiten mit lebenden oder verstorbenen Personen wären zufällig und nicht beabsichtigt.

Say You'll Stay

Für meine Leser

INHALT

Prolog

Meghan

Vor zehn Jahren

Junge Liebe sollte etwas Schönes sein.

Ein Bauch voller Schmetterlinge.

Verstohlene gemeinsame Augenblicke zwischen schüchternen Blicken.

Sanfte Berührungen, die zu leidenschaftlichen ersten Küssen führen.

Sich zu verlieben sollte sich wie die Perfektion anfühlen.

Zu blöd nur, dass ich beschlossen hatte, mich in meinen besten Freund zu verlieben.

**

„Bäh, ich hasse es, mich schick machen zu müssen", meckerte ich, während meine Schwester Whitney meine Haare zu einem komplizierten Gebilde verknotete. Sie zerrte an einer der Strähnen und ich verzog das Gesicht. „Willst du mir etwa eine Glatze verpassen?", maulte ich und meine Augen wurden wässrig.

Whitney machte ein genervtes Gesicht. „Hör auf zu flennen, du wirst wunderschön aussehen." Sie steckte umständlich einen Zopf unter den Dutt in meinem Nacken.

Ich schnaubte geräuschvoll, zu gleichen Teilen aus Frust und Nervosität. Ich starrte auf mein Spiegelbild, dem Whitney gerade mit Eifer gut ein Dutzend Haarklammern an den verschiedensten Stellen des Kopfes ansteckte. Ich trug ein knielanges ärmelloses, grünes Kleid, das ab der Hüfte leicht ausgestellt war. Die Farbe passte gut zu meinem roten Haar. Das Material aus Chiffon war toll und gab mir ein echt vornehmes Gefühl. Es gefiel mir, wie es meinen Körper umspielte. Das Mieder war verstärkt und mit winzigen Perlchen bestickt. Es zeigte gerade genug Dekolleté, ohne mich schlampig aussehen zu lassen.

Obwohl ich also verstimmt murrte bei all dem Gezupfe und der ganzen Aufmachung, ein Teil von mir genoss das Mädchenhafte doch auch sehr. Ich fühlte mich schon auch gern hübsch und begehrenswert.

Besonders wo ich doch hoffte, eine bestimmte Person dazu zu bringen, in mir endlich mehr zu sehen als nur Meghan Galloway, Softball-Kapitänin und professionelle Räubertochter.

Vielleicht, unter Umständen, würde dieses Kleid dabei ja helfen.

„Fertig", verkündete Whitney schließlich, nachdem sie einen Schritt zurückgetan und ihr Werk mit zufriedener Miene betrachtet hatte.

Ich erhob mich, schüttelte den Rock meines Kleides auf und schaute mir mein neues Ich im Spiegel an.

Alter Schwede, sie hatte nicht zu viel versprochen.

Ich legte eine Hand auf meine Hüfte und drehte mich nach links und nach rechts, um die Arbeit meiner Schwester bewundern zu können. Whitney war ganze achtzehn Monate älter als ich und ging bereits aufs College bei uns in der Stadt. Sie hasste den Unterricht und interessierte sich viel mehr für Mode und Make-up. Genauso wie für alle anderen femininen Dinge, die ich selbst so sehr verabscheute.

Außer eben dieses eine Mal.

Denn ich sah wirklich verdammt gut aus.

Vielleicht sogar attraktiv, wenn ich das sagen durfte?

Das war kein Adjektiv, das ich mir selbst für gewöhnlich zugeschrieben hätte. Nicht, dass ich mich für hässlich gehalten hätte. Ich war nicht die Art von Mädchen, das sich über ihr Aussehen und Gewicht beschwerte. Mein Selbstwertgefühl war schon in Ordnung, keine Sorge. Und zwar vor allem deshalb, weil ich mir sehr wenig daraus machte, was andere Leute von mir hielten.

Ich schminkte mich nie. Meine dichten roten Haare trug ich normalerweise einfach als Pferdeschwanz. Und meine übliche Uniform bestand aus meinem Lieblingspaar Jeans, einer kleinen Auswahl bedruckter T-Shirts und meinen bequemen, ausgelatschten Chucks.

Die meisten Kerle hätten mich wohl vielleicht süß gefunden, aber so wie ich mich gab, erregte ich im Vorbeigehen nicht ihre Aufmerksamkeit. Man pfiff mir nicht nach oder baggerte mich an. Ich war das Mädchen, das die Kerle beim Fußballspielen als Erstes wählten. Ich war die, mit der sie stundenlang Computer spielten. Ich war bei jedem Horrorstreifen dabei und fing nicht an zu kreischen, wenn es gruslig oder blutig wurde.

Whitney sagte immer, sie würde an meiner Weiblichkeit zweifeln, wenn ich keine Möpse hätte. Und sie hatte nicht unrecht. Ich war der Gegenentwurf zu allem, was mädchenhaft war.

Zumindest bis ich feststellen musste, dass ich halb verrückt war vor Verliebtheit.

Adam Ducate.

Mein bester Freund seit immer und ewig.

Seitdem war alles den Bach runter gegangen und meine Pfeif-drauf-Einstellung funktionierte einfach nicht mehr. Ich verbrachte mehr Zeit mit meinen Haaren. Ich hatte sogar damit angefangen, ein bisschen Lipgloss aufzutragen – nichts Übertriebenes natürlich. Ich war sogar losgezogen und hatte mir ein paar schönere Shirts besorgt. Whitney wären fast die Augen ausgefallen, als sie mich zum ersten Mal in der Farbe Pink sah. Weil ich mir wünschte, dass er mich so ansah wie Angelina Jolie, wenn er sich zum fünfzehnten Mal Tomb Raider reinzog.

Meine fast schon obsessive Fixierung auf seine Lippen wurde ebenfalls allmählich zum Problem. Ich musste mich zwingen, nicht ständig auf seinen Mund zu starren. Ich konnte an kaum etwas anderes denken als an seine herrlichen Augen und seine Sommersprossen. Und das weiche dunkle Haar, das ihm leicht in die Augen fiel. Und sein freches Grinsen mit dem Zahn, bei dem eine Ecke fehlte von damals, als ich ihm einen Football ins Gesicht geworfen hatte, den er nicht mehr abfangen konnte.

Es hatte mich übel erwischt.

„Du bist eine Magierin, Whit. Du hast mich in Cinderella verwandelt“, lachte ich und wirbelte herum.

Whitney kicherte, wurde dann aber ernst. „Dann wirst du jetzt endlich mal was sagen?“

Ich hörte damit auf, mich an meinem verdammt heißen Spiegelbild zu ergötzen, und schaute ihr stattdessen im Spiegel in die Augen.

Abgesehen von Adam war Whitney diejenige, die mich am besten kannte. Und das betraf auch meine neu entstandene Vernarrtheit in diesen Jungen, der schon seit siebzehn Jahren quasi zum Mobiliar in unserem Haus gehörte.

Ich hatte ursprünglich noch gehofft, meine Gefühle würden vorübergehen. Ich hatte sie einer zeitweisen Verrücktheit zugeschrieben. Alles andere hätte keinen Sinn gemacht.

Ich kannte Adam tatsächlich schon mein gesamtes Leben lang. Seine und meine Mutter waren seit der Highschool beste Freundinnen. Unsere Väter spielten zusammen Basketball. Seine kleine Schwester Lena hatte in unserem Wohnzimmer ihre ersten Schritte gemacht. Whitney hatte mit dreizehn während der jährlichen Silvesterparty der Ducates ihre erste Periode bekommen. Unsere Familien waren so fest miteinander verbunden, dass unsere Freundschaft praktisch vorprogrammiert war. Aber ich musste ja den gleichen Weg gehen wie alle anderen dämlichen kleinen Mädchen und mich in den unerreichbarsten Kerl von allen verlieben.

Denn Adam Ducate war nicht nur mein bester Freund seit der Geburt. Er war der schönste Junge in unserer ganzen Schule und das Objekt der Begierde von so ziemlich jedem Mädchen – und von einigen Jungs noch dazu.

Dazu hatte eine Weile lang sogar Whitney gezählt, obwohl sie inzwischen schwor, dass ihre Erkrankung an der Adamitis höchstens noch eine kleine Virusinfektion wäre.

Keine weibliche Person unter dreißig war immun gegen die vielen, vielen Vorzüge von Adam. Ich hatte ihn deshalb früher aufgezogen und ihn angestachelt, sein sexy Lächeln zu benutzen, um sich von den griesgrämigen Mitarbeiterinnen in der Cafeteria zusätzliche Kekse zu erschleichen, oder mit der unbeholfenen Kassiererin im Kino zu flirten, damit sie uns noch etwas Popcorn obendrauf gab.

Jetzt aber starrte ich ihn nur noch entsetzt an, während unsere Freundschaft sich in einseitiges verzweifeltes Verlangen verwandelte.

Ich stieß einen langen, aufgestauten Seufzer voller jugendlicher Existenzangst aus. „Was, wenn das nur alles ruiniert?“, rief ich dramatisch aus. Ich war sonst nicht so für große Theatralik, aber in letzter Zeit war ich eben doch ein einziges Teenager-Klischee. Das wilde Mädchen, das sich in ihren heißen besten Freund verliebte. Es war der Stoff für Jugendfilme und billige Frauenliteratur.

Ich wollte kotzen.

Und sterben vor Demütigung.

Whitney legte einen Arm um meine Schulter und drückte mich an sich. „Und was, wenn es das nicht tut?"

Meine Wangen wurden rot und meine Hände wurden klamm. „Es ist Adam. Ich sollte nicht in Adam verknallt sein", rief ich ihr in Erinnerung.

Whitney verdrehte noch einmal die Augen, ihre Reaktion auf mehr oder weniger alles, was ich sagte. „Es ist Adam. Wie solltest du *nicht* in ihn verknallt sein?"

Sie hatte Recht. Früher oder später hatte das passieren müssen, besonders nachdem er vierzehn geworden war, zwölf Zentimeter gewachsen war und die Figur eines Footballspielers bekommen hatte. Aber es ging nicht nur um sein Aussehen. Die sehnsüchtigen Stiche im Bauch hätte ich wohl ignorieren können, wenn das das Einzige gewesen wäre, das mich an ihm reizte. Aber Adam war auch klug. Er las zum Spaß die Biographien ehemaliger US-Präsidenten. Er konnte in sieben verschiedenen Sprachen bis Hundert zählen. Er liebte die Filme von George Romero und konnte den kompletten Text von Day of the Dead auswendig zitieren. Er war außerdem ein klasse Tennisspieler und wir waren ein tolles Team im Doppel.

Und er besuchte jeden Freitag nach der Schule ohne Ausnahme seine Großeltern. Er vergaß nie, seiner Großmutter ihre Lieblingssorte Schokolade mitzubringen, außerdem einen Blumenstrauß, den er im Laden an der Ecke mitnahm. Und für seinen Großvater brachte er immer ein Band mit den neuesten Basketballspielen, die er während der Woche aufgenommen hatte, um sie dann gemeinsam ansehen zu können.

Adam verkörperte alles, was alle anderen Jungs in unserem Alter nicht hatten.

Whit hatte recht. Wie hätte ich *nicht* in Adam verknallt sein sollen?

Die Frage war nur, ging es ihm genauso?

Ich nickte, plötzlich entschlossen. „Ich werde es ihm sagen. Heute. Beim Ball." Ein Anflug von Zweifeln beschlich mich. „Und wenn er nicht so fühlt? Und wenn ich unsere Freundschaft kaputtmache?" Das waren die zwei Fragen, die mir durch den Kopf wirbelten seit jenem Moment, als ich bemerkt hatte, dass ich meine Zunge in den Hals meines besten Freundes stecken wollte. Was, wenn das siebzehn Jahre Freundschaft zerstören würde?

Denn unterm Strich war das immer noch mehr wert als irgendeine theoretische Beziehung.

Whitney küsste mich auf die Wange. „Ich glaube nicht, dass du dir irgendwelche Sorgen machen musst, Meg. Ich hab gesehen, wie er dich ansieht. Wenn ich wetten müsste, ich würde daraufsetzen, dass du ihn genauso gaga machst wie er dich."

„Pfff, ja klar", schnaubte ich, aber die Schmetterlinge in meinem Bauch waren schon wieder abgehoben. Es fühlte sich nach Hoffnung an.

„Meggie, Adam und die Truppe sind da!", rief mein Dad von unten herauf.

„Wird schon schiefgehen." Ich packte meinen Jutesack mit den vielen Patches drauf und schlang ihn mir über die Schulter.

„Den Sack kannst du doch nicht mitnehmen", stöhnte Whitney auf und wollte ihn mir von der Schulter ziehen. „Das ruiniert den ganzen Look."

Ich grinste und wetzte aus dem Zimmer, bevor sie ihn mir abnehmen konnte. Ich war zwar verkleidet, aber schließlich war ich noch immer Meg Galloway. Whitney verfolgte mich die Treppe hinunter, wobei wir beide lauthals lachten. Und dann sah ich ihn.

Ich machte auf der Stelle Halt und Whitney wäre mir fast in den Rücken gerannt.

Adam stand am Fuß der Treppe und redete mit meinem Vater, seine Hände steckten in seiner gebügelten Hose, das blaue Hemd war am Hals aufgeknöpft. Seine dunklen Haare waren frisch geschnitten und fielen in Wellen über seine Stirn. Er grinste über etwas, das mein Dad gesagt hatte, und der Anblick dieses Lächelns – mit dem ich so schmerzlich vertraut war – ließ mein Inneres zu Wackelpudding werden.

Unsere Freunde Skylar Murphy und Kyle Webber standen ebenfalls voll aufgetakelt daneben. Skylar trug zwar ein Kleid, war aber ihrem kennzeichnenden Goth-Stil treu geblieben, indem sie ihr schwarzes Rüschenkleid mit zerrissenen Netzstrümpfen, fingerlosen Handschuhen und dickem Eyeliner kombinierte. Sie war die perfekte untote Ballkönigin.

Kyle trug eine klassische Hose und ein grünes Hemd mit gelb gestreifter Krawatte. Mir fiel auf, dass seine braunen Haare auch erst kürzlich geschnitten und sehr ähnlich gestylt waren wie die von Adam, was keine Überraschung war. Kyle eiferte Adam stets in allem nach. Nur leider musste sich Kyle für gewöhnlich sowohl im Sport als auch bei den Mädchen mit der zweiten Geige begnügen. Er würde immer Adams weniger attraktiver Freund bleiben, was unfair war, denn Kyle war ein gutaussehender Kerl. Aber Adam spielte eben in einer völlig anderen Liga. Ich wusste, dass Kyle daran knabberte, aber er hätte nie etwas deswegen gesagt. Er war Adam gegenüber im höchsten Maße loyal. Nichts ging über ihre Freundschaft.

„Hey Jungs", sagte ich mit trockenem Mund und klopfendem Herzen. Ich konzentrierte mich auf Skylar und Kyle, um mich selbst in den Griff zu bekommen.

Entspann dich mal, Meg. Es ist doch nur Adam!, schimpfte ich mich selbst.

Nur Adam.

Von wegen.

Skylar hob die Hand zum Gruß, zu cool für Worte.

„Hey, Meg", sagte Kyle mit einem Lächeln, wobei seine Augen gleich über meine Schultern wanderten. „Ähm, hey Whit. W-Wie geht's? Keine Schule?" Er stotterte und stolperte über die Silben und gab sich keine große Mühe, seine offensichtliche Sehnsucht nach meiner Schwester zu verbergen.

Whitney, unbeirrbar wie immer, verdrehte die Augen. „Am Wochenende ist keine Schule, Kyle." Sie behandelte ihn schon immer wie einen nervtötenden kleinen Bruder, selbst wenn er inzwischen ein ganzes Stück größer war als sie und eine ziemlich kräftige Statur angenommen hatte. Der arme Kerl hatte es noch nicht einmal in die Friendzone geschafft. Er war einfach komplett übersehen worden. Whitney wandte sich mir zu und drückte meinen Arm. „Schnapp ihn dir, Tiger", flüsterte sie.

„Danke, Whit. Für alles", sagte ich zu ihr, bevor ich mich zu meinen Freunden gesellte.

„Bis später, Leute. Viel Spaß!", rief uns Whitney zu, bevor sie zurück die Treppe hinauf ging. Kyle sah ihr verdrießlich hinterher.

Skylar puffte ihm mit dem Ellbogen in die Rippen. „Du sabberst schon, Romeo." Kyle starrte sie böse an, wischte sich aber danach verstohlen über den Mund.

Ich hüpfte die letzten beiden Stufen hinab und stieß Skylar mit der Hüfte an. „Siehst gar nicht so schlecht aus, Murphy." Sie ließ keine äußerlichen Anzeichen erkennen, dass sie sich über mein Kompliment freute. Gefühle zeigen war nicht so ihr Ding. Vielleicht kamen wir deshalb alle so gut miteinander aus. Ich lief oft so heiß, dass Adam mir den Spitznamen Hurricane-Meg verpasst hatte, als wir noch Kinder waren. Skylar war dazu schon immer das Gegengewicht gewesen.

„Selber auch gar nicht so schlecht, Galloway", antwortete sie und erlaubte sich dann doch ein Lächeln – wenn auch kaum merklich.

„Heiße Alte", grinste Kyle, hob mich hoch und wirbelte mich herum. Ich lachte und schlug ihm auf die Schultern, damit er mich runterließ.

„Schnauze, Web“, brummte ich, und genoss die Aufmerksamkeit insgeheim.

Ich lugte rüber zu Adam, der immer noch mit meinem Vater plauderte. Ich bemerkte allerdings, dass sein Blick zu mir gewandert war. Mein Herz begann wie wild zu flattern. Bildete ich mir nur ein, dass ich da so etwas wie Verlangen in seinen Augen sah?

Oder war das nur Wunschdenken? Denn mal ehrlich, woher sollte ich überhaupt wissen, wie Verlangen aussah? Ich hatte keine Vergleichswerte in meinem minimalen Erfahrungsschatz mit dem anderen Geschlecht.

„Da ist ja mein Mädchen“, verkündete Dad und strahlte mich stolz an. Ich ging zu ihm und warf meine Arme um seinen Hals, um ihn fest zu drücken. Mir machte es absolut nichts aus, meinen Eltern meine Zuneigung zu zeigen. Ich machte mir nichts aus der idiotischen Neigung mancher Teenager, dass man Mutter und Vater nicht mehr umarmen kann, nur weil man groß geworden ist.

Dad schob mich auf Armlänge und betrachtete mich kopfschüttelnd. „Warum musstest du nur erwachsen werden, Meggiebär?“ Er küsste meinen Hals. „Du siehst absolut umwerfend aus. Etwa nicht, Adam?“

Ich schaute schüchtern meinen besten Freund an und fühlte den Boden unter mir verschwinden. Den Ausdruck in seinen Augen bildete ich mir absolut nicht nur ein.

Er schluckte, bevor er antwortete. „Sie ist wunderschön.“ In seiner Stimme lag ein Ton, der alles veränderte.

Unsere Nacht war gekommen.

Endlich.

„Stellt euch mal alle zusammen, damit ich ein Foto machen kann!“, rief meine Mom, die wie ein heulender Derwisch ins Zimmer gewuselt kam. Sie brachte stets eine Energie mit sich, die entweder aufregend oder anstrengend sein konnte, je nach ihrer Stimmung.

Unsere Vierergruppe drängte sich im Foyer zusammen. Wir waren eine kunterbunte Mannschaft, aber wir passten zusammen. Ich spürte, wie Adam seine Hand auf meine Hüfte legte und sich dicht an mich drückte.

„Wirklich, du siehst fantastisch aus, Meg“, raunte er in mein Ohr. Ich konnte sein Aftershave riechen, und darunter den ganz eigenen Duft, der nur von ihm ausging.

Seine Finger glühten durch mein Kleid und brannten sich in meine Haut.

Da war er also. Der Augenblick, der alles verändern würde. Ich wollte für immer und ewig an diesem Gefühl festhalten.

**

Natürlich ging alles auf die spektakulärste Weise in Flammen auf. Denn Adam Ducate war nicht länger mein bester Freund. Er war einfach nur das Arschloch, das mir das Herz brach.

Kapitel eins

Adam

Gegenwart

Gleich würde ich kommen – und zwar heftig.

Ich schloss die Augen und stieß schneller zu, meine Hüften pumpten auf Hochtouren.

Meine Gedanken waren herrlich leer. Ich konzentrierte mich auf nichts als das druckvolle Gefühl in meinem Schwanz und das Gefühl ihrer zarten, samtigen Haut. Ich packte ihre Schenkel und drückte sie weiter auseinander, sodass ich genau den richtigen Punkt treffen konnte. Ihr raues, tiefes Stöhnen ließ mich wissen, dass ich meine Sache gut machte.

Ich grinste und fühlte mich wie im Rausch. Wenn ich irgendetwas gut konnte, dann war es ficken.

Ich wirbelte sie herum auf ihren Bauch, ihr Arsch war in der Luft und ich hämmerte wieder drauflos. Ich schlang meine Hand in ihr langes blondes Haar und gab ihr einen Ruck, als mein Schwanz zu zucken begann. Wir keuchten beide orgastisch, unsere Körper vom Schweiß bedeckt.

Das war immer mein Lieblingsteil. Diese paar glorreichen Sekunden nach dem Abfeuern, wenn ich über nichts nachdenken musste. Am wenigsten daran, was für eine verlogene Schlampe meine baldige Exfrau war. Eine verlogene, untreue, bärbeißige Schlampe.

Die betreffende verlogene Exfrau seufzte unter mir, drehte sich auf den Rücken und schlang ihre Beine um meine Hüfte, ließ mich nicht los. Sie würde mich im Ganzen verschlingen, wenn ich nicht achtgab. Gott weiß, sie hatte es in den letzten zehn Jahren angestrengt versucht. Und hätte beinahe Erfolg gehabt.

Dem Himmel sei Dank, dass ich verdammt nochmal aufgewacht war und ihren verräterischen Hintern auf die Straße gesetzt hatte.

Und doch, hier war ich nun, mit dem Schwanz in ihrer dämonischen Pussy, wie der Trottel, der ich doch so gar nicht mehr hatte sein wollen.

Sex mit Chelsea war einfach. Zu einfach. Alte Gewohnheiten wird man eben schwer los. Kompatibilität im Bett hatte nie zu unseren Problemen gehört. Alles andere aber war das verfluchte Chaos.

Dreißig Minuten großartiges Bumsen konnte eben nicht eine Dekade voll Betrug und Manipulierung ungeschehen machen, ganz egal, wie außergewöhnlich ihre Fähigkeiten waren. Als ich auf diese Frau hinabstarrte, an die ich mich idiotischerweise gebunden hatte, als ich noch zu jung für vernünftige Entscheidungen gewesen war, wurde mein Schwanz weich und ich zog ihn sofort heraus und wünschte, ich hätte die Unannehmlichkeiten der nächsten zehn Minuten überspringen können.

Chelsea – meine baldige Exfrau – drückte ihren Rücken durch, wobei sie ihre prächtigen Titten stolz zur Schau stellte. Ich liebte ihre Brüste – und das sollte ich auch, wenn man sich überlegte, wie viel ich dafür bezahlt hatte. Sie reckte sich inmitten dessen, was einst unser gemeinsames Ehebett gewesen war, und richtete es dabei so ein, dass die besten Teile an ihr perfekt in Szene gesetzt wurden. Sie war wunderschön, und das wusste sie auch. Was mit ein Grund dafür war, dass ich von Anfang an hätte wissen müssen, dass es mit uns niemals klappen würde.

Und doch hatten wir gerade Sex gehabt, sechs Monate nachdem ich sie im Bett mit Dave erwischt hatte, dem Bauunternehmer, den ich mit der Erweiterung unseres ohnehin schon großen Hauses beauftragt hatte. Und ich war mir mehr als sicher, dass er nicht der Einzige war, für den sie die Beine breit gemacht hatte.

Die Hörner, die sie mir aufgesetzt hatte, standen mir nicht.

Chelsea berauschte sich an Verehrung, wie sich andere Leute an Drogen berauschten oder an Pornos oder Alkohol.

Sie war süchtig danach, dass sich die Leute nach ihr verzehrten. Und das fiel ihr nicht schwer, sie war der feuchte Traum eines jeden Mannes mit ihren perfekten vollen Lippen, besonders wenn sie einen Schwanz darin verschwinden ließ, und mit ihrer sanduhrförmigen Figur, die nur aus weichen, sinnlichen und schlanken Linien bestand.

Aber sie war eine selbstsüchtige Frau. Als ich eine Familie gründen wollte, hatte sie versprochen, die Pille abzusetzen und es wirklich mit einem Baby zu versuchen. Ich hatte gedacht, sie wäre endlich reif geworden, dass sie zu jener Frau wurde, von der ich mir immer eingeredet hatte, dass sie sie sein konnte.

Ich war ein absoluter Schwachkopf.

Denn natürlich hatte sie gelogen. Das gehörte zur Natur einer Frau wie Chelsea. Genauso wie das Atmen. Sie hatte keinerlei Absichten, schwanger zu werden. Das hätte ja schließlich ihre sorgfältig aufgebaute Figur ruiniert. Sie hatte zwar mit der Pille aufgehört, sich aber stattdessen ein Verhütungsstäbchen einsetzen lassen und so sichergestellt, dass wir nicht Eltern werden konnten. Und dann hatte sie jeden Monat überzeugend die Enttäuschte gespielt, wenn es wieder nicht klappte. Ich hatte sie dann getröstet, während ihr die Krokodilstränen vom Gesicht liefen. Ich hielt sie fest und sie lag schluchzend in meinen Armen, und ich fragte mich, ob es wohl einfach nicht sein sollte.

Und währenddessen vögelte sie sich durch die Nachbarschaft – abgesehen mal vom alten Mr. Winston, der mit seinen sechsundachtzig Jahren kaum noch gehen konnte. Obwohl ich es Chelsea ehrlich zugetraut hätte, dem alten Haudegen eine Chance zu geben.

Das Schlimmste war, dass ich nicht einmal besonders überrascht gewesen war. Ich war wütend, natürlich, aber jeglicher Schmerz verblasste gleichzeitig mit jeglicher Art von echter Zuneigung, die ich vielleicht einmal für sie verspürt hatte. Tief im Inneren hatte ich wohl immer schon gewusst, was für eine Sorte von Frau ich da geheiratet hatte. Selbst als sie noch ihre Rolle der ergebenen Frau und liebevollen Partnerin gespielt hatte, konnte ich hinter ihre Fassade sehen. Ich war nur einfach viel zu gut darin geworden, mein eigenes besseres Urteilsvermögen zu ignorieren, weil ein großer Teil von mir sich an die Idee von den zweikommavier Kindern und dem weißen Zaun ums Haus geklammert hatte, während sie nichts weiter getan hatte, als mein Geld auszugeben und mich wie den vertrotteltsten Ehemann aller Zeiten aussehen zu lassen.

Es war meine eigene Schuld, dass ich so entschlossen blind gegenüber ihren vielen Fehlern gewesen war. Ich hätte es besser wissen sollen – Teufel, ich *wusste* es ja besser –, aber immer schon hatten mir alle gesagt, dass ich ständig nur das Beste in den Leuten sah. Das war wohl eine meiner lästigeren Eigenschaften. Aber was Chelsea anging, bestand diese Gefahr zumindest nicht mehr. An dieser Frau, die ich in guten wie in schlechten Zeiten zu lieben geschworen hatte, war kaum ein gutes Haar mehr zu finden.

Ich kletterte aus dem Bett und schlüpfte in die Pyjamahose, die ich auf den Boden geworfen hatte. Ich hatte nicht vorgehabt, meine manipulative Frau nach dem Aufwachen zu bumsen. Ich war sauer auf mich selbst, weil ich mich von ihr so leicht zurück auf jenen selbstzerstörerischen Pfad locken ließ.

Sie hatte auf der Matte gestanden, gerade als ich zur Arbeit gehen wollte, mit Tränen in den Augen und zitternden vollen Lippen.

Ich hätte sie überhaupt nicht erst reinlassen sollen. Ich hätte ihr sagen sollen, dass sie das nächste Mal anrufen müsse, bevor sie einfach vor meiner Tür auftaucht.

Ich musste aufhören, auf meinen Schwanz zu hören. Er war der größte Schwachkopf der Welt.

„Du musst jetzt gehen, Chels. Ich bin spät dran und ich hab in dreißig Minuten ein Meeting.“ Ich konnte sie nicht ansehen, denn nachdem sich der Nebel der Lust gelüftet hatte, drehte sich mir bei ihrem Anblick der Magen um.

Chelsea setzte sich auf die Knie und kroch dann quer übers Bett bis zu mir. Sie schlängelte ihre Hand in meine Hose und packte mich fest. Das automatische Zucken, das einen aufkommenden Ständer anzeigte, beschämte mich. „Sei doch nicht so, Baby. Meld dich krank, komm zurück ins Bett. Ich sorge dafür, dass es sich lohnt." Sie küsste meine Brust und ließ dann ihre Zunge hinabgleiten, bevor sie den Bund meiner Hose zwischen die Zähne nahm und daran zu ziehen begann.

Ich packte ihre Oberarme und zog sie hoch, schob sie sachte von mir. Sie landete auf dem Hintern und machte große Augen. Sie war es nicht gewöhnt, jemals einen Wunsch abgeschlagen zu bekommen. „Du musst gehen, Chelsea. Das war ein Fehler, der definitiv nicht wieder vorkommen wird. Mein Urteilsvermögen hat ausgesetzt. Wenn du es dir besorgen lassen willst, ruf Eddie an, oder Miles, oder welchen armen, bemitleidenswerten Irren du diese Woche sonst schon ins Bett gezerrt hast."

Ich wandte mich von ihr ab und ging zum Wandschrank, aus dem ich mir ein frisches Hemd und eine Hose holte, weil die Klamotten von zuvor zerknittert auf einem Haufen am Boden lagen.

Natürlich ging sie nicht. Das hätte ja bedeutet, dass sie etwas Rücksichtsvolles für jemand anderes tun müsste, was wohl einfach nicht in ihrer DNA geschrieben stand.

Ich hörte, wie sie mir in den Wandschrank folgte, und erstarrte, als sie ihre Arme um meine Hüfte schlängelte und ihren gesamten nackten Körper gegen mich presste. „Adam, sei nicht so. Ich hab doch gesagt, dass es mir leidtut. Was willst du denn noch?"

Ich löste mich energisch aus ihrer Umarmung, die Berührung ihrer Haut auf meiner hatte mich zusammenfahren lassen. Ich drehte mich um und sah sie an, starrte in ihre großen blauen Augen, die nicht das Resultat ihrer Gene, sondern jenes von Kontaktlinsen waren.

Alles an ihr war durchdacht und inszeniert. Von ihrer schmalen, geraden Nase bis hin zu ihrem wohlgeformten Kinn. Sie hatte so viel schnippeln und meißeln lassen, dass es schwerfiel, sich daran zu erinnern, wie sie zuvor ausgesehen hatte.

„Ich würde gerne in der Zeit zurückreisen und mich davon abhalten, mit dir den Ball zu verlassen", fauchte ich hasserfüllt und meinte jedes Wort davon ernst.

Eine normale Person wäre von diesem absichtlichen Tiefschlag verletzt gewesen. Nicht jedoch Chelsea. Es perlte von ihr ab wie Wasser vom Rücken einer Ente. Sie ließ sich nicht von den Gefühlen und Emotionen anderer Menschen beeindrucken. Sie gehörte zu denen, die sich mit dem Schein allein begnügen. Ich war unendlich enttäuscht von mir selbst, weil ich so widerstandslos in ihre Leere gestürzt war, dass ich gedacht hatte, umwerfender Sex alleine würde genügen, um eine nachhaltige Beziehung aufzubauen. Es war ein klassisches Negativbeispiel von mangelhafter Entscheidungsfindung bei hormongesteuerten Teenagern.

Unerfahrene Begierde war eine gefährliche Sache.

„Sei doch nicht so gereizt, Adam. Ich weiß doch, dass du mich vermisst." Sie massierte mich durch das dünne Material meines Pyjamas hindurch und wog meine Eier in der Hand. Streichelte mich mit geübten Fingern. Und verflucht noch mal, ein bedeutender Teil von mir wollte einfach nachgeben. Sie vornüberbeugen und mich tief in ihr versenken. Schließlich war ich auch nur ein Mann. Und mein ausgeprägter Geschlechtstrieb erwies sich als verhängnisvoll.

Wie schon gesagt, das Ficken war der leichte Teil.

Es war die Scheiße, die darauf folgte, mit der ich mich nicht mehr belasten wollte. Ich löste mich von ihr und zwang sie, mich loszulassen. „Geh, Chelsea. Wenn du etwas besprechen willst, schreib mir. Komm nicht unangekündigt vorbei. Und wenn du unbedingt etwas von Angesicht zu Angesicht regeln musst, ruf im Büro an, Lena gibt dir einen Termin." Ich sammelte ihre Kleider vom Boden auf und schleuderte sie ihr förmlich entgegen. „Und jetzt zieh dich an und verschwinde verdammt noch mal aus meinem Haus."

Denn es war *mein* Haus. Nicht ihres. Ich hatte es selbst entworfen und würde nicht zulassen, dass sie nun die Früchte meiner harten Arbeit genoss.

Chelsea, die wohl endlich begriffen hatte, dass sie mich weder mit ihren Händen noch mit ihrem Mund bezirzen konnte, wechselte das Programm. Tränen füllten ihre Augen, während sie sich hastig ihr Kleid über den Kopf zog. Sie blickte zu mir auf, durch ihre dichten und sehr falschen Wimpern hindurch. Sie war eine verdammt gute Schauspielerin, das musste man ihr lassen. Jeder andere hätte glauben müssen, dass ihr Herz gebrochen war.

Nur ich wusste, dass das unmöglich war. Die Schlampe hatte kein Herz.

„Ich will es doch nur wiedergutmachen, Adam. Ich liebe dich. Du liebst mich. Wir haben doch zusammen ein Leben aufgebaut. Wie kannst du das alles wegwerfen, als würde es nichts bedeuten?"

Ich prustete. Ich konnte nicht anders. Ihre Kühnheit war zum Kaputtlachen. Ich packte ihren Arm, wohl bedacht darauf, ihr nicht wehzutun – ich tat keiner Frau etwas zuleide, ich war schließlich kein Monster –, und führte sie zum Schlafzimmer hinaus, die lange, gewundene Treppe hinunter und zur Eingangstür. Sie schniefte den ganzen Weg über dramatisch und wischte sich Tränen aus den Augen, als würde es irgendetwas bedeuten.

Ich hob ihre High-Heels vom Boden auf, die sie ausgezogen hatte, als sie hereingekommen war. Ich reichte ihr die Schuhe, öffnete die Tür und manövrierte sie auf die Veranda.

„Willst du denn gar nichts sagen, Adam?“, wollte sie verärgert wissen, als ich weiterhin schwieg.

Ich schaute meiner zukünftigen Exfrau in die Augen und war dankbar, dass ich erwacht war. Nichts an ihr war echt. Nicht ihre Tränen. Nicht ihre Worte. Nicht einmal ihr Körper. Alles war geformt und so gestaltet, dass es Verführung und Intriganz diente. Warum nur hatte es so lange gedauert, bis ich das erkennen konnte?

Meg hat mich gewarnt. Alle haben mich gewarnt. Warum hab ich nicht zugehört?

Plötzlich war ich so unglaublich müde. Ich brachte nicht einmal mehr die Energie auf, wütend zu sein. „Leb wohl, Chelsea“, sagte ich und schloss die Tür vor ihrer Nase, bevor sie noch irgendetwas erwidern konnte.

Kapitel zwei

Adam

Ich beobachtete Chelsea vom Fenster aus.

Sie stand noch einen Moment vor Zorn kochend da, ihre Schuhe an die Brust gedrückt. Ich sah meine alte und äußerst neugierige Nachbarin Mrs. Hamilton, die in ihrem Garten stand und herüberschaute. Sie musste wohl die ganze Szene mitangesehen haben. Dass ich Chelsea aus dem Haus geschmissen hatte, würde bis zur Mittagszeit die gesamte Nachbarschaft wissen.

Chelsea warf ihr Haar in den Nacken und richtete sich zu voller Größe auf, bevor sie die Auffahrt hinunterstolzierte und zu ihrem knallroten Cabrio ging, das hinter meinem unauffälligeren schwarzen BMW stand. Unsere Autos hätten ein Symbol unserer Ehe als Ganzes sein können. Ihres glanzpoliert und grell, darauf aus, Aufmerksamkeit zu erregen, meines dagegen nur auf Sicherheit und Zuverlässigkeit. Wie hatte ich nur je glauben können, dass wir auf lange Sicht zueinander passen würden?

Und auch wenn sie es war, die immer einen Scheißdreck auf ihre eigene Ehe gegeben hatte, war ich es, der sich schuldig fühlte.

Weil ich eben kein völlig herzloser Bastard war. Ich mochte die Rolle des Arschlochs nicht. Eine Frau zu vögeln und sie dann vor die Tür zu setzen war nicht mein Stil. Selbst wenn sie es mehr als nur verdient hatte.

Ich sah, wie Mrs. Hamilton Chelsea einen Gruß zurief, die sie jedoch eisern ignorierte in ihrem Willen, einen so schnellen und dramatischen Abgang wie nur möglich hinzulegen. Sie ließ die Reifen quietschen, als sie unsere stille Wohnstraße hinausbrauste.

Ich rieb mir die Stirn und fühlte die Vorzeichen jenes Kopfschmerzes, den nur Chelsea hervorrufen konnte. Ich schaute auf mein Handy und stöhnte ob der Uhrzeit. Schnell rannte ich wieder ins Schlafzimmer, zog mich fertig an, schnappte meine Aktentasche und war zur Tür hinaus.

„Guten Morgen, Adam“, rief mir Mrs. Hamilton zu, als ich zu meinem Wagen eilte.

„Guten Morgen, Mrs. Hamilton“, grüßte ich mit einem Lächeln und einem Winken.

„Wie steht’s?“, fragte sie und deutete mit ihren milchigen braunen

Augen in die Richtung, in die Chelsea soeben verschwunden war.

Ich schenkte ihr mein umwerfendstes Lächeln, jenes, das mir über die Jahre schon aus so mancher Patsche geholfen hatte. Ich fuhr mit einer Hand durch meine Haare und machte mir dabei eine geistige Notiz, sie bald schneiden zu lassen. Lena beschwerte sich immer, dass ich mit den zottigen Haaren in der Stirn wie ein Teenager aussehen würde, der gerade erst von der Highschool kam, anstatt wie der doch recht erfolgreiche Strafverteidiger, der ich war.

„Die Dinge stehen hervorragend. Und bei Ihnen? Haben Sie Kyle schon angerufen, damit er vorbeikommt und sich um das Gestrüpp in Ihrem Garten kümmert?"

Mrs. Hamilton winkte ab. „Ich kann nicht zulassen, dass du dein schwer verdientes Geld für meine verfaulten Bäume ausgibst. Ich werde einfach warten und sehen, ob mein Daniel irgendwann vorbeikommen und ihn für mich umsägen kann.“ Mrs. Hamiltons Sohn war ein nutzloser Taugenichts und sie und ich wussten beide sehr wohl, dass er nie anrief oder vorbeikam, nicht einmal jetzt, wo sie verwitwet war. Sie hörte nur dann von ihm, wenn er Geld brauchte. Zumal er ein beträchtliches Glücksspielproblem hatte, überraschte es mich nur, dass das nicht öfter vorkam. Sie tat mir leid, auch wenn mein Mitleid sie nur verärgerte. Ich hatte es mir zur Aufgabe gemacht, mich ein bisschen um sie zu kümmern, jetzt wo sie alleine lebte.

Chelsea hatte sich immer darüber beschwert, wie viel Zeit ich damit verbrachte, unsere betagte Nachbarin zu besuchen.

„Sie ist eine garstige alte Gans. Wieso gibst du dich mit ihr ab? Es sei denn, sie hat vor, dir etwas in ihrem Testament zu vermachen?“, war die Art von Kommentaren, die Chelsea zu dem Thema abzugeben geruhte. Ihr Problem mit Mrs. Hamilton war, dass jene keinen Penis hatte, sodass sie sie nicht manipulieren konnte. Meine zukünftige Ex war bedrückend durchschaubar.

Als ein besonders heftiger Sturm gleich zwei der Eichen in Mrs. Hamiltons Garten umgerissen hatte, hatte ich ihr geraten, meinen besten Freund aus der Schule anzurufen, der inzwischen eine Landschaftsgärtnerei betrieb. Mir war klar, dass Kyle der alten Dame niemals auch nur einen Cent verrechnet hätte, aber ich hatte ihm trotzdem ein paar Scheine für seine Tätigkeit als guter Samariter zugesteckt.

„Ist kein Problem, Mrs. Hamilton. Ganz ehrlich. Wie wäre es, wenn ich Kyle selbst anrufe und ihn bitte, heute Nachmittag vorbeizuschauen. Sie sollten das schöne Wetter draußen im Garten genießen können“, sagte ich zu ihr, während ich das Auto aufsperrte und meine Aktentasche auf den Rücksitz schmiss. Ich sah noch einmal nach der Zeit. Scheiße. Ich würde zu spät kommen.

Mrs. Hamilton lächelte und die Falten umspielten ihre Augen. „Du bist ein lieber Junge, Adam. Und du verdienst viel Besseres als das, was du hattest.“ Sie presste die Lippen zusammen und machte mehr als deutlich, was sie von Chelsea hielt.

„Danke, Mrs. Hamilton. Das bedeutet mir viel. Gut, ich sollte besser los – “

„Ich hoffe, du lässt dich nicht noch einmal auf diese Frau ein. Sie ist nicht gut für dich“, fuhr Mrs. Hamilton fort. Sie meinte es zwar gut, aber ihre Einmischungsversuche mied ich für gewöhnlich. Mir war klar, dass sie einsam war. Und gelangweilt. Aber ich hatte schon genug Leute um mich herum, die mir ungefragt Ratschläge und Meinungen offerierten, wenn es um mein Privatleben ging.

„Sie müssen sich keine Sorgen machen, Mrs. Hamilton. Versprochen.“ Ich lächelte erneut, auch wenn es sich dieses Mal erzwungen anfühlte. „Ich muss jetzt zur Arbeit. Aber ich rufe bei Kyle an und er wird wegen der Bäume vorbeischauen.“ Ich stieg winkend in den Wagen, bevor sie ihre Tirade auf Chelsea fortsetzen konnte.

Ich überschritt auf dem Weg ins Büro diverse Geschwindigkeitsbeschränkungen. Gottseidank kannte ich alle Radarboxen auf der Strecke. Ich hielt auf meinem angestammten Parkplatz vor der Kanzlei Jenkins, Ducate und Wyatt mit zwei Minuten Reserve.

Lena blickte kaum von ihrem Bildschirm hoch, als ich hereinkam. Ihr hübsches Gesicht war auf eine Weise verzerrt, die sehr dem Ausdruck glich, den auch ich machte, wenn ich frustriert war.

„Dein Termin um neun Uhr dreißig hat abgesagt“, rief sie mir nach, als ich vorüberging.

Ich schnaubte entnervt. „Hättest du nicht anrufen und mir das sagen können? Ich hab zwei Stoppschilder überfahren, nur um rechtzeitig hier zu sein.”

Lena zuckte mit den Schultern. „Ich war beschäftigt. Außerdem wärst du früh genug hier gewesen, hättest du es ja erfahren und hättest nicht gegen die Straßenverkehrsordnung verstoßen müssen.“

Ich nahm den Stapel Nachrichten entgegen, den sie mir hinhielt, und blätterte sie durch.

„Und, weshalb die Verspätung?“, fragte sie und wandte sich schließlich doch von ihrem Rechner ab, die Augenbrauen hochgezogen.

Ich schaute ihr nicht in die Augen. Es war leichter, meine Schwester anzulügen, wenn ich sie nicht direkt ansah. „Hab verschlafen“, antwortete ich abwehrend und hoffte, dass sie es dabei belassen würde.

Natürlich tat sie das nicht.

Marlena Rose Ducate, kurz Lena, war eine hartnäckige Frau.

„Verschlafen? Ich bitte dich. Die Ausrede funktioniert vielleicht bei jemandem, der nicht jahrelang unter demselben Dach gelebt hat wie du." Sie erhob sich und folgte mir in mein Büro.

Ich überlegte, meiner Schwester zu sagen, sie solle sich um ihre eigenen Angelegenheiten kümmern, aber das wäre verschwendete Luft gewesen. Lena würde die Wahrheit früher oder später sowieso aus mir herauskitzeln. Da war sie gnadenlos. Als Kind schon war sie unausstehlich gewesen. Ich kam mit nichts davon, weil Lena stets zur Stelle war und mich jedes Mal verpfiff. Es gab kein Geheimnis, bei dem sie nicht dahintergekommen wäre. Meg hatte ihr den Spitznamen Sherlock verpasst und ihr zum zehnten Geburtstag sogar einen von diesen altmodischen Detektivhüten geschenkt. Lena war total vernarrt darin gewesen und hatte ihn einen ganzen Sommer lang nicht vom Kopf genommen.

Das war nun schon das zweite Mal an diesem Morgen, dass ich an Meg dachte. Das war bedenklich.

Ich hatte mich über die Jahre sehr bemüht, meine Gedanken nicht in ihre Richtung schweifen zu lassen, weil sie auch nach so viel Zeit noch immer verstrickt waren mit Wut, Sehnsucht und bittersüßer Nostalgie. Die Kombination war eine mächtige Erinnerung daran, dass jenes Mädchen, von dem ich geglaubt hatte, dass sie permanent zu meinem Leben gehören würde, bis wir alt und grau waren, absolut nichts mit mir zu tun haben wollte. Das tat nach wie vor weh, mehr als mir lieb war. Man hätte glauben mögen, dass zehn Jahre doch mehr als genug Zeit sein sollten, mit dem Schmerz ihres Verlustes klarzukommen. Aber mein Herz hielt die Vergangenheit mit eiserner Hand fest.

„Das Hemd hängt dir zur Hose raus. Und deine Haare sind völlig zerzaust. Du siehst so aus, als wärst du vor der Arbeit rumgerollt." Lena schürzte missbilligend die Lippen. Sie hatte ein Auge fürs Detail. Nichts entging ihr. Sie war die Tochter unserer Mutter, soviel stand fest. Ein weiterer Grund dafür, dass sie eine teuflisch gute Anwältin werden würde, sobald sie mit dem Studium fertig war.

Ich hatte sie in Teilzeit als Anwaltsassistentin/Sekretärin angeheuert, nachdem unsere bisherige Assistentin im Jahr zuvor alles hingeschmissen und gekündigt hatte, weil sie irgendeinen Typen im Internet kennengelernt hatte. Nachdem wir über einen Monat lang keine passende Nachfolge gefunden hatten, war Lena mit dem Vorschlag gekommen. Sie brauchte das Geld, und die Erfahrung würde ihr im letzten Abschnitt auf der Uni einen unschätzbaren Vorteil bringen. Wenig überraschend hatte sie sich als die beste Assistentin erwiesen, die ich bisher je gehabt hatte.

Auch wenn ich ihr das ganz sicher niemals sagen würde.

Obwohl sie vier Jahre jünger war, verhielt sie sich immer so, als sei sie die ältere Schwester. Außerdem war sie verdammt rechthaberisch und jedes Kompliment spielte ihrem Ego so sehr zu, dass es kaum auszuhalten war.

Sie setzte sich in einen der Ledersessel auf der anderen Seite meines Schreibtisches und streckte die Beine aus, einen Stapel Akten balancierte sie in ihrem Schoß. Sie und ich hatten schon immer gesagt bekommen, wie sehr wir uns ähnelten. Es gab keinen Zweifel daran, dass wir verwandt waren. Wir hatten das gleiche dunkle Haar, beide blaue Augen und Sommersprossen auf der rechten Wange.

Ich warf meinen Laptop an, öffnete meine Mails und hoffte, dass sie verschwinden würde, um mich an mein Tagwerk gehen zu lassen. Das abgesagte Treffen ließ mir eine Stunde zugutekommen. Ich beschloss, die Zeit für die Arbeit an der eidesstattlichen Aussage in Sachen Gerrick zu nutzen, die sich schwieriger erwies als gedacht.

„Lass es gut sein, Lena. Ich will nicht darüber reden“, meinte ich mürrisch.

„Du bist nicht zu fassen“, seufzte sie.

„Worüber redest du?“ Ich rüstete mich für die unvermeidliche Standpauke, die auf mich wartete.

„Du bist so ein Trottel. Gott.“

„Wie bitte?“ Ich tat beschäftigt und öffnete E-Mails, die ich kaum beachtete.

Jetzt ging‘s los ...

„Du warst wieder bei dieser Mega-Bitch. Deshalb siehst du aus wie durch die Mangel gedreht. Immer wenn sie bei dir war, machst du dieses Gesicht, als hätte jemand deine Seele gefressen.“ Lena verschränkte die Arme vor der Brust und verengte die Augen zu Schlitzen.

„Nein, wie kommst du auf – ?“, wollte ich gerade dementieren, hielt dann jedoch inne. Es hatte keinen Zweck. Ich blickte Lena finster an. „Okay, ja. Chelsea ist heute Morgen zu mir gekommen. Sie war nicht lange da. Ende der Geschichte.”

Meine gar nicht so kleine Schwester knüllte ein Blatt Papier zusammen und warf es mir ins Gesicht. „Du hast mit ihr geschlafen. Willst du unbedingt eine Geschlechtskrankheit? Ernsthaft, hab doch ein wenig Selbstachtung, Mann.”

Ich ließ mich in den Stuhl sinken und rieb mir mit den Händen übers Gesicht. „Es war eine einmalige Sache. Ein dummer Fehler – “

„Deine gesamte Ehe war ein dummer Fehler.“ Ihre Worte trafen mich umso mehr, weil sie wahr waren. „Du beschämendes Wrack.“ Sie schüttelte traurig den Kopf. „Du enttäuscht mich, großer Bruder.“

Ich atmete laut hörbar aus. „Es war nicht meine größte Stunde,

Lena. Aber es hat nichts bedeutet. Ich komme nicht wieder mit ihr zusammen. Das ist vorbei." Es fühlte sich richtig und wichtig an, die Worte laut auszusprechen. Ich würde sie mir auf meine verdammte Stirn tätowieren, falls es nötig war.

„Weiß sie das auch? Die Mega-Schlampe ist nicht gerade bekannt für ihre schnelle Auffassungsgabe."

Lena hatte Chelsea noch nie leiden können. Das hatte angefangen, als ich sie zum ersten Mal mit zu mir nach Hause gebracht hatte und meine bescheuerte zukünftige Ex aus Tollpatschigkeit ein Glas Limo über Lenas von Eselsohren übersätes Lieblingsbuch gekippt hatte. Chelsea hatte sich danach noch nicht einmal entschuldigt, was dem Ganzen noch die Krone aufsetzte.

„Ist doch nur ein Buch. Kannst du nicht einfach den Film dazu anschauen oder so?", hatte Chelsea achselzuckend gefragt, als Lena sich aufregte. Seitdem war Lenas Meinung von ihr in Stein gemeißelt.

Das hätte ein erstes Anzeichen für mich sein sollen, dass jede Beziehung mit Chelsea zwangsläufig auf Schiffbruch zusteuerte. Von da an ging es stetig bergab. Lena hatte ihre Abneigung gegenüber meiner Ex nie verborgen. Ihre Spitzen waren zahlreich und treffsicher. Und das Gefühl beruhte auf Gegenseitigkeit. Chelseas Grundeinstellung gegenüber jedweder gutaussehenden Frau war sofortige Abscheu. Und meine liebreizende Schwester war dementsprechend umgehend eine Bedrohung, selbst mit nur dreizehn Jahren.

„Ich will nicht über Chelsea reden", erwiderte ich knapp.

Lena machte ein Geräusch mit der Zunge. „Von mir aus. Aber wenn sie dir die Tür mit einer Axt zerhackt, wirst du von mir nur zu hören bekommen, dass ich's dir ja gesagt habe."

Ich verdrehte die Augen. „Ich würde auch nichts anderes von dir erwarten, Schwesterchen."

Die Tür flog auf und ein gut gekleideter Mann mit perfekt gekämmtem Haar und dem typischen ‚Ich-hatte-heute-Früh-schon-Sex'-Gesicht kam hereinstolziert.

„Adam, da bist du ja. Die Taylor-Befragung wurde auf elf verschoben. Kannst du ein bisschen früher rüber aufs Revier gehen?", fragte Jeremy, mein Partner, ohne auch nur Hallo zu sagen. Er war keiner, der mit Höflichkeiten seine Zeit vergeudete. Er stockte, als er Lena im Sessel erblickte, und zwei Sekunden später war sein Gesichtsausdruck von seriös zurück zu verführerisch gewechselt. „Guten Morgen, Marlena. Du siehst heute Morgen aber frisch aus." Er war der einzige noch lebende Mensch außer meiner Mutter, der es wagte, Lena bei ihrem vollen Namen zu nennen. Und auch wenn sie ihn dafür mit verschieden schweren

Körperverletzungsdelikten bedrohte, beharrte er darauf. Vor allem, um sie zu nerven. Und das klappte hervorragend.

Es schien in anzutörnen, sie aus der Reserve zu locken.

Lena funkelte meinen Partner an. Wenn Blicke töten könnten, hätte Jeremy schon längst ins Gras gebissen. „Und du siehst schmierig aus wie immer, Jeremy." Sie musterte ihn von oben bis unten und gab sich keine Mühe, ihren Ekel zu verbergen. „Hast du dich wieder mal im Dunkeln angezogen?" Sie versetzte ihm ein eiskaltes Lächeln, das eher tödlich als höflich war.

Jeremy blickte auf seinen frisch gebügelten Anzug hinab, der ihm wie angegossen passte. Er war ein Mann, der es genoss, vorzuführen, was er hatte. Er verbrachte mehr Zeit im Fitnessstudio als ich im Bett, und das konnte man auch sehen. Er stolzierte herum wie ein verdammter Pfau und sowas brachte Lena total auf die Palme. Sie hatte sehr wenig Geduld für egozentrische Arschgeigen. Und mein Partner war dafür das Paradebeispiel.

„Schätzchen, das Angebot steht, mir beim Anziehen zu helfen, wenn dir meine Sachen nicht gefallen."

Jeremy grinste und ich ballte meine Hand zur Faust, um ihn, wenn nötig, auf die Bretter zu nageln.

Die beiden starrten sich noch ein paar Sekunden an und ich fragte mich schon, ob da nicht auch noch etwas anderes zwischen ihnen vorging außer einseitiger Feindseligkeit. Aber das war lächerlich.

Lena zeigte Jeremy den Rücken, ohne sich die Mühe zu machen, auf seine Anzüglichkeit einzugehen. Sie tat, als sei der andere Mann überhaupt nicht im Raum. Ich bemerkte mit Genugtuung, wie die Nichtbeachtung ihm den Wind aus den Segeln nahm. Sie sagte an mich gerichtet: „Vergiss nicht, dass wir dieses Wochenende zu Mom und Dad zum Abendessen eingeladen sind. Du kannst dich nicht schon wieder aus der Affäre ziehen, sonst kriegt Mom einen Tobsuchtsanfall."

„Ich weiß, ich weiß. Sie hat mich seit Montag schon zweimal angerufen, um mich daran zu erinnern." Ich hatte es seit über einem Monat nicht mehr zu meinen Eltern zum Essen geschafft. Meine Arbeitsbelastung war irre, ich saß seit Wochen jeden Tag bis in die Nacht im Büro. Aber das war meiner Mutter egal. Ich liebte sie, aber sie war diejenige, die Lena ihre penetrante Art beigebracht hatte. Und wenn sich die beiden gemeinsam gegen mich verschworen, glich das immer einer Schlacht.

„Gut." Sie warf sich die Haare über die Schulter und versetzte Jeremy noch einen letzten angewiderten Blick, bevor sie aus meinem Büro stakste.

Mein Partner trat zur Seite, als sie an ihm vorbeiging, aber mir fiel auf, wie er ihr mit dem Blick folgte. Ich zog die Brauen zusammen, denn mir gefiel nicht, was ich da sah. Ich hatte von Anfang an klargemacht, dass von Lena die Finger zu lassen waren. Und bisher war das auch kein Thema gewesen.

„Wie geht's Greta?", fragte ich Jeremy und löste seine Aufmerksamkeit so vom nun leeren Gang. Jeremys Gesichtsausdruck glitt in ein lüsternes Grinsen ab. „Gut, mein Freund. Sehr, sehr gut."

Ich lachte. „Und dürfen wir uns an die jetzt gewöhnen?"

Jeremy zuckte die Achseln. „Das Leben ist zu kurz, um sich mit nur einer Frau zu begnügen. Ich hatte gedacht, das hättest du inzwischen auch begriffen."

Ich würdigte das keiner Antwort. Natürlich bezog er sich auf Chelsea.

Jeremy ließ eine Akte auf meinen Tisch plumpsen. „Wie auch immer, der Fall hier scheint mir ziemlich simpel zu sein. Fahren unter Alkoholeinfluss, und zwar zum zweiten Mal. Mami und Papi wollen nur das Beste, deshalb macht es ihnen nichts aus, unseren sehr hohen anwaltlichen Vorschuss zu bezahlen."

„Ah, die beste Sorte von Mandanten", witzelte ich trocken, öffnete die Akte und blätterte das Festnahmeprotokoll durch. Jeremy, unser dritter Partner Robert Jenkins und ich hatten uns die Ärsche abgerackert, um aus unserer Kanzlei eine der renommiertesten im weiten Umkreis zu machen. Unsere Erfolgsstatistiken suchten ihresgleichen und deshalb konnten wir auch astronomische Gebühren verrechnen. Das kam allerdings nicht ohne eine Menge Schweiß und harter Arbeit. Ich hatte viel geopfert, um es so weit nach oben zu schaffen.

Vielleicht hatte ich auch deshalb nicht bemerkt, wie schlecht es um meine Ehe stand, bis sie vor meiner Nase explodiert war. Ich hatte so viele Jahre auf meine Karriere fokussiert verbracht, in denen ich Chelseas verderbliche Eigenschaften geflissentlich übersehen hatte. Der Status quo war einfach zu angenehm gewesen.

Jeremy, Robert und ich hatten bereits zusammen studiert. Freunde konnte man uns trotzdem wohl nicht gerade nennen. Ich war ja schon mit Chelsea verlobt gewesen und hatte den Großteil meiner Freizeit mit ihr verbracht. Jeremy war nachgewiesenermaßen eine männliche Hure und ein arroganter, unhöflicher Mistkerl obendrein. Robert dagegen vergrub sein Gesicht ohne Unterbrechung in rechtswissenschaftlichen Büchern und kam kaum je zum Luftholen an die Oberfläche. Wir hatten nichts gemeinsam. Außer, dass wir die drei besten Juristen unseres Jahrgangs waren.

Nach dem Abschluss wurde ich in einer der besten Kanzleien Philadelphias als Anwaltsanwärter eingestellt. Robert hatte sich bei der Staatsanwaltschaft beworben und Jeremy arbeitete in der Kanzlei seines

Onkels.

Durch Zufall trafen wir zwei Jahre später bei einem Jahrgangstreffen aufeinander und kamen auf die Idee, eine eigene Firma zu gründen. Jeremy war der Ansicht, dass es besser wäre, für uns selbst zu arbeiten, anstatt jemand anderem die Taschen zu füllen. Als mein Großvater kurz darauf starb und mir sein Bürogebäude in der Innenstadt vermachte, schien der Moment für uns gekommen zu sein.

Ob es nun das Glück der Dummen war oder das Resultat von unbeirrbarer Überzeugung, jedenfalls trafen wir auf eine Goldmiene und machten uns sehr schnell einen Namen in hochrangigen Kriminalfällen, die uns in die Stratosphäre katapultierten.

Und jetzt, ein paar Jahre später, hatte Jeremy einen Schrank voll Gucci-Schuhe und ich ein millionenteures Haus in der teuersten Gegend der Stadt. Wenigstens half der Erfolg ein wenig über den Brandfleck meiner kollabierten Ehe hinweg.

Jeremy klopfte mit dem Fuß gegen meinen Schreibtisch. „Außerdem hat diese Historikergruppe noch mal angerufen, weil sie für die Zweihundertjahrfeier die Mauer draußen bemalen lassen wollen. Dieser ganze Schwachsinn ist mir zwar schnurz, aber es dürfte wohl nicht schaden, Teil der Gemeinde zu sein und so. Du bist doch da in diesem Komitee, das darfst also gern du erledigen. Dass mir nur die Maler hier keinen Dreck reinziehen."

Ich seufzte genervt. Die Kopfschmerzen, die mir schon seit Chelseas unerwartetem Besuch heftig gegen den Schädel pochten, hatten sich inzwischen in meinem Oberstübchen zu einer Marschkapelle ausgewachsen. Ich hatte auch ohne diesen Gemeindeblödsinn schon genug um die Ohren. Aber Jeremy hatte insoweit recht, dass es wichtig war, unsere Rolle zu spielen. Das war gut fürs Geschäft. Ich hätte nicht erwartet, dass das Zweihundertjahr-Komitee so viel von meiner Zeit in Anspruch nehmen würde, als ich beigetreten und auch prompt zum Präsidenten gewählt worden war. Ich hatte das eher als etwas gesehen, das sich gut im Lebenslauf machte und meine Verbundenheit mit der Heimat zeigte.

Noch ahnte ich nicht, dass Marla Delacroix, die siebzigjährige Despotin über alle Veranstaltungen im Städtchen Southport, nicht weniger als mein Herz und den Schweiß meines Angesichts erwartete. Und vielleicht auch noch mein erstgeborenes Kind dazu.

„Na schön, dann ruf ich Marla mal an", sagte ich eine Grimasse ziehend, schon jetzt voller Abscheu gegen die Unterhaltung mit Southports eiserner Jungfrau.

„Bis später. Lass mich wissen, wie's mit Taylor vorangeht." Jeremy schnappte sich eine Handvoll M&Ms, die ich immer in einer Schüssel auf dem Schreibtisch stehen hatte, und steckte sich eins davon in den Mund. „Ich bin am Nachmittag bei Gericht, aber wir können danach reden."

„In Ordnung", meinte ich und entzog die Schüssel Süßigkeiten seiner Reichweite. Niemand vergriff sich an meinen M&Ms.

Nachdem Jeremy gegangen war, begann ich mit der Arbeit an der Erklärung, die ich nun schon seit ein paar Tagen vor mir herschob. Ich fuhr mich allerdings schnell wieder darin fest und bemerkte kaum, wie eine Stunde verging, bis Lena mit einer Tasse Kaffee in der Hand erschien.

„Hier." Sie reichte mir die Tasse, die ich dankbar annahm und gleich zur Hälfte leerte, ganz egal, ob ich mir die Zunge verbrannte.

„Du siehst so aus, als könntest du das Koffein gut gebrauchen", stellte sie fest und schlürfte aus ihrer eigenen Tasse.

„Du bist die Beste", antwortete ich mit einem Lächeln und trank den Rest aus.

„Vergiss das bloß nicht." Sie nahm die Taylor-Akte an sich und schaute sie durch. „Also, ich hab gestern Abend mit Mom geredet …"

„Danke für den Kaffee, Lena." Ich hatte meine Aufmerksamkeit bereits wieder der Erklärung zugewandt.

„Ich will echt nicht unhöflich sein, aber ich muss das hier fertigbekommen, bevor ich aufs Polizeirevier gehe – "

„Sie hat mir erzählt, dass June am Montag vorbeikommen würde und sie auf die Suche nach ein paar Möbeln gehen wollen."

Ich verkrampfte mich wie immer ganz leicht bei der Erwähnung von June Galloway, Moms bester Freundin. Ich hatte June immer wie eine zweite Mutter geliebt, aber in meinem letzten Jahr in der Highschool hatten sich die Dinge geändert.

Nachdem Junes Tochter und meine einstmals beste Freundin beschlossen hatte, dass sie mich hasste.

Und auch wenn June mich nie anders behandelt hatte, fühlte ich mich in ihrer Nähe immer komisch. Ein bisschen schuldig sogar. Obwohl ich vermutete, dass Meg, genauso wenig wie ich selbst, ihrer Mutter erzählt hatte, was tatsächlich zwischen uns vorgefallen war.

Es gab Dinge, die besser zwischen uns blieben.

„Okay… gut." Ich lehnte mich zurück und hoffte, dass Lena endlich auf den Punkt kam. Aber sie wirkte seltsam zögerlich. Das passte so gar nicht zu meiner Schwester, die sonst nie ein Blatt vor den Mund nahm.

Jetzt kaute sie sogar auf ihrer Unterlippe herum. „Du kannst dir ja vorstellen, dass es June nicht ganz leicht hat, seitdem David gestorben ist."

„Sicher. Das war ein ziemlicher Schock. Keiner hat das kommen sehen", pflichtete ich ihr bei. Junes Mann David war letzten Frühling nach einem Herzinfarkt verstorben. Am Tag zuvor hatte er noch mit meinem Vater Basketball gespielt und alles schien in Ordnung zu sein.

David hatte immer unverwundbar gewirkt. Er hatte einen Schopf dicken roten Haares auf dem Kopf, genau dieselbe Farbe wie bei seinen beiden Töchtern, und kaum eine graue Strähne dabei. Er joggte jeden Morgen acht Kilometer, bevor er zu seinem Job im Büro der Regionalverwaltung ging. Der Mann hatte mich bis zum Schluss auf dem Basketballfeld in Grund und Boden gerannt. David Galloway war die wohl unwahrscheinlichste Person überhaupt für einen Tod durch Herzinfarkt.

Bei seinem Begräbnis war die Kirche zum Brechen voll gewesen. Er war ein beliebtes Mitglied der Gemeinschaft von Southport und sein Dahinscheiden traf eine Menge Leute schwer. Am meisten wohl seine jüngste Tochter, die ihm besonders nahegestanden hatte.

Ich hätte Meg damals gerne angesprochen und ihr mein Mitgefühl ausgedrückt, aber sie warf mir und Chelsea nur einen einzigen Blick zu, wandte sich ab und ließ mir keine Gelegenheit, etwas zu sagen.

Es schmerzte mich, dass sie litt und ich nichts tun konnte, um ihr zu helfen, weil sie meine Unterstützung niemals akzeptiert hätte.

In Meg Galloways Leben war ich eine unerwünschte Person.

„Bei Dr. Walton haben sie ihre Arbeitsstunden gekürzt und sie kommt jetzt kaum mehr über die Runden“, fuhr Lena fort.

Ich runzelte die Stirn. „Das wusste ich nicht. Wenn ich irgendwas tun kann, um June zu helfen – “

„Meg wird eine Weile zurück nach Hause ziehen, um ihrer Mom auszuhelfen. June hat vor, das Haus zu verkaufen, und Meg will sie dabei unterstützen“, plapperte Lena eilig und in einem Zug, so als könnte sie die Worte gar nicht schnell genug loswerden.

Eine lange Stille breitete sich zwischen uns aus.

„Meg zieht zurück nach Southport?“, fragte ich schwach. Ich tippte planlos auf der Tastatur herum und achtete nicht einmal darauf, was ich schrieb.

„Ja, tatsächlich. Nachdem Whit ja jetzt in Paris lebt, ist Meg eben näher dran. Mom hat June angeboten, bei ihr und Dad einzuziehen, aber du kennst ja June.“

„Stur wie ein Esel“, sagte ich und Lena gluckste.

„Ja. Offenbar hat Mom von ihr ein paar recht scharfe Worte kassiert, als sie das vorgeschlagen hat.“ Ihr Stolz war den Galloways wichtig. Vielleicht sogar zu wichtig.

„Das wundert mich nicht.“ Tipp, tipp, tipp auf der Tastatur. „Also …“

„Also …" Lena musterte mich eindringlich. „Sie fährt morgen von New York herunter."

Morgen.

„Wow, das geht ja schnell." Meine Kehle fühlte sich trocken an. Ich hob meine Kaffeetasse an den Mund, aber die war ja leer. Verdammt.

„Sie reden wohl schon eine Weile darüber. Meg war wohl nicht allzu erfreut über die Aussicht, wieder herzukommen." Wieder kaute Lena auf ihrer Unterlippe.

Meg war immer darauf versessen, hier rauszukommen. Für sie fühlte sich Southport zu klein an, zu beengt. Sie kannte nicht dieselbe emotionale Verbundenheit wie ich mit unserer Heimatstadt. Meg war eben schon immer eine Naturgewalt gewesen. Southport konnte ihren Sturm nicht aufhalten.

„Jedenfalls freut es mich, dass sie ihrer Mom hilft." Mehr konnte ich nicht sagen. Ich wusste nicht recht, was Lena jetzt von mir erwartete. Ich wollte nicht an Meg denken oder daran, dass sie zurück nach Southport kam.

Ich begann wieder zu tippen. „Kannst du mir bitte die Cottrell-Akte raussuchen? Ich hab sie letzte Woche gesucht, aber sie war nicht im Aktenschrank."

Lena rührte sich nicht. „Wann hast du das letzte Mal mit Meg gesprochen? Das ist Jahre her, nicht?"

Ich fühlte, wie sich mein Kiefer verkrampfte und ich mir so fest auf die Zähne biss, dass ich mir etwas brechen hätte können. Lena war nicht grausam, aber die Frage grenzte an ein Verbrechen. Sie wusste ganz genau, wie lange es her war, dass ich das letzte Mal mit Meghan gesprochen hatte.

„Ich hasse dich, Adam. Ich will dein Gesicht nie wiedersehen!"

Das Echo ihrer Stimme hackte sich in mein Gehirn wie tausend Eispickel.

Auch jetzt noch, nach so langer Zeit, schnürte mir die Erinnerung an ihren Blick in jener Nacht den Magen zu.

Ich wischte die Gedanken weg und schaute meine Schwester ohne Rührung an. „Ich weiß nicht recht. Ich hab nicht Buch geführt."

Anders als meine zukünftige Exfrau war ich ein beschissener Lügner.

Und Lena fiel nicht darauf rein. „Ach echt? Bist du nicht nach dem College mal nach New York gefahren, um sie zu sehen? Und was war bei Davids Begräbnis? Ich hätte gedacht, du würdest wenigstens da versuchen, das Kriegsbeil zu begraben. Was ist passiert?"

Ich räusperte mich und tat mir plötzlich beim Schlucken schwer. „Nichts ist passiert. Ich hab nie mit ihr geredet. Nach dem Begräbnis war es hektisch und ich hab's nicht mehr zu ihr geschafft." Nicht geschafft. Als wäre sie eine flüchtige Bekannte. „Und das mit New York – ja, ich bin für ein Wochenende hochgefahren." Ich räusperte mich noch einmal. „Aber wir haben uns nicht getroffen."

Ich würde Lena ganz sicher nicht erzählen, wie ich Meg zwei Tage lang praktisch nachgeschlichen war und mir selbst den Mut zuzureden versuchte, sie anzusprechen. Aber ich hatte den Schwanz eingeklemmt. Nicht mein glanzvollster Augenblick.

Lena öffnete den Mund und wollte noch etwas sagen, aber ich schnitt ihr das Wort ab. „Ich brauche diese Cottrell-Akte. Wir verschwenden hier Zeit." Mein kalter Ton beendete die Unterhaltung.

Ausnahmsweise nahm meine beharrliche Schwester den Hinweis zur Kenntnis.

„Klar, besorg ich dir." Ihre Stimme war verstörend sanft, so als müsste man mich mit Samthandschuhen anfassen.

Nachdem sie gegangen war, starrte ich in meinen Bildschirm, ohne ihn zu sehen.

Meghan Galloway kam zurück nach Southport.

Schöne Scheiße.

Kapitel drei

Meghan

„Ich kann nicht glauben, dass du wirklich gehst“, beschwerte sich Damien, nachdem er mir die letzte Tasche gereicht hatte. Ich stopfte sie in den winzigen Kofferraum meines VW Käfers und schlug schnell den Deckel zu.

Ich fischte einen Schlüsselsatz aus der Tasche und gab ihn meinem Freund. „Da, bitte. Vergiss nicht, der Müllhäcksler funktioniert nicht, also steck bloß keine Nudeln in den Abfluss.“

Damien wandte entnervt die Augen gen Himmel. „Ich weiß. Du hast es mir nämlich schon mindestens ein Dutzend Mal gesagt.“

„Und der Ventilator im Bad geht nur, wenn das Licht über dem Spiegel an ist. Keine Ahnung warum. Die Verkabelung ist irgendwie schräg. Leon hätte eigentlich schon vor drei Monaten einen Elektriker kommen lassen sollen, aber, oh Wunder, er ist noch nicht dazu gekommen. Ich versuch ihn zu erreichen, sobald ich angekommen bin, aber wenn du ihn triffst, kannst du ihn auch gerne selbst fragen.“ Ich faselte. Meine Hand hatte die Wagentür so fest umklammert, dass die Knöchel weiß wurden. Ich musste los. Aber ich wollte verdammt noch mal einfach nicht.

Damien legte eine Hand um meine Schulter und gab mir eine Umarmung. „Meggie, Liebes, du übergibst mir hier nicht die Obhut deines Säuglings. Ich denke schon, dass ich es schaffe, in deiner Bude zu wohnen, ohne die Hütte gleich niederzubrennen.“ Er zwinkerte. „Zumindest in der Theorie.“

Ich ließ die Schultern sinken und hinterfragte meine Entscheidung zum hundertsten Mal, seitdem ich eingewilligt hatte, zurück nach Southport zu ziehen, um Mom zu helfen. Die Vorstellung gab mir das Gefühl, mich in eine hautenge Jeans zwängen zu müssen, aus der ich schon lange herausgewachsen war. Es fühlte sich einfach in jeder Hinsicht falsch an.

Southport, Pennsylvania, und ich, wir passten nicht mehr zueinander. Wir hatten beide keinerlei Bedürfnis füreinander.

Aber meine Mutter brauchte mich. Das war wichtiger.

„Ich hab mir dein Städtchen mal im Internet angesehen. Ich hab echt zehn Minuten gebraucht, um das richtige zu finden. Das ist ja mal wirklich am Arsch der Welt. Was macht man an so einem Ort denn, wenn man sich amüsieren will? Kühe umwerfen oder so?“ Damien schien ehrlich ratlos gegenüber dem Konzept von einem Leben in der Kleinstadt. Nicht, dass ich ihm einen Vorwurf machen konnte. Es gab schließlich Kleinstädte.

Und dann gab es da noch *Kleinstädte*.

Southport gehörte definitiv zur zweiten Kategorie. Es gab dem Begriff Arsch der Welt eine ganz neue Bedeutung.

„Ich werd's überleben, Damien. Außerdem bin ich ja auch nicht dort, um soziale Kontakte zu knüpfen. Ich will nur Mom helfen, das Haus herzurichten und zum Verkauf auszuschreiben. Sie kann das nicht alleine machen und ist viel zu stur, um irgendjemanden außerhalb der Familie um Hilfe zu bitten. Und selbst das war ihr schon zuwider."

In Wahrheit machte ich mir wirklich Sorgen um Mom, seitdem Dad vor zehn Monaten gestorben war. Sie setzte ein tapferes Gesicht auf, versicherte mir, dass es ihr gut ginge, aber die schwere Last auf ihren Schultern war nicht zu übersehen, genauso wenig wie die dunklen Ränder um ihre Augen. Dads Lebensversicherung war nicht gerade hoch gewesen. Es hatte gerade mal so für die Begräbniskosten gereicht. Und als Dr. Walton einfach so Moms Stunden halbiert hatte, war ihr nichts anderes übriggeblieben, als mir zu sagen, in was für Schwierigkeiten sie steckte. Ihre Finanzen waren so angespannt, dass sie die letzten drei Monate bereits mit der Stromrechnung in Verzug war. Sie kam nicht mit den Abgaben für das Haus hinterher. Und auch wenn der Kredit schon seit Jahren zurückgezahlt war, kam sie kaum über die Runden.

Whitney und ich hatten viel darüber geredet, was wir tun sollten.

„Sie kann da nicht ganz alleine wohnen bleiben", hatte Whitney immer wieder gesagt. Mich überhaupt mit meiner Schwester zu unterhalten, war schwierig in Anbetracht der sieben Stunden Zeitverschiebung zwischen uns. Und wenn ich sie mal ans Telefon bekam, war sie keine große Hilfe.

„Das weiß ich auch, Whit, aber sie will einfach nicht nach New York ziehen. Gott weiß, wie oft ich sie deswegen angebettelt hab."

Moms Reaktion auf meinen Vorschlag, zu mir in mein schäbiges Studioapartment in Queens zu ziehen, war nur schallendes Gelächter.

„Wo soll ich denn schlafen, Meghan? Unter deinem Bett?", hatte sie belustigt gefragt.

„Ich kann mir eine größere Wohnung suchen", hatte ich in die Defensive gedrängt nachgehakt. Mom hatte nicht beabsichtigt, herablassend über meine Bleibe und folglich auch über mein Leben zu sein, aber es fühlte sich trotzdem so an. Ich verbrachte einen guten Teil meiner Zeit damit, das Gefühl zu haben, so viel *mehr* tun zu können.

„Liebling, ich weiß das Angebot zu schätzen, aber ich kann Southport nicht verlassen. Hier haben uns dein Vater und ich verliebt. Hier haben wir euch Mädchen großgezogen. Hier waren wir immer glücklich."

Ihre Stimme war gebrochen und ich hörte sie am anderen Ende der Leitung leise schluchzen. Der Kummer meiner Mutter riss mir ein Loch in die Brust. Es vergrößerte mein eigenes Leid nur noch, bis ich darin unterzugehen drohte.

„Natürlich zieht sie nicht nach New York. Schließlich reden wir hier über Mom", war Whitneys ungeduldige Antwort gewesen. An irgendeinem Punkt in den letzten zehn Jahren war meine einst so hoffnungsfroh sprudelnde Schwester bissig und kalt geworden. Ich schrieb die Schuld der konkurrenzbetonten Natur ihrer Arbeit zu, fragte mich aber doch auch immer, ob nicht mehr dahintersteckte.

Als gefragte Visagistin für die Schönen und Reichen war sie ständig auf Achse, immer im Aufbruch. Als Resultat ihres anstrengenden Lebens waren die meisten anderen Dinge wohl auf der Strecke geblieben.

Inklusive unserer früher mal engen Bindung.

Sie war eine weitere Sache, die ich über die Jahre verloren hatte und nie wieder zurückbekommen würde. Ich gewöhnte mich langsam in bedenklichem Maße an Enttäuschungen.

„Und was sollen wir jetzt machen?", fragte ich meine Schwester in der Hoffnung, dass sie das Problem schon lösen würde, wie sie es früher immer getan hatte.

Aber die Tage, in denen Whitney mich bei der Hand hielt, waren lange vorüber. Sie hatte zu überleben gelernt, indem sie sich als allererstes um sich selbst kümmerte. Klar liebte sie ihre Eltern und mich, aber sie gehörte zu einer Welt, in der es jeder auf jeden abgesehen hatte, und das ließ wenig Raum für große Gefühle zu.

„Ich bin in Paris, Meg. Ich kann noch mindestens drei Monate lang nicht nach Hause kommen. Der Film, an dem ich gerade arbeite, sollte bis Ende September abgedreht sein, aber wenn es gut läuft, geht es gleich mit Scorsese weiter, der will im Herbst in Rom filmen."

Ich versuchte nicht wütend zu werden. „Was ist mit Mom, Whitney? Sie braucht uns. Sie braucht *dich.*" Ich fand es schlimm, dass ich sie an etwas erinnern musste, was ihr früher völlig natürlich erschienen wäre.

Für einen ganz kurzen Augenblick dachte ich schon, ich hätte sie. Ich konnte ihr zartes Seufzen im Ohr hören. „Ich weiß", sagte sie sanft. Vielleicht, vielleicht würde sie dieses Mal ja das Richtige für ihre Familie tun. Nicht nur das Richtige für *sie.* Aber Whitney steckte viel zu tief drinnen. „Ich hab eine Karriere zu verlieren, Meg. Und du?"

Die Frage tat mir weh. Auch deshalb, weil ich keine Antwort wusste. Ich hatte es so eilig gehabt, Southport nach dem Abschluss zu verlassen. Ich ging in Pittsburgh auf die Kunsthochschule und machte einen

Abschluss in Kunstwissenschaft. Danach war ich nach New York gegangen und hatte als Praktikantin in einer Galerie angefangen, während ich auch an meinen eigenen Stücken arbeitete. Mein Traum war es immer gewesen, von meiner Kunst leben zu können. Und eine Weile lang sah es auch so aus, als würde ich es schaffen.

Mr. Duncan, der Eigner der Galerie, entschloss sich zu einer Ausstellung, nachdem er einige meiner Werke gesehen hatte. Die Leute begannen meine Drucke zu kaufen. Ich konnte mir eine schnucklige Wohnung in Queens mieten. Einige kleinere Zeitungen berichteten über mich.

Ich war dabei, mir einen Namen zu machen. Langsam, aber sicher, machte mein Ruf die Runde in der Künstlergemeinde. Mr. Duncan, der von den Verkäufen meiner frühen Werke beeindruckt war, setzte eine große Schau meiner Kunst an. Ein ganzer Abend, nur meinen Gemälden gewidmet. Meinen Träumen.

Und es war ein Desaster.

Mein Stern brannte aus.

Die Sache mit der Welt der Kunst bestand darin, dass es schwierig war, relevant zu bleiben. Sobald die Leute nicht mehr über einen redeten, war es nahezu unmöglich, sie wieder dazu zu bringen. Denn es lauerte immer schon eine ganze Meute anderer Künstler da draußen auf ihre Aufmerksamkeit.

Und deshalb stand ich nun fast ein Jahrzehnt später da und arbeitete Vollzeit als Kellnerin, während ich noch immer meine Kunst unter die Leute zu bringen versuchte.

Ich hatte gedacht, meine Träume mit dem Dampfhammer zerschlagen zu bekommen, wäre das schlimmste Gefühl auf der Welt, bis mein Vater im Alter von nur dreiundsechzig Jahren an einem Herzinfarkt starb – nur zwei Jahre vor der Rente – und ich begreifen musste, dass seelischer Schmerz auf die schrecklichste Weise unermesslich sein konnte.

Ich hatte Whitneys unsensible Frage nicht beantwortet, weil ich nicht gewusst hätte, wie ich die Worte herausbringen sollte, ohne ihr zu sagen, dass sie sich selbst ins Knie ficken soll.

Nachdem ich Mom also noch eine Weile lang vollgepredigt hatte, kam es schließlich zu der Einigung, dass ich meine Wohnung an meinen guten Freund Damien – ebenfalls Künstler – untervermieten und zurück nach Southport ziehen würde.

Der Beschluss stand, nach all den Jahren konnte meine Mutter nicht länger in meinem Elternhaus wohnen bleiben. Es war für sie alleine zu groß, die laufenden Kosten waren zu hoch. Sie brauchte etwas Kleineres und Bezahlbareres. Aber das Haus brauchte einige Renovierungen, bevor es bereit für den Markt war. Wenn wir einen optimalen Preis erzielen wollten, musste noch einiges verputzt und neu gestrichen werden. Das untere Bad brauchte ebenfalls eine Erneuerung und der Zaun ums Haus war auch hinüber. Es war eine Menge Arbeit und Mom war finanziell total überlastet. Es gab nur eine Lösung: Ich musste ihr persönlich helfen kommen. Wir würden unser Geld mit Whitney zusammenlegen, die Arbeiten würden wir selbst übernehmen. Ich konnte genauso gut malen wie jeder Profi. Und einen Hammer schwingen konnte ich auch.

Wenn es eine Sache gab, vor der Meghan Galloway keine Angst hatte, dann war es harte Arbeit.

„Deine Mutter klingt ziemlich ähnlich wie du", zog Damien mich auf. Ich schnaubte verächtlich, aber es stimmte. Ich hatte die Sturheit meiner Mutter geerbt, so viel stand fest.

„Vergiss nicht, Sunny und Lola zu füttern. Und wenn du mal weg bist, ich hab diese Tabletten fürs Wochenende, die man ins Aquarium schmeißt – "

„Schon kapiert, kleine Meg. Ich verspreche, dass ich deine Goldfische nicht umbringe." Damien hob die linke Hand zum Schwur und legte sich die rechte aufs Herz. Dann legte er beide Hände auf meine Schultern und schaute mir mit nüchternem Blick in die Augen. „Trotzdem gefällt es mir nicht, dass du gehst. Ich mache mir Sorgen, dass ich dich nie mehr wiedersehe. Dass dieses winzige, winzige Örtchen dich einfach verschluckt und nicht wieder hergibt."

Ich lächelte schwach. Seine Sorge war nicht völlig unbegründet. Southport hatte eine Kraft an sich, der man sich schwer entziehen konnte.

War es Southport?

Oder waren es die Leute, die dort lebten?

Und mit Leuten … meinte ich da eine ganz bestimmte Person im Speziellen?

Nein. Ich wollte nicht an ihn denken. Ich weigerte mich. Ich wollte seinem Gesicht, seinem Lächeln, seinen Augen keinerlei Platz in meinen Gedanken zugestehen.

Dieses Recht hatte er vor zehn Jahren verspielt, als er sich für Chelsea Sloane entschied.

„Ich werde nicht für immer weg sein, wir teilen uns ja schließlich das Sorgerecht für Sunny und Lola, schon vergessen?" Ich stupste ihn in die Seite und versuchte meine eigene Anspannung zu verbergen.

Damien küsste mich auf die Nasenspitze und zupfte dann an einer meiner leuchtend roten Haarsträhnen. „Ich nehme dich beim Wort." Dann gab er mir noch einen scherzhaften Klaps auf den Arsch und schob mich zum Auto. „Und jetzt marsch. Der Verkehr wird die Hölle, wenn du noch länger wartest. Im Lincoln-Tunnel ist es sowieso immer scheiße.“

Ich seufzte tief. Ich konnte nicht anders. „Du hast ja recht. Ich sollte wohl los.” Ich hielt noch einen Augenblick inne und genoss alles an meiner hektischen, überfüllten Ecke der Stadt. Ich liebte diesen Ort. Mir gefiel der endlose Krach und die ständige Bewegung. Mir gefielen die trötenden Hupen und die Lichter, die die ganze Nacht lang an waren. In New York City gab es kaum einen stillen Platz.

Ich war weit weg von diesem betriebsamen Trubel aufgewachsen und hatte mich stets danach gesehnt. Und jetzt ging ich zurück an jenen Ort, vor dem ich geflohen war. Es fühlte sich einfach falsch an. Wie ein Schritt zurück. Ich stieg in meinen zerbeulten Käfer und fuhr mit einem letzten Gruß an Damien hinaus in den dichten Stadtverkehr, um mich auf den Weg zurück nach Hause zu machen.

Unsicher, was dort wohl auf mich warten würde.

**

„Da bist du ja! Ich wollte schon die Kavallerie rufen lassen!“

Mom wartete schon in der Auffahrt, als ich kurz nach fünf Uhr vor dem Haus hielt. Ein zehn Kilometer langer Stau hatte mich Stunden gekostet. Für die Stimmung gab es doch nichts Schöneres, als zwischen Tausend Autos gefangen zu sein!

„Tschuldigung, es waren wohl ein Haufen Unfälle unterwegs. Sonst wäre ich schon vor einer Ewigkeit hier gewesen.“ Kaum ausgestiegen, fand ich mich in einer nach Rosen duftenden Umarmung wieder. Die Vertrautheit des Geruchs meiner Mutter ließ mich ein klein wenig schmelzen. Die Brust zog sich mir zusammen und meine Augen brannten. Bis zu diesem Moment hatte ich nicht bemerkt, wie sehr mir ihre Umarmungen fehlten.

Sie schob mich weg und tätschelte mir liebevoll den Rücken. „Du bist zu dünn, mein Schatz. Du isst nicht genug.“

Ich schob mir eine verirrte Strähne aus den Augen und grinste über die Besorgnis im Gesicht meiner Mutter. Sie sagte immer das gleiche, selbst damals, als ich mit dem üblichen Erstsemesterspeck aus Pittsburgh nach Hause gekommen war. Zu allererst war sie nun mal Mutter, die Sorge war ihr also einprogrammiert.

„Ziemlich sicher, dass ich auch nicht weniger wiege als letztes Mal zu Ostern“, versicherte ich ihr, als ich die Fahrertür zuwarf.

Sie hakte ihren Arm bei mir unter und führte mich zu der hellblauen Eingangstür. Sie war noch immer wie eh und je. Mein Vater hatte sich entschieden, sie im knalligsten Blau anzustreichen, das er finden konnte.

„Wir müssen aus der Masse hervorstechen. Es bringt nichts, unauffällig zu sein, wenn man auch strahlen kann, Meg."

Dads Kreativität und Liebe zur Farbe hatte meine eigene Leidenschaft für die Kunst beflügelt. Auch wenn er dreißig Jahre lang in der Verwaltung gearbeitet und sonst auch noch ein überzeugter Sportsmann war, galt seine erste Liebe dem Malen und Zeichnen. Er verbrachte am Wochenende Stunden mit total bekleckerten Händen und kreierte ein Bild nach dem anderen. Ich hatte ihm immer gern bei der Arbeit zugesehen, die Brauen zusammengezogen, die Unterlippe vor Konzentration zwischen die Zähne geklemmt.

„Nein, ich finde, du hast abgenommen. Eine Mutter weiß solche Dinge." Mom tätschelte meinen Arm. „Aber trotzdem hübsch." Ihr Kompliment traf mich mitten ins Herz.

„Du bist da vielleicht ein bisschen voreingenommen, Mom." Ich beugte mich hinab, um ihren Kopf zu küssen, wobei mir auffiel, wie sehr ihr Haar im Vergleich zu vor ein paar Monaten ergraut war. Sorgenfalten zogen sich über ihr Gesicht, als hätte sie jemand dort eingemeißelt. Sie sah müde aus, erschöpft sogar, aber ihr Lächeln war noch immer dasselbe. Es war hell und erfüllt von all der Liebe dieser Welt.

„Ich mag voreingenommen sein, trotzdem ist es wahr. Und jetzt komm rein, ich mach dir was zu essen. Du hast bestimmt nichts zwischen die Zähne bekommen, seitdem du in New York aufgebrochen bist." Sie öffnete die Tür und betrat das Foyer.

Der kühle Schatten im Zimmer war still und allzu leer. Ich zögerte auf der Schwelle, unsicher, ob ich da wirklich hineingehen wollte. Es war hier immer so, seit Dads Tod. Dieses Haus, das stets mein sicherer Hafen gewesen war, fühlte sich ohne seine übermenschliche Präsenz seltsam fremd an. Es war hohl, so als wäre das Leben aus seinen Wänden abgesaugt worden.

„Na komm schon, Meghan. Lass nicht die ganze kühle Luft raus. Ich will den Garten nicht mitkühlen", tadelte Mom gutgelaunt. Mit einem tiefen Atemzug trat ich ein und schloss die Tür hinter mir.

Ich folgte ihr durchs Wohnzimmer in die Küche. Alles war so, wie es immer gewesen war. Dieselben Fotos standen auf dem Kaminsims. Die karierten blau-weißen Kissen waren wie immer auf der Couch angeordnet. Dads grüne Strickdecke hing über der Lehne seines Fernsehsessels. Der Anblick war zugleich tröstlich und verwirrend. Wie ein Wegweiser in eine Welt, die nicht mehr existierte.

„Setz dich, setz dich. Erzähl mir alle Neuigkeiten", trug mir Mom auf und stellte mir einen Hocker an der Kochinsel hin. Ich rutschte ungeschickt auf dem Hocker hin und her und schaute meiner Mutter dabei zu, wie sie in der Küche herumwuselte, Schränke öffnete, Teller herausstellte und dann Wurst und Käse aus dem Kühlschrank holte.

Whitney und ich hatten immer alles mit unserer Mutter besprochen. Als wir Teenager waren, kannte sie immer alle unsere Geheimnisse. Die Jungsgeschichten, die Zwistigkeiten mit den Freunden. Ich hatte ihr irgendwann auch von meiner hoffnungslosen Liebe zu Adam erzählt.

Ihr Rat war simpel gewesen. „Du musst dir überlegen, was dir wichtiger ist, eure Freundschaft oder die Aussicht auf eine Beziehung. Aber du musst bedenken, dass das eine das andere zerstören kann, ohne dass du das willst."

Natürlich hatte sie recht gehabt. Obwohl es nicht so gekommen war, wie wir uns das beide gedacht hätten.

„Es gibt nichts Neues zu berichten, Mom, schließlich haben wir ja gerade vor zwei Tagen geredet." Ich nahm einen Bissen von dem Schinken-Käse-Sandwich, das sie mir vor die Nase gestellt hatte. Sie schenkte sich ein Glas Eistee ein und setzte sich neben mich, beäugte mich mit Argusaugen, während ich aß. Stets besorgt.

„Was ist mit dem Mann, mit dem du da mal ausgegangen bist? Wie war sein Name? Brad? Du hast ihn schon eine Weile nicht mehr erwähnt."

Ich legte das Sandwich hin und nahm einen Schluck Wasser, bevor ich ihr antwortete. „Du meinst Brent? Oh, das ist über ein paar Dates nicht hinausgegangen. Ein lieber Kerl, aber nichts für mich." Ich schaute sie nicht an, weil ich wusste, dass ich in ihrem Gesicht versteckte Enttäuschung sehen würde.

„Oh, schade. Er hat sich nett angehört."

Ja, Brent war nett. Aber das war's auch schon. Damien hatte uns aufeinander angesetzt, weil er fand, dass wir viel gemeinsam hätten. Brent war Kunsthändler, und wo ich doch selbst strauchelnde Künstlerin war, hatte mein wohlmeinender Freund darauf bestanden, dass wir eine super Paarung abgeben würden. Leider funkte es zwischen uns so gar nicht, was noch deutlicher wurde, als wir uns zum ersten und einzigen Mal küssten, wobei unsere Zähne aufeinander gekracht waren und er meinen Kaugummi verschluckt hatte.

Man hätte glauben mögen, dass ich die Sache mit den Männern mit achtundzwanzig so langsam draufhaben sollte. Ich war eine unabhängige Frau, die alleine in New York City lebte. Ich war hinaus in die Welt gezogen, um meinen Träumen hinterherzujagen, und eine Zeit lang war mir das auch geglückt. Und trotzdem taumelte ich immer noch durchs Erwachsenenleben und hatte absolut keine Ahnung, was es für eine dauerhafte Beziehung brauchte.

Aber das war eigentlich auch in Ordnung für mich. Ich brauchte keinen Mann, um mich vollständig zu fühlen. Mit meinem Singledasein war ich mehr als zufrieden. In meiner Erfahrung brachten Männer mehr Ärger als Nutzen.

Aber das bedeutete natürlich nicht, dass sich meine Mutter eine Gelegenheit hätte entgehen lassen, mich unter die Haube zu bringen.

Mom tätschelte aufmunternd meine Hand. „Wenn es nicht hat sein sollen, dann ist es auch kein großer Verlust."

„Wir waren nur dreimal miteinander aus, Mom", stellte ich lachend klar.

„Du bist noch jung. Du hast noch Zeit, mir ein paar Enkel zu machen." Mom zwinkerte mir zu und ich musste ein Stöhnen unterdrücken. „Und jetzt lass uns mal deine Sachen auf dein Zimmer bringen."

Ich stellte meinen Teller in den Geschirrspüler und ließ alles einen Augenblick lang auf mich wirken.

Ich war zu Hause.

Warum fühlte sich das so verhängnisvoll an?

Kapitel vier

Meghan

Ich stand inmitten meines Kinderzimmers und schaute mich um. Genau wie der Rest des Hauses diente es als Schnappschuss aus einer anderen Zeit. Einer besseren Zeit.

Mein Doppelbett war noch immer mit neongelben Kissen und zerzausten Plüschtieren bedeckt. Ich nahm das Schweinchen mit dem fehlenden Ohr in die Hand und musste lächeln. Ich erinnerte mich daran, wie mein Dad es mir mitgebracht hatte. Er hatte es nach einem Wochenende mit seinen Golfkumpels für mich gekauft.

„Sein Name ist Specki. Pass gut auf ihn auf, okay?“, hatte er feierlich verkündet und das rosa Stofftier in meine siebenjährigen Ärmchen übergeben.

„Specki ist ein blöder Name“, hatte ich protestiert, das Schwein aber gleich fest gegen meine Brust gedrückt.

Dad hatte mich ernst angeschaut und langsam genickt. „Ja, da hast du wohl recht. Wie möchtest du ihn denn nennen?“

Ich dachte lange nach und entschied mich dann für Mortimer.

„Mortimer das Schwein also“, bestätigte Dad mit einem herzerwärmenden Lächeln.

Ich stellte Mortimer behutsam zurück aufs Bett und setzte meine Tour durchs Zimmer fort. Ich lächelte zu dem gerahmten Bild von Skylar und mir in der Highschool, ich in Jungsshorts und einem Baseballshirt, Skylar in einem schwarzen Spitzenkleid und fingerlosen Handschuhen. Auf dem Papier hätten wir niemals Freundinnen sein dürfen, und doch hatten wir es immer irgendwie geschafft.

Der einzige Lichtblick an meinem Umzug nach Southport war, dass ich Skylar wieder öfter sehen würde. Sie lebte mit ihrem Verlobten nur eine Dreiviertelstunde entfernt in der Nähe von Pittsburgh. Ich hatte kein Talent dafür, in Kontakt mit alten Freunden zu bleiben, aber Skylar hatte mir nie erlaubt, den Anschluss zu verlieren. Sie war launisch und mürrisch, aber unerschütterlich loyal gegenüber den Leuten, die ihr wichtig waren. Ich hatte Glück, dass ich dazugehörte.

Mir fiel auf, dass eines der Poster sich von der Wand gelöst hatte. Ich beugte mich runter, um es aufzuheben, und erst als ich mich erhob, fiel mir auf, was es verdeckt hatte.

Eine Reihe verschiedenfarbiger Linien, die in zwei Reihen angeordnet waren. Die oberen waren wacklig und eindeutig von Kinderhand gezeichnet. Die unteren waren sauber und gerade. Ich musste gegen meinen Willen schon wieder lächeln.

Die Linien bezeichneten zehn Jahre. Es war eine laufende Punktezählung von gespielten Partien Rommé. Adam und ich waren immer die größten Konkurrenten gewesen. Ich erinnerte mich an komplette Wochenenden, die wir nur mit Kartenspielen verbrachten. Als ich die Ergebnisse durchzählte, schien es, als läge ich seit unserer letzten Runde vorn.

Wann war das gewesen?

Ach ja, kurz bevor er mein Herz mit einer Dampfwalze geplättet hatte, weil er so ein Arsch war.

Mom hatte damals einen hysterischen Anfall gehabt, nachdem sie die Striche auf der Wand gesehen hatte, aber es war ja nichts, was ein gut platziertes Poster nicht hätte verdecken können. Und so waren sie noch immer da, nach all der Zeit, als Erinnerung an eine Freundschaft, die einst wichtiger war als alles andere. Und als Erinnerung daran, wie er sie ins All geschossen hatte.

Ich erkannte den Knoten in meiner Brust wieder, den nur Adam Ducate zu knüpfen vermochte.

Mein Zimmer war ein stummer Zeuge von siebzehn Jahren Gelächter und Freude. Von Geheimnissen und Tränen. Selbst jetzt noch, zehn Jahre nachdem ich zum letzten Mal mit ihm gesprochen hatte, spürte man ihn hier in jeder Ritze und jeder Ecke. Es war schwer, hier drin zu sein und *nicht* an ihn zu denken. Ich hatte mir solche Mühe gegeben, ihn aus meinem Bewusstsein zu verbannen. Meine Gedanken nicht zu jenen Tausenden von Erinnerungen abdriften zu lassen, die wir teilten.

Ich klebte das Poster schnell wieder an die Wand und ließ die Spuren verschwinden. Ich wollte nichts davon wissen. Morgen würde ich Farbe kaufen gehen. Es war Zeit, Adam für immer zu löschen

Was nicht ganz leicht sein dürfte, solange er in derselben bescheuerten Stadt wohnte.

Ich hörte es an der Tür klingeln und schaute aus dem Fenster. Ein dunkelblauer Pickup stand in der Auffahrt, auf dessen Seite der Schriftzug der Gärtnerei Webber stand. Von unten hörte ich das laute Rumpeln einer altbekannten Stimme, gefolgt von dem hohen Klang meiner Mutter.

Ich ging hinaus in den Gang und blieb oben an der Treppe stehen, lugte übers Geländer. Mom stand im Türrahmen und nahm eine Kiste voll Pflanzen entgegen. Der Mann, der sie ihr gegeben hatte, war locker 1,90 Meter groß, hatte breite Schultern und ein raues, gutaussehendes Gesicht, das von der Sonne gebräunt war. Er war gut gealtert und trug seine bald dreißig Jahre mit einem attraktiven Selbstbewusstsein, das ihm gutstand. Er überragte meine Mutter, aber nicht auf einschüchternde Art. Sein Lächeln war dafür viel zu liebenswürdig, seine Augen zu strahlend. Er würde nie jemanden einschüchtern. Das wusste meine Mutter natürlich selbst am besten.

„Immer noch ein alter Schwerenöter, wie ich sehe. Manche Dinge ändern sich wohl nie, Web", rief ich und ging die Treppe hinunter, wobei ich diesen Kerl angrinste, den ich nun schon seit über einem Jahr nicht mehr gesehen hatte.

Kyle schaute auf und sein Lächeln war dabei genauso ehrlich und fröhlich wie mein eigenes. „Sieh einer an, wer sich da entschlossen hat, mal wieder reinzuschneien", sagte er gedehnt und nahm die Hände aus den Hosentaschen, um mich in eine Umarmung zu quetschen, bei der ich mir um ein Haar ein paar Rippen gebrochen hätte.

„Okay, du kannst jetzt loslassen", keuchte ich mit erstickter Stimme, das Gesicht an seine Brust gedrückt. Ich fühlte das Poltern seines Lachens und wurde dadurch von einer Wärme erfüllt, die ich nicht erwartet hätte.

Kyle ließ mich schließlich frei, nicht jedoch bevor er mir noch die Haare zerstrubbelt hatte. „Schön dich zu sehen, Galloway. Ist viel zu lange her."

Ich strich mir das wilde rote Haar so gut es ging glatt. „Ich weiß. Das mit dem Kontakt halten ist echt nicht so mein Ding." Ich fühlte mich ein bisschen schuldig. Ich sagte auch nicht ganz die Wahrheit. Ich war über die Jahre ein wenig lax geworden in Hinblick auf meine alten Freunde, aber das war nicht der einzige Grund, weshalb ich meine Verbindung mit Kyle so hatte schleifen lassen. Kyle war schließlich Adams bester Freund. Wo Kyle war, konnte Adam nicht weit sein. Den einen gab es nicht ohne den anderen. Und meine Erinnerungen an Kyle würden immer verknüpft sein mit meinen Gefühlen für Adam. Es tat weh ihn anzusehen, weil ich dann immer auch jenen Jungen sah, der mich abgewiesen hatte. Das war zwar nicht fair, aber so fühlte ich nun mal. Es war immer einfacher gewesen, einfach *nicht* mit Kyle zu reden, weil ich mir so einreden konnte, dass ich Adam vergessen hätte.

Daran, wie Kyle mich oft ansah, konnte ich erkennen, dass er das alles nur zu gut verstand.

„Naja, jetzt bist du ja zurück und Ausreden gibt's jetzt auch keine mehr", meinte er tadelnd.

„Kyle hat mir dabei geholfen, den Garten aufzuräumen und die Blumenbeete herzurichten, bevor wir das Haus zum Verkauf freigeben.

Jetzt hat er mir grade noch die Hortensien vorbeigebracht, die ich bestellt habe." Mom zeigte auf die Kiste mit bunten Blumen.

„Deine Mutter ist allerdings eine Sklaventreiberin. Und zwar mit einer sehr eindeutigen Vorstellung davon, wie der Garten auszusehen hat, soviel steht fest", kommentierte Kyle scherzhaft.

„Ich weiß eben, was mir gefällt", beschwichtigte Mom.

„Das brauchst du mir nicht zu erzählen. Weißt du noch, wie sie uns eingespannt hat, um das Wohnzimmer neu zu streichen?", fragte ich.

„Scheiße ja, und ob. Wir durften gerade mal zehn Minuten Pause machen", gluckste Kyle.

„Und dann hat Whit dich mit Farbe vollgespritzt und du hast ihre Haare in den Eimer getunkt." Ich erinnerte mich daran, als wäre es gestern gewesen.

Mom hatte Kyle, Whitney und mich mit Farbrollern ausstaffiert und uns an die Arbeit geschickt. Das Ganze hatte eine Ewigkeit gedauert, weil wir ständig irgendwelchen Blödsinn anstellten, sobald Mom das Zimmer verließ.

Kyles Augen leuchten. „Wir hatten schon eine Menge Spaß damals, findest du nicht?"

„Allerdings", stimmte ich zu und wünschte mir dabei, über unsere gemeinsame Vergangenheit reden zu können, ohne dass sich dabei immer auch das Gefühl eines großen Verlustes in den Mittelpunkt drängte.

„Und, wie geht's? Ich hab dich nicht gesehen, seit …" Kyles verstummte, offensichtlich wusste er nicht, wie er das schwierige Thema ansprechen sollte.

„Seit Dads Begräbnis", beendete ich den Satz für ihn.

„Ja, seit da." Kyle schenkte mir ein trauriges Lächeln.

„Wenn ihr beiden ein Pläuschchen halten wollt, dann mach die Tür zu, Kyle. Ich bezahle nicht dafür, die Nachbarschaft zu kühlen", meckerte Mom und Kyle lächelte verlegen, bevor er die Tür hinter sich zuzog.

„Ich bring die mal raus in den Garten, Mrs. Galloway." Kyle wollte meiner Mutter die Kiste gerade wieder aus der Hand nehmen, aber sie hielt ihn davon ab.

„Ich bin problemlos dazu in der Lage, eine Kiste zu tragen, junger Mann. Du und meine Tochter, ihr könnt euch jetzt über alte Zeiten unterhalten. Macht euch um mich keine Gedanken." Die unbeugsame June Galloway machte auf dem Absatz kehrt und ging durchs Haus nach hinten in den Garten.

Kyle und ich mussten beide lachen.

„Komm mit, Mom hat Eistee gemacht", sagte ich dann und winkte ihn in die Küche. Er folgte mir, so wie er es schon tausende Male zuvor getan hatte. Einst hatte Kyle dieses Haus fast so gut gekannt wie ich selbst. Unsere Gruppe Freunde lebte in den Häusern der jeweils anderen, als wären wir dort überall daheim.

„Wenn ich zu etwas nicht nein sagen kann, dann ist es Eistee." Kyle ließ sich auf einem der Hocker nieder und nahm das kalte Glas, das ich ihm anbot.

„Und Kekse." Ich stellte ihm einen Teller voll vor die Nase und er fiel darüber her wie ein Verhungernder.

„Mann, manchmal träume ich sogar von denen hier. Die Backkünste deiner Mutter haben mir in jungen Jahren bestimmt fünf Kilo mehr auf den Rippen beschert", nuschelte er mit einem Mund voller Kekse.

Ich feixte. „Du hast fünf Kilo zugenommen, weil du frisst wie ein Pferd."

Kyle wischte sich mit dem Handrücken über den Mund. „Also, wie fühlt es sich an, wieder zu Hause zu sein?" Er tat einen tiefen Schluck von seinem Eistee und beobachtete mich über den Rand des Glases hinweg.

Ich hob die Schultern. „Weiß noch nicht. Ich bin seit gerade mal einer Stunde hier. Frag mich morgen noch mal." Ich lehnte mich gegen den Tresen und verschränkte die Arme vor der Brust. „Und was gibt's bei dir neues, Web? Hat dich Josie schon zugeritten?"

Kyle war seit fünf Jahren mit Josie Robinson zusammen. Ich war überrascht gewesen, davon zu hören, und auch nicht wenig enttäuscht. Josie war schon immer eine von Chelseas Lakaien gewesen. Eine aus der Gruppe der hübschen Zicken, auch wenn Josie ein bisschen erträglicher war als Chelsea.

Es machte wohl Sinn, dass Adams bester Freund bei der Freundin von dessen Frau landen musste. Auch wenn mir das alles ziemlich eklig und inzestuös vorkam.

Kyle kratzte sich den Stoppelbart am Kinn. „Äh, nein. Josie und ich haben uns vor sechs Monaten getrennt."

„Oh. Tut mir leid das zu hören", antwortete ich verlegen.

Kyle schnaubte. „Nein, tut es nicht. Du bist eine beschissene Lügnerin, Galloway."

Ich warf die Arme in die Luft. „Na schön. Es tut mir nicht leid. Ich konnte Josie nie leiden. Ich hab nie verstanden, wieso du mit ihr zusammen warst. Du bist so ein lieber Kerl und sie ist so eine …"

„Schlampe?", sprang er bereitwillig ein und hob fragend eine Augenbraue.

„Sie war in Chelseas Hofstaat. Wie sollte es anders sein?", spuckte ich aus. Wenn ich schon nur Chelseas Namen aussprechen musste, wollte ich gleich auf irgendwas eindreschen. Nie hatte ich jemanden so verabscheut wie Chelsea Sloane – Chelsea Ducate, genau genommen.

In der Schule hatte sie es sich zur Aufgabe gemacht, mir das Leben schwer zu machen, und es hatte sie in den Wahnsinn getrieben, dass ihre Versuche größtenteils fruchtlos blieben. Ich hatte weder Chelsea noch ihren Spießgesellinnen viel Aufmerksamkeit geschenkt. Ich war glücklich mit meiner kleinen Gruppe von Freunden.

Chelsea hatte zum Beispiel irgendwann verbreitet, dass ich im Sommer eine Geschlechtsumwandlung gemacht hätte, und in der achten Klasse ließ sie nach dem Sportunterricht meine Klamotten verschwinden, sodass ich gezwungen war, mir was von Skylar zu borgen und den Tag als Goth-Queen verkleidet zu verbringen. Sie spuckte mir beim Klassenpicknick ins Essen, flüsterte überlaut vor ihren Freundinnen über meine flachen Brüste, weshalb sie mir den Spitznamen „Zwei-Rücken-Meg" zukommen ließ.

Klar schmerzten diese Dinge, aber ich hatte schon immer dicke Haut und hielt es nie für nötig, mich zu rächen. Ich wollte einfach nicht meine Energie für Menschen wie Chelsea Sloane aufwenden, trotzdem saß mein Hass für sie tief. Skylar und ich verunstalteten immer ihr Bild im Jahrbuch und ich reimte mit Adam Scherzgedichte über ihre zu groß geratene Nase – das war vor ihrer Schönheitsoperation.

Mein Gefühl des absolut schamlosen Betrugs war also durchaus nachvollziehbar, als ich herausfand, zu meinem kompletten Entsetzen, dass mein bester Freund – das Objekt meiner unsterblichen Hingabe – hinter meinem Rücken mit meiner Erzfeindin angebandelt hatte. Es war zehn Jahre her, aber so hintergangen zu werden vergaß man nicht so schnell. Besonders wenn man bedenkt, welche Mühe sich Chelsea gegeben hatte, mich zu hänseln.

Die Beziehung zwischen ihr und Adam ergab keinerlei Sinn. Ja, natürlich sahen sie beide wahnsinnig gut aus, aber das war ja nur äußerlich. Ihre Persönlichkeiten waren wie Tag und Nacht. Oder zumindest hatte ich das immer gedacht. Aber angesichts dessen, wie schnell mich Adam beiseiteschob für ein paar lange Beine und glänzendes Haar, vielleicht waren sie sich ja doch ähnlicher als vermutet.

Kyle nahm sich noch einen Keks und zerbröselte ihn auf seinem Teller. „Das mit Josie und mir hat zwar am Ende nicht geklappt, aber sie und Chelsea haben nichts gemeinsam."

Jetzt war ich es, die schnaubte. „Ja klar. Erzähl mir doch mal was, das ich auch glauben kann, Webber."

Kyle wurde ernst. „Chelsea ist eine Bitch, das wissen wir alle, aber zieh Josie nicht über denselben Kamm. Sie war ein Opfer von Chelseas Scheiße, genau wie alle anderen.“

Ich hob kapitulierend die Hände. „Na schön. Ich gebe zu, dass ich Josie nie wirklich gekannt habe, aber du kannst es mir nicht zum Vorwurf machen, dass ich sie verurteilt habe angesichts der Gesellschaft, in der sie verkehrt ist.“

Kyle leerte seinen Eistee und erhob sich, um das Glas in den Geschirrspüler zu stellen. „Sie und Chelsea sind schon eine ganze Weile keine Freundinnen mehr. Josie hat den Kontakt zu ihr abgebrochen, als sie herausgefunden hat, was sie Adam angetan hat – “ Er unterbrach sich schnell selbst und tat geschäftig, indem er aufräumte, seine Serviette wegwarf und seinen Teller wusch.

Ich wollte nicht fragen. Es hätte mich nicht kümmern sollen.

Aber natürlich *musste* ich es wissen.

„Was soll sie Adam denn angetan haben?“, fragte ich mit vorgetäuscht gleichgültiger Stimme.

Kyles Gesichtsausdruck war ebenso betont regungslos. „Es ist nicht meine Angewohnheit, insgeheim über meinen besten Freund zu tuscheln.“

Ich bedeckte die Kekse mit Frischhaltefolie und achtete dabei darauf, Kyle nicht anzusehen. Ich schämte mich dafür, dass ich überhaupt gefragt hatte. Er war mir egal.

Er. War. Mir. Egal.

Rede dir das nur weiter ein, Mädchen.

„Das versteh ich. Tschuldigung“, murmelte ich.

Kyle räusperte sich, offensichtlich genauso verlegen wie ich. „Und. Ähm. Wie geht’s Whit inzwischen so? Deine Mom hat gesagt, sie lebt in Paris?” Kyle war in etwa so subtil wie ein Lastwagen.

Das war meine Gelegenheit, das Blatt zu wenden. „Es ist nicht meine Angewohnheit, über meine Schwester zu tuscheln, Kyle.“

Er lachte und die seltsame Anspannung nach der Erwähnung von Adam war gelöst. „Der Punkt geht an dich, Galloway.“ Er langte nach mir, um mich in eine einarmige Umarmung zu ziehen. „Ich sollte jetzt weiter, aber es hat mich gefreut, dich zu sehen. Lass dich mal blicken. Ich wohn immer noch drüben in der Walnut Street. Ich hab das Haus übernommen, als meine Eltern für die Rente nach Florida gezogen sind. Ich hab einen supergeilen Grill im Garten stehen. Lass uns mal Steak machen.“

„Das find ich gut. Lass mich einfach wissen, wann es dir passt. Vielleicht ruf ich auch Skylar an. Großes Wiedersehen und so.“ Ich brachte Kyle zur Tür und folgte ihm hinaus in die Abendsonne. Die Straße war ruhig. Ich hatte geglaubt, die Stille bestimmt nicht auszuhalten, aber irgendwie wirkte es friedlich auf mich.

Kyle sperrte seinen Pickup auf und kletterte auf den Fahrersitz, dann steckte er den Kopf zum Fenster raus, nachdem er den Motor angelassen hatte. „So ein Wiedersehen ist doch nur die Hälfte wert, wenn nicht alle da sind, hab ich echt?“ Er versetzte mir einen ernsten Blick. „Es wäre schön, wenn die ganze Gang wieder zusammen wäre. Ich meine *alle*.“

Ich verschränkte die Arme vor der Brust. „Ich weiß nicht, Web. Eins nach dem anderen. Ich bin doch grade erst zurück in die Stadt gekommen.” Ich lachte, aber es klang nicht sehr überzeugend.

„Und zwar in die Kleinstadt, Galloway. Vergiss das nicht.“ Er ließ den Motor heulen und setzte winkend zurück auf die Straße.

Die Kleinstadt.

„Als ob ich das je vergessen könnte“, knurrte ich bei mir selbst und sah hinterher, als mein Freund davonfuhr.

Kapitel fünf

Adam

Ich hatte keine Zeit zu duschen, bevor ich zu meinen Eltern musste. Ich hatte den Nachmittag damit zugebracht, mit Rob achtzehn Löcher am Golfplatz von Burlington zu spielen, über eine Stunde entfernt. Mir blieb gerade genug Zeit heimzugehen, mir eine andere Hose und ein sauberes Hemd überzuziehen. Ich sprenkelte mein Gesicht mit kaltem Wasser und wusch mir schnell die Achseln, bevor ich mich ausgiebig mit Deo einsprühte und hoffte, dass das genügen würde, um vor den wachsamen Augen von Marion Ducate zu bestehen.

Rob und ich nutzten das Golfen regelmäßig dazu, unsere Fälle zu besprechen. Er und ich glichen uns in einer Sache ganz besonders – wir gaben uns zur Gänze unserer Arbeit hin. Rob brach eine Lanze für Veränderung. Das war etwas, das ich an ihm schon immer bewundert hatte. Seine Argumentationsweise vor Gericht war legendär. Er konnte die Geschworenen anheizen wie kein anderer Anwalt, den ich je beobachtet hatte, und er war außerdem verdammt clever. Einer der intelligentesten Menschen, die ich kannte. Wenn ich mir mit einem Fall besonders schwertat, ging ich in der Regel als erstes zu ihm, um ihn um Rat zu bitten und ein paar Ideen durchzugehen.

Die Woche hatte sich als ganz schön höllisch erwiesen, gekrönt mit der Fortsetzung eines Falles, den ich ursprünglich für eine simple und schnell abzuhandelnde Körperverletzungssache gehalten hatte. Richter Radner war in einer besonders säuerlichen Stimmung gewesen und hatte es an mir ausgelassen. Dick Radner war noch nie ein großer Fan von mir gewesen, spätestens seitdem ich mich in der siebten Klasse beim Dekorieren seines Hauses mit Klopapier hatte erwischen lassen.

Kyle und noch ein paar andere aus unserem Basketballteam hielten es für eine super Idee, sich in etwas leichtem Vandalismus zu betätigen. Wir hatten schon die halbe Straße in Rosa gehüllt, als Richter Radner die Flutlichter anwarf. Kyle und die anderen rannten davon und ich blieb als Sündenbock zurück.

Er war keineswegs amüsiert gewesen und hatte mit der Polizei gedroht. Aber nach einem recht peinlichen, vor Rotz und Wasser strotzenden Appell beschloss er stattdessen meinen Vater anzurufen. Ich bekam einen Monat Hausarrest und wurde gezwungen, jedes einzelne Blatt Klopapier in der gesamten Nachbarschaft aufzuklauben.

Kyle, der sich wegen seiner Flucht schuldig fühlte, half mir dabei.

Aber bei Richter Radner hatte ich seitdem den Ruf eines Rabauken, selbst nachdem ich das Rechtsstudium abgeschlossen hatte und zurück in meine Heimatstadt gekehrt war, um meine eigene Kanzlei zu gründen. Wenn Dick Radner mal seine Meinung über jemanden gebildet hatte, war es so gut wie unmöglich, ihn wieder davon abzubringen.

Das Problem an Southport war, dass die Erinnerung weit zurückreichte und jeglicher Groll ebenso.

Rob half mir mit dem Fall und bot auch an, sich die Akten selbst noch mal durchzulesen, um zu sehen, ob ich nicht irgendetwas übersehen hatte. Ein zweites Paar Augen dabeizuhaben freute mich zwar, mein Partner war nur leider ein fürchterlicher Golfer, sodass wir den halben Tag damit zubrachten, unter der heißen Julisonne verlorene Bälle zu suchen. Zum Schluss war ich ein stinkendes, übelriechendes Etwas.

Ich schnappte mir die Flasche Merlot, die ich für meinen Dad besorgt hatte, und vergaß auch nicht das Blech Baklava, das ich von Moms Lieblingsbäckerei bestellt hatte, sozusagen als Friedensangebot, weil ich mich so lange nicht bei einem gemeinsamen Essen hatte blicken lassen.

Ich schaltete die Alarmanlage ein und ging raus zum Wagen, wobei ich Mrs. Hamilton zuwinkte.

„Kyle war am Donnerstag da", rief sie herüber. „Danke noch mal! Du bist ein Geschenk des Himmels."

„Freut mich, wenn ich helfen konnte, Mrs. Hamilton. Sie wissen ja, wenn Sie sonst irgendwas brauchen, müssen Sie nur fragen." Ich stellte die Baklava vorsichtig auf dem Beifahrersitz ab und ging ums Auto herum zur Fahrertür.

„Wo geht's denn hin?", fragte Mrs. Hamilton argwöhnisch. Sie fragte sich bestimmt, ob ich mich nicht doch wieder mit Chelsea treffen wollte. Gottseidank hatte ich seit ihrem unangekündigten Besuch letzte Woche nichts mehr von ihr gehört, abgesehen von einer Sprachnachricht, in der sie mir bestätigte, dass ihr Anwalt die Scheidungspapiere erhalten hatte. Es gab keine Tränen und auch kein Gebettel, und dafür war ich dankbar, auch wenn ich das Gefühl nicht loswurde, dass es sich nur um die Ruhe vor dem Sturm handelte.

„Zum Abendessen bei meinen Eltern", ließ ich Mrs. Hamilton wissen.

Ihr faltiges Gesicht entspannte sich und sie lächelte. „Oh, das ist aber schön. Bitte sag deiner Mutter einen schönen Gruß."

„Das mach ich", antwortete ich. „Schönen Abend noch!"

Ich stieg ins Auto und fuhr ans andere Ende der Stadt. Meine Eltern lebten nach wie vor in demselben Haus, das sie als Frischvermählte vor fast vierzig Jahren erstanden hatten. Es war ein Backsteinhaus mit gelben Fensterläden und drei Dachgauben. Das Haus war ihr ganzer Stolz, weshalb sie auch ohne zu zögern abgelehnt hatten, als ich ihnen eine größere, schickere Bleibe hatte kaufen wollen.

„Wir brauchen kein größeres Haus. Wir leben ja nur zu zweit", war Dads Antwort gewesen. Und auch Mom hatte keine Sekunde lang über einen Umzug nachgedacht. Ihre Wurzeln reichten zehn Meter tief in den Boden und sie würden sich ganz sicher nicht vom Fleck rühren.

Ich hielt in der Auffahrt und eilte zur Haustür. Lena öffnete, noch bevor ich überhaupt klingeln konnte. Sie wirkte irgendwie mit den Nerven blank, was ungewöhnlich war für meine ansonsten so coole und gefasste Schwester.

„Hey, großer Bruder, du bist spät dran", sagte sie mit hoher, dünner Stimme.

Ich schaute auf die Uhr. „Nur zehn Minuten. Mom wird doch nicht jetzt schon meinen Kopf verlangt haben", scherzte ich und betrat an ihr vorbei das Haus. Ich hörte den Klang von Stimmen aus dem hinteren Teil. „Ich war mit Rob golfen. Ich hab doch diesen Fall, der mich so viel Zeit gekostet hat, den musste ich mit ihm besprechen."

Lena trat unruhig von einem Bein aufs andere und wirkte insgesamt seltsam. Sie schien mich geradezu davon abhalten zu wollen, nach hinten zu gehen. „Was ist denn mit dir? Du hüpfst ja rum wie ein olles Känguru. Lässt du mich jetzt ins Haus oder was?"

„Naja, es ist nur, Mom hat ein paar Leute eingeladen. Sie hat mir auch nicht gesagt, dass noch jemand zum Essen vorbeikommt. Ich hatte keine Ahnung." Ihre Augen waren geweitet und sie kaute schon wieder auf ihrer Lippe rum. Ein deutliches Zeichen ihrer Beunruhigung.

Ich zuckte die Achseln. Wo lag denn das Problem? Mom und Dad hatten eine Menge Freunde. Das Haus war am Wochenende regelmäßig voll. Das war ja wohl nichts Neues.

„Ist doch cool. Ich kenne die meisten Freunde von Mom und Dad. Und unterhalten kann ich mich mit so ziemlich jedem. Lass es nur bitte nicht die Pattersons sein. Ich ertrage Mrs. Pattersons 'zufällige' Blicke in die Lendengegend nicht mehr. Ich schwöre, letztes Mal hat sie mich sogar in den Arsch gezwickt." Ich klopfte Lena auf die Schulter und schob sie sanft zur Seite, damit ich vorbeikonnte.

„Nein, nicht die Pattersons", sagte Lena und eilte mir hinterher.

Ich betrat die Küche, die leer war. Ich sah die offene Verandatür, die hinaus in den Garten führte. Ich lugte schnell hinaus und erblickte neben meinen Eltern noch mehrere andere Leute. Man konnte den Grill riechen und ich stellte fest, dass Mom in der Küche Steaks und Burger hergerichtet hatte. Ich stellte den Rotwein auf den Tisch und durchsuchte die Schubladen nach einem Korkenzieher.

„Besorg mir mal ein paar Weingläser, bitte", wies ich Lena an, die gerade mit nervösen Fingern die Folie von den Baklava fummelte. Sie war ungewöhnlich hibbelig und ihr rastloses Gehabe machte mich ganz verrückt. Ich holte einen Becher aus dem Geschirrfach und füllte ihn mit Wein. „Hier, trink das. Ich glaub, du musst dich mal entspannen."

Lena nahm das Glas, trank aber nicht. „Sei nicht böse, Adam. Niemand hat sich was dabei gedacht."

Ich zog die Brauen zusammen, mir schwante Schlimmes. „Wovon redest du?"

„Naja, Mom hat – ", setzte Lena an, wurde aber von meiner Mutter unterbrochen, die in den Raum gewuselt kam.

„Adam, da bist du ja!", rief sie aus und kam auf mich zu, um mir einen Kuss auf die Wange zu geben. Ihr Gesicht verzog sich angeekelt. „Du riechst ja, als hättest du dich mit Klostein gewaschen. Und verschwitzt bist du auch noch."

„Tschuldigung. Ich war den ganzen Nachmittag mit Rob auf dem Platz. Ich bin erst spät nach Hause gekommen. Hatte keine Zeit zu duschen. Ich hab's vielleicht ein bisschen mit dem Deo übertrieben." Ich hätte ahnen können, dass meine perfektionistische Mutter meinen mangelnden Hygienezustand sofort bemerken würde. Sie war nicht zickig deshalb, sie hatte nur einfach ihre Standards. Und für gewöhnlich rühmte ich mich auch, diese Eigenschaft von ihr geerbt zu haben.

„Du kannst dich nicht mal vorzeigbar machen für deine arme Mutter, die sich vor dem heißen Ofen abgemüht hat, um dir ein köstliches Mahl zu bereiten?", schimpfte Mom darstellerisch, allerdings mit einem gekräuselten Lächeln, sodass ich wusste, dass sie es nicht im vollen Ernst meinte.

„Wenn du mit ‚abgemüht' meinst, dass du die Folie von der Schale Kartoffelsalat abgezogen hast", stichelte Lena.

Mom knuffte sie scherzhaft in den Arm. „Fang gar nicht erst an, Fräulein."

Ich gab meiner Mutter eine Umarmung. „Du weißt ja, was mir das bedeutet. Nächstes Mal zieh ich einen Dreiteiler an."

Sie kniff mich in die Wange. „Du bist auch so hübsch."

„Also, Lena hat gemeint, du hättest ein paar Leute zum Essen eingeladen. Wer ist da? Die Mitchells? Ich bin Becky letzte Woche begegnet, sie hat gemeint, sie würde sich gern mal wieder mit dir treffen." Ich hörte jemanden lachen und spürte, wie ich mich unweigerlich verkrampfte. Meine Eingeweide zogen sich zusammen und die Brust wurde mir unangenehm eng.

Mom nahm die Flasche Wein und füllte zwei Gläser. „Bring die Mal raus zu unseren Gästen. Ich bin sicher, du wirst dich freuen, sie zu sehen. Es ist lange her."

„Sie?" Ich schaute zu Lena, deren Gesicht einen leichten Anflug von Panik angenommen hatte.

„Adam, bleib einfach cool – "

„Marion, hast du irgendwo Aspirin? Meghan hat ziemliches Kopfweh. Zu wenig Schlaf und zu wenig zu essen, wenn du mich fragst …" June Galloway kam mit ihrer frenetischen Energie und den typischen Schnellfeuersätzen in die Küche geplatzt. „Oh, hi Adam!" Sie umschlang mich mit einer nach Rosen duftenden Umarmung, die mich direkt zurück in meine Kindheit katapultierte. Die Frau veränderte sich kein bisschen, abgesehen vielleicht von ein wenig mehr grauen Haaren.

Dann erst registrierte ich, was sie gesagt hatte

Meghan.

Meg.

Ach du Scheiße.

Kapitel sechs

Adam

„Hi, June. Schön dich zu sehen", sagte ich mit einem entspannten Lächeln, das nicht zu meinem Inneren passte. Ich fühlte mich überrumpelt, und das gefiel mir nicht.

Meine Augen erfassten meine Schwester.

„Ich wusste von nichts", formte sie mit dem Mund. Ich glaubte ihr. Ihr gesamtes Verhalten spiegelte selbst nichts als Überraschung wider.

Ich tätschelte Junes Rücken und sie entließ mich aus der Umarmung. „Ich finde, du siehst mit jedem Mal noch besser aus", kommentierte Megs Mutter.

„Allerdings riecht er, als hätte er eine Pennerdusche genommen", kritisierte meine Mutter und die beiden Frauen kicherten zusammen. Meine Mom und June waren schon mein ganzes Leben lang unzertrennlich gewesen. Nachdem June mit ihrer Familie in der neunten Klasse nach Southport gezogen war, wurden sie die besten Freundinnen. Sie waren bei der Hochzeit der jeweils anderen Trauzeugin. Sie gingen zusammen in Urlaub. Sie waren sogar im selben Geburtsvorbereitungskurs gewesen, als Mom mit mir und June mit Meg schwanger war. Da war es nur logisch, dass Meg und ich uns so nahegestanden hatten.

Damals konnte ich mir das Leben ohne Meg gar nicht vorstellen. Unsere Freundschaft war schon immer irgendwie mehr gewesen. Irgendwie tiefer. Wir beendeten unsere Sätze. Wir konnten praktisch unsere gegenseitigen Gedanken lesen. Es gab keine Geheimnisse zwischen uns.

Ich hätte immer wissen müssen, dass es nicht halten würde. Freundschaften zwischen Jungs und Mädels verwandelten sich mit der Zeit doch immer unweigerlich in unangenehme, hormonbeladene Komödien. Ich hatte törichterweise geglaubt, dass Meg und ich anders wären. Das wir aus festerem Material waren.

Ich hatte nicht damit gerechnet, wie sehr ich falsch lag.

„Steh nicht so rum, bring den Wein zu Meghan und deinem Vater raus. Ich hab auch ein paar von den Bieren, die du so magst. Sind im Kühlschrank", ordnete meine Mom an und scheuchte mich aus der Küche. Lena, die zu meiner Hilfe eilte, nahm eines der Gläser aus meiner verkrampften Hand. Sie ging mit mir hinaus auf die Veranda, wo mein Vater saß, das Gesicht zur Sonne gewandt, und sich mit einer Frau unterhielt, die mir den Rücken zugewandt hatte.

Ich konnte ihr Gesicht nicht sehen, aber diese wilde Mähne aus feuerrotem Haar hätte ich überall wiedererkannt.

Es war über ein Jahr her, seit ich sie zum letzten Mal zu Gesicht bekommen hatte. Und davor waren es bestimmt acht Jahre gewesen. So viele Tage, so viele Monate waren vergangen, seit ich mich zum letzten Mal mit dieser Frau unterhalten hatte, die einst meine zweite Hälfte gewesen war.

Sie zu verlieren, war gewesen, als hätte ich mir einen Arm abgehackt, und ich spürte noch immer die Phantomschmerzen. Aber es mischte sich auch eine große Dosis Wut und Enttäuschung dazu, weil mir keine Chance gegeben worden war, das Ende der Geschichte mitzuschreiben. Mir war die Rolle des gefühlslosen Arschlochs zugewiesen worden und Meg die des unschuldigen jungen Mädchens.

Das war nicht fair. Nie hatte ich eine Gelegenheit bekommen, meine Seite der Geschichte zu erzählen. Mich zu erklären. Sie hatte einfach entschieden, dass ich ein Wichser war. Dass ich ihr den Laufpass gegeben hatte. Ich hatte das mehr als einmal richtigzustellen versucht, aber sie hatte sich stur geweigert, mir zuzuhören.

Der Zug war abgefahren und es gab kein Zurück mehr.

Ende.

Und so hatte ich meine beste Freundin verloren. Sie hatte die Entscheidung getroffen, mich aus ihrer Geschichte zu löschen. Das hatte mich über alle Maßen verbittert, weil das Mädchen, von dem ich gedacht hatte, dass sie mich von allen Menschen am besten kannte, so schnell zu dem Schluss gekommen war, dass an mir kein gutes Haar sein konnte.

Also scheiß auf Meg Galloway und ihre scheinheilige Selbstgerechtigkeit.

„Da ist er ja", rief Dad, als er mich sah. Er winkte mich heran und deutete auf den leeren Stuhl neben ihm. „Ich hab Meghan gerade über das Zweihundertjahr-Projekt der Stadt erzählt. Sie scheint Interesse zu haben mitzuhelfen."

„Ach ja?", fragte ich milde. Ich würde mich nicht aus dem Konzept bringen lassen. Ich würde sie nicht spüren lassen, wie sehr mir ihre Anwesenheit unter die Haut ging.

Oder wie sehr sie mir gefehlt hatte.

Scheiß auf Meg Galloway. Es machte keinen Unterschied, dass sie wieder hier war. Das machte mir nicht das Geringste aus.

Nein. Nicht das Geringste.

Wenn ich den Gedanken oft genug wiederholte, vielleicht würde ich es dann irgendwann auch glauben.

Lena stellte das Glas Rotwein vor Meg ab, die noch immer nicht in meine Richtung geschaut hatte. Ich stand in einem Winkel zu ihrem Gesicht, sodass ich sie nach wie vor nicht wirklich sehen konnte. Nicht, dass ich es versucht hätte.

Ja, genau.

„Hier bitte, Meggie. Ich hoffe, du magst roten." Lenas Lächeln war breit, kurz vor hysterisch. Meine Schwester wusste, auf welchem Minenfeld wir uns bewegten, während mein ahnungsloser Vater keinerlei Verdacht schöpfte.

Meine Eltern wussten, dass Meg und ich in unserem letzten Schuljahr miteinander zu reden aufgehört hatten, hatten aber nie den Grund dafür erfahren. Ich hatte mich sosehr mit allerlei Dingen um das Abschlussjahr und mit meiner neuen Beziehung zu Chelsea beschäftigt, dass ich die Abwesenheit meiner besten Freundin leicht erklären konnte. Sie wussten nicht, dass das Mädchen, das sie schon beinahe als zweite Tochter gesehen hatten, mich verabscheute. Es sah einfach wie die klassische Geschichte einer auseinanderdriftenden Freundschaft aus, nichts weiter. Ich bekam zwar immer mal wieder Vorwürfe zu hören, dass ich mir mehr Mühe geben sollte, mit meinen Freunden in Kontakt zu bleiben, sie redeten auch weiterhin über Meg mit der beschwingten Normalität der Uneingeweihten, aber sie hinterfragten nicht ernsthaft, weshalb sich unsere Wege nie mehr wieder gekreuzt hatten.

„Bitte, Dad. Ich hab den Merlot besorgt, auf den du stehst." Ich reichte ihm das andere Weinglas, das er freudig entgegennahm.

„Danke, Junge. Und jetzt setz dich doch. Ist es nicht toll, dass wir Meghan wieder bei uns in der Stadt haben?" Dad strahlte vor Wonne.

Ich wappnete mich. Ich tat einen tiefen Atemzug.

Und dann sahen wir uns an.

Unsere Blicke trafen sich und es war, als wäre überhaupt keine Zeit vergangen, während es sich gleichzeitig anfühlte, als wäre es viel zu lange her. Die Jahre zerfielen und für einen Augenblick war ich noch einmal dreizehn.

Ich hatte niemandem je erzählt, dass meine erste echte Liebe Meg gegolten hatte. Dass ich durch sie erfahren hatte, was es bedeutete, ein Mädchen küssen zu wollen – und auch noch sehr viel mehr als das. Ich steckte mitten in der Pubertät, meine Arme waren zu lang für meinen Körper, meine Stimme war brüchig, meine Haut unrein, und plötzlich konnte ich nichts anderes mehr sehen als sie.

Aber sie schaute mich nie auf die gleiche Weise an. Oder zumindest dachte ich das. Und so packte ich all diese verwirrenden, ja geradezu schreckenerregenden Gefühle ein und schob sie weit, weit weg. Wir blieben weiterhin beste Freunde und mein Anflug pubertären Wahnsinns wurde ignoriert – aber nicht vergessen.

Genauso schnell, wie sich unsere Blicke getroffen hatten, prallten sie auch wieder voneinander ab und wanderten zurück in sicherere Gefilde. „Hallo Meg. Schön dich zu sehen. Du siehst gut aus", sagte ich steif und übertrieben freundlich.

Meg begann an der Haut um ihre Fingernägel zu zupfen. Ich erkannte dieses Zeichen wieder und wusste, dass sie nervös war. Mich überkam ein krankes Gefühl von Genugtuung, weil ich sie offenbar erschüttert hatte.

„Ja, freut mich auch", murmelte sie.

Dad plauderte inzwischen mit Lena, die uns beide aus den Augenwinkeln im Blick behielt. Vermutlich um zu überwachen, ob wir einen Schiedsrichter brauchten … oder eher einen Ringrichter.

Ein unangenehmes Schweigen machte sich zwischen uns breit. Meg zupfte, zupfte und zupfte an ihren Nägeln rum. Vor einem Test hatte sie sich früher immer die Nägel blutig gerissen. Ich gab ihr dann oft einen Klaps auf die Hände, wenn ich ihren Tick bemerkte.

„Du bist also wieder in Southport. Muss eine ganz schöne Umstellung sein von New York hierher", sagte ich schließlich und war recht zufrieden damit, wie lässig ich klang.

Meg tat einen tiefen Schluck aus ihrem Weinglas und machte eine Grimasse. „Halb so wild. Die Stadt ist mir sowieso zu mühsam geworden." Sie machte noch einen großen Zug, obwohl ihr der Wein ganz offensichtlich nicht schmeckte.

„Magst du keinen Rotwein?", wollte ich wissen.

Ihre Augen zuckten in meine Richtung. „Rotwein ist ganz wunderbar." Sie gluckerte stur weiter.

Ich erhob mich. „Ich kann dir was anderes holen, wenn dir das lieber ist." Solange ich nur bloß aus dieser schmerzhaft gestelzten Unterhaltung rauskam.

„Nein, ich sag doch, alles wunderbar. Rotwein ist in Ordnung." Um ihre Aussage zu unterstreichen, leerte sie das Glas und versuchte dabei nicht das Gesicht zu verziehen.

„Du warst noch nie eine besonders gute Lügnerin", scherzte ich in dem Versuch, so gut es ging das Eis zu brechen.

Früher hätte sie mit einem sarkastischen Kommentar zurückgeschossen, wir hätten gemeinsam gelacht und dann eine Partie Rommé gespielt oder zum tausendsten Mal denselben Adam-Sandler-Film angeschaut.

Aber diese Tage gehörten der Vergangenheit an. Megs Gesicht versteinerte. Sie schaute mich geradeheraus an und ich wäre beinahe zusammengezuckt. „Und du warst schon immer *zu gut* darin."

Die Gehässigkeit in ihrer Stimme warf mich aus der Bahn. Mein Gott, die Frau verstand es wirklich, an ihrem Groll festzuhalten. Meg musste immer alles besser machen als alle anderen. Selbst wenn es darum ging, eine irrationale Wut aufrechtzuerhalten.

Ich öffnete den Mund. Und schloss ihn wieder. Ich wusste, dass nichts, was ich hätte sagen können, die Situation entschärft hätte. Ich hatte Talent dafür, Menschen zu lesen und mich dementsprechend zu verhalten. So gewann ich meine Fälle. Aber bei Meg Galloway funktionierte das nicht. Kein Charme konnte sie beeinflussen. Sie hatte sich gegen alles verschlossen, was ich zu sagen hatte. Das war mehr als deutlich zu sehen.

Einen Dreck würde ich tun und mich vor ihr auf die Knie werfen, um ihr angeschlagenes Ego zu streicheln.

„Und du warst schon immer gut darin, Dinge falsch zu interpretieren und das als Fakten hinzustellen", warf ich ihr vor die Füße. Wir starrten einander an, keiner von beiden zuckte auch nur mit der Wimper. Ich hasste jeden glorreichen Augenblick davon.

Lena, die wohl die Gefahr gerochen haben musste, stellte sich so zu Meg, dass sie eine Barriere zwischen uns erzeugte. „Was hast du jetzt vor, wo du wieder zu Hause bist? Mom hat uns immer auf dem Laufenden gehalten über deine Kunst und alles, was du in New York so erreicht hast. Stimmt's, Adam?"

Mein Kiefer war verkrampft und ich musste mir Mühe geben, meine Fäuste zu lockern. „Ja, klingt, als hättest du ganz schön Erfolg gehabt."

Meg schürzte die Lippen. „Du auch, Mr. BMW." Sie schleuderte jedes Wort wie eine Beleidigung.

„Ja, ich besitze einen BMW. Oh, und mein Haus ist 1,3 Millionen Dollar wert. Und ich habe ein breit gefächertes Aktienportfolio, das eine Menge abwirft. Also ja, ich bin wohl einigermaßen erfolgreich. Und ich bin stolz darauf." Ich klang entschieden zu abwehrend.

Meg klatschte betont langsam. „Sieh mal an, ein reicher Vollpfosten."

Ich krallte mich in die Armlehne meines Stuhls. „Und das von einem prätentiösen Möchtegern."

Wir starrten uns hasserfüllt an.

„Hey, Adam, kannst du uns nicht ein paar Bier holen, ich bin am Verdursten", funkte Lena hastig dazwischen.

„Klar, kann ich machen." Ich grinste Meg sarkastisch an. „Für die verlorene Tochter auch irgendwas?“

Sie hob ihr Glas und wedelte es in meine Richtung. „Noch etwas Rotwein wäre toll.“

Ich nahm ihr Glas und streifte dabei versehentlich ihre Finger. Sie reagierte, als hätte ich ihr einen Elektroschock verpasst.

Ich marschierte in die Küche und tat mein Bestes, nicht vor Wut überzukochen. Beim Eintreten hörte ich leises Gemurmel und sah June und meine Mutter mit zusammengesteckten Köpfen in der Küche stehen. Sie bemerkten nicht, dass ich hereingekommen war. Ich nutzte das, um schamlos zu lauschen. Besonders, weil ich hörte, dass June von Meg sprach.

„Ich mach mir Sorgen um sie, Marion. Sie sagt kein Wort darüber, wie es in New York läuft, aber ich hab das Gefühl, dass sie nicht glücklich ist.“

Mom streichelte aufmunternd Junes Arm. „Frag sie einfach, June. Du und Meg, ihr hattet doch immer so eine offene und ehrliche Beziehung. Ich bin mir sicher, dass sie klarkommt. Dieses Mädchen landet immer auf den Füßen.“

June schüttelte den Kopf. „Ihre letzte Ausstellung war eine große Enttäuschung für sie. Ich weiß, dass sie kämpft, auch wenn sie mir nicht sagen will, wie sehr. Und dann der Verlust ihres Vaters … Das hat sie umgeworfen, und ich weiß nicht wirklich, ob sie seitdem wieder so richtig hochgekommen ist.“

Mom schaute auf und erblickte mich, wie ich in der Tür lauerte. Erwischt. „Brauchst du etwas, Adam?“, fragte sie scharf.

„Ich habe nicht – ich meine, ich wollte nicht – ich suche nur das Bier“, stammelte ich wie ein kleiner Junge, der mit der Hand in der Keksdose erwischt wurde.

Mom zeigte auf den Kühlschrank. „Ich hab dir schon gesagt, wo es ist.“

Ich nahm mir ein paar Flaschen und vergewisserte mich dann, Megs Glas bis zum Rand zu füllen.

Ich wandte mich wieder Mom und June zu, aber die flüsterten bereits wieder miteinander. „Tschuldige die Störung“, sagte ich und verließ die Küche.

Draußen sah ich, wie Meg über etwas lachte, das mein Vater gesagt hatte. Sie warf den Kopf in den Nacken und entblößte so die lange, blasse Linie ihres Halses. Sie war zu einer verdammt ansehnlichen Frau herangewachsen. Zu blöd nur, dass sie kalt war wie Eis.

„Und dann ist er die Straße runter davongerannt, mit der Hose um die Knöchel. Die gesamte Nachbarschaft durfte seine Unterhose bewundern“, heulte Dad und mein Gesicht lief knallrot an.

Gottverdammte Scheiße.

„Dad, im Ernst jetzt? Es ist dir immer noch nicht zu blöd, peinliche Geschichten über deinen einzigen Sohn zu erzählen?", stöhnte ich und hielt Meg ihren Wein hin.

Sie bemerkte, wie voll das Glas war, und verengte die Augen. „Ich bekomme gar nicht genug von den demütigenden Geschichten über dich, Adam."

„Es ist so lustig, weil das nicht etwa passiert ist, als er noch ein Kind war", gackerte Dad und klatschte sich auf die Schenkel. „Nix da. Bei einem Kleinkind würde man das ja verstehen, wenn er vor der ganzen Welt mit entblößtem Hintern spazieren gegangen wäre. Aber unser Adam war da zweiundzwanzig!"

Lena brüllte vor Lachen und wischte sich Tränen aus den Augen. Und Meg lachte so heftig, dass sie kaum atmen konnte.

„Nicht, dass du noch einen Asthmaanfall bekommst wegen mir", bemerkte ich süßlich.

Meg hörte zu lachen auf und zeigte mir heimlich unterm Tisch den Mittelfinger. Ich versuchte nicht mal, mein Grinsen zu verbergen.

„Das ist ja noch nicht mal das Beste, Dad", nahm ich den Faden für ihn auf, denn es war vermutlich am sinnvollsten, einfach mitzulachen. „Ich hab ja nicht mal bemerkt, dass mir die Shorts bis unter die Backen gerutscht sind, bis mir irgend so ein Typ nachgepfiffen hat. Anscheinend hab ich einen sehr appetitlichen Arsch." Ich zuckte mit den Achseln und nahm einen Schluck aus meinem Bier.

„Schön und gut, aber ihr wisst schon, dass das nicht das erste Mal war, dass Adam seine Hose verloren hat." Megs Gesicht strahlte über und über. Sie genoss den Augenblick offenbar sehr, der meiner Demütigung gewidmet war.

„Was? Das ist mir neu. Erzähl!", rief Lena schadenfroh aus und rieb sich die Hände wie ein Disney-Bösewicht.

Meg wandte sich ihr zu, nicht jedoch ohne mir vorher noch einen amüsierten Blick zu verpassen. „Es war beim Gravitron."

Ich klatschte mir mit der flachen Hand auf die Stirn. „Fuck. Das Gravitron."

Meg nickte. „Oh ja. Das Gravitron."

Lena schaute zwischen uns hin und her. „Was ist das Gravitron?"

„Das Gravitron ist eine ganz furchtbare Achterbahn, von der einem das Kotzen kommt. Und außerdem ist es der Ort meiner größten Selbsterniedrigung, abgesehen von der halbnackten Laufrunde, mit der uns Dad soeben erheitert hat." Ich sah meinen Vater an, der das gelassen hinnahm.

„Ist eben eine gute Geschichte“, war alles, was er sagte.

Ich trank mein Bier aus und war dankbar für die leichte Benommenheit, die sich bereits über mich zu legen begonnen hatte. „Mein Gürtel ist gerissen. Das war *nicht* meine Schuld“, argumentierte ich, ohne barsch zu werden.

„Die Story habe ich definitiv noch nicht gehört“, tat Lena kund und freute sich ganz offensichtlich über die Aussicht auf eine weitere peinliche Adam-Anekdote für ihr Repertoire.

Meg rutschte vor und kreuzte die Arme auf dem Tisch. Ihr Haar fiel in verworrenen Wellen von ihren Schultern. Ich mochte Megs Haare schon immer. Sie beschwerte sich oft, dass sie zu schwer seien, zu zerzaust. Aber sie rahmten ihr Gesicht auf eine Weise ein, die ihr den Anschein einer wilden Fee aus den tiefsten Wäldern gab. Sie schien keinen Tag gealtert zu sein. Meg Galloway standen ihre Ende zwanzig gut.

„Es war beim Sommerfest in der Schule, richtig?“ Meg sprach jetzt direkt zu mir, ohne erkennbaren Sarkasmus oder beleidigenden Unterton. Das war mal eine willkommene Abwechslung.

Ich nickte. „Ja, richtig. Der Sommer vor der zehnten Klasse.”

Meg grinste und das war schön anzusehen. Es war lange her, seit ich dieses Funkeln in ihren Augen gesehen hatte. „Und wir waren auf dem Gravitron. Ich weiß noch, dass ich nicht wirklich einsteigen wollte, weil ich zuvor gesehen hatte, wie ein Junge sich danach übergeben hatte. Aber natürlich hat Adam rumgequengelt, bis ich mitgemacht hab.“ Sie verdrehte die Augen.

„Hey, ich hab nicht gequengelt. Ich habe einfach nur meine unumstößliche Argumentation vorgebracht, weshalb es sich um die beste Attraktion auf dem Fest handelt“, konterte ich lachend.

Es war alles so vertraut. Und normal.

Ah, so war das also, als wir noch Freunde waren.

Es war schön.

„Wie auch immer. Du wolltest sowieso nur gehen, weil Chelsea und ihre Bitches in der Schlange standen.” Megs Lächeln verwelkte, das Funkeln erlosch.

Die Erwähnung meiner zukünftigen Exfrau war wie in eiskaltes Wasser getaucht zu werden. Es kam zu einer angespannten Stille, die Lena mit unbehaglichem Kichern zu füllen versuchte. Dad checkte noch immer gar nichts und hatte das Gesicht in sein Handy vertieft, um die Ergebnisse beim Baseball nachzulesen.

„Okay, ihr seid also zum Gravitron gegangen …“, fragte Lena

fordernd.

„Und mein Gürtel ist gerissen, Punkt", sagte ich knapp, denn ich hatte genug von dem kleinen Ausflug in die Vergangenheit.

„Okay …" Lena seufzte und wirkte enttäuscht.

Megs sah aus, als würde sie ihre eigenen Zähne zu Staub mahlen wollen.

Ich schielte verstohlen aufs Handy, um die Uhrzeit zu prüfen. Verflucht, es war bestimmt noch eine Stunde hin, bevor ich mich einigermaßen unauffällig verabschieden und nach Hause gehen konnte.

Meg hatte ebenfalls auf ihr Telefon geschaut und vermutlich das Gleiche gedacht. Sie fühlte meinen Blick auf sich ruhen und schaute mich an.

Eisig und kalt.

„Ich hol jetzt mal das Fleisch und fang mit dem Grillen an", verkündete Dad, steckte sein Smartphone weg und stand auf.

„Kann ich helfen?", fragte ich halb verzweifelt und erhob mich ebenfalls. Auf keinen Fall wollte ich hier mit Meghan und Lena zurückbleiben. Meine Schwester hatte sich als echt mieser Prellbock erwiesen.

Dad wehrte ab. „Nein, bleib nur hier und leiste unseren Mädchen Gesellschaft." Er lächelte schwärmerisch auf Meg und seine Tochter hinab.

Lena machte fade Bemerkungen übers Wetter wie „Wir stecken mitten in einer Hitzewelle …" und „Die neue Ampel auf dem Maple Drive – die wartet ja nur auf den ersten Unfall.".

Meg schien kaum zuzuhören und ich selbst drohte auch ins Koma zu fallen vor lauter Verlegenheit und Langeweile.

„Und, wie ist dein Plan, jetzt wo du wieder in Southport bist?", fragte ich deshalb schließlich Meg, indem ich Lenas Ansprache unterbrach, die sich inzwischen um Fleckentfernung von Autositzen drehte.

Meg hob unentschlossen die Schultern, ihr Ausdruck dabei war abwehrend. „Keine Ahnung. Ich bin gerade erst angekommen."

„Du musst doch einen Plan haben. Du kannst ja nicht den ganzen Tag bei deiner Mutter im Haus rumhängen, das klingt zum Sterben langweilig. Du bist doch Künstlerin, oder? Wirst du was malen?", hakte ich nach. Ich war wie ein kleiner Junge, der eine Schlange mit einem Stock triezte, bis sie sich aufbäumte und zubiss. Ich tat es für den Nervenkitzel.

Megs grüne Augen blieben kalt. „Wieso rührt dich das, Adam? Warum interessiert es dich, was bei mir läuft? Warum kümmerst du dich nicht um dich selbst?" Sie spuckte die Worte förmlich hin.

„Oh, du solltest dir die Galerie in Montgomery ansehen, Meggie.

Die hatte grade erst Eröffnung. Es gibt da echt ein paar schöne Sachen", setzte Lena hastig an, wurde aber erneut von mir unterbrochen.

„Darf ich denn keine Fragen stellen? Muss ich stumm hier rumsitzen? So tun, als hätte ich nichts zu sagen? Das würde dir wohl gefallen?", wollte ich wissen, wobei mit meinem Ärger gleichzeitig auch meine Stimme anschwoll. So viel zum Thema cool bleiben.

Meg hob frustrierend gleichgültig eine Augenbraue. „Stumm steht dir vielleicht am besten."

Ich fühlte meinen Blutdruck steigen. „Ich weiß nicht, was dein Problem ist, *Meghan,* aber wenn du mir etwas sagen willst, dann spuck es verdammt noch mal endlich aus." Ich hatte sie noch nie zuvor Meghan genannt. Nicht ein einziges Mal in den ganzen siebenundzwanzig Jahren. Es war bewusst gewählt, dass ich es jetzt tat. Ich schuf eine Distanz zwischen ihr und mir. Es gab keine intime Vertrautheit, nicht mehr. Und ich würde nicht einfach nur dasitzen und es über mich ergehen lassen, dass sie mich als ihren persönlichen Boxsack benutzte. Niemand behandelte mich so.

Niemand.

„Leute, kommt schon. Ihr zwei müsst mal runterkommen", versuchte Lena zu intervenieren. Sie hätte es besser wissen müssen.

Meg knallte mit der Faust auf den Tisch, wodurch die Gläser schepperten. „Bist du echt so dämlich, Adam? Muss ich es dir buchstabieren?" Sie kochte.

Ich rollte gezielt mit den Augen, wohl wissend, dass ich Benzin in ein tobendes Feuer schüttete. Man konnte sie praktisch knurren hören. „Wenn es hier um Chelsea geht, dann ist das ein alter Hut. Du musst dir wohl was Neues suchen, dass du mir bis an mein Lebensende vorhalten kannst."

„Du bist so ein Arschloch. Weißt du das? Ich kann nicht fassen, dass ich je geglaubt habe, du könntest meine Zeit wert sein. Du bist selbstsüchtig. Du bist gefühllos. Du bist – "

„Unglaublich gutaussehend? Deine geheime Fantasie?", stachelte ich sie an. Stups, stups, stups.

„Was für ein Narzisst. Als würde ich jemals einen Gedanken an dich verschwenden." Sie atmete schwer und ich spürte ein Aufrühren in der Lendengegend.

Sie war zum Anbeißen, wenn sie sich so reinsteigerte. Ihre blasse Haut hatte Farbe bekommen, ihre vollen Lippen standen offen und sie keuchte vor Rage, ihre großen grünen Augen loderten mit einer Hitze, die mich zu verbrennen drohte.

Und sie hasste mich. Ich spürte die Unermesslichkeit ihrer Abscheu.

Gottverdammt, war das aufregend!

Lena legte eine Hand auf Megs Arm. „Meggie, bitte", flehte sie leise und warf einen nervösen Blick in Richtung Küche, wo unsere Eltern waren.

„Nein, lass sie reden, Lena. Es ist wichtig, nicht in sich hineinzufressen, wie man sich wirklich fühlt. Selbst wenn es völlig unbegründet und falsch ist." Ich ballte die Fäuste und atmete tief durch. Ich würde nicht mit einem Steifen im Haus meiner Eltern sitzen. Das war ja der Gipfel der Unangemessenheit.

„Falsch? Unbegründet? Willst du mich *verarschen* – ?", fragte Meg förmlich kreischend.

„Brauchst du noch etwas Wein, Meghan? Wie wär es mit einem Bier, Adam?" Meine Mutter war aus dem Haus gekommen wie eine magisch getaktete Bombenentschärferin.

Meg lehnte sich in ihrem Stuhl zurück, schob sich forsch die Haare aus dem Gesicht. Ich bemerkte, dass ihre Hand zitterte. „Alles gut, Marion. Danke", sagte sie und war plötzlich wie auf Knopfdruck wieder gelassen und freundlich.

„Ich hol mir selber was, Mom." Ich stand auf und zog mich in die Küche zurück, ohne Meg noch eines weiteren Blickes zu würdigen.

Dad sprenkelte gerade Gewürze über die Steaks und trug dabei seine Schürze, die ihm Mom zu Weihnachten vor zwei Jahren geschenkt hatte. Er schaute von seinem Werk auf, als ich den Kühlschrank schloss. „Ist gut, dich zu sehen, Junge. Wie läuft die Arbeit?"

„Stressig wie immer. Aber ich will es auch nicht anders." Ich holte eine Platte aus dem Schrank und reichte sie ihm.

„Ich hab neulich Chelseas Mutter getroffen", brachte Dad zur Sprache und ich verzog innerlich das Gesicht.

Delilah Lemowitz war eine exakte Kopie ihrer reizenden Tochter, von den falschen Titten bis hin zu den überzeichneten Augenbrauen. Nach dem Tod von Chelseas Vater hatte Delilah einen dreißig Jahre älteren Mann geheiratet. Es dürfte wohl eher die Liebe zu den Nullen am Ende seines Kontostandes gewesen sein als zu dem Mann selbst, die zur Hochzeit geführt hatte. Ihr Ehemann, Ed, saß mittlerweile im Rollstuhl und wurde von der sehr teuren Pflegerin betreut, die Delilah sich schleunigst besorgt hatte. Er verbrachte die Tage damit, sich selbst anzusabbern, während seine Frau sein Geld ausgab. Ihre feine Art hatte meine zukünftige Ex definitiv auf die traditionelle Weise vererbt bekommen.

„Sie sagt, du und Chelsea, ihr würdet an euch arbeiten. Dass ihr Anfang der Woche etwas Zeit miteinander verbracht hättet und dass es sehr gut gelaufen wäre." Natürlich war Chelsea direkt von mir zu ihrer Mutter gegangen. Sie hatte ihr vermutlich einen genauen Bericht abgeliefert, bis hin zu den Details darüber, wie sie mir einen geblasen hat. Es war zum Kotzen.

Dads Gesichtsausdruck verriet nichts. Er gab nicht seine Meinung über Chelsea zum Besten, anders als Lena oder meine Mutter, die sich beide keine Mühe gaben, ihre Abneigung zu kaschieren. Auch wenn er nie schlecht über Chelsea gesprochen hatte, hatte er mir kurz vor meiner Hochzeit eine Hintertür aufzuhalten versucht.

Ich hatte einen ganz üblen Fall von kalten Füßen gehabt. Ich hatte die Idee mit der Ehe mehr oder weniger schon seit dem Tag angezweifelt, an dem ich zum Antrag genötigt worden war. Ich war im Hinterzimmer jener riesigen Kirche auf und ab marschiert, die Chelseas Mutter sich für unsere völlig übertriebene Eheschließung ausgesucht hatte. Die Bänke waren mit über zweihundert Leuten gefüllt. Man konnte das Streichquintett draußen hören, das Pachelbels Kanon in D anstimmte. Mir stand der kalte Schweiß auf der Stirn und ich fürchtete, mich übergeben zu müssen.

Kyle war losgezogen, um etwas Aspirin gegen mein mörderisches Kopfweh zu besorgen. Wir waren am Abend zuvor ausgegangen und hatten uns gewaltig volllaufen lassen. Vom schlimmsten Kater meines Lebens gebeutelt zu werden, half nicht gerade bei meiner wachsenden Besorgnis.

„Du musst das nicht tun, Adam“, hatte Dad gesagt. Ich gab mir Mühe, nicht auf meine eigenen Schuhe zu kotzen. Ich schwitzte wie ein Schwein und musste ein Fenster öffnen, um etwas Frischluft reinzulassen.

„Wovon redest du?“, fragte ich und steckte meinen Kopf hinaus ins Freie.

„Das alles hier. Die Hochzeit. Chelsea. Wenn es nicht das ist, was du willst, dann ist das okay. Ich werde nicht schlecht von dir denken. Und auch nicht deine Mutter oder sonst irgendwelche Leute, auf die es ankommt. Tu nichts, was du bereuen wirst.“ Dad kam herüber und klopfte mir auf die Schulter.

Ich dachte über seine Worte nach und schaute sehnsuchtsvoll auf den Parkplatz unter mir. Es wäre ein Leichtes gewesen, durch die hintere Treppe zu schleichen und in den Wagen zu steigen. Ich hätte verschwinden können, bevor irgendwer was merkte.

Aber dann sah ich Chelsea in ihrer Limousine anrollen. Sie stieg von ihren Brautjungfern begleitet aus, der Fotograf umschwirrte sie wie eine Fliege und knipste, während sie posierte.

Es war zu spät zum Abhauen.

Es war zu spät, das alles aufzuhalten.

Ich war immer zu spät.

Also ignorierte ich Dads Kommentar und steckte ihn zu den anderen Dingen, über die ich nicht nachdenken wollte.

Also heiratete ich Chelsea und begann die beinahe sieben Jahre meines ehelichen Elends.

Ich hätte auf meinen Vater hören sollen.

„Chelseas Mutter ist leider demselben Wahn verfallen wie ihre Tochter." Ich trank mein Bier und sah meinem Dad zu, wie er das Essen vorbereitete.

„Das habe ich vermutet. Ich hab Delilah auch gesagt, dass ich meinen Sohn gut genug kenne, um zu wissen, dass es kein Zurück mehr gibt, wenn er mal genug gehabt hat."

Meine Augen weiteten sich. „Das hast du zu Delilah Lemowitz gesagt und du bist unversehrt entkommen? Ich bin beeindruckt."

Er gluckste. „Sie hat schon so ausgesehen, als würde sie mich am liebsten würgen. Ich hab ihr einen wunderschönen Tag gewünscht und sie vor dem Weinregal im Supermarkt stehen lassen."

Ich lachte. „Gute Arbeit, Dad. Ich wünschte, ich hätte ihr Gesicht sehen können."

„Ist komisch, ihre Haut scheint sich nicht zu bewegen. Es ist, als wäre ihr Gesicht eingefroren", sinnierte Dad und ich verschluckte mich fast vor Lachen.

„Das liegt am Botox", informierte ich ihn.

Mein Vater schüttelte den Kopf. „Ich will dir nicht dein Leben erklären, Adam, aber ich könnte nicht schweigen, wenn du mir erzählen würdest, dass du wieder mit Chelsea zusammenkommst."

„Ich erwarte von dir, dass du mich einweisen würdest, weil ich in diesem Fall eindeutig den Verstand verloren hätte." Ich drückte seine Schulter und er legte eine Hand auf meine.

Beim Ton von Megs Lachen wandte ich mich um. Sie klang fröhlich, oder zumindest hatte sie eine gute Fassade vorgeschoben. Mir fiel wieder das besorgte Flüstern ihrer Mutter ein.

War Meg unglücklich?

Und machte das für mich einen Unterschied?

Dad beobachtete mich aus dem Augenwinkel. „Ist schön, sie wieder hier zu haben."

Ich sagte nichts. Ich hätte auch nicht gewusst, was. Ich war nicht sicher, ob ich seiner Aussage zugestimmt hätte.

„Ich weiß nicht, was zwischen euch zwei vorgefallen ist, aber vielleicht wäre es an der Zeit, die Vergangenheit vergangen sein zu lassen, denkst du nicht?" Dad tat sehr beschäftigt mit dem Essen. Er war die Art von Mann, der generell ungern über Gefühlsdinge sprach, also wusste ich seine Bemühungen umso mehr zu schätzen. Auch wenn sein Appell ans falsche Publikum ging.

„Ich bin nicht derjenige, dem du das erklären musst, Dad."

„Sie ist stur. Genau wie ihre Mutter. Und ihr Vater. David war auch immer halsstarriger, als gut für ihn war. Diese Eigenschaft haben die zwei wohl auf ihre Mädchen übertragen. Nicht, dass das immer etwas Schlechtes wäre. Aber Stolz kann einsam machen", stellte Dad verdrießlich fest. Er nahm die Platte, die vollbeladen mit rohem Fleisch war. „Na komm, hilf mir mal mit dem Grill."

Ich folgte ihm hinaus in den Garten.

Er hatte recht, die Vergangenheit war vergangen. Und er hatte außerdem recht damit, dass Meg zu hochmütig war.

Aber das war ich eben auch.

Meghan Galloway würde etwas nachzugeben lernen müssen.

Kapitel sieben

Meghan

Bei Adams Eltern zu sein stellte sich als Übung im Schnauzehalten heraus. Ich hielt sie so fest zu, dass ich schon Krämpfe bekam. Ich hatte ganz bewusst nicht daran gedacht, *ihn* wiederzusehen. Es hätte nichts gebracht, darüber zu brüten, was ich sagen würde, wie ich mich verhalten sollte.

Ich hätte wissen müssen, dass das alles nur zu einem grandiosen Desaster an allen Fronten führen konnte.

Adam Ducate war der Dorn in meinem Rücken, war er immer schon gewesen. Seine Ahnungslosigkeit war früher einmal liebenswürdig gewesen. Jetzt löste sie bei mir nur den Wunsch aus, ihn von einem sehr, sehr hohen Gebäude zu stoßen.

War ich denn wirklich hierher zurückgekehrt und hatte mir eingebildet, dass ich ihm würde aus dem Weg gehen können? Hatte ich wirklich geglaubt, im selben Radius leben zu können und ihm *nicht* zu begegnen? Ich musste echt in einer Traumwelt gelebt haben, wenn ich das für möglich hielt.

Dumme, dumme Meg.

Und da war nun also Adam, und er sah auf jede nur erdenkliche Weise schön aus. Der Scheißkerl sah jetzt sogar *noch besser* aus als früher. Wie war das überhaupt möglich? Sollte es nicht eine gewisse Obergrenze für die Attraktivität von Männern wie Adam Ducate geben? Das hätte die Wettbewerbsverzerrung für uns andere wenigstens ein bisschen ausgebügelt. Er zündete meine Hormone, dass es ein Graus war. Meine Bikinizone prickelte schon, wenn ich ihn nur ansah. Wie konnte ich ihn nur so abgrundtief hassen und ihn gleichzeitig splitternackt ausziehen und begrapschen wollen?

Widerlich.

Das Essen war eine Geduldsprobe, schlimmer als alles, was ich bisher gekannt hatte. Ich war nicht gut darin, mich zu ducken. Wenn ich etwas fühlte, sprach ich es aus. Mein loses Mundwerk hatte mich auch schon so manches Mal in Schwierigkeiten gebracht. Adam hatte selbst oft genug zu meinen Gunsten interveniert, wenn ich die falsche Person angemault hatte.

Natürlich war sein Guter-Junge-Charisma immer das perfekte

Gegenmittel zu meiner eher … ähm, *feurigen* Veranlagung gewesen.

Und so saß ich ihm gegenüber am Tisch, aß mein Steak und beantwortete Marion und Toms Fragen über mein Leben in New York, während ich so tat, als wollte ich ihrem Sohn nicht sämtliche Haare ausreißen.

Und ihm dann meine Zunge in den bescheuerten Hals stecken.

Es waren die Augen. Die schafften mich jedes Mal wieder. Und die Grübchen. Und sein Kinn. Und seine Nase war auch nicht schlecht …

Wie gesagt, *widerlich.*

Als es endlich Zeit zum Gehen war, war ich total erschöpft. Es kostete mich viel Kraft, den Frieden zu wahren.

Als Mom mir zwei Tage zuvor erzählt hatte, dass Marion und Tom uns zum Grillen eingeladen hatten, war mein Gedanke: *Kein Stress, ich komme schon klar mit Adam. Er ist mir egal.* Ich hatte mir selbst zugeredet wie ein Boxer vor dem Kampf. „Ich bin eine halbwegs erfolgreiche Künstlerin. Ich lebe seit sechs Jahren in New York und stecke nicht mehr in diesem Kuhdorf von Southport fest. Ich hab Freunde. Ich hab ein Leben“, sagte ich laut zu meinem Spiegelbild, bevor wir herkamen.

„Wen juckt es, dass Adam super reich und super erfolgreich ist. Und wenn schon, dass er Chelsea geheiratet hat?“ Ich stemmte die Hände in die Hüften und hob triumphierend das Kinn. „Ich bin Meghan Galloway und ich bin der Wahnsinn.“

Ich fühlte mich wie ein verdammtes Selbsthilfevideo, aber ich hatte das Gefühl, dass es half.

Bis der Bastard ankommen und auf alle meine wunden Punkte drücken musste. Jeden. Einzelnen. Davon.

Mom war auch keine große Hilfe dabei, meine aufgewühlten Nerven zu beruhigen. Sie wusste, dass Adam und ich im letzten Schuljahr einen Streit gehabt hatten, kannte aber keine Details. Ich hielt es für besser so. Ich wollte verhindern, dass meine Mutter auf eine Versöhnung pochte. Sie hätte nicht lockergelassen, bis mir keine andere Wahl geblieben wäre.

Und ich wollte mich *nicht* mit Adam versöhnen.

Manche Erniedrigungen behält man besser für sich. Etwa, wie sich mein Inneres nach außen gekehrt hatte, als ich ihn mit *ihr* sah. Was es für eine Delle in meinen Stolz gestoßen hatte, dass ich auf dem Abschlussball abgeschossen wurde, nur um die beiden dann im Flur zu erwischen, ihre Arme um ihn geschlungen wie Efeuranken, seine Hand unter ihrem Kleid.

Und dann später die Art, wie sie seine Hand festhielt, die deutlich zu sagen schien: *Er gehört mir, verzieh dich.*

Und ich wollte definitiv niemandem anvertrauen, wie ich

schluchzend aus dem Ballsaal gerannt war.

Dass alle meine Mitschüler Zeugen wurden, wie ich zu einem heulenden Häufchen Elend wurde, während Chelsea, die Hexe, Sloane die Nacht mit *meinem* besten Freund durchtanzte.

In den Monaten danach fragte Mom immer wieder, wieso ich keine Zeit mehr mit Adam verbrachte. Wieso Skylar, und manchmal auch Kyle, noch kamen, aber Adam sich nie mehr blicken ließe.

„Er hat jetzt eine Freundin, Mom. Lass einfach gut sein", hatte Whitney irgendwann gesagt und Mom hatte einigermaßen überraschend sogar auf sie gehört.

„Marion und Tom wollen dich sehen, Meggie. Lena auch", hatte Mom nun dieses Mal gemeint.

Kein Wort über Adam.

Vielleicht war meine Mutter der Situation gegenüber ja doch nicht so blind, wie ich gedacht hatte.

Also war ich mit zu den Ducates gegangen. Und zu Beginn war noch alles in Ordnung gewesen. Es fühlte sich gut an, wieder mal mit Lena zu reden. Wir hatten uns über die Jahre sporadisch gesprochen, aber es war lange her, seit wir wirklich Zeit miteinander verbracht hatten.

Ich wusste, dass ihre Loyalität Adam galt, wie es sich auch gehörte, aber wir hatten uns auch nahegestanden. Sie war wie eine kleine Schwester, sowohl für mich als auch für Whitney. Sie war oft unser kleines Anhängsel gewesen.

Aber das hatte zusehends aufgehört, als Adam und ich keine Freunde mehr waren. Ich hatte nicht nur ihn verloren, soviel stand fest.

Mich mit Tom, Marion und Lena zu unterhalten erinnerte mich an die alten Zeiten. Zwischen uns gab es eine Leichtigkeit, die nur mit einer reichen und tiefgreifenden Vergangenheit zustande kommt.

Und dann war er aufgetaucht und alles war zum Teufel gegangen.

Ich wollte ihn hassen. Und bis vor kurzem hatte ich auch gedacht, dass es so war. Ich hätte jedem ohne zu überlegen erzählt, dass meine Gefühle für Adam von jener Ausprägung waren, bei der man sich wünschte, sein Gegenüber würde über eine hohe Klippe stürzen.

Aber als ich ihn wiedersah, musste ich feststellen, dass das nicht stimmte. Denn es gab einen kleinen Teil von mir – einen kleinen Teil, aber eben doch einen Teil –, der sich danach sehnte, meinen Stolz zu vergessen genauso wie das Meer von Zeit und verletzten Gefühlen, das zwischen uns lag. Ich vermisste ihn. Es war die Sorte von Sehnsucht, die man bis in die Knochen spürte.

Es war echt nicht lustig.

Wenn wir einander nicht von Angesicht zu Angesicht gegenüberstanden, konnte man das leicht ignorieren. Ich hatte das ja erfolgreich die letzten Jahre über getan – zumindest vermeintlich.

Und dann richtete er seine blauen Augen auf mich und unter mir tat sich ein Abgrund auf, in den ich Hals über Kopf stürzte.

Der verfluchte Bastard.

Und er hatte mir auch nicht den Gefallen getan, sich einen Bierbauch wachsen zu lassen oder eine beginnende Glatze zu bekommen. Arsch.

Und wenn er sprach … und lachte … und lächelte … wand und drehte sich mein Magen, bis ich meinte, mich übergeben zu müssen.

Aber dann hatte er seinen blöden Mund aufgemacht und ich vergaß gleich wieder, wie schön er war, und wollte ihm nur noch in die Fresse hauen.

Nach seiner Ankunft tat ich so gut es ging, als wäre ich nicht da, wobei er ständig irgendwelche dummen Witze riss und meine Aufmerksamkeit erregen wollte. Wie alt waren wir denn, zwölf?

Zu versuchen, reif zu sein, war anstrengend. Adam links liegen zu lassen richtig schwierig. Zum Schluss wollte ich nichts weiter als eine Flasche Wein zu kippen und mir drei Filme hintereinander reinzuziehen, damit ich sein verabscheuenswürdig liebenswürdiges Lächeln endlich wieder aus meinem Gehirn löschen konnte.

„Das war doch wunderbar, nicht?“, fragte Mom, als wir die fünf Minuten nach Hause fuhren.

„Ganz wunderbar“, entgegnete ich trocken. In Gedanken fragte ich mich, ob wir noch Wein zu Hause hatten, oder ob ich Mom bitten sollte, unterwegs noch schnell beim Laden zu halten.

Alkohol war jetzt mein bester Freund.

Mom war in besonders aufdringlicher Stimmung. „Du scheinst Spaß gehabt zu haben. Oder etwa nicht? Du und Lena, ihr habt geplaudert wie früher. Und es war so schön, dich und Adam wieder mal zusammen zu sehen.“

Ich wusste, dass die beste Strategie darin bestand, nichts zu sagen. Zuzustimmen und weiter so zu tun als sei nichts. Aber ich war müde. Ich war gereizt und angespannt und ich hatte keine Energie mehr zum Lügen. Abgesehen davon, wieso sollte ich Adams ach so tolles Image hüten? Scheiß auf ihn.

„Adam Ducate ist ein absolutes Arschloch“, entgegnete ich deshalb scharf.

Mom riss die Augen auf. „Was? Wieso? Ich weiß, ihr habt euch gestritten, aber das ist Jahre her – "

„Sieh mal, Mom, ich hab dir nie erzählt, was zwischen Adam und mir war. Wir haben uns mehr als nur gestritten." Ich krallte mich so fest ans Lenkrad, dass ich fürchtete, es in meinen Händen zu zerbrechen. „Adam hat mir das Herz gebrochen, Mom. Und dann hat er sich deswegen wie ein absolutes Scheusal verhalten. Es war nicht nur, weil er sich auf Chelsea eingelassen hat – die, wie ich bemerken möchte, das Allerletzte ist. Es ging darum, dass er mich angelogen hat. Und mich dann aus seinem Leben verstoßen hat, als wäre ich nichts wert." Ich bog in unsere Straße und drückte aufs Gas vor lauter Hast, vor dieser Unterhaltung zu flüchten.

„Nein", japste meine Mutter. „Das kann ich nicht glauben. Du und Adam standet euch doch so nahe. Er hätte alles für dich getan."

„Außer sich wie ein scheiß anständiger Mensch zu verhalten", knurrte ich.

Mom schaute vorwurfsvoll. „Meghan Ann Galloway, zügle dein Mundwerk."

„Tschuldigung, Mom."

„Es ist eine Menge Zeit vergangen, vielleicht solltest du dir das alles noch mal aus einem neuen, etwas reiferen Blickwinkel ansehen", schlug sie behutsam vor.

„Ich brauch keinen neuen Blickwinkel, Mom. Ich weiß nicht, was es daran Neues zu sehen gibt, dass Adam mit Chelsea zusammengekommen ist. Als ich mich aufgeregt habe, weil sie einen olympischen Sport daraus gemacht hat, mich zu quälen, und ich es ganz schön scheiße fand, dass mein bester Freund sich mit so jemandem abgab, hat er zu mir gesagt, dass ich es sei, die unsere Freundschaft ruiniert hätte. Dass ich alles komisch und seltsam gemacht hätte."

Ich hielt vor dem Haus und schaltete den Motor aus. Ich nahm den Schlüssel aus der Zündung, stieg aber nicht aus. Mom musste auch den Rest hören.

„Dann hat er mich angeschrien, Mom. Mitten in der Cafeteria. Hat behauptet, ich wäre egoistisch. Dass ich nicht wüsste, wie man sich für jemand anderen freut. Und dann hat er aufgehört, mit mir zu reden. Er hat nicht auf meine Anrufe reagiert und mich gemieden wie die Pest. Also hab ich's nicht weiter versucht. Und dann hab ich ihn zu hassen begonnen."

„Hass ist ein sehr starkes Wort, Meghan", tadelte Mom.

„Okay, ich hab eine *starke Abneigung* gegenüber ihm empfunden", formulierte ich neu.

Mom sagte nichts.

„Gehen wir rein?", fragte ich schließlich, denn ich fühlte mich fiebrig und rastlos. Ich brauchte wirklich ein Glas Wein.

„Ich wünschte, du hättest mir davon erzählt, als es passiert ist“, meinte Mom dann. „Ich hätte etwas unternommen. Etwas zu Marion gesagt – “

„Und das ist ganz genau der Grund, weshalb ich dir nichts erzählt hab. Ich wollte nicht, dass unsere Scheiße die Beziehung zwischen dir und Marion auch noch komisch macht.“

Wieder schaute sie tadelnd. „Mach dich nicht lächerlich. Marion und ich haben schon sehr viel Schlimmeres durchgemacht als einen Streit zwischen unseren Kindern.” Sie drehte sich zu mir und schaute mich an, nahm meine Hand in ihre. „Aber ich bin deine Mutter, ich werde immer zu dir stehen, komme, was wolle. Das solltest du wissen. Und das war eine schlimme Sache, die Adam da gemacht hat. Und er verdient dafür eine saftige Ohrfeige, wenn du mich fragst.“

Ich konnte nicht anders und musste lachen, weil ich mir meine Mom gut vorstellen konnte, wie sie Adam eine scheuerte „Wem sagst du das.“

„Ich gebe zu, ich war schockiert, als er das mit Chelsea Sloane angefangen hat, wenn man bedenkt, wie er dir gegenüber gewesen ist.“

Ich zog die Brauen zusammen. Jetzt war sie ins Zwielichtige abgebogen. „Was soll das heißen?“

Mom schürzte die Lippen. „Für so ein gescheites Mädchen kannst du manchmal ganz schön begriffsstutzig sein. Der Junge war verrückt nach dir. Und zwar seitdem er alt genug war, um zu bemerken, dass du ein Mädchen bist.“

Ich schnaubte und schaute meine Mutter an, als wäre sie übergeschnappt. „Du bist wohl schon senil geworden. Gehts dir noch gut?“

Mom wurde wütend. „Du hast deinen Kopf schon immer am liebsten in deinem eigenen Hintern versteckt.“

„Mom!“ Ich riss den Mund auf, überrascht und irgendwie beeindruckt von ihrem Ausbruch. Aber von irgendwoher musste mein Temperament ja kommen.

„Ist doch wahr“, fuhr sie fort. „Er ist dir jahrelang wie ein verwaistes Hündchen gefolgt und hat gewartet. Gehofft. Ich hab’s gesehen. Dad hat‘s gesehen. Seine Eltern haben‘s gesehen. Wir alle dachten, es wäre nur eine Frage der Zeit. Insgeheim hatten Marion und ich schon eure Hochzeit durchgeplant.“

Ich ächzte. „Herrgott, Mom. Das ist das Verrückteste, was ich je im Leben gehört habe.“

Ihre Augen fixierten mich. „Tatsächlich? Wir haben nämlich alle genau gesehen, wie sehr Adam dich geliebt hat, nur du nicht.”

Ich glaubte ihr kein Wort. Das war sowas von an den Haaren

herbeigezogen. Ich hätte es ja wohl gewusst, wenn Adam so für mich gefühlt hätte. Und selbst wenn, wieso hatte er dann Chelsea genommen?

„Außerdem ändert das nichts daran, dass er Chelsea Sloane genommen hat, die Schlampe. Oder etwa doch?" Ich klang zornig. Ich wünschte, ich hätte teilnahmsloser sein können, aber die Wunde blutete wieder.

„Nein, ich schätze nicht." Sie drückte meine Hand. „Aber das ist zehn Jahre her. Findest du nicht, dass es an der Zeit ist loszulassen?"

Und das war der Knackpunkt. Es war zehn Jahre her. Für viele ein halbes Leben. Für andere nur ein Wimpernschlag. Ich gehörte zu Letzteren. Für mich fühlte sich der Verrat und Herzschmerz so brutal an wie am ersten Tag.

Zu viel Zeit … zu viel kaputt.

„Aber er hat sie geheiratet", fügte ich trotzig hinzu. Ich ertrug kaum, wie kindisch ich klang. Hier ging es nicht um ein verletztes Ego. Es ging darum, dass Chelsea etwas bekommen hatte, was ich wollte. Es ging darum, beiseite gestoßen zu werden, und zwar von der einen Person, der ich am meisten vertraut hatte. Die eine Person, von der ich nie geglaubt hätte, dass sie sich eiskalt gegen mich wenden würde.

Das war es, weshalb ich feststeckte.

Denn wenn ich einen Jungen falsch einschätzen konnte, den ich ein Leben lang gekannt hatte, wie konnte ich mir selbst dabei vertrauen, *irgendjemanden* richtig einzuschätzen.

„Und jetzt lässt er sich von ihr scheiden. Manche Leute brauchen eben etwas länger, um ihre Fehler zu verstehen", argumentierte Mom, als ob das wichtig gewesen wäre. Als würde es irgendetwas ungeschehen machen.

Ich schüttelte meinen Kopf. „Was geschehen ist, ist geschehen. Wir sind jetzt andere Menschen – "

„Ich weiß nicht recht, Meghan. Heute habe ich zwei Menschen gesehen, die sich gegenseitig noch immer angezogen haben, so als gehörten sie in ein und denselben Orbit."

Ich schnaubte verächtlich ob ihrer zuckersüßen Romantik. „Klar, Mom. Sicher." Ich verdrehte die Augen.

Sie tätschelte meine Wange und nahm für einen Moment mein Gesicht in beide Hände. „Das Leben ist kurz, mein Schatz. Verschwende deine Zeit nicht mit sinnloser Wut. Besonders, wenn sie deinem Glück im Weg steht."

„Ich bin einwandfrei glücklich, Mom", beteuerte ich und merkte gleichzeitig, wie hohl meine Worte klangen.

Meine Mutter antwortete nicht. Sie tätschelte noch einmal meine Schulter und stieg dann aus dem Wagen aus.

Danach kam ich nicht zur Ruhe. Ich musste immer wieder über meinen Abend bei den Ducates nachdenken. Und die Unterhaltung mit Mom im Wagen. Das meiste davon schrieb ich den wunderlichen Illusionen meiner Mutter zu. Und dennoch wurmte es mich.

Hatte sie etwa doch recht?

Nein.

Was für ein Quatsch.

Adam hatte mich damals ganz schön spektakulär abgewiesen und noch eins draufgesetzt, indem er das Mädchen heiratete, das ich am meisten hasste. Er hatte mich erfrieren lassen. Mir den Rücken zugekehrt.

Was geschehen ist, ist geschehen.

Und doch gab mein Geist keine Ruhe, sosehr ich es auch versuchte. Selbst eine ganze Flasche Wein später ging ich noch immer jedes Wort durch, das Adam und ich an jenem Abend zueinander gesagt hatten. Wollte er mich wütend machen? Ganz bestimmt. Hatte er nicht ein bisschen traurig ausgesehen, wenn er sich unbeobachtet fühlte? Ich bildete mir schon Sachen ein.

Ich versuchte es mit Lesen, aber nichts lenkte meine Aufmerksamkeit länger ab. Ich ging meine E-Mails durch. Jemand hatte einen meiner Drucke gekauft. Das war kurz aufregend, bis ich sah, welcher es war.

Ich durchsuchte den Stapel Bilder, die ich von New York mitgebracht hatte, bis ich es fand. Ich hatte dieses hier erst seit etwa einer Woche auf meiner Seite veröffentlicht. Ich war vor einer Weile meine alten Sachen durchgegangen und hatte einiges ins Netz gestellt, um vielleicht etwas zusätzliches Geld zu verdienen. Wer pleite war, durfte nicht zimperlich sein. Aber jetzt hätte ich mir gewünscht, es nicht zum Verkauf angeboten zu haben. Es war vor etwa acht Jahren entstanden, damals noch auf der Kunstakademie. Auf dem Höhepunkt meiner Kreativität.

Es war ein Wasserfarbengemälde in den Farben des Sonnenuntergangs und in der Mitte befand sich ein eher abstraktes Bild von zwei Personen, die nebeneinander gingen. Es gab keine eindeutigen Anzeichen, dass es sich um Liebende handelte, aber die leichte Neigung der kleineren Figur hin zu der größeren machte es doch deutlich. Irgendetwas lag in der Art, wie ich die zwei dargestellt hatte, das vertraut war. Wie die breiten Schultern des Mannes leicht abfielen. Wie die Frau auf Zehenspitzen ging, um auf Augenhöhe zu sein. Wie ein Schnappschuss aus einer alternativen Realität. Es war ein subtiles Gemälde und eines meiner Lieblingsstücke, und jetzt machte es mich ein wenig traurig, mich davon trennen zu müssen. Aber ich brauchte das Geld, also legte ich es beiseite, um es tags darauf einzupacken.

Dann rief ich noch Damien an, um zu sehen, wie er so mit den Fischen zurechtkam. Vor allem wollte ich eine freundliche Stimme hören, die mich mit der Welt außerhalb von Southport, Pennsylvania verband.

„Was geht ab in deinem Kaff?", wollte Damien wissen. Er hatte nie außerhalb der großen Stadt gewohnt. Er war sein Leben lang New Yorker und konnte sich überhaupt nicht vorstellen, weshalb irgendwer irgendwo anders sollte leben wollen.

„Ist schon in Ordnung", antwortete ich.

„Kannst du malen? Dachte mir, vielleicht gibt dir die ganze erstklassige Nostalgie ein bisschen Inspiration", witzelte er.

Damien war nur allzu vertraut mit meiner jahrelangen kreativen Durststrecke. Das Malen fiel mir schwer, seitdem meine letzte Ausstellung so grottenschlecht angekommen war. Es war auch schwierig, die Motivation dafür aufzutreiben, wenn man sich zum Überleben in sinnentleerten Brotjobs abmühen musste. Ich hatte gehofft, dass die Kunst mein Weg zu Größerem sein würde. Es hatte lange gedauert, bis meine Träume sich mit meiner Realität vertrugen, und meine Produktivität hatte dabei einen dauerhaften Knacks davongetragen.

„Noch nicht", gestand ich. „Und wie läuft's bei dir?", fragte ich, um schnell das Thema zu wechseln.

„Ich hab nächste Woche die Kunstmesse, das wird hoffentlich gut", erwiderte Damien bescheiden. Seine Karriere war definitiv am Abheben. Seine Kohlezeichnungen waren in der Stadt groß gefragt und hatten ihm kürzlich eine erste Ausstellung eingebracht, die nächsten Monat losgehen sollte. Aber er sprach nicht allzu gern darüber, angesichts meines eigenen Mangels an Aussichten.

„Natürlich wird das gut! Dein Zeug ist fantastisch", schwor ich und meinte es auch ehrlich so.

„Wir werden sehen. Aber es wäre schön gewesen, dich hier zum Helfen dabeizuhaben. Du weißt ja, wie meine Nerven sind", beschwerte er sich.

„Wie wär's mit einer virtuellen Umarmung, bis ich dir dann eine echte geben kann", lachte ich.

„Ist nicht das gleiche", schmollte Damien und ich konnte mir sein Gesicht vorstellen.

„Woran arbeitest du gerade?", fragte ich und fühlte ein kleines bisschen Eifersucht, die ich nicht abschütteln konnte.

Damien war immer am Zeichnen oder Malen. Er litt nie unter Selbstzweifeln oder hinterfragte seine Arbeit. Er schuf seine Kunst vor allen

Dingen für sich selbst. Es ging ihm um die Kunst an sich, das Geld war Nebensache. Ich hätte mir gewünscht, auch so eine Mentalität zu haben. Aber die Rechnungen zu bezahlen war eben doch irgendwie wichtig.

„Ich hab eine Serie von Ölbildern angefangen. Ich mach ein paar Fotos und schick sie dir“, versprach er. „Und jetzt leg auf und stell deine Staffelei auf, ich bezweifle nämlich, dass du das schon gemacht hast.“

„Das kannst du nicht wissen“, wehrte ich mich, obwohl er recht hatte. Meine Malutensilien lagen noch immer in ihrem Karton in der Ecke. „Ich bin erst seit ein paar Tagen hier, vielleicht hatte ich ja auch einfach noch keine Zeit.“

„Von wegen. Du gehst dem aus dem Weg, und das weißt du selbst auch.“ Was er sagte, stimmte, auch wenn ich das natürlich nie zugegeben hätte. „Und jetzt stell das Ding auf, hol deine Pinsel und deine Farben und mal irgendwas, verdammt. Selbst wenn du nur irgendwas auf die Leinwand schmierst, steig wieder in die Sache ein. Der einzige Weg, anzufangen, ist anzufangen“, sagte Damien weise und hörte sich dabei wie ein bekloppptes Horoskop an.

„Na gut, na gut. Ich werd’s wenigstens versuchen. Aber wenn es scheiße ist, schick ich es dir und zwinge dich, es übers Bett zu hängen und es zur Strafe für deine Klugscheißerei jeden Tag anzusehen“, warnte ich, klang dabei aber nicht böse. Zwischen Damien und mir wurde es selten wirklich zickig. Er stichelte, ich stichelte zurück, aber zwischen uns gab es eine Akzeptanz, die man nur von echter, ehrlicher Freundschaft kennt.

Bei diesen Gedanken kamen mir die Worte meiner Mutter wieder in den Sinn.

„Heute habe ich zwei Menschen gesehen, die sich gegenseitig noch immer angezogen haben, so als gehörten sie in ein und denselben Orbit.“

„Ich schreib dir später, Damien. Danke.“

Ich legte das Telefon auf und blieb lange in der Mitte meines Zimmers stehen. Schließlich ging ich auf die gegenüberliegende Seite und holte das Poster von Van Goghs Sternennacht hervor, betrachtete die perfekt geführten Linien.

Ich starrte es eine Weile lang an.

Die Erinnerung traf mich plötzlich und ohne Vorwarnung, meine Brust zog sich zusammen und meine Augen begannen zu brennen.

„Ich hab schon wieder gewonnen!“, jauchzte ich und stieß die Fäuste in die Luft wie ein Preisboxer. „Nimm das, Ducate!“

Adam warf seine übrigen Karten weg, sein dunkles Haar hing ihm in die Augen. „Irgendwie bescheißt du. Auf keinen Fall gewinnst du ohne zu betrügen fünf Spiele hintereinander.“

Ich richtete mich empört auf. „Nennst du mich ernsthaft eine Betrügerin,

Ducate? Denn dann muss ich mich wohl mit dir prügeln", erklärte ich.

Ich bemerkte, dass sich Adam schwer zu tun schien, mir ins Gesicht zu schauen. Sein Blick wanderte immer wieder nach unten. Das tat er in letzter Zeit oft. Ich ertappte mich dabei, auf meine Brust zu schielen, wo seine Augen hinzuwandern schienen, wenn er dachte, dass ich nicht hinsah.

Mit dreizehn hatten meine Brüste zu wachsen begonnen, auch wenn es fürs Erste noch keine besonders spektakuläre Entwicklung war. Nicht etwa wie bei Chelsea Sloane, die schon vor zwei Sommern angefangen hatte, enganliegende Shirts zu tragen, als sich ihre Möpse zu zeigen begonnen hatten.

Adams Wangen wurden rot und er schaute weg. „Ja, vielleicht tu ich das." Er grinste, nachdem er sich geräuspert hatte.

Ich warf ihm ein Kissen ins Gesicht. „Hey!", rief er und schnappte sich Mr. Eichhörnchen, das graue Stofftier, das ich vor zwei Tagen auf einem Jahrmarkt gewonnen hatte. Er schleuderte es mir entgegen, aber ich schlug es entschieden aus seiner Flugbahn.

„Gegen meine Ninja-Reflexe hast du nicht die geringste Chance." Ich verpasste der Luft vor mir ein paar Karateschläge.

„Ach ja?" Adam stürzte sich auf mich und warf mich auf den Rücken. Er hielt meine Handgelenke fest und setzte sich rittlings auf meine Brust. Wir hatten immer rumgeblödelt und uns seit Kindertagen gerauft, aber aus irgendeinem Grund fühlte es sich jetzt anders an. Und als er sich auf mich drückte, fühlte ich eine seltsame Wärme tief in meinem Bauch.

Er beugte sich über mich und grinste wie ein Verrückter, das Gesicht halb von seinen dunklen Haaren verdeckt.

Adam war wirklich süß. Es war nicht das erste Mal, dass mir das auffiel, aber es war das erste Mal, dass mir der Gedanke dieses komische Gefühl gab.

„Du hast es so gewollt, Galloway …" Er begann mich zu kitzeln und ich wand mich, versuchte ihn abzuschütteln, aber er rührte sich nicht vom Fleck. Ich kreischte vor Lachen und krümmte mich unter ihm.

„Hör auf. Bitte, hör auf!" Ich kicherte und rang nach Luft.

Dann hörte er auf. Ich schaute zu ihm hinauf und er starrte auf mich hinab mit einem komischen Ausdruck im Gesicht. Ohne Warnung beugte er sich herunter zu mir, seine Nase berührte meine. Er zögerte. Ich atmete scharf ein, wusste nicht recht, was da vor sich ging.

Dann küsste er mich.

Es war ein kurzes Aufeinanderpressen der Lippen. Ein warmer Mund auf einem warmen Mund. Dann teilten sich unsere Lippen und ich fühlte seine Zunge. Sie war feucht und ein bisschen glitschig, aber nicht gänzlich unangenehm. Wir vermischten unsere Münder eine gefühlte Ewigkeit lang, dann riss er sich los, stieg von mir runter.

„Das war cool", sagte er, ohne mir in die Augen zu schauen.

„Ja, cool", antwortete ich bedröppelt.

Er schielte schüchtern durch seine Haare hindurch zu mir rüber. „Mir hat's echt gefallen. Sehr."

Mein Magen hüpfte. Ich hätte ihm sagen sollen, dass es mir auch gefallen hat. Denn das tat es. Sehr.

Aber mein Mund blieb zu, unfähig, die Worte zu formulieren. Ich war total neben der Spur. Stand Adam etwa auf mich? Stand ich auf Adam?

Sicher nicht. Er war mein bester Freund. Ich sollte sowas gar nicht mit ihm tun wollen.

Tat ich aber. Und ich wollte es irgendwie auch noch mal machen. Und trotzdem sagte ich nichts. Ich konnte nicht. Es war alles so entsetzlich peinlich.

Nach ein paar leidvollen Sekunden hob Adam den Stapel Karten auf und mischte sie. „Jedenfalls verlange ich eine Revanche."

Er verhielt sich normal, also würde ich mich auch normal verhalten. Der Kuss würde in die Schublade gepackt werden.

Wir verloren beide kein Wort mehr darüber. Ich erzählte ihm nie, dass mir der Kuss auch gefallen hatte. Wir taten, als wäre es nie passiert. Was auch in Ordnung war. Es war so komisch, dass es bestimmt alles zwischen uns kaputtgemacht hätte.

Aber ich dachte danach noch viel darüber nach. Denn ob ich es begriff oder nicht, das war der Moment, in dem ich mich in meinen besten Freund verliebt hatte.

Ich holte eine leere Leinwand hervor und stellte sie vor der Rommé-Statistik an die Wand. Vor ein paar Tagen war ich in einen Baumarkt gegangen und hatte einen Eimer Farbe in der festen Absicht gekauft, sie auszulöschen. Ich hatte mir gesagt, dass es Zeit war, sie loszuwerden.

Aber ich war noch nicht dazu gekommen. Oder vielleicht war ich auch noch nicht wirklich bereit, mich davon zu trennen.

Ich öffnete mehrere Dosen Farbe. Ich tauchte den Pinsel ins Grün und schmierte über die weiße Fläche. Dann blau. Dann schwarz. Ich malte fast fünf Stunden lang, bevor ich eine Pause machte.

Als ich fertig war, konnte ich das fertige Resultat nicht einmal anschauen.

Ich wusste, was ich da sehen würde.

Mein Herz klopfte schmerzhaft. Ich öffnete die Schranktür und stopfte das noch feuchte Bild hinein. In die Dunkelheit, wo es hingehörte.

Kapitel acht

Meghan

Ich erkannte gleich die Nummer, als mein Telefon am nächsten Morgen um sieben Uhr zu klingeln begann. Nur eine Person würde mich zu so einer unchristlichen Zeit anrufen. Selbst meine Mutter wusste, dass sie es vor zehn gar nicht erst versuchen musste, wenn ich nicht arbeitete.

„Skylar, weißt du, wie spät es ist?", fragte ich, die Worte unterbrochen von einem weit aufgerissenen Gähnen. Ich hatte bis fast Mitternacht gemalt und dann tief und fest geschlafen. Es war der beste Schlaf seit einer Ewigkeit gewesen. Ich vermutete, dass das damit zu tun haben musste, dass ich endlich mal wieder in der Lage gewesen war, etwas zu schaffen. Mich in die Arbeit vertiefen zu können war besser als jede Schlaftablette. Selbst wenn ich das Ergebnis in nächster Zeit nicht wieder würde ansehen wollen.

„Es ist Zeit, dass du aufstehst, du fauler Sack. Ich bin nur heute in der Stadt und ich lasse nicht zu, dass du den Tag im Bett vertust", sagte sie sachlich.

Ich setzte mich im Bett auf und streckte den Rücken durch. Aua. Wenn ich etwas hier nicht vermisst hatte, dann war es die labbrige, schmale Matratze. Ich hatte zwar tief geschlafen, aber der Effekt der zwanzig Jahre alten Matratze war in meinen Gliedern und Knochen deutlich zu spüren. Vielleicht würde ich Mom überreden können, das Bett gegen jenes aus dem Gästezimmer auszutauschen.

„Du bist in Southport?", fragte ich verwirrt. Welcher Tag war heute? Was war denn hier los?

„Nein, ich bin in Miami." Skylars Sarkasmus war beißend wie immer.

„Alter, es ist zu früh für mich, um mich gegen deine Klugscheißerei zu wehren." Ich gähnte noch einmal. „Was tust du hier in der Stadt? Ich dachte, wir treffen uns erst nächste Woche. Ich sollte doch nach Pittsburgh kommen und mit dir und Mac was Essen gehen."

„Ja, naja, ich hab Mac gestern rausgeworfen, das mit dem Essen wird also wohl eher nichts", antwortete Skylar in ihrem typisch regungslosen Erzählton.

„Woah, halt stopp. Du hast Mac rausgeworfen? Warum? Was ist passiert?" Skylar war seit über sechs Jahren mit Mac zusammen, seit drei Jahren als Verlobte. Er war vielleicht nicht mein Lieblingsmensch auf Erden, aber er schien Skylar glücklich zu machen – naja, so glücklich wie Skylar eben zu sein fähig war. Meine Freundin ließ nicht gerade viele Gefühle durchblicken, wenn überhaupt irgendwelche. Auch wenn sie irgendwann um das zweite Studienjahr aus ihrer Goth-Phase rausgewachsen war, sie war nach wie vor mit Abstand der trockenste Mensch, den ich kannte.

Mac Stevens war ein Musiker von der brotlosen Sorte. Er spielte Schlagzeug in einer Industrial-Metal-Band namens Flypaper. Skylar konnte ihre Musik nicht ausstehen, ging aber trotzdem immer auf alle ihre Konzerte. Wenn Mac nicht gerade auf die Trommeln eindrosch, war er an der Universität Bibliothekar, wo er und Skylar sich auch kennengelernt hatten, als sie mal wieder die Biographie von irgendeinem Serienmörder ausleihen wollte.

Sie passten augenscheinlich gut zusammen – Skylar war eine talentierte Grafikdesignerin und Mac war ein echt schlauer Kerl, aber leider konnte er auch eine riesen Arschgeige sein, der ein bisschen zu sehr in sich selbst verliebt war, um ihn längere Zeit am Stück ertragen zu können.

„Er hat unser Erspartes für Internetpornos ausgegeben. Er hat über zwanzigtausend Dollar rausgeworfen, die für die Abzahlung des Kredits gedacht waren, um sich zu einem gerade mal achtzehnjährigen Mädchen Namens Tiffany auf einer Website mit geilen Schulmädchen einen runterzuholen." Ich hörte den Knoten in ihrer Stimme, den sie aber sofort unterdrückte. „Aber passt schon so. Bin nur froh, dass ich es jetzt rausgekriegt hab und nicht erst nach der Hochzeit. Deshalb bin ich jetzt hier bei meinen Eltern, bis er seinen Scheiß aus unserer Bude geräumt hat."

„Scheiße, Sky, die Hochzeit", japste ich. „Kriegst du das Geld für den Saal und das Catering zurück?" Mac und Skylar hatten ihr Fest für nächsten Frühling geplant. Skylar hatte den botanischen Garten und einen namhaften Caterer in Pittsburgh gebucht, wofür sie eine saftige Anzahlung hingeblättert hatte.

„Ich will nicht über die Hochzeit reden, Meg", sagte Skylar leise und ich konnte mir vorstellen, wie schwer es ihr fiel, sich zusammenzureißen. „Meine Eltern treiben mich jetzt schon in den Wahnsinn. Mom hat mir schon drei verschiedene Kräutertees eingeflößt und alle schmecken nach Katzenpisse. Ich brauch Koffein. Das gute Zeug. Also, wir treffen uns in zehn Minuten in dem neuen Café an der Lane Avenue." Sie machte eine Pause. „Bitte."

Ich schwang die Beine aus dem Bett. „Klar. Bis nachher."

Ich legte auf und ging zum Schrank. Ich hielt einen Moment inne vor dem Bild, das ich in der Nacht zuvor gemacht hatte. Ich dachte drüber nach, es herauszuziehen. Wieso versteckte ich es?

Weil ich nicht bereit war, mich mit seiner Bedeutung auseinanderzusetzen.

Ich schnappte mir ein T-Shirt und ein altes Paar Jeansshorts, dann schloss ich die Tür mit einem energischen Klicken. Ich zog mich an und band die Haare zusammen. Ich sparte mir das Make-up, so wie meistens. Viel unkomplizierter als bei mir konnte es nicht werden. Wenn es länger als fünf Minuten dauerte, war es mir zu mühsam.

Ich ging nach unten und schaute mich nach meiner Mom um. Ich fand sie in der Küche, am Tisch sitzend und über Papiere gebeugt, die über die gesamte Platte verteilt waren. Sie hielt den Kopf in die Hände gestützt, die Augen geschlossen.

„Mom?", sprach ich sie beunruhigt an. Die Falten in ihrem Gesicht wirkten tiefer als sonst. Sie hatte dunkle Ränder unter den Augen, ein Zeichen, dass sie nicht genug geschlafen hatte. Sie hatte auch Gewicht verloren. Sie machte mir Sorgen.

Mom öffnete ihre Augen und schaute mich aufgeschreckt an. „Wieso um alles in der Welt bist du schon wach? Ich hätte dich nicht vor Mittag hier unten erwartet", scherzte sie, aber ich hörte die Anspannung in ihrer Stimme trotzdem.

Ich ging hinüber zu ihr, beugte mich über ihre Schulter, legte meine Arme um sie und ließ das Kinn auf ihrem Kopf ruhen. „Skylar ist in der Stadt. Sie will sich zum Kaffee treffen." Mir fiel auf, dass Mom die Papiere zusammenzuraffen begann, sie umdrehte und ganz offensichtlich vor mir zu verstecken versuchte.

Ich hob das oberste Blatt auf. Es war eine aufgeschlüsselte Rechnung vom Krankenhaus und trug in hellroten Buchstaben die Aufschrift ‚Letzte Mahnung!'. Als ich die Schuldsumme sah, hätte ich mich beinahe verschluckt.

„Was ist das?", fragte ich.

Mom entriss mir das Blatt. „Das geht dich nichts an. Sag mir lieber, was Skylar hier macht? Lebt sie nicht in Pittsburgh?" Mom war nicht gerade subtil in ihrer Art, das Thema zu wechseln.

„Mom, wofür ist die Rechnung?"

Sie atmete geräuschvoll aus. „Das ist die Rechnung für den Krankenhausaufenthalt deines Vaters."

„Aber ihr seid doch versichert. Wieso ist die so hoch?"

Mom bügelte die Papiere gerade und stopfte sie zurück in einen grauen Ordner. „Weil die Versicherung, die er über die Arbeit hatte, erbärmlich war. Die Gemeinde hat vor drei Jahren den Anbieter gewechselt. Und trotz der astronomischen Selbstbehalte haben die sich dann geweigert, einen Großteil der Behandlungskosten zu übernehmen, inklusive der Operation, weil das Krankenhaus nicht zu ihrem Netzwerk gehört." Sie stieß ein etwas hysterisch klingendes Lachen aus. „Kannst du das glauben? Dein Vater hat einen Herzinfarkt, liegt auf der Intensivstation, und die Versicherung krittelt herum, weil er im falschen Krankenhaus gelandet ist."

„Kann man dagegen nicht Berufung einlegen? Das ist ja furchtbar!" Ich war schockiert. Ich wusste, dass Mom nach Dads Tod in finanziellen Schwierigkeiten war, aber ich hatte keine Ahnung, dass sie sich auf zweihundertfünfzigtausend Dollar beliefen.

„Hab ich schon! Das war das erste, was ich getan hab. Macht keinen Unterschied. Die Versicherung zahlt nicht. Und jetzt greift das Krankenhaus auf mich zurück und droht mit dem Gerichtsvollzieher. Ich hab angesucht, in Raten zahlen zu können, aber die Raten, die sie verlangen, weil die Schuldsumme so hoch ist, kann ich mir niemals leisten. Deshalb muss ich ja das Haus verkaufen."

Noch nie hatte ich meine Mutter so gestresst gesehen.

„Wie viel, meinst du, kannst du für das Haus bekommen?" Ich hatte furchtbare Angst um meine Mom. Was sollte sie jetzt tun? Sie war zweiundsechzig Jahre alt. Sie konnte nicht mehr ewig arbeiten. Sie würde nicht einmal mehr einen Notgroschen haben, mit dem sie sich zur Ruhe setzen konnte.

Sie fuhr sich mit einer Hand durch die ergrauten Locken. „Der Makler von neulich hat gemeint, ich könnte wohl dreihundertfünfzigtausend dafür bekommen. Das sollte reichen, um die Rechnung zu bezahlen und mir eine Einzimmerwohnung zu besorgen."

„Eine Einzimmerwohnung?" Ich versuchte mein Entsetzen so gut es ging zu verbergen.

Moms Blick brach einen ganz kurzen Augenblick lang. „Ich werde tun, was ich muss, Meggie. Mir bleibt keine andere Wahl."

„Wieso hast du nicht irgendwas zu Whitney oder mir gesagt?" Es war schrecklich, dass Mom sich vor Sorgen krank gemacht, aber ihren Töchtern nichts davon erzählt hatte.

Sie legte ihre Hände über meine und lehnte sich bei mir an. „Du bist ja jetzt hier. Das ist das Einzige, was zählt. Ich wollte dir und deiner Schwester keinen Kummer machen. Ich überleg mir was. Tu ich doch immer. Vergiss nicht, wer hier die Mutter ist." Sie tätschelte meinen Arm. „Und jetzt geh und triff dich mit Skylar. Bring sie mit, wenn sie nichts zu tun hat. Es ist zu lang her, seit ich dieses Mädchen gesehen hab."

„Mom, wir müssen hierüber reden. Ich ruf Whitney an, wir setzen uns zusammen – "

„Wag es ja nicht, Whitney davon zu erzählen", entgegnete sie vehement. Sie drehte sich in ihrem Stuhl um und schaute hoch zu mir. „Es läuft so gut bei ihr in Frankreich. Sie muss sich auf sich selbst konzentrieren und sich nicht um mich sorgen."

„Sie konzentriert sich sowieso nur auf sich selbst", murmelte ich laut genug, dass es meine Mutter hören konnte. Sie machte die Augen zu

Schlitzen. „Sei nicht so zu Whitney. Sie macht ihr Ding auf ihre Weise, und vielleicht anders als du, aber deswegen ist das noch nicht falsch. Ich glaube, du darfst nicht vergessen, die Sachen aus einem anderen Blickwinkel zu betrachten, Meghan. Du scheinst vergessen zu haben, wie das geht." Dann wurde ihr Gesicht wieder sanft und sie stand auf, um mich zu umarmen. „Aber jetzt geh zu deiner Freundin."

Mir war klar, dass die Unterhaltung damit beendet war. „Brauchst du irgendwas, wenn ich schon mal draußen bin?"

Mom schüttelte den Kopf und schob mich praktisch zur Tür hinaus.

Auf der Fahrt zum Café war ich aufgerührt. Mom war in großen finanziellen Schwierigkeiten und ich musste etwas tun, um ihr zu helfen. Ich fürchtete nur, dass die Stadt Southport keine Jobmöglichkeiten bot, die auf meinen Lebenslauf passten und gut genug bezahlt waren, um ihr irgendwie behilflich sein zu können. Ich haderte noch immer, als ich vor dem Lokal hielt. Ich musste irgendwie Kohle auftreiben, und zwar schnell. Aber fürs Erste setzte ich ein Lächeln für meine seit neuestem alleinstehende beste Freundin auf.

Ich sah Skylar sofort. Sie saß in der Ecke am hinteren Ende, das Gesicht halb verdeckt von einer großen schwarzen Sonnenbrille. Das schwarze Haar hing in seidenglänzenden Strähnen zu beiden Seiten ihres blassen Gesichts herab. Sie sah noch immer aus, als würde sie Essig trinken, um diesen weißen, geisterhaften Teint zu erhalten, auch wenn ich wusste, dass sie diese besonders ekelhafte Angewohnheit vor Jahren schon aufgegeben hatte. Man hatte Skylar jedenfalls noch nie vorwerfen können, dass sie nicht alles gab, wenn sie sich etwas in den Kopf setzte. Man konnte sehen, dass sie mit der Umgebung zu verschmelzen versuchte. Das Problem war nur, dass man Skylar nirgends so einfach einfügen konnte. Sie stach in der biederen Normalität von Southport heraus wie ein bunter Hund.

Sie tippte gerade wütend auf ihr Handy ein, ihr Gesicht glich einer Gewitterwolke. Ich ging hinüber zu ihr und ließ mich auf die Bank ihr gegenüber gleiten. „Hey, Zuckerpuppe", grüßte ich.

Skylar blickte auf und schenkte mir ein knappes Lächeln. „Hey, Primadonna." Sie schob mir eine dampfende Tasse hin. „Ich hab dir das Übliche bestellt. Karamell-Latte mit extra Karamell."

Ich hob die heiße Tasse an die Lippen und nahm einen tiefen, genüsslichen Schluck. „Du kennst mich so gut."

Skylar tippte wieder auf dem Handy und knirschte mit den Zähnen. Als sie fertig war, schleuderte sie das Gerät in ihre große schwarze Tasche und zerrte heftig den Reißverschluss zu.

„Darf ich zu fragen wagen, worum es da ging?" Ich hob fragend eine Augenbraue.

Skylar riss ein Stück aus dem Donut auf dem Teller vor sich und stopfte es sich in den Mund.

„Das war Mac. Er sagt, er will Morla mitnehmen. Ich hab gesagt, nur über meine Leiche. Herrgott, ich hab seine Pflege sogar in meinem Testament geregelt. Er gehört mir. Gottseidank hab ich ihn heute mitgenommen, weil ich diesem Arschloch zutraue, dass er sich mit ihm aus dem Staub gemacht hätte." Sie bleckte die Zähne und wäre sie nicht meine beste Freundin gewesen, hätte sie mir Angst eingejagt. Auch so jagte sie mir manchmal noch Angst ein.

Morla war Skylar und Macs zwanzig Jahre alte Schildkröte, die sie von einem Urlaub in Florida mitgebracht hatten. Skylar hatte ihr Haustier nach der uralten Schildkröte in der unendlichen Geschichte benannt, ihrem Lieblingsfilm als Kind. Das Tier bedeutete ihr mehr als manchen Menschen ihre Kinder.

„Gut mitgedacht, Sky." Ich hob anerkennend mein Getränk in ihre Richtung.

Ihr Handy vibrierte aus der Tasche. Anstatt auf den Bildschirm zu sehen, schaltete sie es aus. „Ich hab ihm gesagt, er soll seinen Scheiß packen und verschwinden. Er hat sieben Stunden Zeit. Und jetzt verhandelt er wegen jeder Kleinigkeit, weil er ein egoistischer Schwanz ist." Die Mordlust stand ihr ins Gesicht geschrieben. „Von mir aus soll er alles mitnehmen, ich will nichts haben, was mich an ihn erinnert. Lieber kauf ich mir alles neu, als mich mit ihm um den scheiß Toaster zu streiten." Sie trank den Rest ihres schwarzen Kaffees in einem Zug leer und wischte sich den Mund mit einer Serviette ab.

Ich langte über den Tisch und nahm ihre Hand. Ich fühlte, wie sie sich verkrampfte. Skylar hasste es, betatscht zu werden, aber ich wusste, dass sie litt. Und sie wusste, dass ich auf tätscheln stand.

„Er ist ein Wichser und er verdient dich nicht, Schatz."

Sie versetzte mir ein schiefes Grinsen. „Richtig. Mr. Drei-Nippel ist meine Zeit nicht wert."

Die Augen wären mir beinahe aus dem Kopf gefallen. „Drei Nippel?"

Skylar feixte. „Oh ja. Ich hab früher gedacht, dass ihn das einzigartig macht. Ich hätte gleich den Freak in ihm erkennen sollen." Sie rieb sich mit der freien Hand das Gesicht. „Ich bin vor allem wütend."

„Das solltest du auch! Was er getan hat ist – "

„Nein, nicht auf ihn", unterbrach sie mich. „Ich bin wütend auf mich selbst."

Ich drückte ihre Hand. „Sky, lass das. Du konntest doch nicht wissen, dass er sich als solcher Drecksack rausstellen würde."

Skylar schüttelte ihren Kopf. „Vielleicht nicht, aber ich hätte nicht so blöd sein und überhaupt erst versuchen sollen, mit jemandem eine Beziehung zu haben. Ich hab aus der ersten Reihe gesehen, wie beschissen es ist, jemanden zu lieben. Ich kann überhaupt nicht fassen, dass ich glauben konnte, dass ich normal sein könnte."

Ihre Haltung machte mich sprachlos. Skylar war nicht die Art Frau, die sich in Selbstmitleid badete. Sie war stark und selbstbewusst und ließ sich nichts gefallen.

Aber natürlich hatte sie tatsächlich mitansehen müssen, welche Verwüstung eine dysfunktionale Beziehung anrichten konnte. Ihre Eltern hatten sich insgesamt drei Mal scheiden lassen und es irgendwie immer aufs Neue zustande gebracht, wieder zusammenzukommen – nicht, dass das eine gute Idee gewesen wäre. Ihre gemeinsame Zeit verbrachten sie vor allem damit, sich anzubrüllen und zu schreien, sofern sie sich nicht völlig ignorierten. Ihr Vater hatte ihre Mutter betrogen, genau wie ihre Mutter ihren Vater betrogen hatte. Kein Wunder also, dass ihr Blick auf die Liebe und Beziehungen etwas abgebrüht war.

Ich war angenehm überrascht gewesen, als sie Mac kennengelernt hatte und dann bald schon mit ihm zusammengezogen war, auch wenn ich ihn für einen ziemlichen Pfosten und meiner tollen Freundin nicht würdig hielt. Es gefiel mir, dass sie sich traute – es versuchte.

Und jetzt war ihr alles um die Ohren geflogen, genau wie sie es immer befürchtet hatte. Dieser Lump hatte gerade alles Schlimme einzementiert, was Skylar immer von der Liebe gedacht hatte.

Ich wollte ihn abstechen.

Skylar wischte sich zornig die Augen trocken. „Scheiße, genug von diesem rührseligen Dreck, erzähl mir von dir. Das ist hoffentlich wenigstens ein bisschen weniger deprimierend."

„Das bezweifle ich", meinte ich seufzend.

Skylar wollte gerade noch einen Schluck Kaffee nehmen, als sie bemerkte, dass ihre Tasse leer war. „Ich ertrage dieses Kaff nicht ohne noch mehr Kaffee. Willst du auch noch was?", fragte sie und stand auf, um an die Theke zu gehen.

„Nein, ich hab noch." Ich zeigte auf meine noch immer fast volle Tasse. Skylar stellte sich rasch in die Schlange, ohne ihren Verdruss über die Frau mit den zwei Kindern vor ihr zu verbergen, die gerade eine endlose Bestellung aufgab.

Ich holte einen Stift aus meiner Handtasche und begann auf der Serviette herumzukritzeln, um mir die Zeit zu vertreiben. So wie die verhärmte Mutter mit ihren ungezogenen Kindern aussah, würde es noch ein bisschen dauern.

„Wie ich sehe, zeichnest du immer noch meinen Namen auf Servietten.“

Ich zuckte zusammen, ließ den Stift fallen und sah zu, wie er vom Tisch rollte und zu Boden fiel. Adam bückte sich und hob ihn auf. Und dann stieß er sich den Kopf an der Tischkante.

Ich lachte, und zwar heftig.

„Autsch“, winselte er und rieb sich den Hinterkopf, bevor er mir den Stift reichte.

„Vielleicht wird dein Dickschädel ja so ein bisschen zurechtgerüttelt“, scherzte ich, bevor mir einfiel, mit wem ich da redete und dass ich eigentlich überhaupt nicht mit ihm reden sollte. Ich musste hinunterschielen, um zu prüfen, ob ich nicht tatsächlich unbewusst seinen Namen auf die Serviette geschrieben hatte, wie es mir mit Fünfzehn manchmal passiert war.

Hatte ich nicht.

Er war so ein Trottel.

Ich schaute rüber zu Skylar, die ihr Handy wieder herausgeholt hatte und den Bildschirm böse anfunkelte. „Was willst du?“, fragte ich Adam und starrte dabei einen Punkt auf seiner linken Schulter an, damit ich ihm nicht ins Gesicht schauen musste.

Er hob seinen Pappbecher. „Proviant für den bevorstehenden Tag.“

„Mmhmm“, entgegnete ich abwesend.

Komm schon, Skylar.

„Und du hängst hier nur so rum?“, fragte er ironisch.

„Ich bin mit Skylar hier.“ Ich zeigte zu dem großen dunkelhaarigen Mädchen, das jetzt an der Kasse stand und dem eingeschüchterten Mitarbeiter dort für irgendwas eine Standpauke hielt.

Adams Gesicht erstrahlte. „Oh Mann, die hab ich ja schon ewig nicht mehr gesehen.“ Er kicherte. „Sollten wir einschreiten? Der arme Junge sieht aus, als ob er sich gleich in die Hosen macht.“

Er hatte recht. Das verpickelte Kerlchen hinter der Theke wirkte schon ganz panisch.

„Nö, lass dem Mädchen ihren Spaß.“

Adam nippte an seinem Kaffee. „Du siehst müde aus. Wilde und verrückte Nacht, nachdem du bei meinen Eltern raus bist?“

„Ach du weißt schon, das Übliche, zechen und rumhuren“, entgegnete ich schneidend.

„Eine Zecherin warst du schon immer", gluckste Adam und ich erwischte mich dabei, zu lächeln.

„Das ganze Rommé und die vielen Fußballmatches. Ich war echt außer Rand und Band", bemerkte ich.

„Es ist ein Wunder, dass ich dich im Zaum halten konnte. Wenn ich nicht aufgepasst hätte, hättest du mich auf einen sehr finsteren Pfad gelockt", flüsterte er verschwörerisch.

„Ich bin knallhart, vergiss das nicht." Und dann zwinkerte ich ihm doch tatsächlich zu.

Was zur Hölle tat ich denn da? Es war so natürlich, sich gegenseitig aufzuziehen. Ich tat es einfach, ohne darüber nachzudenken. Selbst am Tag zuvor, als ich wegen dem plötzlichen Wiedersehen bis zum Hals in einem Strudel aus Emotionen gesteckt hatte, hatten wir immer wieder in Vergangenem geschwelgt und Insiderwitze geteilt, wie es schon immer gewesen war.

Tief drinnen wusste ich, dass ich genau davor Angst gehabt hatte. Weshalb es mir widerstrebt hatte, nach Southport zu kommen und ihn dort unweigerlich zu treffen. Mir war klar gewesen, wie verlockend es sein würde, mit ihm in die gewohnten Muster zu fallen, zu vergessen, wie sehr er mir wehgetan hatte.

Adams Gesicht wurde ernst. „Meine Eltern haben sich wirklich sehr gefreut, dich wiederzusehen. Lena auch", sagte er und legte sich dabei den Riemen seiner Umhängetasche über die Schulter. Trug Adam etwa wirklich ein Männertäschchen mit sich?

Ich wieherte. Ich konnte nicht anders.

Er machte große Augen. „Lachst du etwa über mich?"

Ich deutete auf seine Schulter. „Du hast ein Täschchen. Bist du unter die Metrosexuellen gegangen?"

Adam verdrehte die Augen. „Ich find's toll, dass du so viel Freude daran hast, mich zu verspotten. Ist immerhin besser, als wenn du mich ignorierst."

Ich unterdrückte mein Lachen und fühlte mich ein bisschen schuldig, ihn verhöhnt zu haben. Aber wirklich nur ein bisschen. „Ich kann dich auch wieder ignorieren, wenn das leichter für dich ist", bot ich mit einem Grinsen an.

„Nein." Er schüttelte den Kopf. „Das ist nicht leichter für mich." Jetzt war er es, der zwinkerte, und mir wurde warm. Zwischen meinen gottverdammten Beinen.

Was für ein Schlamassel.

„Wie dem auch sei", fuhr ich fort und presste die Knie zusammen.

„Ich hab mich auch gefreut, deine Eltern und Lena wiederzusehen. Ist lange her gewesen."

„Du warst das letzte Mal im Haus, bevor sie die Küche und die Terrasse renoviert haben, oder?", fragte er.

„Ja. Sieht super aus." Darüber redeten wir jetzt also? Im Ernst?

„Ich glaube, das letzte Mal, als du da warst, war an dem Wochenende, wo dich die Biene in die Lippe gestochen hat. Kyle hat dich noch tagelang Big Mama genannt."

Das war das Wochenende vor dem Ball gewesen. Diesen Weg wollte ich nun wirklich nicht einschlagen.

„Jaaa …" Ich zog das Wort in die Länge. Adam, der seinen Fehler erkannt hatte, begann nervös zu zappeln.

„*Ich* hab mich auch gefreut, dich zu sehen", sagte er hastig und schob sich ein paar Haare aus dem Gesicht. Er musste mal zum Friseur. Mit den Strähnen im Gesicht sah er aus, als wäre er immer noch siebzehn. Es löste ein unangenehmes Drücken in meiner Brust aus.

Dann erst begriff ich, was er gesagt hatte.

Ich öffnete den Mund zum Sprechen und schloss ihn wieder. Ich wusste nicht, wie ich darauf reagieren sollte. Ich konnte ihm ja kaum erzählen, wie sehr es mich verwirrte, ihn wiederzusehen. Dass ich jede Sekunde hasste, in der wir dieselbe Luft atmeten, aber dass ich ihn gleichzeitig mehr vermisste, als ich zugeben wollte.

Auf keinen Fall würde ich ihm das je erzählen.

„Okay …" Ich ließ das Wort peinlich verklingen.

Adam räusperte sich und kratze sich geistesabwesend am Kinn. „Also, ich wollte dich anrufen – "

Ich legte überrascht den Kopf schief. „Du wolltest mich anrufen? Wozu zur Hölle?"

Adam grinste schief. „Darf ein Junge denn kein Mädchen anrufen?"

Flirtete er etwa mit mir? Sein Leben schien ihm nicht viel zu bedeuten.

„Nicht, wenn der Junge du bist und ich das Mädchen, Adam." Meine Meldung wischte ihm den durchtriebenen Blick vom Gesicht, dass es eine wahre Freude war.

Er räusperte sich noch einmal.

„Du hörst dich an, als hättest du etwas im Hals. Vielleicht solltest du mal einen Schluck von deinem Kaffee nehmen", schlug ich vor und genoss die rosa Flecken, die sich auf seine Wangen gelegt hatten.

„Ja, naja, ich wollte dich anrufen, weil mir wieder eingefallen ist, dass Dad gesagt hat, du wärest an der Wandmalerei zur Zweihundertjahrfeier der Stadt interessiert."

Ich verschränkte die Arme und ging gleich in die Defensive. Es passierte automatisch. Bei Adam fühlte es sich immer an, als müsste ich meine dickste Rüstung anlegen.

„Es klingt eben nach einem spannenden Projekt." Worauf wollte er hinaus?

Er hielt sich verkrampft an seinem Kaffeebecher fest. „Hm, ja, keine Ahnung, ob Dad erwähnt hat, dass ich der Vorsitzende des Zweihundertjahr-Komitees bin."

„Hat er." Diese Unterhaltung war wie Zähne ziehen. Langwierig und schmerzhaft.

„Äh, okay, also es ist so, wir haben Schwierigkeiten, Künstler zu finden. Wir hatten eine Frau aus Pittsburgh am Start, aber die hat in letzter Minute abgesagt und irgendwelche Terminkollisionen vorgeschoben. Ziemlich unprofessionell, wenn du mich fragst." Adam schaute auf seine mir nur zu gut bekannte finstere Weise, was seine Genervtheit von dem Thema deutlich anzeigte.

„Stimmt. Sehr unprofessionell."

Mach schon, komm auf den Punkt.

„Also ich weiß ja nicht, was du arbeitsmäßig geplant hast, jetzt, wo du wieder daheim bist – "

„Ich bin nicht *daheim*. Ich bin nur hier, um Mom beim Verkauf des Hauses und beim Umziehen zu helfen. Das ist alles", hörte ich mich frustriert erklären.

Adam feixte wieder, als würde ihn meine Reaktion kitzeln.

Penner.

„Okay, also während du hier bist und deiner Mom hilfst, da hab ich mich gefragt, ob du nicht daran interessiert wärst, das Wandbild zu machen."

Das hatte ich jetzt nicht erwartet.

„Ich äh … nun, ich – " Ich stotterte und stammelte wie ein Einfaltspinsel.

„Es ist ein bezahlter Job. Wir sammeln schon seit zwei Jahren Spenden dafür. Du würdest eine pauschale Vergütung von dreißigtausend Dollar bekommen."

Ich hätte beinahe meine eigene Zunge verschluckt.

„Dreißigtausend Dollar?", krächzte ich.

Adam nickte. „Es ist ein großes Projekt. Du müsstest die Wand entlang meines Bürogebäudes und dann den ganzen Gehweg runter bemalen. Wir rechnen dafür mit mindestens sechs Wochen. Natürlich müsstest du eine Skizze entwerfen und das Komitee müsste dem Entwurf zustimmen."

„Natürlich", nuschelte ich.

Er redete schnell weiter und ich hatte Mühe, mitzukommen. Irgendwas über Farbschemen und thematische Elemente.

Hä?

Ich steckte immer noch beim Preis fest. Dreißigtausend Dollar. So viel Geld hatte ich bisher niemals auch nur annähernd mit meiner Kunst verdient. Die Publicity, die das hervorrufen könnte, würde außerdem einen gewaltigen Schub für meine Karriere bedeuten. Das würde sich ganz hervorragend in meinem Portfolio machen.

Und ich könnte damit Mom einen riesen Schritt weiterhelfen.

Ich hielt eine Hand hoch und er hörte auf zu sprechen. „Wieso ich?" Ich fragte mich, ob nicht etwa Mom mit Marion und Tom über ihre Lage gesprochen hatte. Sie hatte zwar ihren Stolz, aber es gab nicht viel, das sie vor ihrer besten Freundin verbarg. Hatte sie ihnen vielleicht auch von meinen Schwierigkeiten mit meiner Kunst erzählt?

War das hier eine beschissene Wohltätigkeitsaktion?

Ich verkrampfte mich bei dem Gedanken. *Keinesfalls* brauchte ich das Mitleid von Adam Ducate.

„Entspann dich, Meg. Du bist eine tolle Künstlerin. Die beste, die ich bisher erlebt hab."

„Bist du jetzt etwa auch noch Kunstkenner?", schnappte ich und fühlte mich gereizt.

Adam lachte. „Weit gefehlt, aber ich erkenne Talent, wenn ich es sehe. Ich habe einen kritischen Blick und ich denke, du bist die perfekte Künstlerin für dieses Projekt. Nicht nur, weil deine Arbeit für sich selbst spricht, sondern auch, weil du von hier stammst. Du kennst die Stadt. Ihre Geschichte. Du hast eine emotionale Verknüpfung, die irgendein wahllos ausgesuchter Künstler nicht bieten kann."

Ich versuchte nicht durchblicken zu lassen, wie sehr mich die Aussicht in Erregung versetzte. Nicht nur wegen dem Geld, denn die Möglichkeit, auf einer derartig großen Fläche zu malen, war schon immer ein Traum von mir gewesen.

„Also, was denkst du?" Adams Augen bohrten sich in meine und ich konnte nicht wegschauen. Er zog mich immer wieder an, egal wie sehr ich mich sträubte. Unsere Atmung ging synchron. Die Luft zwischen uns knisterte. Ich befeuchtete meine trockenen Lippen und bemerkte, dass er auf meinen Mund starrte.

Was zur – ?

Ungebeten stieg mir die Erinnerung an seine weichen Lippen wieder zu Kopf. Sein Gesicht, das über mir schwebte. Unsere halbreifen Körper, die so gut zusammenpassten. Mein Magen hüpfte und rollte.

Und dann dachte ich an dieselben Lippen, wie sie Chelsea Sloane küssten, und mein Inneres geriet in Flammen und ich wollte mit etwas nach ihm werfen.

Idealerweise auf den Kopf.

Skylar tauchte neben uns auf, zwei Kaffeebecher in der Hand. „Die lassen inzwischen aber auch echt jeden Penner hier rein."

„Skylar." Adam sprach ihren Namen mit solcher Warmherzigkeit, dass sich alles in mir anspannte. Es konnte ja wohl keine Eifersucht sein, die ich da fühlte ... sicher nicht. Es war Kränkung. Ja, das war es. Ich war gekränkt.

„Hey, Fremder. Lange nicht gesehen." Skylar reichte mir meinen Kaffee, bevor sie ihren eigenen abstellte. Und dann warf sie ohne Umschweife ihre Arme um meinen ehemaligen besten Freund und drückte ihn lang und fest.

Okay, das störte mich. Seit wann waren die denn noch Freunde? Ich hatte gedacht, Skylar gehörte eindeutig zu meinem Team? Wir hatten früher gewitzelt, dass wir T-Shirts machen müssten. Aber irgendwas musste mir entgangen sein, denn es war ziemlich deutlich, dass Skylar und Adam Kumpel waren.

Ich presste die Zähne aufeinander und bemühte mich, mir nicht die Zunge abzubeißen.

Ich wurde allmählich besser darin.

„Ich wollte nächsten Monat bei dir vorbeischauen, da bin ich für eine Verhandlung in der Stadt. Hab gedacht, wir könnten zu dem Thailänder gehen, wo du mich letztes Mal mitgenommen hast", sagte Adam und grinste Skylar mit all der entspannten Vertrautheit an, die man sich für die besten Freunde aufsparte.

Sie gingen miteinander essen? Adam besuchte Sky in Pittsburgh? Ich starrte Skylar zwangsläufig an, der mein wenig amüsiertes Gesicht nicht entging. Sie antwortete mit einem ausdrucksleeren Blick.

„Ich weiß nicht sicher, was bei mir nächsten Monat abgeht. Es sind ein paar Sachen passiert, momentan ist alles ein bisschen in der Schwebe", sagte Skylar aufrichtig an Adam gewandt.

Er gab ihr einen verständnisvollen Drücker. „Alles okay, Sky?"

Skylar ließ ein wenig die Schultern sacken. „Mac und ich haben uns getrennt."

Adam stellte seinen Kaffee ab und umarmte sie noch einmal. Dieses Mal noch länger. Ich fühlte mich wie das dritte Rad.

Dann küsste er sie auf die Stirn. „Bist so besser dran. Ich war noch nie ein Fan von dem Typen."

Adam hatte Mac kennengelernt? Anscheinend hatte Skylar so einiges vor mir verborgen.

Skylar warf mir einen Blick zu, dieses Mal weniger leer, eher bange.

„Danke, Adam."

Sie verstummten beide und ich vermutete mal, dass das an mir lag. Beide schauten mich noch mal an, bevor Adam seinen Abgang vorbereitete.

„Ich muss zur Arbeit. Hat mich gefreut dich zu sehen, Sky. Kyle hat was davon erwähnt, dass er alle zusammen einladen will, jetzt wo Meg wieder da ist. Wärst du dabei?"

Gott, Kyle war genauso schlimm wie meine Mutter, wenn es darum ging, mich und Adam zusammen in einen Käfig zu stecken.

Skylar nickte zustimmend. „Warum nicht? Wird sicher ein Kracher. Stimmt's, Meg?" Sie beäugte mich eingehend. Das konnte ich nicht leiden.

„Sicher, ein Kracher", plapperte ich nach.

Als ich das sagte, wandte Adam sich mir zu. Als sich seine Augen auf mich richteten, fühlte ich mich wie im Rampenlicht, so als könnte er einfach alles sehen. Selbst das Zeug, das ich zu verstecken versuchte. Das war das Problem daran, wenn man einen Menschen hasste, der einem einmal am nächsten gestanden hatte. Er kannte einen noch immer in- und auswendig, ob man das nun wollte oder nicht.

„Denk über das Wandgemälde nach. Ich muss Ende der Woche eine Entscheidung treffen, du hast also nicht allzu viel Zeit, aber ich hoffe, du machst es."

„Werde ich. Ich lass es dich wissen", beteuerte ich.

Adam lächelte jenes Lächeln, das immer die Schmetterlinge in mir freigesetzt hatte – und es auch nach wie vor tat, wenn ich ganz ehrlich war –, und nach einem letzten Gruß ging er.

Skylar nahm einen Schluck von ihrem Kaffee. „Und was ist das für ein Wandgemälde?"

Ich lehnte mich zurück und betrachtete meine beste Freundin mit strengem Blick. „Und was ist das mit dir und Adam beim Thailänder?"

Skylar verdrehte die Augen. „Null Komma drei Sekunden."

„Hä?"

Sie schüttelte den Kopf. „So lange hast du gebraucht, um darauf zu sprechen zu kommen, dass ich und Adam noch miteinander reden." Sie kippte ein Päckchen Zucker in ihr Getränk. „Du magst Adam ja hassen, aber das bedeutet nicht, dass *ich* ihn auch hassen muss."

„Eben doch! Das ist doch der Mädelscode!", rief ich aus.

„Der Mädelscode gilt für den Ex. Das trifft hier nicht zu", führte Skylar aus.

„Das tut weh. Nur weil Adam und ich nie zusammen waren, darfst du mir in den Rücken fallen?" Ich klang unreif, das wurde mir klar, sobald die Worte meinen Mund verlassen hatten. Ich war eine achtundzwanzig Jahre alte Frau, um Himmels Willen, aber ich verhielt mich, als wären wir noch immer in der Highschool.

„Ich habe zu dir gestanden, als wir siebzehn waren, Meg. Ich weiß, er hat dir wehgetan. Aber das ist zehn verdammte Jahre her. Und Adam ist auch mein Freund. Wir waren alle beste Freunde, Adam, du, Kyle und ich. Wir waren die vier Amigos. Klar, wir waren uns nicht alle so nah wie ihr zwei, aber wir waren dicke. Adam war der erste, der mich angerufen hat, wenn sich meine Eltern mal wieder getrennt haben. Er ist rübergekommen und hat mit mir zusammen irgendwelche Filme angeschaut, während meine Mutter im Schlafzimmer geheult hat und mein Vater durchs Haus gestürmt ist, um seinen Scheiß zusammenzukramen."

„Das wusste ich nicht." Ich fühlte mich schrecklich. Wie konnte ich so etwas nicht wissen? Ich hatte gedacht, Skylar war meine beste Freundin. Klar, wir hatten immer zusammen rumgehangen, aber ich hätte nie gedacht, dass die zwei auch noch eine separate Freundschaft ohne mich hatten. Wie egozentrisch konnte man sein? Ich schämte mich ungeheuer.

„Du warst ja auch für mich da, Meg. Ich hätte das alles nicht durchgestanden ohne unsere Telefonate spät nachts und die Übernachtungen bei dir. Aber Adam war eben auch da – und Kyle auch."

Ich schluckte den dicken Kloß in meinem Hals runter. Es machte Sinn, dass Adam Skylar unterstützt hatte. Er war immer diese Art von Kerl gewesen. Bis er es eines Tages nicht mehr war.

Es tat weh, dass er diese Art Kerl für Sky nach wie vor war.

„Hast du mit Chelsea auch Zeit verbracht?" Ich konnte mich nicht davon abhalten zu fragen und zuckte innerlich darüber zusammen, wie kindisch ich mich anhörte.

Skylar schnaufte laut aus. „Ja, manchmal. Aber meistens war Adam allein. Wir reden immer mal wieder miteinander. Nicht wie früher, aber wie alte Freunde eben, was wir ja auch sind. Und wenn du, was Adam Ducate betrifft, klar sehen könntest, würdest du erkennen, wie extrem egoistisch es von dir ist, zu erwarten, dass ich ihn aus meinem Leben lösche, nur weil du ihn aus deinem gelöscht hast."

Ich blinzelte in rascher Folge, um die Tränen wegzudrücken. Skylars Worte trafen mich schwer, weil sie recht hatte.

Mein angeknackster Stolz und die verletzten Gefühle waren schwer loszulassen, aber ich musste es wohl wenigstens versuchen. Es war falsch, Skylar zwischen die Fronten zu stellen. Sie war schon ihr halbes Leben von ihren Eltern in diese Rolle gesteckt worden. Ich musste mich zusammenreißen.

Aber deshalb musste ich dem Lackaffen noch lange nicht vergeben.

„Ich verstehe. Tut mir leid, dass ich so über dich hergefallen bin“, entschuldigte ich mich.

Skylar zuckte mit den Schultern. „Ist okay. Ich versteh dich schon. Zwischen dir und Adam gibt’s eben böses Blut. Aber du musst auch verstehen, dass ich genau deshalb nie was gesagt hab. Weil ich genau wusste, dass du so reagieren würdest.“

Sie deutete auf mein Gesicht.

„Trotzdem, Sky, du hättest mal was erwähnen können.“

Sie zuckte erneute die Schultern. Das war bestimmt nicht ihre sympathischste Angewohnheit. „Vielleicht, aber du bist schon so lange sauer auf ihn, dass es nie wirklich so war, dass ich das mal so nebenbei hätte sagen können: ‚Hey, Adam und ich treffen uns immer noch manchmal.‘“

„Okay, okay, ich hab’s kapiert.“ Ich hob kapitulierend die Arme. Ich wollte nicht mehr über Adam reden. Das Thema bereitete mir Kopfschmerzen.

„Also, wenn du mich jetzt genug zur Schnecke gemacht hast, erzählst du mir dann, was es mit dem Wandgemälde auf sich hat?“, fragte Skylar.

„Die Stadt hat wohl ihre Zweihundertjahrfeier. Den Sommer über findet eine Menge Zeug statt, um das zu begehen. Und Herr Ducate hat fallen lassen, dass die Gemeinde ein riesiges Wandgemälde in Auftrag gibt, das sich über die Wände von verschiedenen Geschäftsgebäuden erstrecken sollte. Es scheint, als stünde Adam dem Komitee vor, und er hat mir den Job angeboten. Was verrückt ist. Ich hab in meinem Leben noch nie ein Wandgemälde gemacht.“

„Du solltest es tun. Das ist gut für dich. Du bist draußen an der frischen Luft und du kannst dich wieder aufs Malen konzentrieren.“

„Ich male doch immer“, wollte ich grade zu widersprechen ansetzen, unterbrach mich aber. Ich konnte mich ja selbst belügen, aber nicht Skylar. „Na gut, ja, es klingt schon nach einer tollen Chance. Und ich könnte auch wirklich das Geld gebrauchen. Mom hat ein paar finanzielle Probleme.“

Eine dunkle Wolke legte sich über Skylars Gesicht. „Ist June okay? Was ist los?“

Ich wusste, dass Mom keinen Wert darauf legte, dass ich

irgendwem sonst über ihre Schulden erzählte, selbst wenn es nur Skylar war. Ich schenkte ihr ein Lächeln. „Nichts, worüber du dir Sorgen machen musst. Ich krieg das hin."

„Okay, aber gib mir Bescheid, wenn ich irgendetwas tun kann. June ist die Mutter, von der ich mir wünschte, dass ich sie hätte." Skylar liebte meine Mom. So wie alle meine Freunde. Sie war jemand, der alle hereinließ und jedem das Gefühl gab, willkommen zu sein.

„Sie liebt dich auch, Sky", sagte ich zu ihr.

Skylar versetzte mir einen eingehenden Blick. „Nimm den Auftrag an. Schneid dir nicht vor lauter Eitelkeit ins eigene Fleisch, meine Gute. Lass dich von deiner Wut auf Adam nicht daran hindern, was Gutes für *dich* zu tun."

Sie hatte recht. Natürlich hatte sie das.

Aber bei der Vorstellung, Adam tagein, tagaus sehen zu müssen, zog sich bei mir alles zusammen.

War es aus Wut?

Ja.

Aber es war auch noch etwas anderes. Etwas, worüber ich nicht allzu viel nachdenken wollte.

Ich trank meinen zweiten Kaffee aus und schnappte mir meine Tasche. „Ich denk drüber nach." Skylar schaute tadelnd und ich lachte. „Werde ich, versprochen!" Ich glitt von der Bank. „Jetzt komm, Mom will dich unbedingt sehen. Wie wär's, du verbringst den Tag mit den Damen von Galloway?"

Skylar folgte mir zur Tür und ließ zu, dass ich mich bei ihr unterhakte. Sie gab mir einen Blick voll dankbarer Erleichterung. „Klingt gut."

Kapitel neun

Adam

„Fass mich an“, hauchte sie und ich dachte, ich müsste explodieren.

Meg entkreuzte ihre Beine, ihr Kleid teilte sich am Schlitz und entblößte die cremig-blassen Schenkel darunter. Ich konnte den dunklen Bereich ganz oben an ihren Beinen erkennen, der mich hereinbat. Sie lehnte sich im Bett zurück, ein Bild der Verführung.

Ich ging vor ihr auf die Knie und schob ihre Beine auseinander, sodass ich dazwischen passte. Ich fuhr mit meinen Fingern durch die dichten Strähnen ihrer Haare. Ich hatte ihr Haar schon immer geliebt, wie es wild und wirr in ihr Gesicht hing. Ich packte sie fest, sodass sie sich nicht bewegen konnte.

„Bist du sicher? Wenn wir das einmal tun, gibt's kein Zurück mehr“, warnte ich und die Worte entfuhren mir wie ein Knurren. Ich beugte mich hinab, um die Wölbung an ihrem Hals zu küssen, und sog fest genug an ihrer Haut, um Spuren zu hinterlassen.

„Was ich mit dir anstellen will, sollte verboten sein, Meg. Du musst dir zu hundert Prozent sicher sein, bevor es dazu kommt.“ Ich küsste erneut ihren Hals und leckte das Salz ihres Schweißes. Ich konnte das Tempo ihres Pulses an meinem Mund spüren.

Ich legte die Hände um ihre Brüste und massierte die steifen Nippel mit den Daumen. Sie füllten meine Handflächen perfekt aus, genau wie ich vermutet hatte. Es gab nichts an ihr, das nicht ganz speziell für mich gemacht war.

Für mich und mein Vergnügen.

Und ich wollte es mir nehmen.

Sie nickte und nahm ihre volle Unterlippe zwischen die Zähne. „Ich bin mir sicher, Adam. Ich will, dass du mich fickst.“

Mehr Aufmunterung brauchte ich nicht. Ich drückte sie auf den Rücken, ihr grünes Kleid legte sich an ihrer Hüfte in Falten. Sie trug keine Unterwäsche und ich konnte sie in all ihrer Pracht vor mir sehen.

„Du hast dich auf mich vorbereitet, wie ich sehe“, amüsierte ich mich.

„Berühr mich, Adam. Jetzt. Ich flehe dich an“, bat sie mit heiserer Stimme.

Ich behielt die Augen auf ihre gerichtet, schaute nicht weg und langte zwischen uns, fuhr mit den Fingern durch ihre Öffnung, tauchte sie in ihre Feuchtigkeit. Ich beobachtete sie, während ich einen Finger in sie schob. Er glitt ganz sanft hinein und wurde aufgenommen. Sie stöhnte, drückte sich gegen meine Hand, rieb sich an ihr. Ich rieb ihre Klitoris, zuerst behutsam und dann immer fester, je mehr sie sich unter mir wand.

Gott, auf diesen Augenblick wartete ich schon seit meiner ersten Erektion. Meg Galloways Antlitz war es, zu dem ich mich seither in den meisten Fällen befriedigt hatte. Ihr Körper war es, den ich mir dabei zu berühren, auszufüllen und hart durchzunehmen vorstellte.

„Adam!", schrie sie meinen Namen, als meine Finger sie bearbeiteten. Drei davon waren bereits drin, doch sie wollte mehr. Sie wollte mich ganz und gar.

Mein Mund übernahm für meine Finger und meine Zunge fand ihre Mitte. Sie schmeckte süß und darunter lag etwas Dunkleres, Wildes. Ich leckte ihre Pussy mit Genuss. Sie packte meine Haare und zog fest daran, während sie zum Orgasmus kam. Ich wischte mir den Mund mit dem Handrücken und wusste, dass sie jetzt schön aufgewärmt und bereit für mich war.

Ich setzte mich nach hinten aufs Gesäß und zog das Kleid von ihrem umwerfenden Körper herunter. Weil mir das Gefühl von ihr im Mund jetzt schon fehlte, legte ich schnell meine Lippen auf einen ihrer Nippel. Ich biss zu, nicht gerade sanft, sondern fest genug, um sie nach Luft schnappen zu lassen. Ich zwickte sie dabei noch in die Klitoris und sie schrie lauthals auf.

„Ich will dich in mir, mehr als alles andere auf der Welt", flüsterte sie und ich fürchtete, dass ich mir allein von diesen Worten schon in die Hose spritzen würde.

Sie wollte mich? Sie sollte mich haben.

Ich schob mir die Jeans runter und warf sie weg. Ohne ein weiteres Wort versenkte ich meinen Schwanz bis hinauf zum Anschlag in ihrer Hitze. Ich hielt eine Sekunde inne, genoss das Gefühl von ihr. Sie war wie Seide und Feuer zugleich und ich fühlte mich, als würde ich in ihr verbrennen.

„Bist du bereit, Baby?", raunte ich und hielt mich dabei komplett regungslos.

Sie schaute auf zu mir mit ihren unglaublichen grünen Augen. Augen, in denen man sich verlieren konnte. „Ich bin bereit."

Ich begann mich zu bewegen, mein dicker Schwanz glitt rein und raus. Schneller. Schneller. Sie spiegelte meine Bewegungen in perfekter Harmonie.

Ich war schon fast da. Ich konnte den aufsteigenden Druck fühlen. Tiefer und tiefer tauchte ich ein, brauchte sie ganz und gar.

„Ich bin kurz davor, Adam", keuchte Meg und spreizte ihre Beine sogar noch weiter, sodass ich mit aller Kraft in sie stoßen konnte. Sie würde danach eine Weile nicht mehr laufen können. Das war zumindest der Plan. Ich wollte, dass sie mich bei jedem Schritt spürte. Ich wollte, dass ihre Pussy sich schmerzlich nach mir sehnte.

Und als ich kurz vor dem Platzen war, zog ich ihn heraus. Mein Schwanz zuckte und verteilte einen Schwall heißes Sperma über sie. Ihre göttlichen Brüste waren bedeckt von meinem Samen. Die weiße Flüssigkeit troff zwischen ihre Titten und markierte sie als mein Eigentum …

„Fuck", ächzte ich und spritzte in das weiße Papiertaschentuch, das ich gerade noch rechtzeitig geschnappt hatte.

Als ich fertig war, zerknüllte ich es und warf es ins Klo, um es fortzuspülen. Ich stützte mich an der getäfelten Badezimmerwand ab und bemühte mich, meine Atmung unter Kontrolle zu kriegen.

So hart war ich beim Wichsen nicht mehr gekommen, seitdem ich ein Teenager war.

Ich wollte nicht allzu genau darüber nachdenken, was mir dabei durch den Kopf gegangen war. Der Geist wandelte manchmal auf seltsamen Pfaden.

Das hatte nichts zu bedeuten.

Ich hatte nicht geplant, die Anakonda zu würgen und mir dabei vorzustellen, meine Hand wäre Megs Pussy. Aber sobald ich die Augen zugemacht hatte, war es ihr Gesicht gewesen, das ich gesehen hatte. Und dann wurde es etwas … expliziter.

Wie auch immer. Es bedeutete nichts.

Einbildung ist auch eine Bildung.

Ich trat in die Dusche und das heiße Wasser spülte den Rest der verruchten Fantasie weg, der ich mich gerade hingegeben hatte. Ich musste mir eingestehen, dass der imaginäre Sex mit Meg eine ganze Ecke besser war, als es der tatsächliche Sex mit Chelsea je gewesen war. Das war verdammt armselig.

Als ich gerade aus der Dusche kam, klingelte mein Telefon. Ich wickelte mir ein Handtuch um die Hüfte und ging ran, ohne auf den Bildschirm zu schauen.

Das war ein großer Fehler.

„Hier ist Adam Ducate."

„Hey Adam, ich bin's."

Ich erstarrte. War ich etwa in eine magische Dimension gestürzt? Steckte ich noch immer in meiner Masturbationsfantasie fest und hatte es gar nicht bemerkt?

„Äh …"

Megs echte Stimme zu hören, nachdem ich mir zum Kopfkino von ihrem nackten Körper einen runtergeholt hatte, war einigermaßen verstörend. Ich sagte einen ausgedehnten Augenblick lang nichts und versuchte meinen kleinen Freund zu überzeugen, brav und schlaff zu bleiben. Ein ausgewachsener Steifer hätte mir bei all der Surrealität der Situation gerade noch gefehlt.

„Bist du noch da?", fragte sie und klang dabei schon etwas ungeduldig.

Reiß dich zusammen, Ducate.

„Ja, sorry. Ich komm grad aus der Dusche."

Ich klatschte mir mit der Hand auf die Stirn. Wieso hatte ich das gesagt? Das klang doch total schräg nach Flirten. Das war überhaupt nicht meine Absicht, aber sie würde vermutlich meinen, dass ich sie anmachen wollte. Und da meldete sich der kleine Freund schon wieder. Denn jetzt dachte ich nur noch ans Duschen. Mit Meg.

Hör auf!

„Oh, tut mir leid. Ähm, ich kann später noch mal anrufen." Sie klang verlegen, weil ich sie gerade verlegen gemacht hatte. Ich war so ein Trottel.

„Nein, nein. Schon gut. Ich bin nicht nackt. Ist nicht so, dass ich hier rumstehe und mein Dödel hängt an der Luft, mach dir keinen Kopf."

Ich sollte wirklich die Fresse halten.

„Dödel? Hast du deinen Penis tatsächlich gerade als Dödel bezeichnet?", fragte sie ungläubig. Und vielleicht auch ein klein wenig belustigt.

Und mein kleiner Freund stand inzwischen komplett stramm. Anscheinend war das das Ergebnis, wenn Meg das Wort Penis sagte.

„Ich schau ziemlich viele Sitcoms, da bekommt man ein ganz schönes Repertoire zusammen. Ich hätte zum Beispiel noch Rüssel, Piephahn oder Wunderhorn – "

„Okay, okay, schon verstanden. Hör schon auf." Jetzt lachte sie. Ich hatte ganz vergessen, wie umwerfend ihr Lachen war. Tief und rauchig. Es klang nach Sex.

Verflucht nochmal … Ich musste aufhören, so zu denken.

Denk an alte Omis. Und Wladimir Putin. Und Donald Trump. Bei einer Orgie.

Als ich mich wieder mehr oder weniger unter Kontrolle hatte, führte ich die Unterhaltung fort. „Also, was kann ich für dich tun?" Das klang etwas formeller. Gut.

„Nun, ich habe über dein Angebot nachgebrütet. Wegen der Mauer. Und ich würde es gerne annehmen, das heißt, wenn es noch aktuell ist. Falls du schon jemand anderes hast, verstehe ich das – "

„Meg, natürlich hab ich in den letzten 24 Stunden keine neue Künstlerin gefunden. Der Job gehört dir", versicherte ich ihr und zog das Handtuch fester, um nicht darüber zu stolpern.

Ich war nicht vollkommen ehrlich zu Meg gewesen, was das Gemälde anging. Ich hatte ja behauptet, Dad hätte mich auf die Idee gebracht, aber in Wahrheit war es Mom gewesen, die mir den Einfall bei einem Gespräch Anfang der Woche förmlich aufgedrängt hatte.

„Meghan ist eine tolle Künstlerin. So talentiert. June sagt aber, dass sie über die Jahre ein bisschen den Glauben an sich selbst verloren hat."

Mom hatte mich erwischt, als ich gerade von meiner abendlichen Laufrunde zurück war. Ich war außer Atem gewesen und verschwitzt wie ein Schwein, meine Lust, über Meg zu reden, hatte sich dementsprechend in Grenzen gehalten.

„Tut mir leid, das zu hören", antwortete ich und holte mir eine Flasche Wasser aus dem Kühlschrank.

„June sagt, ihre letzte Ausstellung wäre schon einige Jahre her, und die ist wohl nicht so gut gelaufen. Meghan würde sich schämen." Mom klang besorgt.

„Man muss sich wahrscheinlich eine dicke Haut zulegen, wenn man seine Arbeit in die Öffentlichkeit stellen will, wo sich die Leute drüber hermachen können. Manchmal mögen sie das Ergebnis, manchmal eben auch nicht." Ich wollte nicht unsensibel klingen, aber nach der Behandlung, die Meg mir bei meinen Eltern zukommen hatte lassen, fühlte ich mich gerade nicht sehr wohlwollend.

„Adam Lee Ducate, sei nicht so zynisch. Meghan braucht nur ein bisschen Starthilfe. Etwas, das sie daran erinnert, dass sie *sehr wohl* Talent hat", rügte mich meine Mutter.

„Worauf willst du hinaus, Mom?", fragte ich an den Küchentresen gelehnt.

„Gib ihr den Auftrag, das Wandgemälde für die Zweihundertjahrfeier zu machen", schlug sie vor.

Ich lachte lauthals los. „Äh, nein."

„Wieso nicht?" Mom klang jetzt frostig.

„Weil … naja, ich kann doch keine Vetternwirtschaft betreiben – "

„Das ist ja lächerlich, Adam. Die Künstlerin, die ihr ursprünglich nehmen wolltet, war Marlas Großnichte", argumentierte Mom. Und sie hatte recht. Diese verfluchten Buschtrommeln in diesem Nest von einer Stadt.

„Okay, aber malt Meg nicht so abstraktes Zeug? Ich meine, darum soll es in diesem Projekt eigentlich nicht gehen", wehrte ich mich.

In Wahrheit war es so, dass ich, sollte Meg an dieser Sache arbeiten, würde gezwungen sein, mit ihr zu arbeiten. Sehr viel sogar. Und angesichts unserer vorangegangenen Begegnung klang es nicht sehr verlockend, ständig ihren gehässigen Kommentaren ausweichen zu müssen. Das Ego vertrug nun mal auch nur eine begrenzte Anzahl an Schlägen, und Meg hatte einen echt fiesen rechten Haken.

„Meghan würde das hervorragend machen, das weißt du genau.

Kannst du dich nicht an das Gemälde erinnern, das sie für den fünfundzwanzigsten Hochzeitstag von deinem Vater und mir gemacht hat?"

Ob ich mich erinnern konnte? Sollte das ein Scherz sein?

Ich sah es jedes Mal, wenn ich ihr verdammtes Haus betrat. Es hatte den besten Platz bekommen, direkt über dem Kamin, und Mom zeigte es immer voller Stolz ihren Gästen, weil es von ihrer Adoptivtochter war, der Künstlerin in New York.

Ich wusste auch noch, wie Meg fast drei Wochen lang daran gearbeitet hatte, als wir sechzehn waren.

Sie hatte peinlich genau an jedem noch so kleinen Detail getüftelt. Am Ende war eine wunderschöne Wildblumenwiese dabei herausgekommen, über der die Sonne gerade hinter den Bergen verschwand. Und es war auch nicht nur irgendeine Wiese. Es war die Wiese hinter der Farm, wo mein Vater den Heiratsantrag gestellt hatte. Ich hatte ihr versichert, dass sie total aus dem Häuschen sein würden, und ich hatte recht behalten. Dass es ihnen gefiel, wäre eine unendliche Untertreibung gewesen.

„Natürlich tu ich das, Mom, aber das bedeutet doch noch nicht – "

„Adam, ich hab dich dazu erzogen, gut zu den Leuten zu sein. Ich hab dich dazu erzogen, Mitgefühl zu haben. Ganz gewiss hab ich dich nicht dazu erzogen, ein Arschloch zu sein." Moms Stimme zitterte doch tatsächlich vor Zorn.

Ich war absolut sprachlos. Ich konnte mich nicht erinnern, meine Mutter je fluchen gehört zu haben. Und ganz bestimmt nicht an mich gerichtet.

„Meghan ist eine alte Freundin. Sie war mal deine *beste* Freundin. Ich weiß doch auch, dass ihr in der Vergangenheit eure Differenzen gehabt habt. Ich bin ja nicht völlig ahnungslos, oder hast du etwa gedacht, es wäre mir nicht aufgefallen, dass Meghan nie mehr bei uns war, ausgerechnet nachdem du etwas mit Chelsea angefangen hast?"

Und ich hatte immer gedacht, ich hätte es gut angestellt, meine Eltern nichts merken zu lassen. Da hatte ich wohl meine Mutter und ihre Fähigkeit zur Schlussfolgerung unterschätzt.

„Ja, naja, manche Leute wissen halt, wie man einen Groll hegt", knurrte ich leise.

„Und manche Leute müssen endlich erwachsen werden. Und mit ‚manche Leute' meine ich dich", blaffte Mom, bevor sie ihren Ton bändigte. „Sieh mal, June hat eine Menge Stolz, genau wie David ihn auch hatte. Meghan ist aus demselben Holz. Sie hat es schwer mit ihrer Kunst. June sagt, sie wirkt sehr niedergeschlagen. Außerdem weiß ich, dass sie das

Geld gebrauchen könnten. June will mir nicht erzählen, wie schlimm es steht, aber es kann nicht gut sein. Sie würde ihr Haus niemals aufgeben, wenn es eine andere Alternative gäbe."

Meine Mutter verstand es eben wie keine andere, bei mir Schuldgefühle auszulösen.

Und wenn sie nicht so recht gehabt hätte, hätte ich vielleicht auch noch ein bisschen weiter diskutiert. Meg war eine hervorragende Wahl für das Wandbild. Und außerdem hatte ich die Schnauze gestrichen voll von Marla Delacroix, die mir damit auf die Nerven ging. Sie hatte mich diese Woche schon wieder mit sechs E-Mails und zwei Anrufen bombardiert. Und es war gerade mal Dienstag. Meg damit zu beauftragen, die eine weit gereiste Künstlerin und außerdem eine Tochter der Stadt war, schien wie die perfekte Lösung.

Dann musste ich mich jetzt wohl verbal wappnen, denn ihre Spitzen konnten ganz schön wehtun.

„Okay, ja, ist eine gute Idee. Hast du ihre Nummer? Ich werde sie anrufen."

„Danke, Adam." Mom klang besänftigt. „Und wer weiß, vielleicht bietet das euch beiden ja einen Weg zurück zueinander."

„Einen Weg zurück zueinander?", schnaubte ich. „Wir sind hier nicht in einer billigen romantischen Komödie, Mutter."

„Werd nicht frech, Adam", sagte sie mit einer warnenden Note, die ich zu meiden wusste. „Ich hab nie verstanden, wie du nicht sehen konntest, was direkt vor deiner Nase lag. Aber ich hab mir immer gesagt, ich dürfte mich nicht einmischen. Dass du deine eigenen Entscheidungen treffen würdest. Selbst wenn sie schlecht waren." Ich wusste, auf welche schlechten Entscheidungen sie sich bezog. Der Preis für die schlechteste Entscheidung aller Zeiten ging ganz klar an Chelsea.

„Okay, Mom, danke dafür. Ich muss jetzt los."

Ich beendete das Gespräch und verbrachte den Rest des Abends damit, das Telefon in die Hand zu nehmen, um Meg anzurufen, und es mir dann doch anders zu überlegen.

Ich übte sogar vor dem verdammten Spiegel. „Hey, Meg. Also es wär echt voll toll, wenn du dieses Wandprojekt übernehmen könntest. Und vielleicht könntest du davon absehen, mich zu ermorden?"

Letztlich kam ich zu dem Schluss, dass es die beste Option sein würde, wenn ich Lena den Anruf übernehmen ließ. Feiger vielleicht, aber für alle Beteiligten besser so. Dann lief ich Meg aber tags darauf in meinem üblichen Café über den Weg und entschloss mich, es hinter mich zu bringen. In den sauren Apfel zu beißen, wie man so sagt.

Also hatte ich mein charmantestes Lächeln aufgesetzt und das

Ganze als den beiläufigen Einfall von mir präsentiert, der es nicht war. Keine große Sache eben.

Und sie schien auch nicht besonders berauscht zu sein von dem Anliegen. Sie kam mir eher vor, als hätte ich ihr vorgeschlagen, in Zukunft als neues Hobby Tiere auszustopfen.

Der einzige Lichtblick an der ganzen peinlichen Situation war das Wiedersehen mit Skylar. Auch wenn ich den Eindruck gewann, dass es für Meg eine Überraschung war, dass Sky und ich noch Kontakt hatten.

Tatsächlich wirkte sie deswegen sogar sauer, was mir einen diebischen Genuss bereitete. Anscheinend törnte es mich an, Meg zu nerven, denn weniger als vierundzwanzig Stunden später hatte ich mich dabei erwischt, wie ich mit den Gedanken an sie in ein Taschentuch onanierte.

Wie gesagt, ich war erbärmlich.

„Okay, super. Aber wenn du jemand anderes am Start hast, dann versteh ich das total", war ihre Bemerkung, zurück in unserem Telefongespräch.

Versuchte sie etwa aktiv, den Job gleich wieder loszuwerden? Wenn sie ihn nicht wollte, wieso hatte sie mich dann überhaupt erst angerufen?

„Hör mal, Meg, nimm den Job oder lass es. Mir ist es einerlei." Ich hörte mich zickig an. Das hätte ich wohl ein wenig zurückschrauben sollen. Aber scheiß drauf. Wie auch immer. Ich würde Meg nicht darum anbetteln, den Auftrag anzunehmen, so als würde sie *mir* einen Gefallen tun.

„Deswegen musst du dich nicht gleich wie ein Ködel aufführen. Oder sollte ich sagen Wunderhorn?", antwortete Meg trocken.

Es kam zu einem kurzen Moment der Stille und dann konnte ich einfach nicht mehr. Ich lachte los. Und dann begann sie am anderen Ende der Leitung ebenfalls zu kichern.

Es dauerte nur ein paar Sekunden, bevor wir wieder so komisch weitermachten wie davor.

„Na gut, also wenn du dir sicher bist, wäre mir recht, wenn ich direkt mit einem Designentwurf starten könnte. Gibt's irgendein Thema, an das ich mich halten muss?" Meg war jetzt ganz im Geschäftsmodus, was die Unterhaltung doch auch irgendwie einfacher machte.

„Ich kann dir eine E-Mail mit den Ideen der vorigen Künstlerin schicken, die vom Komitee bewilligt worden sind. Ich warne dich besser gleich, unsere künstlerische Leiterin ist eine ziemliche Landplage. Sie hat sehr spezifische Vorstellungen davon, wie das Gemälde ihrer Meinung nach aussehen sollte", klärte ich sie auf.

Meg schnaubte verächtlich. „Lass mich raten. Eure künstlerische

Leiterin ist Marla Delacroix.“

„Wie bist du da draufgekommen?“, fragte ich überrascht.

„Sie war meine Kunstlehrerin im Abschlussjahr. Weißt du nicht mehr, wie sie mich bei meinem Selbstporträt dreimal von vorne anfangen hat lassen, weil es ihrer selbsternannten Expertenansicht zufolge zu schlampig war?“

„Jetzt, wo du's sagst, wie könnte ich das vergessen? Du hast noch Monate lang vor Wut gekocht. Wir haben dann doch sogar den ‚Ich hasse Mrs. Delacroix‘-Anti-Fanclub gegründet, für alle von ihr terrorisierten Schüler“, lachte ich.

„Ah, der ‚Ich hasse Mrs. Delacroix‘-Anti-Fanclub, also das ist wenigstens mal eine schöne Erinnerung an Southport, die ich mir gerne bewahre.” Ihr volles samtiges Lachen war aufrichtig. „Vielleicht hab ich hier sogar noch irgendwo einen Ansteck-Button rumliegen.“

„Wenn du den findest, will ich ihn sehen.“

Natürlich war jetzt der perfekte Augenblick gekommen, mich ins Wespennest zu setzen.

„Sie hat damals das Dekor für mein Hochzeitsprogramm entworfen. Sie und Chelsea hatten deswegen ein ausgewachsenes Schreiduell. Marla ist echt eine furchteinflößende Dame, wenn man sie zu sehr reizt.“ Ich laberte einfach drauflos und redete den größten Stuss, den man sich in dieser Situation hätte ausdenken können. Meine zukünftige Ex in dieses Gespräch einzubringen, war in etwa, wie mit einer Handgranate Tennis zu spielen.

„Ja, gut, ich fang dann mal mit dem Entwurf an.“ Megs eiskalte Art hätte mir Erfrierungen einbringen können.

Wieso nur hatte ich Chelsea erwähnt? Sollte ich mich entschuldigen? Wäre das seltsam? Wofür sollte ich mich überhaupt entschuldigen? Es gewagt zu haben, Chelseas Namen auszusprechen? Ich konnte sie zwar vielleicht nicht ausstehen, aber sie war noch immer meine Frau. Ich sollte mich nicht entschuldigen müssen, wann immer ich sie aus Versehen erwähnte. Und ich sollte gegenüber Meg nicht für den Rest meines Lebens auf rohen Eiern balancieren müssen. Wir lebten in derselben Kleinstadt. Wir würden zwangsläufig miteinander zu tun haben. Wenn sie mit meiner Vergangenheit nicht zurechtkam, dann war das ihr Problem.

In meinem Kopf klang ich ja so taff. Sehr viel taffer, als ich mich eigentlich fühlte.

„Meg, ich wollte nicht … Ich hätte nicht – “

„Also, kannst du mir die Konzepte rüberschicken? Ich würde gern so schnell wie möglich an die Arbeit gehen“, unterbrach mich Meg, die offensichtlich nicht an meiner gestammelten Entschuldigung interessiert war, von der ich mir geschworen hatte, dass ich sie nicht machen würde.

„Okay, klar. Ich schick dir die Modelle, die ich hab. Wie ist deine E-Mail-Adresse?" Wenn sie das schon im professionellen Rahmen halten wollte, dann würden wir nach *meiner* Melodie tanzen. Nicht nach ihrer.

Sie gab mir schnell die Adresse und ich wiederholte sie bei mir selbst drei Mal, um sie später nicht zu vergessen. Da eine meiner Hände das Telefon hielt und die andere das Handtuch, blieb mir außer merken nichts anderes übrig.

„Okay. Gut dann, wir hören uns", sagte Meg und beendete damit das Gespräch.

Ich stellte fest, dass ich unsere Unterhaltung wirklich genossen hatte bis zu dem Punkt, wo ich mit der Dampfwalze drübergefahren war. Es war das erste Mal seit unseren Teenagerjahren gewesen, dass wir Worte ausgetauscht hatten, die sich nicht so anfühlten, als würden sie von dem ganzen Schrott beschwert.

Ich verfluchte mich dafür, dass ich es ruiniert hatte, denn für ein paar Minuten wenigstens war es wieder ganz wie früher gewesen.

Und ich begriff, dass ich mir nichts mehr wünschte, als wieder so mit ihr sein zu können.

„Bis bald", sagte ich rau, um die Gefühle zu verbergen, die in mir aufstiegen.

„Tschüss, Adam. Und danke." Ihre Stimme war sanfter geworden. Weniger wütend.

Sie hatte aufgelegt, bevor ich noch etwas sagen konnte.

Kapitel zehn

Adam

Meg war bereits bei mir im Büro, als ich am Montagmorgen dort ankam. Landon Bradley, ein Bauunternehmer aus der Stadt, war ebenfalls mit zwei Mitarbeitern gekommen, um die bewegliche Plattform aufzubauen, die sie brauchen würde, um die Wand des Gebäudes zu bemalen.

Ich war erschüttert gewesen, wie schnell das Komitee – und allen voran Marla – Megs Konzept genehmigt hatte. Überraschenderweise hatte Marla auch nichts einzuwenden gehabt, als ich eine Mail rausgeschickt und die Auftragsvergabe an Meg verkündet hatte. Alle fanden es gut, dass sie die Sache übernehmen würde, und jeder war ganz begeistert von dem Entwurf, den sie vorgelegt hatte, sodass sie grünes Licht bekam, sofort anzufangen.

Das Gebäude, in dem meine Anwaltskanzlei untergebracht war, stand schon seit über hundert Jahren und galt als eines der Wahrzeichen von Southport dank seiner herrschaftlichen Säulen und der Kolonialarchitektur. Mein Großvater hatte es nach seiner Rückkehr aus dem zweiten Weltkrieg erstanden und hatte dort sein Versicherungsunternehmen gegründet. Er hatte stetig wachsen können und war schließlich eine der bekanntesten kleineren Versicherungsfirmen im ganzen Staat geworden.

Bei seinem Tod hinterließ er mir das Gebäude in der Hoffnung, dass ich mein eigenes Geschäft in dieser Stadt aufziehen würde, die er so liebte. Ich sagte mir gerne, dass er wohl stolz darauf sein würde, was ich alles erreicht hatte, was ich in weiten Teilen seinem großzügigen Geschenk zu verdanken hatte.

Mein Büro war an eine breite Gasse angeschlossen, die man gemeinhin als Minister's Walk bezeichnete, so benannt nach Solomon Hastings, dem beliebten Pfarrer der ersten Baptistenkirche, der Anfang des neunzehnten Jahrhunderts in Southport gelebt hatte. Reverend Hastings hatte seinen Posten im Bürgerkrieg verlassen, um für die Sache des Nordens zu kämpfen, und war als Held zurückgekehrt.

Der Minister's Walk führte ins Stadtzentrum und war keine ganz gewöhnliche Gasse. Er war breit und offen, links und rechts mit Topfpflanzen geschmückt und mit gemütlichen Stühlen versehen, falls jemand sich für eine Weile setzen und plaudern wollte. Es herrschte stets geschäftiger Fußverkehr zwischen Maple Street und High Street, weshalb hier der perfekte Ort war für das feierliche Wandgemälde.

Es war mitten im Sommer und wir hatten gerade eine lange trockene und sonnige Phase. Für die nächsten zehn Tage war kein Regen angesagt, sodass Meg den perfekten Start für das Projekt bekam.

Wir hatten seit dem letzten Mal nicht mehr miteinander gesprochen, aber es hatte ein paar E-Mails hin und her gegeben – ganz ausschließlich über das Wandprojekt und nichts sonst. Das Eis zwischen uns war noch immer dick, aber mir kam es immerhin so vor, als sei zumindest die Abscheu ein wenig geschwunden. Vielleicht interpretierte ich aber auch nur zu viel hinein in *Wir sehen uns dann am Montag*.

Es war immerhin besser als *Fick dich, Arschloch*.

Aber ich durfte mich jedenfalls nicht zu früh freuen, ich bezweifelte nicht, dass ich in Meghan Galloways Augen noch immer Staatsfeind Nr. 1 war ungeachtet dessen, dass sie die Hauptrolle spielte, wann immer ich meinen Feuerwehrmann am Helm rieb. Ich hatte mir schon die Handfläche wundgescheuert.

Ich schnappte mir die Aktentasche vom Beifahrersitz und ging hinein, wobei ich mehreren Leuten einen Gruß zuwarf. Ich erblickte Lena, die draußen mit Meg sprach, also machte ich einen kleinen Umweg, um hallo zu sagen. „Guten Morgen", rief ich, als ich in die Nähe kam. Lena und Meg stellten ihr Gespräch umgehend ein – der Gesichtsausdruck meiner Schwester wurde trügerisch leer.

Wieso überkam mich nur das Gefühl, dass sie über mich gesprochen hatten?

Meg hob eine Hand zum Gruß, bevor sie sich abwandte und sich daran zu schaffen machte, ihr Material und Werkzeug zu prüfen. So wollte sie das Spiel also spielen.

„Wie läuft's, Schwesterherz? Schönes Wochenende?" Ich sah Meg dabei zu, wie sie sich bückte und einen Packen Pinsel aufhob. Ich gab mir dabei Mühe, meinen Blick nicht allzu sehr auf die Rundungen ihres Hinterns in der enganliegenden Shorts zu fixieren.

„Ach, du weißt schon, bin essen gewesen, hab ein bisschen gelernt, nichts Bewegendes." Lenas Augen wollten sich nicht so recht mit meinen treffen. „Und bei dir?"

„Ich hab viel Zeit mit Netflix verbracht. Wir sind alte Freunde", sagte ich.

Meg richtete sich auf und schaute mich über die Schulter hinweg an. „Irgendwelche guten Sitcoms angeschaut?" Sie hob eine Augenbraue und lächelte beinahe. Beinahe.

Meine Damen und Herren, es geht los …

„Nichts allzu wunderhörnliches", antwortete ich trocken. Meg verdrehte die Augen und gluckste leise.

Lena schaute verwirrt zwischen uns hin und her. „Hab ich was verpasst?“

Meg antwortete mit „nein“, während ich gleichzeitig „ja“ sagte.

Lena schüttelte nur den Kopf. „Manche Dinge ändern sich nie. Ich sollte eigentlich an euch zwei und eure Insiderwitze gewöhnt sein. Das heißt aber nicht, dass es irgendwie weniger dämlich ist als damals, als wir Kinder waren.“

Megs grüne Augen richteten sich auf meine und verweilten einen Augenblick lang. Zwei … drei. Bis sie schließlich wegschaute. Ich wollte gerade von etwas anderem zu reden anfangen – vielleicht eine Bemerkung übers Wetter oder das Baseballspiel am Sonntag, wer weiß –, aber Landon rief ihr von oben auf dem Baugerüst herunter etwas zu und unterbrach so den sich anbahnenden Moment.

„Chelsea hat angerufen“, flüsterte Lena und ich wusste ihre Diskretion sehr zu schätzen. Auf keinen Fall wollte ich, dass Meg jetzt schon wieder Chelseas Namen hörte und sich wieder verschloss.

Ich knurrte und schaute verstohlen zu Meg, die gerade mit einem Schraubenzieher den Deckel von einem Eimer safrangelber Farbe hebelte. „Was zur Hölle wollte sie?“

„Sie wollte einen *Termin* bei dir vereinbaren.“ Lena schürzte die Lippen.

„Naja ich hab ihr eben gesagt, dass sie sich bei dir einen Termin besorgen soll, wenn sie irgendwas von mir braucht.“ Ich hatte nur nicht gedacht, dass sie das tatsächlich tun würde. Ich hätte es wissen müssen. Sie war in letzter Zeit viel zu still gewesen.

Und Chelsea *kannte* das Wort still überhaupt nicht.

Lena hieb mir auf den Arm. „Super, dass du mich zur Vermittlerin zwischen dir und der Megaschlampe gemacht hast. Nicht cool, Bruder. Gar nicht cool.“

Ich rieb mir die Stelle, an der sie mich getroffen hatte. Meine Schwester war stärker, als man meinen mochte. „Sorry. Ich hab nicht gedacht, dass sie das wirklich tun würde.“

Lena starrte mich an. „Nun, das hat sie aber, und ich musste mir anhören, wie sie herzzerreißend geschluchzt hat, weil sie Samstagnacht ein Paar Designerschuhe in einem Nachtclub verloren hat. Das hat sie ganz schön mitgenommen, sag ich dir.“

„Und? Hat sie jetzt einen Termin gemacht? Falls ja, muss ich mich mental darauf vorbereiten.“

Meg sah zu uns herüber, während sie die Farbe umrührte. Ich bemerkte, dass jetzt schon ein paar Tropfen auf ihre ausgelatschten Vans getropft waren. Sie hatte ihr Haar zu einem verworrenen Knoten zusammengeworfen und das zu große Pittsburgh-College-T-Shirt war am Kragen zerrissen, sodass es über eine ihrer blassen Schultern herabfiel. Ich bezweifelte, dass sie irgendwelches Make-up trug, aber das hatte sie auch noch nie gebraucht. Sie war verflucht gutaussehend.

„Ich hab ihr gesagt, du wärst diese Woche voll ausgebucht, und dass sie es nächsten Montag noch mal versuchen soll." Lena grinste schief und ich wollte sie am liebsten umarmen. Meine Schwester war die Beste.

„Du hast dir grade einen Bonus verdient", hauchte ich ihr leise zu.

„Und zwar einen fetten", flüsterte sie, als Meg gerade zu uns rüberkam.

„Ich geh jetzt gleich die Leiter hoch und fang mit dem Hintergrund an. Wollt ihr zwei etwa den ganzen Tag hier rumhängen und zusehen?" Megs Kommentar war ein Scherz, der aber an meine Schwester gerichtet war. Ich fühlte einen irrationalen eifersüchtigen Stich, weil die beiden so natürlich miteinander waren.

Lena tat ganz reuevoll. „Es tut mir leid, Meg. Wir wollten grad reingehen. Brauchst du sonst noch etwas? Kaffee? Wasser?"

„Für eine Tasse Kaffee könnte ich morden, wenn's dir nix ausmacht", meinte Meg.

„Klar. Und jetzt gehen wir dir aus dem Weg." Lena nahm mich am Arm und zog mich davon.

„Hör auf, sie anzusabbern, es sei denn, du willst was deswegen unternehmen", befahl Lena durch die Zähne.

Ich versetzte ihr einen überraschten Blick. „Ich *sabber* ja wohl nicht. Was für ein wahnhafter Schwachsinn ist das denn bitte?" Ich klang zu defensiv. Ich *war* ja auch defensiv.

Lena rollte die Augen – das tat sie erheblich zu oft. „Du hast also nicht ihren Arsch angegafft, als sie sich gebückt hat?"

Ich machte mir nicht die Mühe, es zu leugnen. Lena hätte mir sowieso nicht geglaubt. Und zwar eben *weil* ich Megs Arsch angegafft hatte. Ich archivierte das Bild für die spätere Verwendung.

Beim Reinkommen stand Jeremy an der überteuerten Espressomaschine und wartete darauf, dass sich seine Tasse füllte. Als Lena ihn erblickte, steuerte sie schnurstracks in die andere Richtung davon.

„Was ist mit Megs Kaffee?", sagte ich an ihren flüchtenden Rücken gerichtet.

„Du bist ein großer Junge, mach ihn selbst und bring ihn ihr. Dann kannst du auch noch ein bisschen ihren Hintern ansabbern." Lena winkte über die Schulter und verschwand hinter ihrem Schreibtisch.

Ich fühlte mein Gesicht erröten, schaute mich um und musste

feststellen, dass alle sie gehört hatten. Jeremy grinste wie ein Trottel. Er glotzte über meine Schulter in die Richtung, in die Lena verschwunden war.

„Hab ich irgendwas Falsches getan?", rief er ihr nach. Sie antwortete, indem sie ihren Mittelfinger in die Luft hob. Er gluckste, offenbar amüsiert von der Kratzbürstigkeit meiner Schwester.

„Mach mal Pause, Casanova. Keiner hier hat Nerven für deine aggressive Flirterei." Ich schob ihn praktisch zur Seite, um Meg ihren bescheuerten Kaffee machen zu können.

„Was ist dir denn über die Leber gelaufen, Ducate?" Jeremy schüttete behutsam ein paar Tropfen Sojamilch in seinen Kaffee und versuchte keine Grimasse zu machen, als er einen Schluck nahm. Er war ein Gesundheits- und Fitnessfanatiker, aber er schien den ganzen Aufwand, den er darin investierte, meistens nicht zu genießen. Mehr als einmal schon hatte ich ihn mit der Hand in einer riesigen Packung Gummibärchen erwischt.

„Nichts. Alles gut." Die Kaffeemaschine brauchte eine gefühlte Ewigkeit. War die schon immer so langsam gewesen?

Jeremy stellte seinen Kaffee ab, drehte sich um und schaute aus dem Fenster. „Scheiße, wer ist das heiße Stück da auf der Hebebühne?" Er ließ ein anerkennendes, lang gezogenes Pfeifen vernehmen.

Ich folgte seinem Kennerblick zu der Stelle, an der Meg draußen schwebte, die sich gerade streckte, um einen Flecken der Wand außerhalb unseres Sichtfelds zu erreichen. Alles, was wir sehen konnten, waren ihre unglaublich langen Beine und die zarte Haut ihres Bauches, als ihr Shirt nach oben wanderte. Ich schaute schnell weg. „Das ist kein Stück. Das ist Meg Galloway, die Künstlerin, die das Komitee für das Wandbild angeheuert hat."

Jeremy konnte kaum noch seine Zunge im Mund behalten. „Wer auch immer sie ist, sie ist ein erstklassiges Stück, mein Freund."

Ich knallte den Karton Milch auf die Tischplatte. „Hör auf, so ein sexistischer Drecksack zu sein, Wyatt. Uns allen hängt es zum Hals raus, tagein, tagaus deine Scheiße mitanhören zu müssen. Tu jedem hier einen Gefallen und führ dich mal einen Tag lang nicht wie ein Arschloch auf."

Für gewöhnlich ignorierte ich Jeremys eklatanten Sexismus. Manchmal lachte ich sogar darüber. Er war ein Kerl von einem Kerl und deshalb redete er eben auch wie ein Kerl. Also wie ein absolut ekelhaftes Schwein. Das machte mich dann vermutlich auch zu einem Mistkerl, aber wenn ich ihn so über Meg reden hörte, wollte ich ihm nur noch die Fresse polieren.

Jeremy schien ehrlich überrumpelt zu sein. „Ich hab doch nicht gedacht – "

„Meinst du nicht auch, dass das eben gerade das Problem ist, Jeremy? Du denkst verdammt noch mal nicht oft genug." Ich schüttete Milch in Megs Kaffee und stampfte davon.

Noch nie hatte ich mich von Jeremy aus der Fassung bringen lassen. Das war ja das Schöne an unserer Partnerschaft. Er hatte das Mundwerk, ich den Charme. Ich hatte immer damit leben können, dass er ein Aufschneider war, denn am Ende des Tages war er schon in Ordnung.

Aber jetzt gerade war ich gewaltig angepisst.

Tief einatmen.

Tief und fest einatmen.

Ich fand mich neben der Hebebühne wieder. Sie war gerade nur einen guten Meter über dem Boden, sodass Meg den unteren Teil der Mauer erreichen konnte. Sie hatte da oben ein Steuergerät, mit dem sie sich in alle Richtungen verschieben konnte, wie sie es gerade brauchte.

Sie war in der Hocke und wischte mit einem breiten Pinsel über eine Kante. Die Sonne brannte bereits und wir hatten bestimmt schon fünfundzwanzig Grad, obwohl es noch nicht einmal neun Uhr morgens war. Es sollte ein weiterer siedend heißer Tag werden.

„Ich hoffe, du hast an Sonnencreme gedacht. Lohnt sich nicht, sich im Namen der Kunst einen Hautkrebs einzufangen", sagte ich beschwingt und hielt ihr die dampfende Tasse hin.

Meg schaute auf, blinzelte in die Sonne. Dann stand sie auf, streckte den Rücken durch und nahm mir den Kaffee ab. „Hab dran gedacht. Danke, Mom."

„Ich gleite zwar langsam in ein reifes Alter, aber als ich das letzte Mal in den Spiegel geschaut hab, war ich deiner Mom noch nicht sonderlich ähnlich", scherzte ich albern.

„Ja, weil sie deutlich besser aussieht." Dann zwinkerte sie erneut. Und meine Hose wurde eng. Meine Hormone feierten Silvester.

Trump, Putin, Orgie.

Trump, Putin, Orgie.

Meg schlürfte an ihrem Kaffee, wobei sie immer wieder an der leeren Wand entlang hinaufblickte. Ich konnte praktisch die Rädchen in ihrem Hirn rotieren sehen.

„Mir gefällt das Design, das du dir ausgedacht hast. Sehr modern, aber trotzdem angelehnt an die Geschichte der Stadt." Ich war wirklich beeindruckt gewesen, als sie ihre Skizze vorgelegt hatte. Ich wusste nicht so recht, was mich erwarten würde, und als ich ihren Vorschlag sah, war ich hin und weg von ihrem Talent.

„Das ist auf jeden Fall das erste Mal, dass Marla nicht als Erstes gleich eine Liste mit dutzenden Kritikpunkten aufgestellt hat. Herzlichen Dank dafür", brachte ich mit einer übertrieben formellen Verbeugung vor, was Meg ein Lächeln entlockte.

„Ich hatte mich schon irgendwie auf ihre Beschwerden gefreut. Ich hatte auch schon einen ganzen Haufen Gegenargumente in der Schublade, nur für den Fall. Jetzt bin ich enttäuscht, dass ich sie nicht verwenden kann." Sie machte eine scherzhafte Schnute und schob ihre volle Unterlippe nach vorn. Ich starrte ihren Mund an.

Scheiße. Ich musste damit aufhören.

Oma-Schlüpfer. Danny DeVito nackt.

„Ich bin sicher, sie wird dir früher oder später noch Gelegenheit dazu bieten. Marla Delacroix ist vieles, aber unberechenbar ist sie nicht." Ich stopfte die Hände in die Hosentaschen und schaute die Wand hinauf. „Auch wenn selbst sie sich schwer tun wird, etwas daran auszusetzen, was du uns vorgelegt hast."

Megs Augen wanderten in meine Richtung, ihr Mienenspiel wärmer als zuvor. „Danke für die Streicheleinheit. Das kann ich gut gebrauchen. Dann muss ich diese Vision ja jetzt nur noch auf eine gigantische Backsteinmauer übertragen. Was leichter gesagt ist, als getan …" Eine Haarlocke fiel ihr ins Gesicht und sie ließ sie so hängen. Die Finger juckten mir und ich hätte sie ihr gern hinters Ohr gestrichen.

Aber ich hing an meinen Fingern, also behielt ich die Hände bei mir.

„Und Lena arbeitet jetzt also für dich?", fragte Meg, während sie ihren Pinsel wieder in die Farbe tauchte und ihn kurz drehte, bevor sie den überschüssigen Lack abstreifte.

„Mhm. Hab sie letzten Sommer eingestellt. Sie ist nur Teilzeit hier, nebenher schließt sie ihr Studium ab." Ich klopfte mit dem Fuß gegen einen der vollen Farbeimer und fühlte mich irgendwie rastlos.

„Und dann wird sie Anwältin wie du, hm?" Meg streckte sich auf Zehenspitzen, um den Pinsel über die Wand zu führen. Ich konnte mir nicht helfen und starrte die langen, definierten Linien ihres Körpers an. Wie sich ihr Rücken wölbte, wenn sie die Arme über den Kopf reckte. Wie sie sich konzentriert auf die Unterlippe biss. Ich konnte die Augen nicht von ihr nehmen.

„Das ist wohl der Plan", entgegnete ich abwesend, während mein Blick über sie wanderte. „Auch wenn ich glaube, dass sie früher oder später den Boden mit mir aufwischen wird." Ich lächelte bei mir. Ich hatte keinen Zweifel daran, dass mir meine kleine Schwester den Titel streitig machen würde, wer in der Familie Ducate in juristischen Belangen am meisten taugte.

Meg ließ den Pinsel im Farbeimer stehen und hob ihre Tasse auf, um einen Schluck zu nehmen. „Ich weiß ja nicht. Mom erzählt mir immer über deine vielen Siege. Man munkelt, du wärst eine ganz große Nummer."

Ich grinste und wackelte mit den Augenbrauen. „Große Nummer, was? Das hör ich am liebsten, wie *groß* ich bin."

Meg ächzte, aber ihre Augen funkelten belustigt. „Bei dir muss wohl alles gleich sexuell klingen. Das ist echt eine unterschätzte Kunstform."

Dieses Mal erlaubte ich mir, eine ihrer Haarsträhnen mit dem Finger aus ihrem Gesicht zu schnippen, wobei ich ihre Haut nur ganz leicht berührte. Bildete ich mir nur ein, dass sie erschauderte?

„Du hast hier einen Großmeister vor dir stehen, Meg", blödelte ich.

Meg schüttelte den Kopf, trank den Rest ihres Kaffees aus und gab mir dann die Tasse zurück.

„Danke dafür. Mein Gehirn will einfach nicht anspringen, bevor ich nicht zu mindestens 50 Prozent aus Koffein bestehe."

„Das Gefühl kenn ich", sagte ich grinsend und nahm die Tasse entgegen. Unsere Finger strichen aneinander. Ich schluckte an dem unerklärlichen Kloß in meinem Hals vorbei. Wir verweilten einen Wimpernschlag lang, keiner von uns bewegte sich. Ich begriff, wie nahe wir beieinanderstanden. So nahe, dass unsere Schuhe sich beinahe berührten. Sie war nicht mehr weitergewachsen und reichte mir nur bis etwa zu den Schultern. Ich hatte sie früher immer damit aufgezogen, dass sie locker unter meinem Arm Platz hätte, was mir in der Regel eine Faust in die Magengegend eingebracht hatte.

Ihr Kopf war in den Nacken gelegt und sie schaute auf zu mir mit einem erkennbaren Mangel an Feindseligkeit. Das war eine schöne Veränderung.

„Es ist echt gut, dich wieder hier zu haben, Meg", hörte ich mich sagen.

Ihr Gesicht errötete. Lag es an der Hitze? Oder etwas anderem? Ich hätte gerne geglaubt, dass ich es war, aber ich wollte nicht weltfremd sein.

„Ich hätte es vorher auch nie geglaubt, aber ich bin tatsächlich froh, zurück zu sein", sagte sie, die Augen auf mich gerichtet.

Das hier war ein gemeinsamer Moment. Ich konnte es fühlen. Sie konnte es fühlen.

Was zur Hölle sollte ich jetzt damit machen?

„Hast du gehört, dass Grandys altes Kino am Wochenende einen

Herr-der-Ringe-Marathon zeigt?“ Ich wusste doch genau, wie ich ihre Nostalgie befeuern konnte. Das verwendete ich jetzt gnadenlos gegen sie.

Sie machte ganz große Augen. „Du verarscht mich! Im Ernst? Wie oft haben wir diese Filme gesehen?“

„Mindestens hundert Mal. So in etwa.“ Ich lächelte. Sie lächelte. Ich nahm meine Hand und berührte ihre. Nur ein Streifen der Finger. „Was hältst du von einem einhundertundeinten Mal? Der alten Zeiten willen?“

Ihr Grinsen wurde breiter und in einem Anflug von Wagemut hakte ich meinen kleinen Finger bei ihr ein, wie wir es als Kinder immer gemacht hatten. Ich betete, dass sie ihn mir nicht brechen würde.

Sie drückte ihn ein kleines bisschen und zog sich nicht zurück. Davon bestärkt nahm ich auch noch ihre andere Hand. Ich begann, meine Finger in ihre zu verhaken. „Was sagst du?“, fragte ich sanft. Ich konnte den Blick nicht von ihr lösen. Sie konnte den Blick nicht von mir lösen. Es gab nur noch Meg und mich.

Das war’s.

Sie öffnete den Mund …

„Adam! Da bist du ja! Ich ruf dich schon den ganzen Morgen lang an! Hast du meine Nachricht bekommen?“

Der Klang von Chelseas Stimme hatte in etwa den gleichen Effekt, wie wenn uns jemand eiskaltes Wasser über den Kopf geschüttet hätte.

Meg zuckte wortwörtlich zusammen und hätte beinahe einen Satz nach hinten gemacht. Sie entriss mir ihre Hände, ihr Gesicht verfinsterte sich und ihre Augen wurden kalt. Sie schaute mit versteinerter Miene über meine Schulter.

Ich fluchte innerlich laut und unbändig.

„Meg – “ Ich wollte etwas sagen – irgendetwas –, um den Augenblick zu retten.

Aber es war zu spät.

Eine Bombe war eingeschlagen und ihr Name war Chelsea Sloane.

Ich fühlte die krallenbewehrte Hand meiner Ex auf dem Arm, die daran zupfte. „Adam, sieh mich an, verdammt. Du bist wirklich unverschämt zu mir. Wieso hast du nicht zurückgerufen?”

Meg war wieder auf die Bühne geklettert und hatte sich sofort hinter den Hebel geklemmt, um sich hinauf in die Luft heben zu lassen und so weit wie möglich weg von Chelsea sein zu können. Und von mir.

Verfickte Scheiße.

Chelsea schaute nicht einmal in Megs Richtung. Sie hatte nämlich nur genug Aufmerksamkeitsspanne für eine einzige Sache – sich selbst. Und mich, wenn es ihr gerade passte.

Sie stand mit vor der Brust verschränkten Armen da und posierte dabei so, dass ein üppiger Ausschnitt ihres Dekolletés zu sehen war. Das Oberteil, das sie trug, verdeckte ohnehin schon nicht viel. Und die winzigen Shorts an ihr sahen eher aus wie Unterwäsche. Ihr blondes Haar war zu einem Pferdeschwanz gebunden und mir fiel auf, dass ihre Stirn gerade besonders glatt wirkte. Ich hatte wohl mal wieder für eine Runde Botox bezahlt.

„Ich hab deine Nachricht gerade eben bekommen, Chelsea. Und ich weiß sehr wohl, dass Lena dir bereits gesagt hat, dass ich bis nächste Woche keine Zeit habe.“ Ich fühlte mich umgehend erschöpft.

Chelsea zog eine Schnute wie eine Fünfjährige. „Aber ich muss *jetzt* mit dir reden, also hab ich mir gedacht, ich komm einfach vorbei.“ Sie stupste mir spielerisch auf die Brust. „Dann kannst du nicht davonlaufen wie ein böser Junge.“

„Himmel, Chelsea. Das hier ist mein Arbeitsplatz. Du kannst nicht hier rumstolzieren, wann immer du wieder mal einen Hirnfurz hast“, fuhr ich sie an.

Sie warf sich schnippisch den Pferdeschwanz über die Schulter. „Sei nicht so ungehobelt, Adam“, züchtigte sie. „Kann eine Frau nicht ihren Mann besuchen, wenn ihr danach ist?“

Ich wollte die Augen verdrehen, aber ich wusste, dass es die Situation nur verschlimmern würde. „Ich bin nicht dein Mann, Chelsea. Bei deinem Anwalt liegt ein großer Haufen Papiere, der das relativ klar verdeutlichen sollte.“ Ich schielte hinauf zu Meg, aber die war inzwischen darin vertieft, gelb zu malen, und zwar in großen, wütenden Strichen.

Chelsea, die endlich auch bemerkte, dass sie nicht meine ungeteilte Aufmerksamkeit genoss, schaute hinauf zu Meg auf der Hebebühne. „Wieso lässt du dein Gebäude streichen? Und wieso in dieser ätzenden gelben Farbe? Sieht aus wie das Erbrochene von einer Katze.” Sie machte eine Grimasse.

„Es ist für die Zweihundertjahrfeier. Davon hab ich dir vor Monaten schon erzählt”, erklärte ich mit zusammengebissenen Zähnen.

Chelsea kniff die Augen zusammen und schaute zu Meg hinauf. „Ach, richtig, das Wanddings. Ist das die Künstlerin? Hoffen wir mal, sie malt besser, als sie sich kleidet.” Sie kicherte gemein. Gott, was für eine dumme Schlampe.

Es gab ein Geklapper und Megs Pinsel prallte auf dem Boden auf, wo er nur wenige Zentimeter von Chelseas Füßen zu liegen kam. Hellgelbe Farbe spritzte auf ihre Beine – ihre Designerschuhe waren gesprenkelt.

„Oh mein Gott!“, schrie sie und stolperte rückwärts. „Du verdammte Hure! Du hast meine Fünfhundert-Dollar-Sandalen ruiniert!“

Meine zukünftige Exfrau wandte sich empört an mich, ihre übermäßig gut bestückte Brust hob und senkte sich vor Zorn. „Tu was, Adam. Schmeiß sie raus! Die ist ja eine Gefahr!"

Ich zuckte die Achseln und versuchte mein Lachen zu unterdrücken. Das war echt schwer. „Es war ein Unfall."

„Es war *kein* Unfall. Diese schreckliche Frau hat das mit Absicht gemacht", wimmerte Chelsea und wischte an ihren Beinen rum.

„Tschuldigung!", rief Meg herunter und gab sich keine Mühe, ihr Grinsen zu verbergen.

Chelsea schaute erneut hoch, ihre Augen wurden immer kleiner, als die Erinnerung langsam wiedereinsetzte. „Warte doch mal …" Sie schaute von Meg zu mir und wieder zurück. „Ist das etwa Zwei-Rücken-Meg-Galloway?", gackerte sie.

„Sei nicht so beschissen ungehobelt, Chelsea", knurrte ich.

Chelsea wischte meine Drohung weg. „Und du sei kein solcher Miesepeter, Adam. Ist ja nur ein Witz."

Meg winkte mit einer übertriebenen Geste, die man sich sonst für Kinder aufspart. „Hi, Chelsea. Wie geht's dir?"

Chelseas Lächeln war spröde. „Würde mir besser gehen, wenn du mich nicht grade mit Farbe bekleckert hättest. Aber du warst ja noch nie besonders gut darin, an Dingen festzuhalten."

Scheiße, das wurde ganz schön schnell ungemütlich.

„Chelsea – "

„Ist das da eine neue Nase?", fuhr Meg dazwischen. Sie legte den Kopf schief. „Ich hab deine irgendwie viel größer in Erinnerung." Ihr Tonfall war die Unschuld in Person. Täuschend echt.

Chelsea bückte sich und hob den Pinsel auf, den Meg fallenlassen hatte. Mit übertriebener Langsamkeit ging sie hinüber zum Mülleimer und warf ihn hinein.

„Chelsea, die sind teuer", blaffte ich. Meg sah aus, als würde sie gleich runterkommen und sie strangulieren.

Chelsea machte große Augen. „Oh, ups. Ich hatte gedacht, sie würde ihn nicht mehr brauchen, wo sie ihn doch runtergeworfen hat. Mein Fehler." Sie schaute mit zuckersüßem Lächeln zu Meg hinauf. „Tschuldigung, Zwei-Rücken – ich meine, Meghan."

Bevor Meghan noch etwas sagen konnte, nahm ich Chelsea am Ellbogen und zerrte sie davon. Ich ging mit ihr zu ihrem Wagen, der auf der Straße vor dem Haus geparkt war. „Was willst du, Chelsea?"

Chelsea ließ ihre Hand meinen Arm hinauf wandern und ich wich zurück von ihrer Berührung. „Wie gesagt, ich wollte dich einfach nur sehen

_ "

„Den Scheiß kannst du dir sparen. Ich hab keine Zeit für dieses Spiel mit dir", bellte ich ihr förmlich ins Gesicht.

Als sie verstand, dass ich es ernst meinte, wurde sie selbst ebenfalls ein wenig ernster, was ihr sichtlich schwerfiel.

„Na schön. Mein Anwalt will sich mit dir hinsetzen und die Details unserer Scheidungsvereinbarung durchgehen." Sie strich mit den Fingern durch meine Haare. „Du brauchst echt mal einen Haarschnitt. Du siehst zottelig aus."

Ich tat einen Schritt zurück. „Was denn für Details? Ich war mehr als großzügig."

Chelsea schloss die Lücke aufs Neue und drückte ihre Titten praktisch gegen meine Brust. „Es gibt nur ein paar kleine Bedenken. Nichts Schlimmes. Er will nur sichergehen, dass du nicht versuchst, mich aufs Kreuz zu legen." Wieder kicherte sie. „Ich hab ihm zwar gesagt, dass es mir gar nichts ausmachen würde, wenn du das versuchen willst, stimmt's, Baby?", schnurrte sie.

Ich ignorierte ihre Bemerkung. „Es gibt nichts zu besprechen. Die Vereinbarung ist mehr als fair."

Chelseas Gesicht wurde hart. „Ich verdiene sehr viel mehr als die armselige Summe, die du mir unterjubeln willst. Ich will das Haus am See. Und die Ferienwohnung in Aspen."

Ich warf den Kopf zurück und lachte über ihre Kaltschnäuzigkeit. „Du willst mich verdammt noch mal verarschen, oder? Das Haus am See ist von meinen Eltern. Sie haben es *mir* vermacht. Und was die Wohnung angeht, du kannst Skifahren nicht ausstehen. Du hast jedes Mal rumgezickt, wenn wir da hingefahren sind." Der Zorn stieg mir allmählich zu Kopf.

Chelsea wand ihre Arme um meine Hüfte. „Sei nicht so mürrisch, Liebling. Vielleicht kann ich später ja mal bei dir vorbeischauen und wir können das alles klären. Nur wir zwei. Ich kann was zu essen mitbringen von dem Mexikaner, den du so gernhast."

Ich entfernte ihre Arme und schob sie von mir. „Ich treffe mich mit deinem Anwalt, aber du wirst anrufen und einen Termin vereinbaren, genau wie Lena es dir gesagt hat. Und jetzt gehe ich."

Chelsea schaute nachdenklich, eine Seltenheit bei ihr. „Meghan hätte wirklich zweimal überlegen sollen, bevor sie zurückgekommen ist."

Ich zog die Brauen zusammen. „Was soll das heißen?"

Sie lächelte dieses bösartige Lächeln, das ich nur allzu gut kannte. „Ach nichts." Sie stellte sich auf Zehenspitzen und küsste mich auf den Mund, bevor ich begriff, was sie vorhatte. „Ich melde mich wegen des Hauses. *Und* der Wohnung."

„Verpiss dich“, murmelte ich, als sie in den Wagen stieg und losfuhr.

Als ich mich umdrehte und mit Meg reden wollte, war sie verschwunden. Ihre Malutensilien waren weggeräumt. Sie hatte das Projekt für heute offensichtlich zur Ruhe gelegt, um die Flucht zu ergreifen.

Wundervoll.

Kapitel elf

Meghan

Ich war zufrieden mit den Fortschritten am Wandbild.

Ich arbeitete erst seit fünf Tagen daran und man konnte bereits die Umrisse des fertigen Produktes sehen. Der Hintergrund bestand aus großen Schwaden von Gelb, Orange und Rot. Gerade hatte ich mit den einzelnen Bildern begonnen, die den Mittelpunkt des Wandgemäldes darstellen würden: Die alte Eiche in der Stadtmitte, die zu einem langlebigen Symbol von Southport geworden war, und der mäandernde Ohio-River, der sich behäbig durch die Szenerie schlängelte. Es gab auch schon angerissene Bilder von Waldsängern mit goldenen Flügeln und Weißwedelhirschen.

Ich trat einige Schritte zurück und betrachtete dieses gewaltige Projekt, das ich da übernommen hatte, und ich war verdammt stolz auf mich selbst. Noch glücklicher machte mich aber, dass die erste Rate meiner Kommission auf dem Konto eingegangen war. Ich hatte vor, nach der Arbeit hinüber ins Krankenhaus zu gehen und einen Teil von Dads offener Behandlungsrechnung zu begleichen.

Mom würde das nie zulassen, also erzählte ich ihr gar nicht erst davon. Der Stolz der Galloways war berüchtigt, also musste ich ihn einfach komplett umgehen.

Ich wischte mir die Hände an dem Tuch, das ich beim Malen immer in der Gesäßtasche hatte. Es war nicht mehr ganz so glühend heiß, gottseidank. Während einer solchen Hitzewelle draußen zu arbeiten, war nicht gerade ideal, aber das Projekt gefiel mir trotzdem sehr. Es war das erste Mal seit Jahren, dass ich mich inspiriert fühlte.

Ein großer Nachteil an der Situation war dennoch das Gebäude, das ich da bemalte. Es war nett, mehr Zeit mit Lena verbringen zu können. Früher waren meine Zeit und Aufmerksamkeit immer für ihren älteren Bruder draufgegangen. Natürlich waren wir oft bei denselben Veranstaltungen unterwegs gewesen, aber da sie doch vier Jahre jünger war, hatten wir damals nicht sehr viel gemein. Adam war zwar ein liebevoller Bruder, behandelte sie aber dennoch meistens wie die nervige kleine Schwester, die sie war.

Ich wusste noch, wie fasziniert sie von Whitney gewesen war. Sie folgte ihr überall hin und bettelte sie an, ihr das Schminken beizubringen. Whitney hatte nie meine Geduld, was die jüngeren Kinder anging. Meistens jagte sie Lena davon. Aber das ein oder andere Mal tat sie ihr den Gefallen und für Lena war es gewesen, als hätte sie eine Audienz bei der Queen persönlich bekommen.

Und jetzt als Erwachsene stellte ich erfreut fest, dass Lena eine smarte, schlagfertige und verdammt witzige Frau geworden war, deren Gesellschaft ich ehrlich schätzte. Schade nur, dass sie verwandt war mit dem weltgrößten *Dödel.*

Ich war genervt von mir selber, weil ich immer wieder so einfach in wohlgefällige Vertrautheit mit Adam verfiel. In seiner Nähe zu sein war wie ein Stromstoß in meinen Kreislauf. Es war wie aufwachen. Ich war in Alarmbereitschaft, ich war lebendig. Und gleichzeitig hatte es auch etwas Beruhigendes, jemanden um sich zu haben, der einen so gut kannte. Jemanden, mit dem man seine gesamte Kindheit geteilt hatte.

Adam war noch immer so spielerisch witzig, schön und charmant, wie er es immer gewesen war. Er war noch immer sensibel und gutmütig. Und er brachte mich noch immer ständig zum Lachen. Ich stellte fest, dass es mir leichtfiel, mit ihm zu reden, wenn ich mir erlaubte zu vergessen, wie scheiße er eigentlich war. Und ich will verdammt sein, wenn wir da nicht einen gemeinsamen Moment gehabt hatten. Einen echten, ehrlichen Moment.

Ich konnte schwören, dass er mich so angesehen hatte, wie ich es mir immer gewünscht hatte, seine blauen Augen glühend, voll auf mich gerichtet. Er hatte Der Herr der Ringe erwähnt, mir jenes Lächeln geschenkt, das mich immer zu einem unbrauchbaren Haufen Hormongrütze zusammenschmelzen ließ. Und dann hatte der Bastard auch noch das Ding mit dem kleinen Finger abgezogen. Den gottverdammten, verfickten kleinen Finger.

Das war unter der Gürtellinie und nicht in Ordnung.

Aber ich hatte ihn gelassen. Und es hatte mir sogar *gefallen.*

Mehr als das.

Er hatte mich angeschaut. Ich hatte ihn angeschaut. Die Luft zwischen uns hatte förmlich *gesummt.* Er hatte sich so sehr verändert, aber er war noch immer *mein* Adam. Der Junge, den ich so viele Jahre lang geliebt hatte. Es war unmöglich, ihn als irgendetwas anderes zu sehen, wenn er mich so anschaute. Aber dann war natürlich Chelsea ‚Tussischlampe' Sloane aufgetaucht und hatte mich sogleich wieder daran erinnert, weshalb ich mich von diesem Verräter besser fernhielt.

Und wieso fühlte ich mich dann jetzt wieder wie eine Trübsal blasende Teenagerin? Das war es, was Adam mit mir anstellte. Er gab mir das Gefühl, verletzlich zu sein. Machtlos. Verschmäht.

In der Hölle soll er schmoren.

„Hey, bist du für heute fertig?", fragte der Betreffende.

Meine Hand erstarrte auf dem Deckel des Farbeimers, den ich gerade verschlossen hatte. Ich dachte lang und gründlich darüber nach, ihn wieder zu öffnen, seitlich umzukippen und mit Genugtuung zuzusehen, wie er sich über seine gebügelte Hose und polierten Schuhe ergoss.

Stattdessen klopfte ich den Deckel fest, verstaute den Eimer und machte mir am Hebel zu schaffen, der mich wieder in Richtung des festen Bodens brachte. Ich hatte seit Montag und dem ‚Chelsea-Zwischenfall' nicht wirklich mit Adam gesprochen, aber ich dachte mehr darüber nach, als ich sollte. Zu sehen, wie sie ihn geküsst hatte, ließ mir die Galle hochsteigen. Am schlimmsten war, dass sie gut zusammen aussahen, so als gehörten sie zueinander. Ich wollte irgendetwas treten. Wieso hatte ich noch immer nicht akzeptiert, dass die Dinge nun mal jetzt so waren? Mom hatte recht. Es war zehn Jahre her. Wieso zur Hölle war ich noch immer nicht darüber hinweg?

Ein Teil von mir war bestimmt angetrieben von meinem rechtschaffenen Zorn. Vielleicht müsste ich, wenn ich aufhörte, wütend auf Adam zu sein, meine anderen Gefühle einsehen. Und einen *Teufel* würde ich tun.

Am Boden angelangt, packte ich meine Sachen zusammen. Ich warf die Pinsel in die robuste Werkzeugkiste, mit der ich meine Ausrüstung durch die Gegend karrte.

„Hey, lass mich das nehmen." Adam wollte sich die Kiste greifen, aber ich schob sie schnell außer Reichweite. Ich fühlte mich wie ein kleines Kind, das seine Spielsachen verteidigte.

„Ich hab alles im Griff", murrte ich mit der schweren Box zu Füßen. Es war fast sechs Uhr, das Bürogebäude hatte sich geleert und es schien, als sei Adam der letzte Verbliebene. Ich fragte mich, ob das wohl so üblich war. Er war bisher an den meisten Tagen erst spät gegangen.

Nicht, dass ich darauf geachtet hätte, wann er kam und ging.

Adam schaute verstört. „Du bist böse auf mich. Was gibt's sonst noch Neues?", fügte er murmelnd hinzu.

Ich hatte mehrere hundert hasserfüllte Entgegnungen auf der Zunge liegen, aber ich schluckte sie alle hinunter. Ich war recht stolz auf mich selbst. Stattdessen umrundete ich ihn schlicht und sammelte den Rest meines Zeugs ein, stopfte alles in meinen großen Rucksack und schwang ihn mir über die Schulter. Ich holte meine Schlüssel raus und stapfte zum Auto, ohne auch nur ein weiteres Wort zu verlieren.

Scheiß auf Adam Ducate, seinen kleinen Finger, sein Lächeln und das fehlende Eck an seinem Schneidezahn, das er nie hatte richten lassen.

Es fiel mir schwer, ihm nicht tausend verletzende Worte entgegenzuschmettern, aber mir war klar, dass das zu einem Streit führen würde, und ich war müde und verschwitzt und wollte nichts weiter als ein kaltes Bier. Diese Bedürfnisse stachen den Wunsch aus, diesem großen, gutaussehenden Quälgeist Verwünschungen nachzuschreien.

Aber natürlich war es nicht so einfach, zu verschwinden. Nicht, wenn es um Adam Ducate ging.

„Warte doch mal“, rief er, aber ich machte keine Anstalten. Ich ging weiter zur Straße, die Hände voll beladen mit meiner ganzen Ausrüstung.

Ich fühlte seine Hand auf meinem Arm, die mich behutsam zurückhielt. Entgegen besseres Wissens hielt ich an. Aber ich würde mich ganz sicher nicht umdrehen. Er trat vor mich hin, seine Hand lag noch immer auf meinem Arm. „Weißt du, ich hab gedacht, dass dieses Wandbild, ich weiß nicht, dass es ein wenig das Eis schmelzen würde. Aber ich hab das Gefühl, dass du in den letzten paar Tagen nur noch größere Mauern gebaut hast. Wie kommt das?“

Ich war erschöpft und nicht in der Stimmung, mich mit Adam auf offener Straße auszusprechen. Ich sah Mr. Johannsson, meinen alten Physiklehrer, der auf dem Gehsteig gegenüber vorbeiging. Ich hob die Hand zum Gruß und er winkte zurück. Dana Miller, Moms Kollegin, kam gerade aus der Apotheke und zerrte ihre zwei Kinder hinter sich her. Madeline Sheeney, ein Mädchen, das mit uns in der Highschool gewesen war, joggte die Straße entlang. Ich konnte in diesem Ort keine zwei Schritte gehen, ohne jemanden zu treffen, den ich kannte, es war also keine besonders schlaue Idee, Adam hier vor aller Augen anzuschreien.

Aber ich war nicht sicher, ob ich mich würde zurückhalten können, wenn er so darauf beharrte.

„Nichts. Ich bin müde. Ich muss jetzt nach Hause – ”

„Lüg mich nicht an, Meg. Denkst du etwa, ich merke es nicht, wenn du mir was auftischst? Du zupfst immer an deinem Daumen rum.“ Er zeigte auf meine rechte Hand und natürlich hatte er verdammt noch mal recht. Ich stopfte meine Hände in die Taschen. Dann deutete er auf meine Nase. „Und deine Nüstern blähen sich ein bisschen auf. Ist ein untrügliches Zeichen.“

„Von mir aus. Ja, ich gehe dir aus dem Weg. Ich will nicht mit dir reden, Adam. Wir sind keine Freunde mehr. Wir haben keinen Platz mehr füreinander im Leben. Dieses Wandbild macht die Vergangenheit nicht ungeschehen und wird ganz sicher auch nicht die Zukunft ändern.“

Adam schüttelte den Kopf. „Geht es denn immer nur um Chelsea?“

Ich konnte mich nicht davon abhalten, beim Klang ihres Namens ein wenig zusammenzuzucken. Ich hasste sie. Dass er sie erwähnt hatte …

schon wieder.

„Es geht nicht um Chelsea, Adam. Ging es noch nie." Und ich begriff, dass das die Wahrheit war. Mein Zorn und meine Wut richteten sich viel mehr darauf, wie schnell er unsere siebzehn Jahre Freundschaft vergessen hatte, nur weil er eine flachlegen konnte.

Adam fuhr sich mit einer Hand durch sein dunkles Haar und schloss für einen Moment die Augen. „Ich war ein siebzehnjähriger Trottel, Meg. Du kannst mir doch nicht für immer und ewig die Entscheidungen eines Teenagers vorhalten."

Ich ballte in den Taschen die Hände zu Fäusten. „Ein siebzehnjähriger Trottel, der diese Entscheidung geheiratet hat. Und jahrelang verheiratet geblieben ist."

Adam sah gequält aus. „Ich weiß. Wenn ich in der Zeit zurückreisen und alles noch mal machen könnte – "

„Kannst du aber nicht", unterbrach ich ihn scharf.

Stille breitete sich aus.

Adam kam heran und zog meine Hand aus der Tasche, um sie zu umschließen. „Aber ich lasse mich doch von ihr scheiden. Können wir das nicht hinter uns lassen? Wieso hältst du so sehr an der Verbitterung fest? Kann ich denn gar nichts machen, um deine Meinung zu ändern?" Er atmete tief ein. „Du fehlst mir, Meg. Du fehlst mir schon seit zehn Jahren. Hab ich dir denn gar nicht gefehlt?"

Ich konnte mich weich werden fühlen. Ihm war schwer zu widerstehen.

Aber …

Ich entzog ihm meine Hand und krallte die Finger in meiner Handfläche zusammen. Ich spürte, wie sich die Fingernägel ins Fleisch bohrten.

„Ich weiß, dass ich unvernünftig bin", gestand ich und in Adams Augen blitzte so etwas wie Hoffnung auf. Ich fühlte mich fast schuldig, weil ich sie zerstörte. „Meine Wut ist vielleicht völlig irrational. Ist sie schon lange. Ich sollte vielleicht drüber wegkommen. Aber ich kann es nicht, Adam. Ich hasse dich dafür, dass du sie mir vorgezogen hast. Ich hab's versucht. Glaub mir, ich hab's wirklich versucht. Aber es läuft immer wieder alles auf einen grundlegenden Fakt hinaus." Ich schaute ihm geradewegs in die Augen, ohne zu blinzeln. „Ich hab dir mein Herz geboten und du hast stattdessen ihres genommen. Das Mädchen, das mich jahrelang terrorisiert hat. Das Mädchen, das mich aus der Ehrengesellschaft werfen lassen wollte, indem sie eine Lügengeschichte erfunden hat, ich hätte im Englischtest betrogen. Das Mädchen, das allen in der Schule erzählt hat, ich hätte Filzläuse. Man hat mich ein Jahr lang überall nur ‚Filzlaus' genannt."

Adams Lippen waren zusammengepresst, seine Miene finster. „Sie war eine schreckliche Person. Sie *ist* eine schreckliche Person. Ich will nichts mit ihr zu tun haben. Ich halte es kaum aus, in ihrer Nähe zu sein."

„Das hat am Montag aber anders ausgesehen", spuckte ich aus.

Adam nahm wieder meine Hände und versuchte mich an sich zu ziehen. Ich rührte mich nicht vom Fleck. Vielleicht war das ja mein Problem. Ich war schon immer zu unnachgiebig.

„Ich hab sie weggeschickt, hab ihr gesagt, sie muss sich einen Termin holen, wenn sie mit mir reden will. Was du beobachtet hast, war ich, wie ich ihren gemachten Hintern zum dutzendsten Mal auf die Straße gesetzt habe. Ich schwöre es, Meg, ich bin fertig mit ihr."

Ich hätte meine Hände aus seinem Griff lösen sollen. Aber wenn ich ehrlich war, mochte ich die Berührung seiner Finger auf meiner Haut. Also ließ ich es noch ein paar Sekunden länger zu. Doch dann entzog ich mich widerwillig. „Es macht keinen Unterschied, Adam. Zu vieles ist passiert."

Und es fühlte sich wahr an. Schmerzhaft wahr. Ich ließ den Kofferraum aufschnappen und stellte die schwere Werkzeugkiste hinein, bevor ich ihn zuschlug. Ich spielte mit dem Schlüsselbund in meiner Hand und fühlte mit einem Mal nicht mehr so viel Wut gegenüber Adam. Ja, sie war noch immer da, aber nicht so wie zuvor. Weil ich sehen konnte, wie sehr er sich wünschte, dass ich ihm vergab.

Vielleicht ...

„Ich muss jetzt gehen, Adam. Wir sehen uns am Montag." Mit schmerzender Brust stieg ich in den Wagen und fuhr nach Hause.

Ich bemerkte erst, dass ich weinte, als ich ihn im Rückspiegel aus den Augen verloren hatte.

**

Nachdem ich im Krankenhaus vorbeigefahren war und einen Teil der Rechnung bezahlt hatte, ging ich nach Hause. Aber selbst der Akt, meiner Mutter zu helfen, hob nur wenig von dem Druck in meiner Brust. Während der ganzen Fahrt dachte ich nur an Adam. Ich war besessen. Ich bemerkte die Zeichen. Schließlich hatte ich das schon einmal erlebt.

Ich kam heim und fand Mom im unteren Badezimmer, wo sie neue Fliesen verfugte. Ich stellte mein Zeug im Gang ab und ging ihr helfen. Ich war müde und hungrig, aber körperliche Arbeit war ein guter Weg, Adam aus dem Kopf zu bekommen. Mom schaltete uns Musik ein und bestellte was zu essen. Wir lachten und sprachen miteinander auf eine Art, wie wir es schon lange nicht mehr getan hatten. Und es half. Eine Weile lang. Ich dachte nicht mehr an *ihn*, bis das Werk vollbracht war.

Und dann kam mir sein Gesicht wieder in den Sinn, als er mich gebeten hatte, meinen Zorn zu überwinden.

„Können wir das nicht hinter uns lassen?"

So konnte es nicht weitergehen. Also bot ich Mom nach dem Verfugen an, auch gleich mit dem Streichen der Wände anzufangen. Sie bestand darauf, dass ich zuerst etwas vom Chinesen aß, aber danach ging ich gleich wieder an die Arbeit. Ich machte noch lange weiter, nachdem Mom längst ins Bett gegangen war. Und nachdem ich mit dem Bad fertig war, machte ich mich daran, die Zierleisten im Wohnzimmer nachzumalen. Erst um ein Uhr nachts hörte ich auf, als ich kaum noch aufrecht stehen konnte. Meine Muskeln brüllten Protest, als ich mich die Treppe hinauf in mein Zimmer schleppte.

Ich stellte mich unter den heißen Strahl der Dusche und hoffte, dass ich zu müde sein würde, um …

Und da war er wieder. Wie ein schlimmer Fall von Herpes, er ging einfach nicht weg. Sein Gesicht. Seine Augen brannten ein Loch in mein Hirn. Seine Worte …

„Du fehlst mir, Meg. Du fehlst mir schon seit zehn Jahren. Hab ich dir denn gar nicht gefehlt?"

Ich schlug mit der Faust gegen die nassen Fliesen und wünschte mir einfach, die Gedanken an ihn zu ersticken. Wünschte mir, *ihn* zu ersticken. Aber seine Worte hörten nicht auf, in meinem Kopf zu kreisen. Eine erbarmungslose Flut aus altbekannter Schuld, Sehnsucht und verletzten Gefühlen brach über mich herein.

Und dann überkam mich noch eine andere Erinnerung.

Wir betraten den Ballsaal und ich fühlte mich wie auf Wolke sieben.

Wir waren alle zusammen bei Red Lobster essen gewesen. Kyle und Adam hatten darauf bestanden, die idiotischen Lätzchen zu tragen, und ich hatte mich halb schiefgelacht. Sogar Skylar war amüsiert gewesen, obwohl sie natürlich zu cool war, um das auch zu zeigen. Adam hatte für mich bezahlt und mir sogar die Tür aufgehalten. Er behandelte mich wie bei einem Date, nicht wie seine beste Freundin. Vielleicht hatte Whitney ja recht. Vielleicht mochte er mich ja wirklich.

„Wir müssen unbedingt ein Foto machen!", rief ich und nahm Adams Hand, als wir die dekorierte Sporthalle betraten. Kyle und Skylar zankten sich wegen irgendwas, ich hörte nicht wirklich zu. Ich konnte mich auf nichts weiter konzentrieren als die Tatsache, dass Adam noch immer meine Hand hielt. Er war nicht von meiner Seite gewichen. Vorsichtig, ganz langsam, verschränkte ich meine Finger mit seinen. Ich fühlte mich verwegen und wagemutig.

Es war unser Abend.

Und dann bemerkte ich, dass Adam abgelenkt war. Er hörte mir nicht einmal zu. Ich folgte seinem Blick. Starrte er etwa Chelsea Sloane an?

Nein, das konnte nicht sein.

Chelsea sah wie immer fantastisch aus in ihrem enganliegenden roten Kleid und den absurd hohen Schuhen, die ihre Beine betonten. Wie konnte sie in diesen Dingern überhaupt laufen?

Ich zupfte an Adams Hand und er schaute mich schließlich an, aber seine Augen waren abwesend.

„Foto?", fragte ich mit erzwungenem Lächeln.

Adam ließ meine Hand los. „Glaub nicht, Meg. Fotos sind doch öde, findest du nicht?"

Niedergeschlagen und elend musste ich zusehen, wie er den Raum durchquerte und zu ihr ging.

Ich drehte die Dusche ab und stieg heraus, den Rest der Erinnerung ersparte ich mir.

Ich durfte nicht mehr weiterdenken.

Nicht, wenn ich heute noch schlafen wollte.

**

„Du bist schon wieder dabei? Hast du nicht die halbe Nacht durchgemacht?" Mom war in den Garten getreten, wo ich gerade die Veranda mit einem Hochdruckreiniger abspülte. Sie reichte mir eine Tasse Kaffee, die ich dankbar annahm.

„Der eigentliche Grund, weshalb ich hier bin, ist, um das Haus für den Verkauf herzurichten. Nachdem ich jetzt die ganze Woche mit dem Gemälde beschäftigt war, muss ich halt ein paar Dinge am Wochenende reinquetschen", sagte ich, nachdem ich den Strahl abgestellt und mich an einen der Glastische gesetzt hatte, die meine Eltern schon vor Jahren gekauft hatten.

Mom trug noch ihren Morgenmantel, zumal es ja auch erst acht Uhr war. Sie setzte sich und betrachtete mich mit ihren allwissenden Mutteraugen. „Ich möchte nicht, dass du dich selbst in Grund und Boden fährst. Das hier schaffen wir schon. Ist nicht nötig, alles in ein Wochenende zu packen."

„Ich bleib eben gern beschäftigt." Ich schlürfte das heiße Getränk. Heute war es ein klein wenig kühler, was nach der wochenlangen unkontrollierten Hitze eine willkommene Erleichterung war.

„Und wie geht es mit dem Wandbild voran? Ich bin Anfang der Woche nach der Arbeit mal vorbeigefahren, aber da war noch nicht viel zu sehen." Mom beobachtete mich noch immer aufmerksam. Natürlich suchte sie nach etwas. Einem Riss im Panzer vermutlich.

„Ich mache gute Fortschritte. Die Arbeit ist anstrengend, aber ich hab Spaß dran."

„Und wie ist es, den ganzen Tag bei Adams Büro zu sein?" Aha, so war das. Sie grub nach Informationen zu Adam.

„Alles gut. Wieso auch nicht?", fragte ich arglos.

„Wegen dem, was du mir auf dem Heimweg von Marion und Tom im Auto erzählt hast. Ich war ehrlich gesagt überrascht, dass du den Job angenommen hast angesichts deiner damaligen Vehemenz, nie wieder mit Adam reden zu wollen. *Nie wieder.*" Machte sich meine Mutter etwa über mich lustig?

„Das ist kein Problem. Im Ernst. Ich krieg ihn kaum zu Gesicht. Er ist viel beschäftigt, so viel steht fest." Ich wollte nicht weiter über Adam reden. Wo ich mir doch solche Mühe gab, *nicht* an ihn zu denken.

„Das ist er. Er war der Beste in seinem Studienjahrgang, weißt du. Und er hat eine der besten Prozessgewinnraten im ganzen Staat. Er ist ein ziemlich fähiger Mann, unser Adam." Mom hatte schon immer für Adam geschwärmt wie für den Sohn, den sie nie gehabt hatte.

„Er ist nicht *unser* Adam", murrte ich starrköpfig. „Und ja, du hast mir das alles schon erzählt. Mir ist sehr wohl bewusst, wie *wundervoll* Adam ist."

Mom hob erneut die Augenbrauen. „Er hat die Scheidung von Chelsea eingereicht, weißt du."

„Ja, ich weiß." Es machte keinen Unterschied. Wieso sollte es einen Unterschied machen?

Machte es doch.

Mom sah mich noch eine Weile an, bevor sie sich erhob. „Okay, also ich geh jetzt mal duschen. Ich wollte dich nur wissen lassen, dass meine monatliche Handarbeitsrunde heute Nachmittag stattfindet. Dieses Mal sind wir bei Julia, also werde ich bis nach dem Abendessen nicht zu Hause sein. Wir bestellen uns für gewöhnlich was."

„Oh, das klingt nach Spaß. Vielleicht komm ich ja mit", schlug ich vor und folgte ihr in die Küche. Ich war *keine* Handarbeiterin, aber der Gedanke daran, alleine im Haus herumzugeistern, klang auch nicht gerade verlockend. Ich musste mein Gehirn ablenken.

Mom spülte ihre Tasse aus und stellte sie in den Geschirrständer zum Trocknen. „Ich glaub kaum, dass dich das interessieren würde. Außerdem ist das ein Mädelsabend. So junges Gemüse würde wahrscheinlich den Vibe dort stören."

Ich schnaubte. „Ich soll den Vibe ruinieren? Wow, danke, Mom."

Sie tätschelte mir die Wange. „Such dir was, das *dir* Spaß macht. Vielleicht gehst du ins Kino. Grandys Kino hat letzten Herbst groß renoviert. Ist wohl jetzt ziemlich schick."

„Kein schales Popcorn mehr und kein Klopapier, das auch als

Schleifpapier durchgehen würde? Wahnsinn!“ Ich grinste schief, bevor ich darüber nachdachte, was sie gesagt hatte. „Vielleicht hast du ja recht. Hab gehört, es soll einen Herr-der-Ringe-Marathon geben. Das könnte ich mir ja mal anschauen.“

„Da hast du’s ja. Das klingt nach Spaß. Auch wenn ich nie verstanden hab, was du an diesen Filmen so liebst.” Mom ging aus der Küche. „Oh, und ruf deine Schwester an. Sie hat sich gestern Abend gemeldet und wir haben uns nett unterhalten. Sie hat gemeint, dass ihr schon länger nicht mehr miteinander geredet hättet.“

Ich stöhnte. Ich hatte keine Lust, den Geschichten meiner Schwester über ihr glorreiches Leben zuzuhören. Mit ihr zu reden hinterließ bei mir meistens ein ziemlich mieses Gefühl über mich selbst.

„Hättest du ihr nicht sagen können, dass ich beschäftigt bin?“, rief ich hinterher.

„Ruf deine Schwester an, Meghan“, war die Antwort aus dem oberen Stockwerk.

Ich holte mein Telefon raus und ging auf die Website von Grandys Kino, um mir die Spielpläne anzuschauen. Die Gefährten startete um 10:00 Uhr. Sie zeigten alle drei Filme nacheinander. Und zwar in der Langversion.

Ich freute mich wie ein Kind über die Aussicht, den ganzen Tag versunken in diese Filme zu verbringen, die ich früher so geliebt hatte.

Mom hatte recht. Ich musste was für mich selbst tun. Und hier im Haus rumzusitzen war da nicht das Richtige.

Ich würde mich also umziehen, ins Kino gehen und Adam Ducate für einen Tag vergessen.

Kapitel zwölf

Meghan

Als ich bei Grandys Kino ankam, lief der Film bereits. Obwohl offensichtlich viel Geld in die Renovierung des Lichtspieltheaters aus den 50ern geflossen war, hatte man die vielen Jahre Frittiergeruch und den darunterliegenden Hauch von Moder nicht ganz aus der Luft zu entfernen vermocht.

Ich holte mir meinen Eimer Popcorn – extra Butter, Karamellbonbons und Cola, bevor ich mich auf in Saal Nummer drei machte, der ganz hinten in einer der Ecken des Gebäudes versteckt war.

Als ich eintrat, hatte gerade Bilbos Geburtstagsfeier begonnen. Der Saal war praktisch leer. In der letzten Reihe saß ein schmusendes Pärchen, ganz vorn eine ältere Dame mit einem Jungen, der wohl ihr Enkel sein musste, und dann noch ein Mann genau in der Mitte, auf dem Platz, den ich selbst auch gewählt hätte.

Ich ging den Gang entlang und lugte zu dem Deppen, der meinen Sitz geklaut hatte – und dann knurrte ich frustriert.

Natürlich.

Adams Augen waren auf die Leinwand geheftet. Er bemerkte mich nicht einmal, als ich an ihm vorbeihuschte und in einen Sessel auf der Seite glitt. Die Sicht war zum Kotzen und ich würde mir übel den Nacken verrenken, aber ich würde *ganz sicher* nicht näher bei ihm sitzen.

Vielleicht sollte ich besser gehen.

Ich war genervt von mir selbst. Ich musste damit aufhören, meine Gefühle und Entscheidungen von Adam beeinflussen zu lassen. Ich musste mich langsam wie eine verdammte Erwachsene aufführen, denn das war es ja schließlich, was ich zu sein versuchte.

Deshalb wollte ich trotzdem nicht, dass er meine Anwesenheit bemerkte. Also setzte ich mich in meinen Sessel, ließ mich tief hineinsinken und drehte mich so hin, dass ich hoffentlich nicht entdeckt würde. Ich warf Adam noch einen letzten Blick zu, er war noch immer gebannt von unserem Lieblingsfilm aus der Kindheit. Er hatte keine Ahnung, dass ich hier war.

Gut.

Ich machte es mir so gemütlich wie möglich und wandte meine Aufmerksamkeit der Leinwand zu, um mich in dem Streifen zu verlieren, den ich längst auswendig kannte. Etwas weniger als dreieinhalb Stunden später lief der Abspann durch und das Licht ging an. Es wurde eine zehnminütige Pause angekündigt, bevor es mit Die zwei Türme weitergehen sollte.

Ich blinzelte, während meine Augen sich wieder an das Licht gewöhnten. Ich streckte den Nacken und fühlte mich schon ziemlich steif, weil ich so lange in dieser blöden Position gesessen hatte.

„Wieso sitzt du denn auf dem schlechtesten Platz im ganzen Saal?"

So viel zum Thema unbemerkt bleiben.

Ich schaute auf zu Adam, der einen leeren Kübel Popcorn in der Hand und einen ironischen Ausdruck im Gesicht hatte.

„Jemand war auf meinem üblichen Platz", bemerkte ich.

„*Unserem* üblichen Platz, meinst du wohl", konterte Adam. „Und du weißt schon, dass du auch neben mir hättest sitzen können. Ich hab keine Krätze. Zumindest nicht, dass ich wüsste."

„Du hast mit Chelsea gepennt. Wer kann da schon wissen, was du dir alles eingefangen hast." Ich wünschte mir umgehend, diesen bissigen Kommentar für mich behalten zu haben. Ich hatte es selbst schon satt, ihm ständig wütende Beleidigungen entgegenzudonnern. Ich hatte schließlich nur ins Kino gehen wollen und mich an etwas erfreuen, was ich schon immer geliebt hatte. Ich wollte die Zeit nicht angepisst verbringen.

Adam seufzte. „Können wir nicht eine Waffenruhe vereinbaren? Wenigstens für einen scheiß Tag, bitte? Wir können doch im selben Kinosaal sitzen, ohne uns dauernd mit Schlamm zu beschmeißen, oder nicht?"

Ich stand auf, denn ich musste aufs Klo und brauchte mehr Snacks. Adam deutete mir, voranzugehen.

„Ja, das können wir wohl", räumte ich ein.

„Gut", sagte Adam kaum hörbar.

Ich ging zum Saal hinaus und schnurstracks zum Klo. Ich ließ mir Zeit und hoffte, dass Adam bereits wieder im Kino sitzen würde, bis ich rauskam.

Natürlich tat er das nicht. Er wartete an der Snacktheke und schaute auf sein Handy. Er blickte auf, als ich näherkam, ein zögerliches Lächeln im Gesicht. Er hielt mir eine Packung M&Ms hin. „Mein Friedensangebot."

Ich nahm die Süßigkeiten. „Danke. Obwohl das deine Lieblinge sind, nicht meine."

„Ich weiß, aber deine kleinen Kekschen haben sie nicht mehr."

Ich öffnete die Packung und schüttete mir ein paar Stück in den

Mund. „Dann müssen die's wohl tun."

Ich stellte mich an und kaufte mir noch eine Flasche Wasser und Nachos dazu. Adam wartete und ging dann mit mir zusammen zurück zum Saal.

„Meinst du, du packst noch acht Stunden? Ich bin mir nicht sicher, ob wir's jemals in einem Stück durch die ganze Trilogie geschafft haben. Und bestimmt nicht in der Langversion." Adam hielt mir die Tür auf. Es brannte mir auf der Zunge, dass ich Türen auch selber aufkriegte, aber wir hatten ja dieses Ding mit der Waffenruhe ausgemacht, also behielt ich den Spruch für mich.

„Oh, ich schaff das. Ich bin beherzt wie Samweis Gamdschie", scherzte ich, auch wenn es etwas gezwungen klang. „Ob du das allerdings auch draufhast, ich weiß ja nicht."

„Das nehme ich als Herausforderung an", gab er zurück.

Adam folgte mir den Gang entlang und als ich auf meinen zuvor geräumten Sessel zusteuerte, nahm er mich mit einer Hand am Ellbogen und lenkte mich in Richtung des erstklassigen Platzes in der Mitte. „Sei nicht so stur. Dein alter Platz ist leer und wartet nur auf dich."

Ich hielt unentschlossen inne. Adam gab mir einen leichten Schubser ins Kreuz. „Komm schon. Mach dich nicht lächerlich. Ich teil auch meinen Süßkram mit dir."

Er hatte recht, ich machte mich lächerlich. Ich bemerkte, dass die Omi und ihr Enkel gegangen waren, und außer den beiden in der letzten Reihe, die inzwischen praktisch vögelten, waren wir die einzigen Anwesenden. Alleine zu sitzen wäre echt unreif gewesen. Er gab sich Mühe, und auch nach allem, was ich am Tag zuvor gesagt hatte, musste ich feststellen, dass ich es leid war, an meiner rechtschaffenen Wut festzuhalten.

„Ja, von mir aus. Aber nur weil du so viel zu futtern hast." Ich plumpste in den guten alten Sitz Nummer sechsunddreißig. Er hatte eine neue Polsterung und war deutlich sauberer als in meiner Kindheit, aber ansonsten hatte sich der Saal nicht verändert. Mir fiel wieder ein, wie Adam und ich uns hereingeschlichen hatten, um uns mit dreizehn Gladiator anzusehen. Wir hatten uns Tickets für Dinosaurier gekauft, uns dann aber in einen Erwachsenenfilm gestohlen.

Ich legte die Beine auf die Lehne vor mir und machte mich über meine Nachos her. Adam setzte sich neben mich, wobei ein Arm an meinen anstieß. „Glaub bloß nicht, dass du die ganze Armlehne bekommst", drohte er und schob mich zur Seite.

„Was du nicht für ein Gentleman bist", sagte ich sarkastisch und schubste ihn noch fester zurück.

„Bist du nicht eigentlich eine emanzipierte Frau? Ich möchte dich halt nicht beleidigen, indem ich annehme, dass du bevorzugte Behandlung brauchst." Er pflanzte seinen Arm direkt neben meinen. Den direkten Kontakt hielt ich nur ein paar Sekunden aus, bevor ich meine Hand in den Schoß legte.

„Die Sessel fühlen sich auf jeden Fall kleiner an", murrte er und versuchte es sich gemütlich zu machen.

„Die sind halt nicht für dreißig Jahre alte Ärsche gemacht", gluckste ich, während er sich wand. Er hatte nicht unrecht, er brauchte sehr viel mehr Platz als damals. Er bestand nur aus Haut und Muskeln und war erheblich in die Breite gegangen, ich fühlte mich daneben ziemlich winzig. Groß war er ja schon immer gewesen, aber in den letzten zehn Jahren war er auch ganz schön stämmig geworden.

„Hör auf rumzuzappeln, es geht gleich los", mahnte ich und knabberte weiter an meinen Nachos. Das Licht wurde gedimmt, die Leinwand erwachte zum Leben und wir wurden mit einem Mal nach Mittelerde transportiert.

Nach ein paar Minuten stupste mich Adam an. Ich schaute zu ihm rüber und sah, dass er mir eine Flasche hinhielt.

„Was ist das?", flüsterte ich.

„Wir sind keine Kinder mehr, das bedeutet, wir kriegen bessere Verpflegung." Seine blauen Augen funkelten im Schein der Leinwand.

Ich nahm die Flasche, drehte den Deckel ab und hielt sie mir unter die Nase, um zu schnüffeln. „Wodka?"

„Was sonst?", war seine Antwort.

Ohne zu überlegen, setzte ich an und nahm einen tiefen Zug.

„Hey, nicht gleich auf ex", beschwerte sich Adam und ich reichte ihm den Wodka zurück.

Während der nächsten Stunden gingen wir dazu über, uns mehr als nur ein bisschen zu betrinken. Als die Schlacht von Helms Klamm begann, zitierten wir bereits lauthals die Dialoge. Adam übernahm Aragorn und ich lieferte eine grandiose Leistung mit meinem König Theoden ab.

„Ihn mag ich am liebsten", seufzte ich beschwipst, als Theoden seine mitreißende Ansprache an die Krieger beendet hatte.

„Du stehst auf alte Knacker? Wer hätte gedacht, dass das dein Typ ist?", spöttelte Adam.

Ich verpasste ihm eine auf den Arm. „Das ist nicht mein Typ, Blödmann." Ich streckte die Hand aus. „Ich will noch was. Gib mal rüber."

„Ist fast nichts mehr übrig. Ich hatte keine Ahnung, dass du so ein Schluckspecht bist", lachte Adam und gab mir die Flasche.

Ich nahm einen Schluck. „Uups, ich glaub, ich hab alles ausgetrunken." Ich warf sie ihm zurück und sie purzelte auf den Boden. „Tschuldigung. Ich hol sie." Ich bückte mich gleichzeitig mit Adam und wir knallten mit den Köpfen zusammen.

„Autsch!", quiekte ich, während Adam „Fuck!", rief.

Wir setzten uns beide auf und rieben uns die Köpfe.

„Du hast eine echt harte Rübe, Ducate", winselte ich.

„Du auch, Galloway." Dann schauten wir einander an und lachten prustend los. Ich wusste nicht recht, was da so lustig war, aber ich hatte jedenfalls meinen Spaß. Wann war das letzte Mal, dass ich Spaß gehabt hatte?

Es war ganz schön traurig, dass ich mich nicht erinnern konnte.

„Hey, könnt ihr mal leise sein?", schimpfte eine Stimme vom hinteren Ende des Saals. Ich drehte mich um und sah, dass das Pärchen zum Luft holen aufgetaucht war, wenn auch nur noch spärlich bekleidet.

„Sorry", rief ich.

Adam und ich lachten wieder los. Das Pärchen grummelte genervt und stand schließlich auf, um zu gehen.

„Haben wir irgendwas Falsches gesagt?", fragte Adam und ich bekam vor Lachen kaum noch Luft.

„In Anbetracht der Geräusche, die sie gemacht hat, kann ich kaum fassen, dass *die* sich über *uns* beschwert haben", kicherte ich.

Schlachtklänge schallten aus den Lautsprechern. Adam und ich wandten uns beide wieder um, ließen uns wie früher zurück in die Sitze sinken und schauten gefesselt zu, wie unsere Lieblingsgeschichte ihren Lauf nahm. Vielleicht war es der Alkohol, vielleicht auch die Magie von Herr der Ringe, aber ich fühlte eine Wärme in der Brust, die ich seit meinem siebzehnten Lebensjahr nicht mehr gespürt hatte.

Gott, er hatte mir gefehlt.

Ich schaute zu meinem ehemals besten Freund hinüber, seine schönen Züge erhellt von dem flackernden Licht. Ich konnte kaum atmen. Einst war er alles gewesen, was ich je wollte.

Das Leben ist kurz …

Adam, der gespürt haben musste, dass ich ihn beobachtete, drehte den Kopf, sein Gesicht war belustigt. „Was hast du denn fürn Geist gesehen?"

„Dich", flüsterte ich.

Ein Herzschlag.

Zwei.

„Meg“, hauchte er und seine Augen wanderten zu meinem Mund.

Scheiße.

Fuck.

Oh Mann …

Er beugte sich vor.

Ich beugte mich vor.

Und als unsere Lippen sich trafen, taten sie es ganz zaghaft. Wir probierten einander aus, unsicher. Würde ich mich zurückziehen?

Oder er?

Sollten wir das lassen?

Ich hasste ihn doch?

Oder?

Aber er drückte seinen Mund fester auf meinen und ich öffnete die Lippen. Bei der ersten Berührung seiner Zunge verlor ich jeglichen Verstand. Ich würde es später auf den Alkohol schieben, aber in jenem Moment wollte ich mir einfach nehmen, was schon immer hätte mein sein sollen.

Mit einem Stöhnen tief aus seiner Kehle zog er mich an sich, meine Arme legten sich um ihn. Er küsste mich, als wollte er mich im Ganzen verschlingen. Er löste sich und begann eine Linie von meinem Ohr hinab zu meinem Kiefer zu küssen. Er ließ seine Zunge entlang der Wölbung meines Halses gleiten und ich erschauderte. Verdammt, der Kerl konnte küssen. Sehr viel besser als mit dreizehn. War Adam denn in irgendwas schlecht?

Die Armlehne war im Weg. Ich konnte ihm nicht so nahekommen, wie ich wollte. Mein Kopf schwirrte ein wenig, aber ich konnte nicht genug bekommen von Adam Ducate. Ich versuchte mich über das Ding zu beugen, aber es drückte mir schmerzhaft gegen die Rippen. Und als Adam mir in die Unterlippe biss, verflüssigte sich mein Inneres. Ich löste mich keuchend von ihm.

„Was ist los?“, fragte Adam außer Atem. „Wenn du das nicht tun willst – “

Ich brachte ihn mit meinem Mund zum Schweigen. Und dann kletterte ich über die bescheuerte Armlehne und setzte mich rittlings auf ihn. Ich fuhr ihm mit meinen Händen durch die Haare. Gott, wie lange hatte ich davon geträumt, das zu tun? Er schmeckte nach Schokolade und Wodka. Ich wollte ihn verschlingen.

Ich küsste ihn, als wäre er die Luft, die ich zum Atmen brauchte. Ich zog ein wenig an seinen Haaren und er stöhnte. Ich konnte seine Erektion zwischen meinen Beinen fühlen, nur für mich. Meinetwegen. Es lag Macht darin, so eine Reaktion auszulösen.

Er wollte mich. Ich wollte ihn.

Aber sollten wir das wirklich tun?

Hör auf!, schrie ich mich innerlich selbst an.

Meine Gliedmaßen fühlten sich schwer an, gleichzeitig schien ich auf einer Wolke zu schweben. Adam ließ seine Hände unter dem Shirt meinen Rücken hinaufgleiten. Ich zitterte, als er mich berührte. Bisher war noch alles recht unschuldig, aber ich stand längst in Flammen. Und dann glitt es von FSK 16 zu nicht jugendfrei ab. Er löste gewandt meinen BH und seine Hände fanden meine Brüste.

„Gott, ich will dich schon so lange berühren", raunte er dicht an meinem Mund. Sein Daumen umkreiste meine sensiblen Nippel.

„Dann hör jetzt nicht auf", flüsterte ich. Mehr Aufmunterung brauchte er nicht. Er hob mich hoch genug, um meine Shorts aufzuknöpfen. Das gestaltet sich ein wenig schwierig, aber er schob sie mir schließlich die Beine hinunter und ließ sie auf den Boden fallen.

„Setz dich", ordnete er an.

Er stand auf und drückte meinen Hintern in den Stuhl. Er war noch immer voll bekleidet, während ich in T-Shirt und Höschen und mit herabhängendem BH dasaß. Ich war bloß froh, dass ich einen hübschen Spitzenschlüpfer angezogen hatte, anstatt meiner üblichen Oma-Unterwäsche.

Adam atmete schwer und hatte noch nie so umwerfend ausgesehen. Er ging auf die Knie, wobei er kaum in der Lücke zwischen den zwei Sitzreihen Platz fand. Sein Gesicht tauchte zwischen meine Beine ab. Er schob mein Höschen beiseite und platzierte einen sanften Kuss auf meine Mitte.

„Du bist so verdammt schön", säuselte er. Ich war so feucht, ich tropfte förmlich. Ich spürte die kühle Luft aus der Klimaanlage auf dem intimsten Teil von mir. Behutsam entfernte er mein Höschen. „Leg deine Beine auf meine Schultern, Meg", befahl er. Unter normalen Umständen hätte mich sein Befehlston zornig gemacht. Dieses Mal nicht. Seine Forderung törnte mich nur noch mehr an.

Ich platzierte je ein Bein auf seinen Schultern und stieß ein langes, kehliges Stöhnen aus, als ich seine Zunge spürte. Er leckte meine Klitoris, sog und nibbelte daran. Dann machte sich seine Zunge über meine Öffnung her und stieß hinein. Ich bäumte mich gegen seinen Mund auf, packte seine Haare und zog ihn dichter an mich.

„Adam", ächzte ich. Er hörte nicht auf. Er leckte mich ab. Trank mich auf. Seine Zunge war heiß und feucht und sie stieß immer wieder zu. Meine Schenkel begannen zu zittern und der Orgasmus zerriss mich mit einer Macht, die mich als zitterndes Häuflein Elend zurückließ.

Adam drückte einen letzten Kuss auf meine Pussy, bevor er sich aufrichtete. Er hob meine Beine von seinen Schultern und drehte sein Gesicht so, dass er die Innenseite meines Oberschenkels liebkosen konnte, bevor er meine Beine behutsam abstellte. Er öffnete seine kurzen Hosen und schob sie von seiner schmalen Hüfte, um mir einen ersten Blick auf seinen großen, dicken Schwanz zu gewähren.

Gütiger Himmel, er war gewaltig!

Ich konnte meine Augen nicht von seinem Penis nehmen. Ich langte hin und legte meine Hand um seinen Schaft, streichelte ihn sanft. Er war wie glühender Stahl in meiner Hand. Adam warf den Kopf in den Nacken, während ich ihn rieb und mit dem Daumen den Lusttropfen auf seiner Eichel verteilte. Ich wollte ihn in den Mund nehmen. Ich wollte für ihn tun, was er für mich getan hatte. Aber dafür hatte Adam nicht die Geduld.

Er öffnete seine Augen, sein Blick brannte sich in mich. „Hör auf damit. Ich werde dich jetzt ficken“, knurrte er.

„Okay“, konnte ich nur entgegnen. Er packte meine nackten Schenkel und zog mich an sich. „Beweg dich nicht“, befahl er. Ich dachte darüber nach, ein bisschen mit dem Arsch zu wackeln, um ihn auf die Probe zu stellen. Doch dann drückte er seinen Schwanz gegen meine Öffnung und ich vergaß jeden Gedanken an Widerstand. Er fischte seine Geldbörse hervor und holte ein Kondom heraus, das er sich schnell überzog.

„Wenn ich mit dir fertig bin, wirst du nicht mehr laufen können“, versprach er mit einem drohenden Unterton. Jede Faser in mir vibrierte vor Anspannung. Ich leckte mir meine plötzlich trockenen Lippen.

„Gott, das hoffe ich“, keuchte ich.

Er grinste wie ein Verrückter, bevor sich seine Züge entspannten und er zu mir herunterschaute. Er legte eine Hand auf meine Wange und strich mit dem Daumen über meine Lippen.

„Du bist die schönste Frau, die mir je begegnet ist.“ Sein Atem ging schnell und seine Stimme war brüchig.

Was war das hier? Zu intim. Zu zärtlich. Ich konnte nicht damit umgehen. Ich wandte das Gesicht seiner Handfläche zu und biss hinein. Fest.

Das setzte dem Moment ein Ende.

Er positionierte sich zwischen meinen Beinen. Ich spürte die Spitze seines Schwanzes, die sich an mich drückte. Er schob sich leicht nach vorn und teilte meine Schamlippen. Er reizte meine Pussy und rieb sich an meinem pulsierenden Zentrum. Er drückte ihn langsam hinein, Zentimeter um Zentimeter, nicht auszuhalten.

„Bist du bereit für mich?"

Ich drückte den Rücken durch und er langte hinab, um meine Klitoris zu streicheln.

„Fick mich, Adam", verlangte ich. Er lachte, ganz offensichtlich zufrieden mit sich selbst. Er packte meine Hüften so fest, dass ich davon blaue Flecken bekommen würde, und versenkte sich in mir. Ich schrie. Ich konnte nicht anders.

Adam legte eine Hand auf meinen Mund. „Hör auf, Meg, sonst haben wir gleich Publikum."

Ich küsste seine Hand und er nahm sie weg. „Ich bin still", versprach ich.

Er beugte sich über mich und küsste meine Schulter. „Aber nicht zu still", flüsterte er dicht an meiner Haut.

Ich brauchte ein paar Augenblicke, um mich an seine Größe zu gewöhnen. Er machte meiner Muskulatur ordentlich zu schaffen. Und ich hatte schon eine Weile mit niemandem mehr Sex gehabt. Was, wenn ich außer Übung war?

Sobald er mich küsste, hörte ich auf, mir Sorgen zu machen, und wir begannen uns gemeinsam zu bewegen. Er murmelte Unverständliches gegen meinen Mund. Und er fickte mich dabei, als wollte er mich pfählen.

Tiefer.

Fester.

Stoß um Stoß.

Der raue Stoff des Sitzes rieb an meinem blanken Hintern, während er sich wieder und wieder in mich schob. Ich legte die Beine um seine Hüfte, um ihm so nah wie nur möglich zu kommen. Er versenkte sich selbst bis zum Anschlag und hielt inne. Er hörte auch mit den Küssen auf und schaute mir in die Augen.

„Meg." Er sagte meinen Namen so sanft. So zärtlich.

Ich wollte nichts wissen von sanft. Oder zärtlich.

Ich packte seine Haare und zerrte daran, schob mich selbst gegen ihn. „Fick mich, Adam. Und sei nicht höflich." Dann streckte ich mich nach oben und biss ihm fest genug in die Unterlippe, um Blut zu schmecken.

Er heulte auf und bumste mir die Seele aus dem Leib, bis wir beide mit so überwältigender Macht kamen, dass wir nur noch zitternd und schwach aufeinanderhingen.

Als ich endlich wieder zurück auf die Erde herabgeschwebt war, fühlte ich mich sehr viel nüchterner als zuvor.

Und das war nicht unbedingt gut.

Adam war noch immer in mir, sein Kopf ruhte auf meiner Brust. Mein Shirt war bis hinauf zu meinem Hals gerutscht und ich spürte seinen Atem, der über meine Nippel strich. Ich war im Sessel nach unten gerutscht und mein Kopf lag in einem unbequemen Winkel.

„Adam, steh auf." Ich klopfte ihm leicht auf den Rücken, um ihn zu animieren.

Als ich ihn von mir zu schieben begann, bewegte er sich endlich, wobei sein Schwanz aus mir heraus flutschte. Er wandte sich zur Seite, zog das Kondom ab und machte einen Knoten hinein. Er stopfte es in eine der leeren Snackpackungen.

Scheiße. Ich hatte gerade Sex mit Adam Ducate gehabt.

In einem verdammten Kino.

Und es war wohl das Heißeste gewesen, was ich im Leben je gemacht hatte.

Genau in dem Augenblick gingen die Lichter an, Die zwei Türme musste wohl vorüber sein.

„Mist." Ich beeilte mich, in meine Kleider zu kommen, zog mein Shirt runter und hakte meinen BH wieder ein. Ich suchte den Boden nach meinen Shorts und dem Höschen ab, konnte aber nur eins von beiden finden.

„Verflucht, wo ist meine Unterwäsche?" Ich begab mich auf die Knie und schaute unter die Sitze.

„Ich weiß auch nicht, aber von mir aus kannst du noch eine Weile weitersuchen", antwortete Adam mit heiserer Stimme. Ich schaute über die Schulter und sah, wie er meinen nackten Arsch betrachtete.

Ich schnappte meine Shorts und schlüpfte trotz fehlender Unterwäsche hastig hinein. Mit einer fahrigen Hand strich ich mir durchs Haar. Es roch nach Sex und Popcorn.

Adam zog seine kurze Hose hoch und schloss Knopf und Reißverschluss. Er sah zu, wie ich in meinem Drang zu flüchten mein Zeug zusammenraffte. Es war Zeit für einen raschen Rückzug. Ich war erst seit zwei Wochen hier und hatte jetzt schon Sex gehabt.

Mit Adam Ducate.

Mein armes Gehirn war überlastet.

„Ich muss gehen", murmelte ich vor mich hin und schob mich an Adam vorbei.

„Warte doch mal, Meg, lauf nicht einfach weg."

„Ich laufe *nicht* weg. Ich muss nach Hause. Mom wartet wahrscheinlich schon auf mich", log ich. Ich konnte ihn nicht ansehen.

Aber ich musste. Meine Augen wurden wie immer von ihm angezogen. Seine Haare hingen ihm in die Augen und seine Wangen waren gerötet. Und er schaute mich mit einem Ausdruck an, der mein Inneres zum Beben brachte.

Er nahm meine Hand und zog mich an sich, legte die Arme um mich. „Geh nicht, Meg. Lass uns den dritten Film anschauen. Und vielleicht könnten wir danach was essen gehen."

Er beugte sich herab, um mich zu küssen.

Ich ließ ihn.

Aber dann schaltete sich mein Kopf ein und nahm meiner Vagina die Befehlsgewalt ab. Ich trat von seiner Umarmung zurück.

„Das hier bedeutet nichts, Adam", sagte ich zu ihm.

Tat es auch nicht.

Durfte es nicht. Ich hatte ihm nicht vergeben. Umwerfender Sex bedeutete noch lange nicht, dass alles vergessen war.

„Meg – "

Ich hielt eine Hand hoch, um ihn zum Schweigen zu bringen. „Ich gehe jetzt. Bitte folg mir nicht." Ich drückte meine Handtasche an die Brust wie einen Schild. „Wir sehen uns am Montag."

Ich drehte mich um und rannte praktisch aus dem Saal, ließ Adam stehen.

Also gut, vielleicht lief ich ja *doch* davon.

Kapitel dreizehn

Adam

Ich lag im Bett und starrte an die Decke. Mein Kopf wollte einfach keine Ruhe geben.

Mein Körper genauso wenig.

Ich hatte schon seit Stunden mit einer monströsen Erektion zu kämpfen. Wozu hätte ich Viagra gebraucht, wo ich doch Meg Galloway hatte?

Wäre ich nicht dabei gewesen, hätte ich selbst nicht geglaubt, was passiert war.

Ich war in einem Anflug von Selbstmitleid ins Kino gegangen. Kyle hatte mich zu sich nach Hause eingeladen, um einen Tag lang Bier zu trinken und Fleisch zu räuchern, aber ich hatte abgelehnt. Die Unterhaltung mit Meg am Freitag hatte mich verdammt traurig gemacht, Scheiße noch mal.

Ich war sauer auf sie, natürlich. Jedes einzelne Mal ging sie bei mir direkt wieder vom Schlimmsten aus. Würde ich sie denn je davon überzeugen können, dass ich nicht die Arschgeige war, als die sie mich im Geiste abgestempelt hatte? Sie dachte, ich hätte Chelsea ihr vorgezogen. Mit siebzehn hatte ich nicht begriffen, wie sehr sich mein Verhalten auf sie auswirken würde. Ich hatte sie für engstirnig und kleinlich gehalten. Hatte geglaubt, dass sie nur an alten Feindschaften festhalten wollte, die Energieverschwendung waren.

Chelsea hatte getan, als mache es ihr zu schaffen, dass Meg sie nicht mochte. Sie hatte behauptet, nicht zu verstehen, wo diese Feindseligkeit herkam. Wie schnell ich doch die lange Liste mit dreckigen Aktionen vergaß, die sie über die Jahre angehäuft hatte. Chelsea hatte es geschafft, ein völlig anderes Bild in meinem Kopf zu zeichnen. Ihre Täuschung war immer so verdammt wirksam.

Mir war klar gewesen, wie anhaltend und tiefgreifend Megs Hass auf Chelsea war, und dennoch hatte ich meine Fähigkeit überschätzt, meine beste Freundin zur Vernunft zu bringen. Ich hatte ernsthaft geglaubt, da irgendwie Frieden stiften zu können. Dass ich im Alleingang die Vereinten Nationen spielen und den Krieg zwischen den beiden beenden könnte.

Wenn ich an den jungen Adam Ducate dachte, wollte ich ihm seinen bescheuerten Hals umdrehen. Er war so verdammt arrogant und naiv gewesen. Er hatte die Dinge nie bis zum Ende durchdacht.

Meine Ehe mit Chelsea war dafür das Paradebeispiel.

Und sie hatte mich für dumm verkauft. Auf spektakuläre Weise.

Der Verlust meiner Jungfräulichkeit hatte mein Gehirn in Brei verwandelt. Nicht nur Mädchen verwandeln sich nach dem ersten Mal in emotionale Wracks mit weicher Birne. Ich wollte noch nie einfach nur zum Spaß Rohre verlegen. Trotz meiner Neigung zum Alphamännchen war ich noch lange kein Jeremy Wyatt. Ich schlief mich nicht durch die Weltgeschichte. Ich vögelte nicht jeden hübschen Rock, der mir über den Weg lief. Ich hatte meine Jungfräulichkeit an Chelsea verloren und mir eingeredet, dass wir eine Zukunft hatten.

Außer einer Reihe etwas wahlloser One-Night-Stands während unserer kurzen Trennung in meiner Studienzeit konnte ich meine Sexualpartnerinnen an einer Hand abzählen. Naja, inzwischen brauchte ich zwei.

Denn ich hatte ja gerade Sex mit Meg Galloway gehabt. In einem Kinosaal.

Ich rollte mich auf die Seite und schielte auf den Wecker. 03:30 Uhr morgens. Ich war in fünf Stunden mit Kyle zum Fischen verabredet, aber momentan konnte ich an nichts anderes denken als meinen Schwanz in Megs göttlicher, enger Pussy. Ihre Beine über meinen Schultern und ich, wie ich sie mit der Zunge fickte.

Vielleicht war der Ort nicht gerade ideal gewesen, aber es musste trotzdem der beste Sex meines Lebens gewesen sein. Er war intensiv und leidenschaftlich, fast schon wütend. Meg vögelte, wie sie auch lebte. Mit Feuer. Und sobald ich ihn rausgezogen hatte, war sie davongerannt, hatte sich kaum die Zeit genommen, ihre Shorts zuzuknöpfen.

Mit einem tiefen, entnervten Stöhnen warf ich die Decke weg, schwang die Beine aus dem Bett und stand auf. Der Parkettboden unter meinen Füßen fühlte sich angenehm kühl an.

Ich stand sowieso zu sehr unter Strom zum Schlafen, also schlüpfte ich in ein altes Paar Basketballshorts und ein T-Shirt. Ich ging nach unten und steuerte auf das Zimmer am hinteren Ende des Hauses zu, das Chelsea als Fitnessraum eingerichtet hatte. Es war voller moderner Gerätschaften. Ich benutzte ihn kaum. Trainieren war nicht wirklich so mein Ding. Meinen Mangel an Körperfett hatte ich größtenteils den guten Genen zu verdanken.

Ich schaltete das Licht ein und drehte Musik auf, etwas Hartes und möglichst Zorniges. Das passte zu meiner Stimmung. Ich setzte mich an die Rudermaschine und begann meine Arme zu traktieren. Ich musste mir überlegen, was ich jetzt tun sollte – *falls* ich überhaupt irgendetwas tun sollte.

Der Sex mit Meg musste nicht zwangsläufig irgendetwas bedeuten.

Tat er aber. Er veränderte alles. Keiner von uns konnte so tun, als wäre nichts passiert. Nicht bei unserer Vergangenheit. Und besonders nicht angesichts der zwei Orgasmen, die ich ihr verschafft hatte, und wie heftig ich selbst gekommen war.

Ich schloss die Augen und unterdrückte ein Stöhnen, als die Erinnerung daran zurückkam, wie ihre Titten gehüpft waren, als ich sie geknallt hatte.

Ich hatte Meg gevögelt.

Und ich wollte es wieder tun.

Und wieder.

Und wieder.

Sie hatte keine Ahnung, dass ich den Großteil meines Lebens in sie verliebt gewesen war. Aber im Sommer vor dem Abschlussjahr hatte ich den Glauben daran schließlich doch aufgegeben, dass meine Gefühle je erwidert werden würden. Ich war in das Ding mit Chelsea ursprünglich hineingestolpert, weil es ein Weg war, meine Besessenheit von meiner besten Freundin loszulassen. Chelsea war in jeder Hinsicht das Gegenteil von Meg. Für mich war das damals die perfekte Lösung zu meiner ausweglosen Situation. So konnte ich vergessen, dass ich Meg liebte.

Über die Auswirkungen hatte ich nicht wirklich nachgedacht, als ich die Beziehung mit meiner baldigen Exfrau anfing. Ich hatte wohl etwas zu verzweifelt versucht, die Gefühle für Meg von mir zu schieben. Es war immer schwerer und schwerer geworden, den Mund zu halten, zu tun, als liebte ich sie nicht.

Meg hatte mich immer wie einen Bruder behandelt. Sie ahnte nicht, dass ich meine Freizeit damit zubrachte, mir Wege zu überlegen, wie ich ihre Liebe gewinnen konnte. Wir hatten so viele Gelegenheiten, die nie zu etwas geführt hatten. Das eine Mal am alten Badeloch war der letzte Strohhalm gewesen. Ich ging damals seit ein paar Wochen mit Chelsea und wusste, dass ich die abwegige Illusion aufgeben musste, dass aus Meg und mir jemals etwas werden würde.

Ich war damals eine ziemliche Trantüte gewesen, außerdem natürlich ein absoluter Schwachkopf. In welcher Welt lebte ich, dass ich mir hatte vorstellen können, mit Chelsea zusammen zu sein wäre *irgendwie* eine gute Idee? Und dann hatte ich mit ihr mein erstes Mal gehabt und der Rest, wie man so schön sagt, war Geschichte.

Bis gestern.

Meg hatte danach richtig panisch gewirkt. Das war ein mehr als heftiger Schlag für mein Selbstwertgefühl, wenn ich ganz ehrlich war. Ich hatte gedacht, es hätte ihr gefallen. Ich wäre nie so weit gegangen, hätte ich nicht wirklich geglaubt, dass sie es auch wollte.

Sie hatte doch *mich* geküsst, verdammt noch mal.

Sie hatte mir befohlen, sie zu ficken.

Also hatte ich gehorcht.

Und sie nach Strich und Faden durchgefickt.

Lag es nur am Schnaps? Wir waren beide ein bisschen betrunken. Aber ich für meinen Teil war nicht derart berauscht, dass ich nicht mehr wusste, was ich da tat.

War Meg besoffener gewesen, als ich gedacht hatte? Das ließ mich fürchten, ein totales Arschloch gewesen zu sein.

Es gefiel mir nicht, so an mir selbst zu zweifeln. Das war sonst nicht meine Gewohnheit. Ich war jederzeit entschlossen und strebte nach Kontrolle. Vor Gericht war ich ein Krieger. Mein Ruf fußte auf meiner Kampfeslust und darauf, dass ich mir nichts bieten ließ. Auch meine Ehe hatte ich letztlich ohne zu zögern beendet. Ich hinterfragte nicht, was ich tat. Ich traf Entscheidungen und stand dahinter.

Genau das hatte mich erfolgreich gemacht.

Genau das regte eine Menge Leute auf.

Und dennoch zauderte und zögerte ich bei Meg rum wie ein Trottel. Ich war wieder zu meinem fünfzehnjährigen Ich zurückgekehrt, das sich Sorgen machte und besessen und fixiert auf dieses eine Mädchen war, das ich nicht aus dem Kopf bekam.

Sie wollte mich nicht. Ihr olympischer Sprint aus dem Kino machte das nur allzu offensichtlich.

Mir blieb wahrhaftig nichts weiter als ihre Unterhose. Wortwörtlich. Ich hatte das seidige Stück Stoff unter unseren Sesseln gefunden und jetzt war es in einer Schublade unter meinen Socken verstaut.

Nein, ich war kein gefährlicher Irrer, der ihre Unterwäsche aufbewahrte wie ein Stalker. Ich hatte vor, sie zurückzugeben.

Sobald ich mir darüber im Klaren war, wie zur Hölle ich mit ihr reden sollte.

Ich riss den Griff der Maschine wieder und wieder zurück, meine Schultern brannten schon. Schweißperlen bildeten sich auf meiner Stirn.

Ich musste mit ihr reden.

Jetzt.

Ich ließ das Seil los und stand auf, dann wischte ich mir das Gesicht mit einem Handtuch ab.

Ich ließ mir keine Zeit, es mir selbst auszureden, also rannte ich zurück hinauf und schnappte mir das versteckte Höschen, bevor ich zum

Wagen ging.

**

Die Straße, in der sie wohnte, war leer. Natürlich war sie das. Es war schließlich gerade mal fünf Uhr früh.

Ich parkte draußen vor dem aufgeräumten Backsteinhaus, in dem Meg aufgewachsen war. Es sah genauso aus wie bei meinem letzten Besuch vor 15 Jahren. Dieselben ordentlichen Blumenbeete entlang der Auffahrt. Dieselbe hellblaue Tür. Dieselbe alte blaue Schaukelbank, die leicht in der morgendlichen Brise schwankte.

Ich stellte den Motor ab und stieg aus, dann drückte ich die Tür mit einem leisen Klicken zu. Die Luft strich kühl über meine Beine, denn ich trug noch immer die verschwitzten Sportsachen, in denen ich trainiert hatte.

Was zum Geier stimmte denn nur nicht mit mir?

Ich war nun wirklich kein Typ für spontane Gesten, das Intermezzo im Kino mal außer Acht gelassen. Aber ich wusste nun mal, dass ich nicht einfach ruhen lassen konnte, was zwischen Meg und mir passiert war. Ich kannte sie gut genug, um zu wissen, dass sie mich einfach wieder aussperren würde. Und sie war ja überhaupt noch gar nicht wirklich aufgetaut. Jetzt, wo ich sie berührt hatte – sie von innen heraus gespürt hatte –, wusste ich mit absoluter Sicherheit, dass ich das nicht zulassen konnte. Bei dem Gedanken, dass sie aufs Neue aus meinem Leben verschwinden würde, wollte ich meine Faust gegen eine Wand schmettern. Ich wollte die ganze verdammte Welt in kleine Stücke zerschlagen.

Sie würde mich nicht beiseiteschieben. Sie würde dieser Sache nicht einfach so den Rücken zukehren. Was war das überhaupt für eine Sache? Nur Sex? Der Feigling in mir wollte ja sagen. Dass es nur ein Fick gewesen war, nichts weiter. So konnte ich mein Herz besser schützen.

Aber tief im Inneren wusste ich, dass das, was zwischen Meg und mir passiert war, *mehr* bedeutete. Also scheiß auf ihren Stolz. Scheiß auf ihre gekränkten Gefühle. Scheiß auf ihre Scham.

Sie gehörte zu *mir*.

Ich stopfte die Schlüssel in die Tasche und marschierte ums Haus herum, auf diesem oft begangenen Pfad, der mir sowohl vertraut als auch fremd vorkam. Ich war nicht gewöhnt, um diese Uhrzeit vor dem Heim der Galloways zu stehen. Wäre David noch am Leben gewesen, hätte ich mir in die Hosen gemacht vor Angst, von ihm erwischt zu werden. Ich war immer gut mit Mr. Galloway ausgekommen. Wir hatten viele gemeinsame Ansichten, besonders über Basketball und Sport im Allgemeinen. Er war mir immer wie ein zweiter Vater gewesen.

Aber wenn es um seine Mädchen ging, war der Kerl echt furchteinflößend. Auch mit June war nicht immer gut Kirschen essen, weshalb ich praktisch auf Zehenspitzen durchs Gras schlich. Gott, ich hoffte nur, dass mich keiner von den Nachbarn sehen und die Polizei rufen würde. Erklären zu müssen, was ich in diesem Aufzug und um diese Uhrzeit in Megs Garten zu suchen hatte, war eine Erniedrigung, auf die ich verzichten konnte.

Ich umrundete das Haus, bis ich unter der großen Eiche hielt, die stolz vor Megs Zimmer stand. Im Haus war es dunkel.

Natürlich, du Vollpfosten. Weil manche Leute, anders als du, um fünf Uhr an einem Sonntagmorgen gerne schlafen.

„Du schaffst das. Ein Zug nach dem anderen", murmelte ich leise vor mich hin und hievte mich dann am niedrigsten Ast empor. Ich hing ein paar Sekunden so da und suchte nach meinem Gleichgewicht, bevor ich mich langsam den mächtigen Baum hinaufzuschieben begann. Diesen speziellen Baum hatte ich erst einmal zuvor zu erklettern versucht, und das war nicht gut ausgegangen.

Meg und Skylar hatten in der siebten Klasse eine kleine Pyjamaparty gehabt und Kyle und ich hatten es für eine fantastische Idee gehalten, ihnen einen Schrecken einzujagen. Wir hatten uns Halloweenmasken aufgesetzt und waren in Megs Garten geschlichen. Kyle war den Baum ohne Schwierigkeiten hochgeklettert. Ich selbst kam nur bis zur Hälfte, als sich mein Schuh verklemmte. Als ich ihn freizukriegen versuchte, rutschten meine Hände ab und ich fiel bis zum Boden, wo mein linker Arm den Sturz abfing. David und June hörten den Aufprall und rannten hinaus, wo sie Kyle und mich vorfanden und uns die Standpauke unseres Lebens verpassten, bis David schließlich erkannte, dass mein Arm gebrochen war, und mich ins Krankenhaus fuhr.

Meg hatte den Triumph noch monatelang genossen.

Die Erinnerung an jenen spektakulären Fehlschlag machte mich nur noch nervöser. Ich gab mir Mühe, nicht hinunterzusehen, als ich nach dem letzten Ast griff – derjenige, der direkt vor Megs Fenster hing. Sie hatte es offengelassen. Ich konnte ihre wogenden Vorhänge dahinter sehen.

Sollte ich einfach hineinkriechen wie ein übergeschnappter Serienkiller? Das fühlte sich ganz schön verkehrt an.

Ich wand meine Beine um den dicken Ast und klammerte mich verzagt fest. „Meg", flüsterte ich laut.

Nichts.

„Meg", rief ich etwas lauter.

Immer noch nichts.

Ich riss ein Stück Baumrinde ab und schleuderte es durch den offenen Fensterflügel. Ich hörte es drinnen aufschlagen. „Verdammt, Meg, ich bin‘s!“

Zur Antwort bekam ich nur das Zirpen der Grillen zu hören. Ich ächzte und musste feststellen, was für eine ausgesucht idiotische Idee das alles gewesen war. Und dann machte ich den Fehler, nach unten zu sehen. Alter Schwede, war ich weit oben. Meine Schenkel begannen sich zu verkrampfen und es fiel mir zusehends schwer, mich festzuhalten.

„Meg!“, röhrte ich.

Endlich hörte ich von drinnen Bewegung, gefolgt von einem erbosten Knurren. Sekunden später wurde der Vorhang zurückgezogen und zum Vorschein kam eine sehr verschlafene, sehr angepisste Meg Galloway.

Selbst in meiner prekären Lage rührte sich meine Lendengegend beim Anblick von ihr in einem enganliegenden Tank Top und ohne BH. Ich erkannte die Umrisse ihrer Nippel unter dem Material und die Erinnerung an sie in meinem Mund ließ mich direkt hart werden. Super Zeitpunkt. Ihr dichtes rotes Haar war ein verworrenes Chaos und fiel ihr ins Gesicht. Ihre Shorts waren winzig und bedecken kaum ihren prächtigen Hintern.

Sie sah umwerfend aus.

Als sie mich erkannte, wie ich mich an dem Baum festkrallte, weiteten sich ihre Augen plötzlich. „Was zur Hölle tust du da?“, wollte sie mit belegter Stimme wissen.

Ich versuchte mich aufzusetzen in dem Versuch, wenigstens ein Stück meiner Würde wiederzuerlangen. Es war ein hoffnungsloses Unterfangen.

„Ach weißt du, ich steh drauf, im Morgengrauen auf die Bäume von irgendwelchen Frauen zu klettern“, entgegnete ich mit sehr gelungenem trockenen Ton.

„Du weckst noch die halbe Nachbarschaft auf, inklusive meiner Mutter. Hast du Lust, June Galloway zu erklären, wieso du in ihrem Garten auf Bäume steigst – “ Sie schaute über die Schulter – „um viertel vor sechs am Sonntagmorgen?“

Der Ast unter mir ließ ein deutliches Knackgeräusch vernehmen. „Ähm, meinst du, du könntest mir deine Hand geben? Ich bin nicht sicher, wie lang dieses Teil mein Gewicht noch trägt“, fragte ich nervös und versuchte dabei, mich möglichst nicht zu rühren.

Meg verschränkte die Arme unter ihren Brüsten. Ich versuchte nicht zu sabbern, weil diese Geste sie so nach oben schob, dass eine Menge ihrer zarten weißen Haut entblößt wurde. Ich wollte sie berühren, schmecken und –

Der Ast knarzte erneut und erzitterte.

„Fuck!", japste ich. „Bitte, Meg. Hilf mir hier doch mal."

Sie legte den Kopf schief und betrachtete mich. „Ich weiß nicht. Ich finde dieses ganze Szenario allmählich ziemlich amüsant. Vielleicht lass ich dich noch ein bisschen schwitzen."

Der Ast krachte und ich kroch schleunigst zurück Richtung Stamm, wo das Holz dicker war. „Du kannst dich nach Herzenslust über mich kaputtlachen. Drinnen", sagte ich mit zusammengebissenen Zähnen. Der Schweiß lief mir kalt den Rücken hinunter. „Meg, komm schon." Meine Stimme war hoch und dünn.

Mit einem Kopfschütteln streckte Meg mir eine Hand hin. Ich nahm sie schnell und sie half mir, mich übers Fensterbrett zu wuchten. Wenig elegant krabbelte ich durch die Öffnung und fiel dahinter als Häuflein zu Boden.

Das musste wohl in die Geschichte eingehen als einer meiner drei erbärmlichsten Augenblicke aller Zeiten.

„Willst du mir jetzt mal bitte erklären, wieso du hier den Klettermax spielst?", fragte Meg ungerührt und schaltete das Licht ein. Sie zog sich in eine Ecke des Zimmers zurück und wollte offensichtlich so weit entfernt von mir sein wie nur möglich.

Nichts gab einem mehr das Gefühl, nicht begehrt zu sein, als wie ein Aussätziger behandelt zu werden.

Ich antwortete nicht gleich. Ich war damit beschäftigt, mich in diesem Raum umzusehen, den ich früher so gut gekannt hatte wie mein eigenes Zimmer. Scheiße, es war immer noch genau gleich wie damals, bis hin zu dem Poster von Leonardo DiCaprio.

„Ist es immer noch da?", fragte ich und ging zu der gegenüberliegenden Wand. Ich hob ein Eck des Posters und lugte dahinter und die Brust wurde mir eng. Die krummen Striche waren etwas verbleicht, aber noch deutlich zu sehen. Ich überschlug schnell den Spielstand. „Warte mal, das stimmt doch nicht." Ich runzelte die Stirn.

„Was redest du da?", Meg kam vorsichtig näher. Es war trotzdem nicht zu übersehen, dass sie auf Sicherheitsabstand blieb. Was dachte sie, was ich vorhatte? Sie beißen?

Beißen würde ich sie nur, wenn sie auf sowas stand.

Ich schob das Poster zur Seite und zeigte auf die Aufzeichnungen. „Auf keinen Fall warst du am Gewinnen. Ich hab dich die letzten drei Partien geschlagen, die wir gespielt haben."

Meg schnaubte laut. „Und davor hab ich dir ein Dutzend Mal den Arsch versohlt."

Bei der Erwähnung von versohlten Ärschen wurde mir heiß. Ich bemerkte, wie auch ihre Wangen rot wurden.

Ich räusperte mich im Bewusstsein der dichten Anspannung, die sich zwischen uns aufbaute. „Na wie auch immer, diese Zahlen können unmöglich stimmen. Ich war immer viel besser im Rommé als du."

Meg verdrehte die Augen. „Du fantasierst. Und dein Erinnerungsvermögen lässt dich im Stich."

„Meinem Erinnerungsvermögen geht's hervorragend, danke der Nachfrage", schoss ich zurück.

Meg rieb sich mit beiden Händen die Arme. Ich konnte die Gänsehaut sehen, die von der kühlen Luft draußen kam. „So schön es auch ist, hier rumzustehen und am frühen Morgen mit dir zu streiten, willst du mir nicht lieber erzählen, was du hier zu suchen hast? Und woher deine Abneigung gegen die Eingangstür kommt?"

Ich hatte keine andere Wahl, als das direkt anzugehen. Ich zog ihre Unterwäsche aus meiner Hosentasche und gab sie ihr.

„Was zur Hölle?", fauchte sie und riss sie mir aus der Hand, um sie in einer Schublade verschwinden zu lassen.

„Du bist davongerannt. Du hast dein Höschen zurückgelassen, also bring ich es dir zurück", sagte ich rundheraus. Ich fixierte sie, aber ihre Augen wichen mir aus und ich traf ihren Blick nicht. Sie wollte mich nicht ansehen.

„Ich bin nicht wegge*rannt*", argumentierte sie schwach.

„Und wie nennst du das dann sonst? Ich hab nämlich gefunden, dass es bis dahin ziemlich gut gelaufen ist, und dann bist du auf einmal durchgebrannt und hast nicht einmal mehr deine Schuhe angezogen."

Ihre Abweisung war ein brennender Stich und ich unterdrückte den Zorn in meiner Stimme nur mit Mühe.

Meg kaute ihre Unterlippe und zupfte an ihrem Daumen. Ihre Wangen waren rot angelaufen und ich wollte sie so sehr berühren, dass ich die Fäuste ballen musste, um dem Drang zu widerstehen. „Das hätte nie passieren dürfen", sagte sie knapp. Und mit Bestimmtheit.

Okay, das tat jetzt richtig weh.

„Du weißt echt, wie man einen Kerl zusammenstutzt", nuschelte ich und fuhr mir mit den Händen durch die Haare.

Meg verengte die Augen. „Oh, das tut mir aber leid, hab ich dein zerbrechliches männliches Ego angekratzt? Was zur Hölle dachtest du, das passieren würde, wenn du hier auftauchst?", verlangte sie mit anschwellender Stimme zu wissen. „Dachtest du, dass ich ins Schwärmen geraten würde und beeindruckt wäre, weil du dir fast den Hals dabei gebrochen hast, wie ein Affe auf einen Baum zu klettern? Hast du noch nie was von einem Telefon gehört?"

Sie war sauer. Ich war sauer. Das hier würde wohl kaum gut enden.

„Wärst du rangegangen, wenn ich angerufen hätte?", fragte ich aufgebracht.

Sie presste resolut die Lippen zusammen. Ihr Schweigen reichte mir als Antwort.

„Du scheißt mich hier zusammen, weil ich auf deinen Baum geklettert bin – was, zugegeben, nicht die allerhellste Idee in meinem Leben war –, aber ich bin es nicht gewesen, der wie ein Verbrecher vom Tatort geflüchtet ist."

Megs Augen blitzten auf. „Wir waren betrunken. Wir hatten Sex. Das. Ist. Alles. Was gibt's da noch zu sagen? Es war ein Fehler, Adam. Wir hassen uns. Miteinander zu schlafen war die denkbar schlechteste Entscheidung."

Ich tat einen langen, beruhigenden Atemzug. „Ich habe dich *nie* gehasst, Meg. Nicht einen einzigen Tag in meinem Leben", sagte ich sanft und mit gebrochener Stimme.

Das schien ihr etwas Fahrt zu nehmen. Ihre Wut schmolz und es war, als würde jemand die Luft aus ihr ablassen. Sie ließ sich schwer und mit einem hörbaren Seufzen auf ihr Bett sinken. „Was willst du von mir hören?"

Endlich sah sie mich an, ihr Gesicht spiegelte Reue wider. Es war nicht auszuhalten.

Ich setzte mich neben sie, ließ aber so viel Platz, dass sie mir nichts vorwerfen konnte. Ich stützte die Ellbogen auf meine Knie, ließ die Hände zwischen meinen Beinen baumeln und starrte auf jene bescheuerten Linien an ihrer Wand, wobei ich mir wünschte, zurückgehen zu können und das alles ungeschehen zu machen.

„Ich weiß nicht", gestand ich. „Ich weiß nicht genau, was ich erwartet habe, wie du dich verhalten sollst. Schätze, ich hab mir einfach gewünscht, dass du es nicht bereust."

Sie ließ die Schultern sinken. „Gott steh mir bei, Adam, aber das tu ich nicht. Ich sage die Worte, aber ich meine was anderes. Ich wünschte mir, es wäre nicht so", flüsterte sie, als würde dieses Geständnis sie umbringen.

Ich wandte mich ihr zu und nahm vorsichtig ihre Hand. Ich erwartete eigentlich, dass sie sie zurückziehen würde, und war froh, als sie es nicht tat. „Wieso bist du dann so wütend auf mich?"

Meg schüttelte den Kopf. „Ich bin nicht wütend auf dich. Naja, nicht nur. Ich bin eher wütend auf mich selbst."

„Warum?“, fragte ich, erleichtert darüber, dass wir zumindest eine gesittete Unterhaltung führten. Ihre Hand fühlte sich so klein an in meiner, aber sie schien zu passen. Gerade richtig.

Meg hob die Augen. „Weil ich dachte, dass ich besser darauf vorbereitet wäre, dem Adam-Effekt zu widerstehen. Ich bin furchtbar enttäuscht von mir selbst.“

Ich horchte auf. „Der Adam-Effekt? Und was soll das genau sein?”

Sie verdrehte die Augen. „Komm schon, du brauchst mich nicht, um dir dein ohnehin schon aufgeblasenes Ego zu streicheln. Du kennst den Effekt, den du auf Frauen hast. So ein Lächeln ist woanders wahrscheinlich verboten.“

Ich grinste. „Ich habe keine Ahnung, worüber du da sprichst.“

Meg brummte und zog schließlich doch ihre Hand weg. Ich hielt nur noch Luft fest. Es war deprimierend. Mein Lächeln fiel zusammen. „Was mein aufgeblasenes Ego angeht, darum hast du dich glaub ich gekümmert“, sagte ich leise.

Meg ließ ein weiteres lautstarkes Schnauben vernehmen. „Ich will ja keine Bitch sein, Adam, aber was passiert ist, muss nichts bedeuten. Es *bedeutet nichts.*“

Gott, sie war brutal.

„Natürlich bedeutet es etwas, Meg. Du. Und ich. Das kannst du doch nicht leugnen“, brachte ich vor und fühlte mich in die Defensive gedrängt.

Meg zog ihre Knie an die Brust und legte die Arme darum, benutzte sie wie einen Schild. Eine Barriere zwischen uns. „Ich werde nicht zulassen, dass du mir noch einmal wehtust“, schwor sie.

Es fühlte sich an, als hätte sie mich geohrfeigt. „Ich wollte dir *nie* wehtun. Wieso kannst du mir das nicht glauben?“ Ich hatte es sowas von satt, von ihr immer als der Böse hingestellt zu werden. Ich war *nicht* böse. Verdammte Scheiße, ich war gerade ihren gottverdammten Baum hinaufgeklettert, nur damit sie mit mir redete! Sowas tat doch keiner von den Bösen.

„Wir haben ein Problem miteinander, Adam. Mehr als eins. Sex verkompliziert das alles nur.“ Sie schien mehr sich selbst als mich überzeugen zu wollen.

Und das war der Ansatzpunkt, den ich brauchte.

„Das muss es nicht“, antwortete ich. Ich schob mich dichter an sie heran, ganz langsam, ließ meine Hände über ihre Unterschenkel gleiten, hakte meine Handflächen unter ihre Knie und zog sie sanft nach unten. Ich schaute sie an und bewegte mich so auf sie zu, dass ihre Beine nun um meine Hüften herum lagen. Ich ließ meine Hände auf ihren Oberschenkeln ruhen und rieb mit den Fingern gemächlich über ihre heiße Haut. Ich konnte die Veränderung in ihrer Atmung hören. Ich kam zu ihr durch. „Manchmal ist Sex einfach nur Sex, Meg. Nur zwei Menschen, die es gerne miteinander tun. Die Lust an ihren Körpern haben." Meine Fingerspitzen rutschten unter ihre Shorts. Ich wartete darauf, dass sie meine Hand wegschlug.

Tat sie nicht.

Megs Kiefer spannte sich an. „Glaubst du wirklich, dass es so einfach ist? Was sollen wir dann sein? Freunde mit gewissen Vorzügen?", spottete sie und öffnete gleichzeitig ganz leicht die Beine, wodurch ich besseren Zugang hatte. Sie begegnete meinem Blick trotzig. Sie leckte sich über die Lippen und hob als deutliche Einladung die Hüften.

Sie war die Königin der widersprüchlichen Signale, aber ich hatte nicht vor, irgendwas zu hinterfragen. Ich war nämlich so hart, dass ich fürchtete, mein Schwanz würde gleich platzen.

„Wir können sein, was auch immer du willst, Meg", raunte ich, als ich meine Finger tiefer in ihr Höschen gleiten ließ, wo ich sie bereits feucht vorfand. Ihrem Körper schien es auf jeden Fall zu gefallen. Ich ließ meinen Daumen über ihre Klitoris gleiten und sie stöhnte sanft, bevor sie die Lippen wieder zusammenpresste, als wäre sie genervt von ihrer unfreiwilligen Reaktion.

„Natürlich sagst du das jetzt. Du willst mir nur wieder an die Wäsche." Sie klang außer Atem, ihre Worte kamen nur keuchend hervor.

„Funktioniert es denn?" Ich grinste, als ich einen Finger in sie schob. Gütiger Himmel, sie war sowas von heiß.

Sie schloss einen Augenblick die Augen und wirkte dabei schmerzverzerrt. „Das können wir nicht tun, Adam. Ich kann nicht alles vergessen – "

Ich zog meine Finger aus ihrer Pussy und setzte mich zurück. Sie riss die Augen auf und blickte mich verwirrt an. „Vielleicht solltest du gelegentlich mal versuchen, die Dinge aus einer anderen Perspektive zu sehen", gab ich zur Antwort und spürte, wie meine Frustration gegen meine Wollust zu Felde zog. „Anstatt an deinem Zorn festzuhalten, vielleicht solltest du dir ausnahmsweise mal meine Seite der Geschichte anhören."

„Du kannst die Geschichte nicht neu erfinden. Du hast immer noch Chelsea geheiratet", blaffte sie.

„Ja, ich hab Chelsea geheiratet. Aber jetzt bin ich hier. Mit dir." Ich kochte, meine Wut stieg allmählich auf und näherte sich ihrer an.

Wir dampften schweigend vor uns hin und starrten einander an. Keiner von uns rührte sich. Keiner von uns wusste, was zu tun war, um mit dieser uralten Tragödie umzugehen.

Dann geschah etwas und Meg stand plötzlich auf. Sie stellte sich vor mich und fixierte mich von oben herab mit zornfunkelnden Augen. „Ich weiß nicht, ob ich darüber wegkommen kann, verstehst du."

Ich legte den Kopf zurück, um sie anzusehen. „Komm drüber weg oder lass es. Das ist deine Sache, Meg. Aber ich bin hier und ich will dich, und ich bin ziemlich sicher, dass du mich auch willst. Und das ist ja wohl auch was wert."

Wieder sagten wir beide nichts. Ich rechnete immer mehr damit, dass sie mir sagen würde, ich solle gehen. Oder mich verpissen. Wahrscheinlich eher Zweiteres.

Und dann schockierte sie mich bis aufs Blut. Während sie mir noch immer in die Augen starrte, zog sie sich ganz langsam das Höschen runter. Sie stand jetzt nur noch in ihrem Top vor mir. Nackt von der Hüfte abwärts. Was zur – ?

Sie nahm meine Hand und schob sie zwischen ihre Beine. Meine Handfläche schmiegte sich an ihrer Wärme an.

„Es ist etwas wert, Adam. Ich bin nur nicht sicher, ob es genug ist."

Ihre Worte waren eine Herausforderung.

Ich ging vor ihr auf die Knie, nahm sie an der Hüfte. Ich teilte ihre Beine weiter und leckte sie.

Ihre Knie hätten um ein Haar nachgegeben und diese Macht über sie berauschte mich. Ich liebte ihren Geschmack. Ihre ganz eigene Note hatte mich schnell süchtig gemacht. Ich sah auf zu ihr, die Lippen feucht von ihrem Saft. „Es wird genug sein. Versprochen."

Megs Augen, die zwar von der Lust vernebelt waren, wirkten besorgt. „Das darf nicht zu etwas anderem werden, Adam. Du musst mir das versprechen."

Dieses Versprechen wollte ich nicht machen. Tief drinnen wusste ich, dass wir beide nicht in der Lage sein würden, es zu halten. Aber sie schien noch immer eine gewisse Distanz zu mir wahren zu müssen. Sie wollte mit mir vögeln, aber ohne Konsequenzen. Und sie war naiv genug, das für möglich zu halten. Ich wusste es besser. Auch wenn ich in jenem Moment so ziemlich alles gesagt hätte, was sie hören wollte.

„Ich verspreche es. Das hier ist nur Sex. Keine Konsequenzen." Wieder leckte ich sie und sie stöhnte aus tiefer Kehle.

„Keiner darf davon erfahren, Adam. Das muss unter uns bleiben." Sie klang fast panisch.

Ich stand auf und entledigte mich schnell meiner Klamotten, dann fuhr ich damit fort, ihr Oberteil zu entfernen. Behutsam drückte ich sie auf das Bett, in dem sie ihre gesamte Kindheit lang geschlafen hatte. Ich drückte einen Kuss zwischen ihre Brüste, bevor ich mich zwischen ihre Beine setzte und meinen Schwanz auf ihren Eingang drückte.

Ich schaute zu ihr hinab. Zu dieser Frau, von der ich gedacht hatte, dass sie nie wieder mit mir reden würde, und die jetzt nackt unter mir lag. Meine Brust zog sich zusammen und ich wollte nicht darüber nachdenken, was das alles bedeutete. „Keiner wird es erfahren", beteuerte ich und wiegte mich langsam in sie hinein.

Sie erwiderte meinen Druck. „Es ist nur Sex", wiederholte sie.

„Nur Sex", sagte ich an ihre Lippen gepresst und küsste sie.

„Sei nicht zu laut. Mom hat einen leichten Schlaf", krächzte sie in mein Ohr.

Ich biss in ihr Schlüsselbein, während mein Schwanz tief und fest in sie eindrang. Sie japste laut und ich lachte. „Ich bin nicht derjenige, wegen dem wir uns Sorgen machen müssen."

Kapitel vierzehn

Adam

Eine Dreiviertelstunde später schlich ich aus Megs Haus. Dieses Mal durch die Vordertür, gottseidank. June schlief noch immer tief und fest, trotzdem hatte ich fürchterliche Angst, dass sie uns erwischen würde, als ich die Treppe hinunterglitt.

Meg schob mich förmlich hinaus. „Raus mit dir, bevor dich noch jemand sieht."

Ich packte sie an der Hüfte und küsste sie, noch bevor sie widersprechen konnte. „Ich bin vorsichtig", sagte ich, nachdem ich sie losgelassen hatte, und versetzte ihr mein kennzeichnendes Grinsen. „Niemand wird je erfahren, dass ich dich grade zum Kommen gebracht habe. Zweimal."

Meg wischte mir eins auf den Arm aus. „Siehst du – aufgeblasenes Ego."

Ich zögerte auf der Veranda, die Autoschlüssel in der Hand. „Dann sehen wir uns wohl … später?" Es war mehr eine Frage. Ich wollte nicht quengelig klingen, aber ich war jetzt schon süchtig nach Meg Galloway.

Meg lehnte sich in den Türrahmen, ihr Haar war dicht und zerzaust von meinen Fingern. Sie war so verdammt schön. „Wir sehen uns am Montag bei der Arbeit", war alles, was sie sagte.

Es gefiel mir nicht, dass sie alle Karten in der Hand hatte. So würde das nicht laufen. Ich würde ganz sicher nicht betteln. Ich zuckte die Achseln und machte auf lässig, auch wenn ich innerlich vor lauter Verlangen längst wieder in Flammen stand. „In Ordnung. Dann am Montag." Ich schleuderte meine Schlüssel in die Luft und fing sie wieder auf. Ich verpasste ihr ein Zwinkern. „Bis dann." Und damit wandte ich mich um und ging, ohne auf eine Antwort zu warten. Ich zwang mich, nicht zu ihr zurückzuschauen.

Ich hatte auch ein paar Trümpfe im Ärmel.

Erst als ich im Wagen saß, schielte ich hinüber zum Haus. Und musste enttäuscht feststellen, dass sie bereits die Tür geschlossen hatte.

Ich schaute auf die Uhrzeit.

Scheiße.

Kyle würde in 15 Minuten bei mir sein.

Gerade als ich in meine Auffahrt einbog, hielt Kyles Pickup am

Gehsteig. Er stieg aus, bereits komplett in Fischerkluft gekleidet. „Du siehst nicht so aus, als wärst du bereit für einen Tag auf dem See", stellte er trocken fest und machte eine Blase mit seinem Kaugummi. Kyle hatte vor einem Jahr mit dem Rauchen aufgehört und kaute seitdem Tag und Nacht Kaugummi, um seine Gelüste im Griff zu halten. Ich wusste, dass Josie der Grund für seine Abstinenz gewesen war, außerdem wusste ich, dass er hin und wieder noch immer eine quarzte, besonders, seitdem er und Josie sich getrennt hatten.

Ich schaute an meinen Trainingsklamotten hinunter. „Ähm ja, gib mir eine Minute, ich zieh mich um."

Er folgte mir ins Haus und ließ seine Köderbox im Gang stehen.

„Und, erzählst du mir, was du so früh am Morgen schon außer Hauses gemacht hast? Wenn du nicht arbeitest oder dich von mir auf den See rausschleifen lässt, machst du am Wochenende die Tür nie vor Mittag auf. Was war los?" Er latschte hinter mir in die Küche und ging geradewegs auf den Kühlschrank zu, wo er sich eine Wasserflasche nahm.

„Ich war joggen", sagte ich vage und wusste gleich, dass es die falsche Antwort war.

Kyle bellte vor Lachen. „Und ich wurde gestern Nacht von Aliens entführt", prustete er. „Versuchs noch mal."

Ich würde ihm sowieso nichts vorlügen können. Er kannte mich seit der Grundschule. Er konnte meine Lügen aus einer Meile Entfernung wittern und ließ mir nie was durchgehen. Kyle konnte ich mehr trauen als irgendjemand anderem.

Aber ich konnte ihm nicht alles sagen. Das hatte ich Meg versprochen. Selbst wenn es ein idiotisches Versprechen war. Ich musste wohl ein bisschen mit der Wahrheit spielen.

„Na schön. Ich war drüben bei Meg", sagte ich und schaute zu, wie er sich an seinem Wasser verschluckte.

„Bin ich grade in ein Dimensionsloch gefallen? Oder hat sie dich zu sich gelockt, um dich abzumurksen?", fragte Kyle mit einem Glucksen.

„Ha ha", antwortete ich ungerührt. Ich riss einen Packen Müsliriegel auf und verschlang einen im Ganzen. Nach meiner morgendlichen Sexkapade fühlte ich mich völlig ausgehungert.

Kyle hatte eine seltsame Miene aufgesetzt. „Also, wieso warst du bei Meg Galloway zu Hause, um – " Er schaute auf seine Armbanduhr „– sieben Uhr morgens? Scheint mir eine komische Zeit für einen Hausbesuch zu sein."

Ich hätte wissen sollen, dass ich bei Kyle so nicht durchkommen würde. Sein Quatschmessgerät funktionierte wohl einwandfrei.

„Ja, naja, ich war draußen joggen – "

Kyle hielt eine Hand hoch. „Ich werd dich da mal unterbrechen. Hör auf, mir dieses Zeug unterzujubeln. Ich bin kein Trottel. Wenn du mir nicht sagen willst, wieso du und Meg euch in aller Herrgottsfrühe getroffen habt, von mir aus. Aber tu mir den Gefallen und lüg mich nicht an. Das ist eine Beleidigung."

Sein Gesicht war versteinert und ich wusste, dass ich ihn sauer gemacht hatte.

„Kyle, es ist nichts, ganz im Ernst", sagte ich und warf ihm einen Müsliriegel zu. „Wir haben nur das Kriegsbeil begraben, schätze ich. Hast du mir dazu nicht jahrelang geraten?" ‚Das Kriegsbeil begraben' war auch eine Art, unsere Zusammenkunft zu beschreiben. Ich musste ein selbstgefälliges Grinsen unterdrücken.

Kyle riss die Hülle auf und nahm einen Bissen. „Das ist gut. Ihr zwei habt auch echt lang genug gebraucht dafür." Er zerknüllte das Plastik und warf es in den Müll. „Das heißt also wohl auch, es ist okay, dass ich sie später zum Grillen eingeladen hab."

Ich spannte mich unweigerlich an. Nicht etwa, weil wir uns wiedersehen würden – denn verdammt, ich wollte sie ja wiedersehen –, sondern deshalb, weil ich mich ihr gegenüber dann normal verhalten würde müssen vor den ganzen Freunden, wo ich sie doch einfach nur in eine dunkle Ecke schleifen und ihr die Seele aus dem Leib ficken wollte.

Wie sollte ich verbergen, dass sie mir bei jeder Begegnung eine Erektion verschaffte? Wie sollte ich die Hände von ihr lassen?

Das würde beschissen werden.

Ich versetzte meinem Kumpel ein gezwungenes Lächeln. „Klar. Klingt super." Meine Stimme klang angespannt und ich war mir sicher, dass Kyle das auch bemerkt hatte.

Er hob eine Augenbraue. „Ganz sicher, Alter? Du siehst aus, als müsstest du dringend scheißen oder so."

„Ach, halt's Maul, du Pissnelke. Ich geh duschen. Mach nichts kaputt."

Ich flüchtete in mein Zimmer, wo ich schnell duschte und mich für den Tag auf dem See einkleidete.

Ich konnte mir nicht helfen und schrieb Meg, bevor ich wieder runter ging.

Ist es angemessen für Fickfreunde, wenn ich sage, dass mir deine fantastischen Titten fehlen?

Ich fügte noch einen behämmerten Smiley hinzu. Gott, was für eine Pfeife.

Ihre Antwort kam dreißig Sekunden später.

Absolut nicht.

Scheiße, ich hatte sie beleidigt.

Dann vibrierte mein Handy erneut.

Aber genauso wenig angemessen ist es, wenn ich sage, dass mir dein pulsierender Schwanz fehlt.

Bei ihrem Zwinkersmiley musste ich grinsen.

Vielleicht kann sich der pulsierende Schwanz ja später noch mit den fantastischen Titten treffen.

Ich schaute auf die Uhr. Kyle hatte vor einer halben Stunde auf dem See sein wollen. Er würde angepisst sein. Aber ich musste zuerst auf Megs Antwort warten.

Ich sah die kleine Blase, die anzeigte, dass sie tippte. Ihre Nachricht war ein Bild.

Von ihren perfekten Möpsen.

„Fuck", knurrte ich.

Wag es nicht, das zu speichern. Lösch es, jetzt!, verlangte sie umgehend.

Ich grinste, als ich meine Antwort tippte.

Oder was?

„Alter, hör auf dir einen zu bohnern und komm runter!", rief Kyle die Treppe herauf.

Meg hatte noch nicht geschrieben, aber mir war klar, dass Kyle raufkommen würde, wenn ich nicht in die Gänge kam. Ich steckte das Handy in die Hosentasche und ging runter.

„Wieso dauert das denn so lange?", meckerte er, während ich ihm zu seinem Wagen hinaus folgte, mit der Köderbox in der einen und der Angelrute in der anderen Hand.

Mein Telefon vibrierte erneut. Ich holte es heraus und musste ein weiteres Grinsen verbergen.

Glaub mir, du wirst es herausfinden wollen.

„Steck das Ding weg, Mann. Welche Schnepfe du da auch an der Schnur hast, du kannst ihr nachher schreiben", scherzte Kyle.

„Ja, ja. Gib mir eine Sekunde", sagte ich und schrieb eine letzte Nachricht, bevor ich das Handy wegsteckte.

Ich vermisse mehr als deine Titten. Ich vermisse dich.

**

Der Angeltag verlief miserabel. Nichts biss an und Kyle verlor einen gesamten Kübel Köder, was ihm schlechte Laune bereitete. Um das Ganze noch schlimmer zu machen, schaute ich während der paar Stunden mehrfach aufs Handy und Meg schrieb keine Antwort mehr auf meine letzte Nachricht, obwohl sie gleich nach dem Abschicken gelesen worden war. Die Worte *Ich vermisse dich* brannten sich in meine Netzhaut und erinnerten mich daran, was für ein Volltrottel ich doch war.

Sie hatte es mehr als deutlich gemacht, dass es in unserem Arrangement ausschließlich um Sex gehen sollte. Was das anbelangt, war Meg sehr, sehr spezifisch gewesen. Ihr zu sagen, dass ich sie vermisste, steuerte das Boot ganz klar in beziehungsmäßigere Gewässer. Wieso hatte ich das nur geschrieben? Ich war so ein verdammter Armleuchter.

Ich klang wie ein jämmerlicher Fotzenknecht. Und ein jämmerlicher Fotzenknecht wollte ich nun wirklich nicht sein. Meg würde ganz sicher nicht die Kontrolle über diese Situation bekommen. Auf keinen Fall würde ich sie denken lassen, dass ich den Tag damit zubrachte, mir darüber das Hirn zu zermartern, weshalb sie mir nicht auf meine bescheuerte Nachricht geantwortet hatte.

Auch wenn es so war.

Vielleicht war ich eben doch ein jämmerlicher Fotzenknecht.

Kyle und ich brachen unseren Angelausflug so gegen drei Uhr nachmittags ab, nachdem keiner von uns mehr als eine winzige Forelle gefangen hatte.

„Ich stell mich schnell unter die Dusche und komm dann rüber, sobald ich im Laden gewesen bin", sagte ich beim Aussteigen, nachdem er mich nach Hause gefahren hatte.

„Die Leute kommen so um fünf. Also lass dir diesmal nicht allzu viel Zeit in der Dusche", warnte mich Kyle mit einem Zwinkern.

„Verpiss dich, Web."

Kyle fuhr los und ich ging hinein ins Haus. Mir fiel auf, dass Mrs. Hamilton nicht wie üblich draußen in ihrem Garten war. Meine Nachbarin war wie ein Uhrwerk, ihre Routine war stets die gleiche und sie verbrachte jeden Nachmittag des Wochenendes damit, ihre Rosenbüsche zu pflegen. Ich hatte zwar nicht viel Zeit, aber ich hatte das Gefühl, nach ihr sehen zu müssen. Ich lief rasch ihre Einfahrt hinauf und klingelte an der Haustür.

Es dauerte eine ganze Weile, bevor die Tür knarzend und zögerlich aufging. Sofort erkannte ich, dass ihre Haut aschfahl und ihre Augen blutunterlaufen waren.

„Hallo Adam. Was machst du denn hier?", fragte sie mit dünner und schwacher Stimme.

Ich machte ein besorgtes Gesicht. „Sie waren nicht in ihrem Garten. Geht's Ihnen nicht gut?" Sie schien sich an der Tür stützen zu müssen, so als hätte sie nicht die Kraft, alleine zu stehen.

Mrs. Hamilton winkte ab. „Mir geht's gut. Nur ein bisschen krank. Aber du brauchst dir deswegen keine Sorgen zu machen." Sie hob die Hand und tätschelte meine Wange, als wäre ich ein Fünfjähriger. „Aber vielen Dank, dass du an mich gedacht hast."

„Kann ich Ihnen irgendwas besorgen? Ich könnte Ihnen etwas Suppe machen oder schnell zum Laden gehen, wenn Sie etwas brauchen", bot ich an, weil mir nicht gefiel, wie abwesend sie wirkte.

Mrs. Hamilton schüttelte den Kopf. „Nein, nein. Bei mir ist alles in Ordnung. Ich kann Daniel anrufen, wenn ich irgendwas brauche."

Das beruhigte mich nicht besonders. „Wie wär's, wenn ich nach Ihnen sehe, wenn ich heute Abend nach Hause komme?"

Mrs. Hamilton nickte beiläufig. „Okay, wenn du dich dann besser fühlst. Aber mir geht's gut, Adam."

Ich beugte mich vor und küsste ihre verwitterte Wange, wodurch sich ihr Gesicht ein wenig aufhellte. „Ich würde mich besser fühlen, Mrs. Hamilton. Sie haben meine Nummer, wenn Sie mich brauchen, stimmt's?"

„Hab ich, sie liegt noch neben dem Telefon, wo du sie hingelegt hast." Ihre Augen funkelten ein kleines bisschen und ich fühlte mich schon weniger schlecht dabei, sie allein zu lassen.

„Tun Sie nichts Wildes oder Verrücktes heute Abend", warnte ich mit scherzhaft erhobenem Finger.

Mrs. Hamiltons Lachen darauf klang schon etwas lebhafter. „Oh, du kennst mich ja, die Party-Oma."

Ich verließ sie mit dem Versprechen, dass ich sie später am Abend noch besuchen oder wenigstens anrufen würde.

Zurück in meinem Haus zog ich mir schnell ein sauberes Paar Shorts und ein Polohemd über und schaute noch ein paarmal auf mein Handy.

Noch immer keine Nachricht von Meg. Ich hätte zu gern meine letzte Meldung gelöscht, um nicht ständig das Zeugnis meiner Hirnverbranntheit sehen zu müssen.

Plötzlich klingelte das Telefon und ich versuchte nicht gleich durchzudrehen, weil es ja vielleicht Meg sein könnte.

Natürlich war sie es nicht.

„Hey. Lena. Was gibt's?"

„Kannst du mich zu Kyle mitnehmen? Mein Auto ist in der Werkstadt und Mom und Dad sind in der Stadt im Theater oder sowas." Meine Schwester klang ein bisschen entnervt, aber das entsprach ja eigentlich de facto ihrer Grundhaltung.

„Ja, klar. Ich wusste gar nicht, dass du heute auch kommst." Ich schnappte mir Schlüssel und Geldbörse und ging hinaus zum Wagen, nicht ohne vor dem Gehen noch mal zu Mrs. Hamiltons Haus hinüberzuschauen.

Ich freute mich zu sehen, dass sie die Pflanzen auf ihrer Veranda goss. Sie hob eine Hand und ich winkte zurück.

„Ich war nicht sicher, ob ich es schaffe, aber meine Pläne haben sich geändert." Sie sagte das so kurz angebunden, dass klar wurde, dass eine Nachfrage zum Grund der Planänderung nicht erwünscht war.

Normalerweise hätte ich sie dazu ausgefragt, wieso sie so angepisst klang, aber ich war ja ohnehin gerade einigermaßen abgelenkt von anderen Dingen. „Ich muss noch schnell in den Laden und ein paar Bierchen besorgen, dann komm ich vorbei und hole dich", sagte ich zu ihr.

„Meg hat mir gesagt, dass sie auch bei Kyle sein würde. Wird das ein Problem?", fragte Lena. Es würde ein Problem sein, aber aus völlig anderen Gründen, als Lena dachte.

„Nö. Ich werde mich benehmen", versicherte ich.

„Ich wünschte echt, ihr zwei könntet diese Scheiße hinter euch lassen", seufzte Lena.

Wenn sie doch nur wüsste.

„Ich bin in einer Viertelstunde da", sagte ich und legte auf.

Ich ging schnell in den Supermarkt und machte mich schnurstracks auf zum Bierregal.

„Hey du", zwitscherte eine Stimme hinter mir, als ich mich gerade bückte, um zwei Träger aus dem Regal zu holen.

Als ob dieser Tag noch irgendwie schlimmer hätte werden können. Ich stellte das Bier in den Einkaufswagen, bevor ich mich meiner zukünftigen Exfrau zuwandte. „Chelsea", sagte ich mit allem an Missmut, was ich nur in dieses eine Wort reinzupacken vermochte.

Sie trug ein enges schwarzes Kleid und war insgesamt komplett aufgetakelt. Ihre Haare waren gestylt und glänzten, ihr Gesicht war mit genug Farbe vollgemalt, um ein Baumarktregal zu füllen. Sie stemmte sich in die Hüften und warf ihre Haare über die Schulter. Sie hielt eine Flasche ihres liebsten Merlot in der Hand. Offenbar hatte sie für heute Abend Pläne. Und es kümmerte mich einen feuchten Dreck, wie die aussahen.

Sie musterte meinen Einkaufswagen. „Sieht aus, als hättest du heute Abend was vor. Grillen bei Kyle?" Ihre Lippen kräuselten sich, als sie den Namen meines besten Freundes aussprach. Sie mochte Kyle nicht. Sie hielt ihn für einen Kleinstädter und unter ihrer Würde. Was für eine überhebliche Schlampe.

„Mhm", war meine ganze Antwort, bevor ich den Einkaufswagen wendete und den Gang entlang weiterschob. Ich konnte das Klackern ihrer Absätze hören, als sie mir folgte.

„Ich geh heut nach Philly zur Eröffnung des Diablo Club. Ryan hat uns VIP-Tickets besorgt."

Ich hatte keine Ahnung, wer Ryan war. Mir war klar, dass sie von mir wollte, dass ich fragte, aber das konnte sie vergessen. Weil es mir nämlich schnurz war. „Viel Spaß", rief ich abweisend und machte mich auf zur Kasse.

Natürlich blieb sie mir auf den Fersen.

Ich hob das Bier aufs Band und versuchte zu ignorieren, dass Chelsea noch immer hinter mir stand.

„Wir wollen nur ein bisschen vorglühen, bevor wir losziehen", fuhr sie fort.

Ich gab ihr ein nichtssagendes Nicken. Sie stand entschieden zu dicht bei mir. Ich konnte förmlich ihre Brüste fühlen, die sich an meinem Rücken rieben. Sie war nah genug, dass ich ihr übertrieben teures Parfum roch, mit dem sie sich immer unbeirrbar zu duschen pflegte.

„Ist ja super", antwortete ich ohne Regung. Die Dame vor mir brauchte eine Ewigkeit, um ihre Gutscheine rauszukramen. Ich schaute zum hundertsten Mal auf mein Telefon. Noch immer nichts von Meg.

„Ryan ist Profi im Eishockey. Er hat früher für die New York Islanders gespielt. Ich kenn ihn über Sandra. Sie hat erzählt, er hätte sie wochenlang über mich ausgefragt." Chelsea kicherte.

Ich verdrehte die Augen. Offensichtlicher ging es kaum. Sie wollte mich eifersüchtig machen. Es war mitleiderregend. Und es hätte sowieso nie funktioniert. Die ganzen Male, wo sie mich betrogen hatte, ging es mir nie um Eifersucht. Mein Stolz war verwundet gewesen, aber nie mein Herz. Das war eine traurige Wahrheit angesichts dessen, wie lange wir zusammen gewesen waren.

„Klingt, als würdet ihr perfekt zusammenpassen", sagte ich, erleichtert, dass die Gutscheindame endlich fertig war. Ich holte meine Geldbörse raus, bezahlte schnell für das Bier und lud es wieder in meinen Einkaufswagen.

„Tschüss, Adam. Wir sehen uns. Vielleicht kann ich diese Woche ja mal vorbeikommen – "

Ich lief einfach aus dem Laden, bevor Chelsea ihren Satz beenden konnte.

Ich streifte die Begegnung mit ihr ab. Es war schon lustig, wie wenig mir diese Frau bedeutete, mit der ich die letzten zehn Jahre verbracht hatte. Was sagte das über mich aus?

Ich ging Lena abholen, deren Stimmung sich seit unserem Gespräch gebessert zu haben schien. Sie plapperte während der Fahrt munter übers Studium und ich überließ ihr gerne das Reden. Mein Kopf war woanders.

Als wir dort ankamen, fiel mir auf, dass vor Kyles Haus ganz schön viele Autos standen. Ich hatte nicht mit so vielen Gästen gerechnet. „Was geht denn mit den ganzen Karren ab?“, fragte ich mich laut, als ich die Biere aus dem Kofferraum holte.

„Das hier ist eine Willkommensparty für Meg. Hat dir dein Ehemann denn nichts gesagt?“, frotzelte Lena.

Sie machte sich oft darüber lustig, wie viel Zeit ich mit Kyle verbrachte. Sie sagte immer, wir beide hätten besser einander geheiratet, so wie wir gegenseitig unter der Fuchtel standen.

„Das hat er zu erwähnen vergessen“, grummelte ich und folgte meiner Schwester zur Haustür. Sie machte sich gar nicht die Mühe zu klingeln, sondern ging einfach direkt hinein, wie wir es immer taten. Wir wurden von Leuten begrüßt, die ich nicht erwartet hatte. Eine Reihe Kumpels aus der Highschool waren da, außerdem Jeremy und Rob, die Kyle durch mich kannten.

Lena hielt so abrupt an, dass ich ihr fast in den Rücken gelaufen wäre. „Was zur Hölle, Lena?“

„Ich wusste nicht, dass *er* auch hier ist“, knurrte sie. Sie meinte damit Jeremy Wyatt, der gerade mit Hayley Smith flirtete, ein Mädchen, mit dem wir zur Schule gegangen waren.

Ich sparte mir einen Kommentar dazu. Ihre Fehde mit meinem Partner begann allmählich albern zu werden. Ich schob mich an ihr vorbei und ging in die Küche, wo ich Kyle vorfand, der gerade eine Packung Chips in eine Schüssel kippte, während Skylar eine Schale Dip aus dem Kühlschrank holte.

„Hey Leute“, rief ich und stellte die Bierkästen auf den Tisch neben dem Fenster.

Kyle schaute auf. „Hey, mein Alter. Freut mich zu sehen, dass du keine drei Jahre gebraucht hast, um hier aufzukreuzen.”

Ich legte einen Arm um Skylar und drückte sie. „Der Kerl hier hält sich für einen Komiker“, bemerkte ich heiter, während ich den Verschluss von einer Bierflasche ploppte und sie Kyle hinhielt.

„Er sollte sich stattdessen wohl eher an seinen Brotberuf halten“, kommentierte Skylar mit einem Grinsen.

Ich blickte verstohlen um mich, konnte Meg aber nirgends entdecken. Ich schnappte mir noch ein Bier für mich selbst und hörte Kyle und Skylar dabei zu, wie sie sich über den anscheinend zu hohen Salzgehalt der Chips zankten, die er gekauft hatte. Manche Dinge änderten sich wohl nie.

„Lass den armen Kerl doch seine Chips futtern, Sky.“

Mein Kopf wirbelte herum in die Richtung, aus der ihre Stimme gekommen war. Meg stand im Türrahmen, die Arme voll beladen mit Taschen und einer Platte hausgemachter Kekse, offensichtlich die von ihrer Mutter. Sie schaute kurz zu mir herüber, schnipste sich eine Haarsträhne aus dem Gesicht und wandte ihre Aufmerksamkeit dann wieder unseren Freunden zu.

„Schön dich zu sehen, Galloway", sagte Kyle mit einem Grinsen, das sein Gesicht spreizte. Er nahm ihr das Essen aus der Hand, bevor er sie vom Boden hochhob und in eine ungestüme Umarmung drückte, bei der durchaus auch die eine oder andere Rippe dran glauben hätte können.

Skylar war als Nächstes an der Reihe. Sie drückte Meg fest an sich mit einer Zuneigung, die sie ausschließlich dieser rothaarigen Frau zukommen ließ. Und dann war ich dran.

Die Verlegenheit war mit Händen greifbar. Ich spürte, wie Kyle und Skylar uns beide beobachteten, bereit einzuschreiten, falls nötig. Ich gab ihr eine Umarmung, die sich angespannt und unbehaglich anfühlte. Ich wusste nicht wohin mit meinen Armen. Ich wusste nicht wohin mit meinen Händen. Es war die übelste Umarmung meines Lebens.

Meg löste sich schnellstmöglich von mir und tätschelte mir den Arm, als wäre ich ein Hund. „Schön dich zu sehen", murmelte sie.

„Dich auch", antwortete ich und tat eilig einen Schritt zurück, während ich mir unablässig wünschte, sie über den Küchentisch beugen zu können und ihr meine Zunge in den Hals zu stecken.

Eine undurchdringliche Stille hatte sich breitgemacht, die Kyle mit einem Räuspern durchbrach, während Skylar sich unter den Nägeln kratzte.

„Also – ", sagte Meg, während ich gleichzeitig „Na dann – ", stammelte.

Wir verstummten beide und grinsten blöde.

„Ich bin an dem Wandgemälde vorbeigefahren", sagte Skylar schließlich.

Meg drehte sich ihr zu und ich war erleichtert, dass die Aufmerksamkeit von unserer peinlichen Situation weggelenkt worden war.

Kyle schnappte sich das nächste Bier und warf mir ebenfalls ein neues zu. Während Meg und Skylar sich unterhielten, steckte er seinen Kopf zu mir und senkte die Stimme. „Das war deutlich weniger dramatisch, als ich erwartet hatte."

Ich kippte das Bier in einem einzigen langen Zug in mich. „Hab doch gesagt, wir haben das Kriegsbeil begraben."

Kyle beäugte mich so eindringlich, dass ich mich zu winden begann. „Ja, was soll ich sagen, ich hab dir nicht so richtig geglaubt."

Er schaute zu Meg, dann erneut zu mir. „Was ist da los bei euch beiden? Das war sogar für eure Verhältnisse schräg."

Ich öffnete den Mund, um irgendeine blöde Antwort zu geben, als soeben eine Frau den Raum betrat, die Augen rot unterlaufen und das Gesicht aufgedunsen vom Weinen.

„Hi, Josie", grüßte ich Kyles Ex zögerlich. Josie war bis vor ein paar Monaten noch Chelseas beste Freundin gewesen. Sie und Kyle waren jahrelang zusammen gewesen. Wir waren alle gemeinsam in Urlaub gefahren und hatten auch sonst viel miteinander unternommen. Aber ich hatte sie nicht mehr gesehen, seitdem sich Chelsea und ich getrennt hatten und Kyle mit ihr Schluss gemacht hatte.

Es war allerdings gemeinhin bekannt, dass sie die Trennung nicht gut vertragen hatte. Josie war ein liebes Mädchen, aber ein wenig anhänglich. Und in Wahrheit hatte Kyle sie wohl nie so geliebt wie sie ihn. Ich konnte mir nicht vorstellen, dass er sie zu diesem Fest eingeladen hatte, und das bestätigte sich auch allzu offensichtlich durch das Gesicht, das er jetzt aufsetzte.

„Josie, was ist los?", fragte er mit Besorgnis in der Stimme. Er mochte Josie zwar nicht lieben, aber er war ein guter Kerl. Er hätte sie nie einfach weggeschickt, selbst wenn ihre emotionale Hilfsbedürftigkeit wohl genau der Grund war, weshalb er sich überhaupt erst von ihr getrennt hatte.

Josies Unterlippe zitterte leicht und sie schaute bedröppelt zu Skylar und Meg hinüber, die sich Mühe gaben, nicht zu starren. „Können wir irgendwo hingehen und reden?", flüsterte sie und wischte sich die Augen trocken.

Kyles Kiefer spannte sich an, aber er nickte leicht, nahm sie am Ellbogen und lenkte sie aus der Küche hinaus in den Garten.

Skylar und Meg tippelten zu der Stelle herüber, wo auch ich stand. Skylar, wie immer unverblümt, zeigte mit dem Daumen in die Richtung, in die Kyle und Josie verschwunden waren. „Was zur Hölle war das denn?"

Ich zuckte die Achseln, schnappte mir eine Handvoll Chips und schob sie mir in den Mund. „Offensichtlich hat sie irgendwas aufgerührt."

Megs Gesicht war verzerrt. „Ich kann immer noch nicht fassen, dass Kyle mit Josie Robinson zusammen war."

Skylar machte eine Grimasse. „Ich weiß. Ich kann nicht fassen, dass wir gleich *zwei* Freunde an die dunkle Seite verloren haben." Sie versetzte mir einen vielsagenden Blick und Meg grinste schief.

Gott, ich wollte ihr unverschämtes Mundwerk küssen.

„Ja, ja. Reib's nur rein. Ich hab's verdient. Immerhin hab ich mich wieder auf den Pfad des Lichts begeben." Ich rempelte Skylar mit der Schulter an.

„Wir werden sehen", nuschelte Meg.

Ich legte eine Hand ans Ohr. „Was war das? Ich konnte deine Missbilligung leider nicht recht verstehen."

Meg öffnete den Mund, zweifelsohne um einen bissigen Kommentar abzugeben, aber Skylar hielt trennend ihre Arme zwischen uns auf. „Es reicht, ihr zwei. Ich hab keine Energie dazu, die Schiedsrichterin zu spielen."

Ich legte einen Arm um die Schultern meiner Freundin. „Wie läuft's bei dir so, Sky? Was von Mac gehört?"

Sie hob trotzig das Kinn. Ich wusste, dass Skylar litt, aber sie war niemand, der das zeigte. Nie. Sie war die Art von Frau, die Stärke ausstrahlte, koste es, was es wolle. Dafür respektierte ich sie sehr.

„Ich hab Morla. Das ist alles, was zählt."

Meg hielt ihr die Faust hin und Skylar stieß mit ihrer hinein. Die beiden Frauen grinsten sich an. Ganz egal, wie nah sich die beiden standen, ich hatte mich in unserer Jugend nie als drittes Rad gefühlt. Wir vier hatten immer perfekt zusammengepasst. Es gab keine Eifersucht und kein buhlen um Aufmerksamkeit zwischen uns.

Und seltsam, trotz der aktuell widerstreitenden Leidenschaften, die sich zwischen Meg und mir ergeben hatten, war diese Vertrautheit noch immer da. Es war über zehn Jahre her, seit wir alle vier im selben Raum gestanden hatten. Und es fühlte sich richtig an. Wie nach Hause kommen. Kindheitsfreunde waren eben etwas Besonderes. Sie waren ein Stück Erinnerung, das man nie verlieren mochte.

„Davon abgesehen hab ich mich entschieden, den Mietvertrag für die Wohnung nicht zu verlängern", fuhr Skylar fort.

„Echt? Und wo gehst du dann hin?", wollte ich wissen.

In jenem Moment kam Kyle zurück in die Küche – ohne Josie. Er sah ein wenig verhärmt aus. Er schnappte sich sein drittes Bier und gesellte sich zu uns. Ich suchte seinen Blick über Skylars Kopf hinweg und er entgegnete mir ein halbes Lächeln, das nicht sehr überzeugend aussah. Meg, die den Niedergang seiner Stimmung bemerkt hatte, stellte sich näher zu ihm und legte einen Arm um seine Hüfte. Er drückte sie an sich.

Wie gesagt, Eifersucht war bei uns nie ein Thema gewesen. Ich wusste, dass Kyle nie irgendwelche Gefühle für Meg gehegt hatte. Sie war für ihn wie eine Schwester. Seine Zuneigung hatte stets und unbeirrbar dem älteren Galloway-Mädchen gegolten, und dennoch, wenn ich die beiden so beieinanderstehen sah, die Arme wie selbstverständlich umeinander gelegt, regte sich in mir ein seltsamer Anflug von Zorn. Wurde ich jetzt ernsthaft wütend auf meinen besten Freund, weil er Meg umarmte? Was für ein Idiotismus war das denn nun? Sie waren Freunde. Und zwar schon seit Jahren.

Aber ich wollte nicht, dass er sie berührte. Ich wollte nicht, dass sie irgendwer berührte.

Sie gehörte *mir.*

Fuck. Wo kam das bloß her?

„Tatsächlich hab ich mit meinen Eltern geredet und denke, dass ich für eine Weile wieder hierherziehen werde." Skylar machte diese Ankündigung, als wäre das keine große Sache. Aber für Skylar war ein Umzug zurück nach Southport ganz gewiss eine sehr große Sache. Die Beziehung zu ihren Eltern war ein einziges Schlamassel. Ich konnte mir nicht vorstellen, weshalb sie sich ihrer Gegenwart wieder aussetzen wollte.

Kyle stieß einen Jubellaut aus. „Yes! Die Gang ist wieder vereint!"

Skylar verdrehte die Augen, schien aber erfreut über seine Reaktion zu sein.

Meg hingegen wirkte besorgt. „Wieso solltest du das tun? Du hast doch einen tollen Job in der Stadt? Das klingt nicht wirklich vereinbar."

Skylar kratzte sich im Genick und ich erkannte ihren nervösen Tick wieder. „Ja, naja, ich wurde letzte Woche gekündigt, also brauche ich mir deswegen keine Gedanken zu machen."

Meg zerrte sie umgehend in eine Umarmung. Skylar setzte sich zur Wehr, wie sie es immer tat, wenn man ihr körperliche Zuwendungen aufdrücken wollte, aber letztendlich gab sie nach und erwiderte die Umarmung innig.

„Es tut mir leid, Sky", hörte ich Meg in Skylars Ohr flüstern.

Kyle trat verlegen von einem Fuß auf den anderen. Er war noch nie gut mit „Mädchenkram" klargekommen.

Skylar löste sich, ihre Augen glänzten, aber ich wusste, dass sie es *niemals* zu echten Tränen würde kommen lassen. „Ist schon gut. Ich deute das als Zeichen des Universums, dass ich die Karten mal neu mischen sollte. Meine Eltern haben gemeint, ich könnte die Wohnung über der Garage mieten, bis ich alles geregelt habe. Ich hab beschlossen, dass ich mich selbstständig mache. Ich hab bisher zu hart dafür gearbeitet, dass andere Leute Geld verdienen. Ist Zeit, dass ich mehr von dem Anteil für mich behalte."

Ich klopfte ihr auf die Schulter. „Du machst dir die Erde untertan, Sky. Ich bin stolz auf dich."

„Okay, genug mit dieser Streichelscheiße, ich brauch Treibstoff. Kyle, bitte sag mir, dass du alles hier hast für eine Margarita." Skylar trat zurück und fuhr sich mit der Hand durch ihr dunkles Haar.

Kyle schnaubte empört. „Scheißt der Papst im Vatikan?"

Skylar zog die Brauen zusammen. „Ähm, vermutlich ja?"

Kyle zeigte auf einen Schrank. „Tequila und Curaçao sind da drin. Limettensaft ist im Kühlschrank."

„Gut. Ich will mich nämlich betrinken. Los, Galloway. Lass uns schlechte Entscheidungen treffen gehen." Skylar hakte ihren Arm bei Meg unter und zerrte sie durch den Raum davon.

„Ich finde, das klingt gut", rief ich ihnen nach. Meg schaute zu mir zurück und zwinkerte. Und davon bekam ich direkt einen Halbstarken.

Sobald Kyle und ich allein waren, ließ er sich gegen den Küchentresen sinken und rieb sich mit den Händen übers Gesicht. „Also, was wollte Josie von dir?", fragte ich.

„Sie sagt, dass sie schwanger ist", erwiderte er leise und mit bekümmertem Gesicht.

„Scheiße", flüsterte ich und verstand nur zu gut, wieso er dreinschaute, als wäre ihm kotzübel.

Kyle nahm sein Bier und tat einen kräftigen Schluck. „Sie sagt, es sind schon fast zwei Monate."

„Und ist es deins?" Ich musste fragen.

Kyle funkelte mich an. „Josie ist nicht Chelsea, Mann. Sie hat nicht für halb Southport die Beine breit gemacht."

Ich verzog schmerzlich das Gesicht. „Ich hab nur gefragt. Deswegen musst du nicht gleich so ein Arsch sein."

Kyle seufzte. „Tschuldigung. Das wollte ich nicht sagen. Ich bin grad ein bisschen unter Schock."

Ich legte ihm eine Hand auf die Schulter. „Was will sie jetzt unternehmen?"

Kyle nahm einen weiteren großen Schluck und wischte sich dann den Mund mit dem Handrücken. „Sie sagt, sie will es behalten."

„Und was willst du jetzt tun?"

Kyle richtete sich ein wenig auf. „Es ist ihre Entscheidung. Wenn sie es behalten will, werde ich sie unterstützen. Ich bin nicht mein Vater. Ich werde für das Kind da sein. Und für Josie auch."

Kyles Dad hatte die Familie verlassen, als er zehn war, und er hatte ihn seither kaum mehr gesehen. Ich war mir sicher, dass Kyle es sich zur Lebensaufgabe machen würde, der bestmögliche Vater für das Kind zu sein.

„Wollt ihr beiden es dann wieder miteinander versuchen?" An Kyles resolutem Gesichtsausdruck war zu erkennen, dass das keine Option war.

„Ich kann Josie unterstützen, ohne mit ihr romantisch liiert zu sein. Ich weiß, dass sie sich uns wieder als Paar wünscht, aber das werde ich nicht tun, nur weil sie schwanger ist. Das ist weder ihr gegenüber noch für unser Kind fair.“ Kyle nickte bei sich selbst.

„Du bist ein aufrechter Kerl, Kyle“, sagte ich ihm.

Er warf seine leere Flasche klirrend in den Mülleimer. „Das hat nichts mit aufrecht sein zu tun, es geht um Verantwortung.“

„Worüber tratscht ihr zwei alten Damen denn hier?“ Jeremy und Robert hatten die Küche betreten. Kyle und Jeremy begrüßten einander mit einem verworrenen Handschlag. Robert legte den Kopf schief.

„Nichts Besonderes. Wie läuft's, meine Herren?”, fragte Kyle und verdeutlichte so, dass er nicht vorhatte, seine bevorstehende Vaterschaft publik zu machen.

„Ach, du weißt schon. Neuer Tag, neue Muschi“, wieherte Jeremy und sowohl Robert als auch ich ächzten gequält.

„Lass deine Kunstfigur doch heute mal im Schrank, Jerry“, meinte Rob nur trocken.

„Wie auch immer. Ihr beiden müsst mal lernen, Spaß zu haben. Ich bin mir sicher, dass unser Kyle mir da zustimmen wird.” Jeremy hielt eine Flasche Wodka in die Luft. „Komm schon, Webber, gönn dir ein paar Kurze mit mir.“

Kyle zuckte mit den Achseln. „Warum nicht.“ Er stellte zwei Schnapsgläser hin, die Jeremy alsbald auffüllte.

„Ich will mitspielen“, rief Meg aus. Sie und Skylar waren mit Margaritas in der Hand zurückgekehrt.

Jeremy musterte Meg langsam von Kopf bis Fuß, sein Lächeln dabei glich einem Raubtier. Ich presste die Zähne zusammen. Ich hatte wirklich keine Lust, meinem Partner in Kyles Küche eine reinhauen zu müssen.

Ich glitt unauffällig zwischen die beiden und behinderte Jeremys Blick auf meine – was war sie denn nun? Meine Fickfreundin?

Ich tippte mit dem Finger gegen ihr Getränk. „Ich glaube, du bist schon bedient, Galloway.“

„Ich kann mir einen Schnaps gönnen, wann immer ich will, Dad“, scherzte Meg mit angedeuteter Gereiztheit in der Stimme.

Jeremy schob mich beiseite und reichte ihr ein so volles Schnapsglas, dass es schon überlief. „Dieses Mädchen gefällt mir.“ Er leckte übertrieben betont den verschütteten Wodka von seinem Handrücken, bevor er ihr die Hand zum Gruß hinhielt. „Du bist die Künstlerin von unserer Wand. Meg, richtig?“

Meg schüttelte seine Hand und schaute ihn amüsiert an, als er ihre nicht gleich wieder freigab. „Die bin ich. Und du bist – ?”

„Ein absoluter Penner", schnitt ich mit einem etwas zu giftigen Unterton dazwischen. Ich überspielte das mit einem herzhaften Lachen, in das Rob und Kyle mit einfielen.

Jeremy hob Megs Hand an seinen Mund und küsste sie, als wäre er einem verfluchten Mittelalterroman entsprungen. „Ich bin Jeremy Wyatt. Der beste Anwalt in Southport."

Dabei mussten Rob und ich noch heftiger lachen. Meg hob eine Augenbraue. „Ach, echt? Und Adam lässt dir diesen Titel zustehen?"

Jeremy legte seine zweite Hand auf ihre und zog sie an sich. Er beugte sich zu ihr vor und flüsterte ihr laut ins Ohr. „Was soll er denn sagen, wenn es stimmt. Ich bin ihm in allen Bereichen überlegen. Vertrau mir."

Meg gluckste, manövrierte sich dann allerdings entschieden aus dem Einflussbereich meines lüsternen Geschäftspartners heraus und stellte sich näher an meine Seite. „Hat dir noch niemand verraten, dass Arroganz keine besonders attraktive Eigenschaft ist?" Sie klimperte mit den Wimpern.

Jeremy grinste ob ihrer Abfuhr. „Das ist keine Arroganz, Schätzchen. Sondern Selbstbewusstsein. Das ist ein Unterschied."

„Oder Weltfremdheit", meldete sich Robert zu Wort. Er hielt Meg ebenfalls seine Hand hin, und sie schüttelte sie. „Ich bin Robert Jenkins. Jeremy, Adam und ich betreiben gemeinsam die Kanzlei. Aber das dürftest du ja schon wissen, zumal unsere Namen auf dem Gebäude stehen, das du gerade bemalst. Tut mir leid, dass ich mich nicht schon längst vorgestellt habe, aber an manchen Tagen ist es schwer, Zeit fürs Klo zu finden, geschweige denn sich mit irgendwem vernünftig zu unterhalten."

Jeremy, der verstanden hatte, dass Meg kein Interesse hatte, trank jetzt weiter Shots mit Kyle. Ich war sicher, dass ihre Zurückweisung ihn nicht weiter berühren würde. Es gab reichlich Frauen, die sich über seine Aufmerksamkeiten freuten.

Innerlich surrte es in mir. Meg interessierte sich nicht für Jeremy. Sie hatte ihn kaum eines Blickes gewürdigt. Auch wenn er oft etwas dick auftrug, sein Charme war für eine Menge Frauen unwiderstehlich.

Nicht für Meg.

Ich bemerkte, dass sie jetzt so dicht bei mir stand, dass ich sie berühren konnte. Sie sprach mit Robert über das Wandgemälde, ihre Aufmerksamkeit war auf ihn gerichtet. Ich stand dicht hinter ihr. Dann suchte ihre Hand hinter sich etwas und fand schließlich meine. Nur ganz kurz. Subtil. Eine kaum merkliche Berührung der Finger. Niemand bemerkte etwas.

Es war eine winzige Geste, aber sie sagte mehr aus, als jedes Wort es vermocht hätte.

Kapitel fünfzehn

Meghan

Ich stand unter der Dusche, ließ das Wasser an meinem Körper hinunterplätschern. Adam war gerade gegangen. Dieser Verrückte war doch tatsächlich einen Baum hinaufgeklettert, um an mein Fenster zu klopfen. Ich war gleichzeitig aufgebracht und beeindruckt, was mich nervte. Ich fühlte mich wieder wie eine beknackte Teenagerin. Er war auf einen Baum geklettert, weil er mich einfach sehen musste. Und dann hatten wir in meinem winzigen Einzelbett gerammelt wie die Karnickel.

Ich konnte nicht zu lächeln aufhören. Meine Wangen taten schon weh vor lauter grinsen.

Und genau das war es, wieso ich so vorsichtig sein musste. Adam machte es einem so verdammt leicht, ihm zu verfallen. Ich hatte diesen Fehler schon einmal gemacht. Und einmal war genug für ein ganzes Leben.

Ich seifte mir langsam und träge die Haare ein, dabei rief ich mir das Gefühl seines Mundes auf meinem Körper ins Gedächtnis. Er wusste jedenfalls, was er tat. Wenn Sex eine olympische Disziplin wäre, hätte Adam eine Goldmedaille verdient. Ich raffte es noch immer nicht, dass ich eine sexuelle Beziehung mit Adam Ducate angefangen hatte. Wie war das bloß passiert?

Aber wem machte ich etwas vor? Ich hätte von Anfang an wissen müssen, dass wir früher oder später aufeinanderprallen würden. Es war nur eine Frage der Zeit. Ich hatte wohl nur nicht damit gerechnet, dass der Aufprall gar so spektakulär sein würde.

Mein Magen vollführte einen Salto, als ich daran dachte, wie er an Händen und Füßen draußen vor dem Fenster an dem Baum gehangen hatte.

„Ich habe dich nie gehasst, Meg. Nicht einen einzigen Tag in meinem Leben."

Und dann später, als er mich auf die Matratze gedrückt hatte. Ich konnte noch immer fühlen, wie er sich in mir angefühlt hatte – wie er mich komplett ausgefüllt hatte. Der Orgasmus war unglaublich gewesen und dann hatte er mich gleich noch mal kommen lassen. Ich konnte kaum genug von ihm bekommen. Von seinen Händen. Seinen Lippen. Seinem gigantischen Schwanz.

Mein Körper begann zu sieden.

„Bäh!", knurrte ich, stellte das Wasser ab und trat aus der Dusche.

Was für ein Kuddelmuddel. Ich konnte es kommen sehen. Ich hätte das alles nie zulassen dürfen.

Aber hatte ich nun mal. Und so wahr mir Gott helfe, ich wollte ihn. Ich vermisste ihn. Ich wünschte, er wäre in jenem Moment wieder hier gewesen, sodass ich meine Schenkel um ihn schlingen und ihn wie ein gottverdammtes Pony reiten könnte.

„Ich bin so bescheuert", nuschelte ich und wickelte mich in ein Handtuch ein.

Ich meinte es ernst, als ich ihm sagte, dass es nur um Sex gehen durfte. Ich konnte nicht riskieren, vor ihm meine Deckung runterzunehmen. Ich würde nicht zulassen, mein Herz noch einmal so zu entblößen. Ich traute Adam nicht. Ich durfte nicht.

Ist es dafür nicht längst zu spät?

Ich zog eine Schublade auf und warf in meiner Verärgerung wahllos Zeug auf den Boden. Verdammter sexy Adam Ducate. Was für eine Nervensäge!

„Was ist denn hier für ein Remmidemmi los?" Meine Mom steckte ihren Kopf zur Tür herein. Sie war schon fertig angezogen. Ich hatte sie aufstehen gehört, nur ein paar Minuten nachdem Adam gegangen war. Ich hatte furchtbare Angst, dass sie uns gehört haben könnte. Ich wartete nur darauf, dass sie irgendetwas über den Krach aus meinem Zimmer sagte, denn Gott weiß, ich war nicht besonders leise gewesen.

„Nichts. Ich versuch nur ein paar passende Shorts zu finden." Ich schaute sie verlegen lächelnd an.

„Du siehst müde aus", bemerkte sie.

„Ich hab nicht so gut geschlafen", antwortete ich ausweichend.

„Hmmm", machte sie nur. „Ruf Whitney an, bevor du deinen Tag startest. Jetzt wär eine gute Zeit. In Frankreich ist ungefähr Mittag."

Ich zwang meine Gesichtszüge zu perfekter Ausdruckslosigkeit, weil mir klar war, dass Mom mich für jede Grimasse ausschimpfen würde. „Ich hab mich gleich mit Skylar verabredet."

Mom verengte die Augen. „Du wirst sie jetzt anrufen. Sie wollte mit dir reden, also nimm dir die Zeit. Sie ist deine Schwester."

„Na schön. Dann ruf ich sie eben jetzt an." Ich wedelte mit dem Handy und meine Mutter zog zufrieden von dannen, nachdem sie die Tür mit einem entschiedenen Klicken zugezogen hatte.

Ich wollte es schnell hinter mich bringen und rief Whitneys Nummer an in der Hoffnung, dass sie nicht rangehen würde. Natürlich nahm sie ab, wahrscheinlich, um mich zu ärgern.

„Hat ja lang genug gedauert, mich zurückzurufen", sagte sie zur

Begrüßung.

„Du solltest froh sein, dass ich dich überhaupt anrufe“, gab ich direkt zurück.

„Wie geht's Mom? Sie sagt, es geht ihr gut, aber das würde sie auch sagen, wenn ihr ein Bein abgefallen wäre.“

Ich zog meine Shorts an und schlängelte mich in ein Tank Top. Meine Haare waren feucht und machten die dünne Baumwolle nass. Ich schaute mich nach dem Föhn um. Dann glättete ich hastig das Bett, das von Adams morgendlicher Visite noch zerrauft war. Zwei Kondompackungen lugten unter meinem Kissen hervor, die ich schnell in ein Taschentuch wickelte und unten im Mülleimer versteckte, sodass meine Mutter sie nicht finden würde, wenn sie den Müll leerte.

„Na, das könntest du ja herausfinden, wenn du einfach selber herkommen und nachsehen würdest“, blaffte ich, denn ich konnte es mir nicht verkneifen.

„Deshalb wollte ich ja grade mit dir reden.“ Whitneys Worte ließen mich stocken.

„Was meinst du?“, fragte ich zögernd.

„Der Film hier wird früher fertig, als ich gedacht hatte, also möchte ich für eine Weile nach Hause kommen. Ein bisschen mithelfen. Ich weiß ja, dass ich dir die ganze Arbeit überlassen hab – “

„Erzählst du mir mal was Neues?“, fuhr ich dazwischen, und wünschte mir gleich, den Mund gehalten zu haben.

„Du bist heute Morgen ja entzückend zickig. Was hat dich denn so aufgewühlt?“ Es gab eine Pause.

„Oder sollte ich fragen *wer*?“

Ich würdigte das keiner Antwort. „Also, wann willst du hier sein? Ich muss die Konfettiparade planen.“

Jetzt war Whitney an der Reihe, mich zu ignorieren. „Mom sagt, sie würde das Haus gern bis zum Ende des Sommers zum Verkauf anbieten. Aber …“

Bei Whitney gab es immer ein ‘aber’. Sie war einmal so anders gewesen. Sie war freundlich und hilfsbereit gewesen, sie war meine beste Freundin gewesen. Und jetzt, nach den vielen Jahren, die sie in einer anderen Welt verbracht hatte, kam sie mir wie eine Fremde vor. Das Leben, für das sie sich entschieden hatte, musste einen Teil von ihr aufgefressen haben, und ich wusste nicht, ob er je zurückkehren würde. Es machte mich traurig.

„Aber was?“

„Vielleicht könnte ich ja das Haus kaufen.“ Was auch immer ich von meiner Schwester erwartet hatte, das war es nicht gewesen.

„Wie bitte?", fragte ich.

„Ich hab Geld gespart und mir gefällt der Gedanke nicht, dass jemand anderes in unserem Zuhause wohnt. Das kommt mir nicht richtig vor. Ich weiß, dass du mir da zustimmst, Meg."

Natürlich tat ich das. Besonders, seitdem ich wieder in Southport war, fühlte sich der Verkauf von Mom und Dads Haus an, als würde man etwas amputieren, das nie wieder ersetzt werden könnte. Aber mir gefiel fast ebenso wenig der Gedanke, dass Whitney es für sich selbst beanspruchen wollte. Wieso sollte sie jetzt angeritten kommen und die Heldin spielen dürfen?

„Mom wird dich das nie tun lassen", stellte ich fest. Und das stimmte auch. Das hätte der Stolz der Galloways wiederum nicht zugelassen. Wenn es wie eine Wohltätigkeitsaktion aussah, würde Mom drauf spucken.

„Das weiß ich. Deshalb brauche ich dich, um sie davon zu überzeugen", sagte Whitney, ganz Geschäftsfrau. Ein großer Teil von mir war einverstanden. Das würde Moms Probleme lösen und wir müssten uns nicht von dem Haus trennen, dass Dad für uns gebaut hatte.

„Ich komm für eine Weile nach Southport. Mache eine Pause. Um Zeit mit Mom zu verbringen – "

„Warte mal, du willst hierherziehen?" Nichts da. Auf keinen Fall.

„Darf ich nicht nach Hause kommen? Hast du mich nicht gerade noch angepflaumt, weil ich nicht da bin?", fragte sie mit angespannter Stimme.

„Aber hier leben? Mit Mom? Mit mir? In Southport? Ich kann mir nicht vorstellen, dass das besonders gut funktionieren würde."

„Naja, wenn ich zurück nach Hause komme, könntest du wieder nach New York gehen. Ich weiß ja, dass du das willst. Du hasst Southport. Betrachte es als schwesterlichen Gefallen."

Ich könnte zurück nach New York. War das nicht, was ich wollte? Ich hatte keinerlei Pläne gehabt, länger als nötig in Southport zu bleiben. Aus irgendeinem unerklärlichen Grund zog sich mir schmerzhaft der Magen zusammen.

„Dann kommst du also recht bald schon her?"

„Mein Auftrag wird in drei Wochen erledigt sein. Ich lass es dich wissen, sobald ich einen Flug buchen kann."

Ich könnte noch vor Ende des Monats zurück in New York sein. Ich sollte überglücklich sein. Verdammt noch mal, wieso war ich nicht überglücklich?

„Okay, na dann, wir hören uns, schätze ich."

„Ich freue mich drauf, dich zu sehen, Meg", sagte Whitney, klang dabei aber angestrengt.

„Versuch mal, das so zu sagen, als würdest du es auch meinen", scherzte ich mit deutlich hörbarem Unterton.

„Ha, ha. Okay, ich muss los. Sag Mom, dass ich sie später anrufe."

Ich legte auf, trocknete mir schnell die Haare und ging nach unten, wo ich Mom im Garten vorfand. „Ich hab Whit angerufen. Sie sagt, sie fliegt in ein paar Wochen nach Hause."

Mom wirkte nicht überrascht, was mir verriet, dass sie es schon gewusst hatte. „Es wird so schön, beide meine Mädchen unter demselben Dach zu haben." Ein solches Lächeln hatte ich bei ihr seit Dads Tod nicht mehr gesehen. Es zerrte an meinem Herzen.

„Sie hat da etwas ziemlich Interessantes erwähnt", sagte ich so beiläufig. Vermutlich sollte ich den Samen so schnell wie möglich aussäen, wenn ich wollte, dass er gedieh.

Mom grub weiter im Dreck, ihre Hände steckten tief im Schlamm. „Tatsächlich?" Sie wirkte abgelenkt. Es war wohl ein guter Moment, um ihr die Idee unterzujubeln.

„Whit sagt, sie will das Haus kaufen."

Moms Kopf schoss so schnell in die Höhe, dass sie sich wohl fast etwas gezerrt hätte. „Sie will das Haus kaufen?"

Ich nickte und knabberte an meiner Unterlippe, was ich immer tat, wenn mir bange war.

„Ja, dann müsstest du es nicht an jemand Fremdes verkaufen."

Mom wandte sich wieder ihrem Loch zu. „Das kann sie nicht tun. Das ist lachhaft."

„Aber Mom, sie will es. Dann kannst du weiterhin hier leben und musst dir keine Gedanken wegen dem Umzug machen – "

„Ich bin hier die Mutter. Ich brauche euch Mädchen nicht, um sich um mich zu kümmern." Ihre Stimme war hart.

„Mom, sei vernünftig", fuhr ich fort.

Sie ignorierte mich, ihre Schultern waren steif, der Rücken gerade. Die Galloway-Frauen waren gut im Ignorieren.

Ich stieß einen Seufzer aus, denn mir war klar, dass die Diskussion beendet war – fürs erste. „Okay, na dann, ich geh mich jetzt mit Skylar treffen und dann sind wir bei Kyle. Wahrscheinlich wird's spät."

„Denk dran, deinen Schlüssel mitzunehmen. Ich schalte den Alarm nicht ein."

„Mach ich", sagte ich und wandte mich schon zum Gehen ab.

„Und sag Adam einen schönen Gruß und dass er beim nächsten Mal auch zum Frühstück bleiben kann."

Ich machte mich schleunigst vom Acker, bevor ich vor Scham noch im Boden versank.

**

Es wurde allmählich spät. Wir waren schon seit Stunden am Saufen und inzwischen allesamt ganz schön dicht. Kyle, Adam, Skylar und ich lagen inmitten von Kyles Wiese auf einer Picknickdecke ausgestreckt. Die meisten anderen waren gegangen, darunter auch einige, die ich seit der Highschool nicht mehr getroffen hatte. Ich hatte nicht erwartet, dass es so schön sein würde, sie wiederzusehen. Adams Anwaltskollege Jeremy war immer noch drinnen, zu betrunken, um selber nach Hause zu fahren. Lena irrte irgendwo mit ein paar ihrer Freundinnen durch die Gegend. Wir hatten Spaß gehabt. Damit hatte ich ganz ehrlich nicht gerechnet. Als Kyle mich angerufen und gemeint hatte, er wollte mir eine Willkommensparty schmeißen, hatte ich mich gleich gesträubt.

„Auf keinen Fall, Webber. So viel Kitsch hält keine Sau aus."

Kyle hatte behauptet, es würde nur ein kleines Grüppchen sein. Er hatte Skylar bereits eingeladen, die untypischerweise bei der Idee mitmachte.

Es hätte mich nicht wundern sollen, dass das Haus dann überquoll vor früheren Mitschülern und Freunden. Toby Gunther war da, neben dem ich die ganzen Jahre über gesessen hatte, einfach nur, weil unsere Namen im Alphabet nebeneinanderstanden. Kristy Dobbs, meine alte Laborpartnerin in Chemie, war auch da. Sogar Stacey und Kevin Newland ließen sich blicken – ein Highschool-Pärchen, das inzwischen vier Kinder hatte. Diese Leute hatte ich seit dem Abschluss nicht mehr gesehen und seitdem auch nicht mehr an sie gedacht, aber dennoch war es schön, sie mal wieder um mich zu haben. Überraschenderweise.

Es hatte mich nervös gemacht, Adam in einer so normalen Umgebung zu begegnen. Es war eine Sache, ihn von Angesicht zu Angesicht vor mir zu haben, wenn ich voller Zorn und gekränkt war, aber es war etwas ganz anderes, ihn in der Öffentlichkeit zu treffen, nachdem wir mehrfach miteinander nackt gewesen waren. Und nachdem ich mich wieder mit ihm ausziehen wollte.

Bäh.

Aber eigentlich liefen die Dinge fast schon zu gut. Wir vier schwebten in einer entspannten Intimität, von der ich gar nicht bemerkt hatte, wie sehr ich sie vermisst hatte. Ich lag auf meinem Rücken, die Beine um Adams Schoß geschlungen, Skylar knöpfte mir Zöpfe ins Haar. Kyle rülpste lautstark und wir stöhnten alle angeekelt auf. Ich hatte mich nach der letzten Runde Wodka endlich von Adams Partner Jeremy gelöst, bevor er mir das nächste Glas hatte hinschieben können. Er war ein ziemlicher Depp, aber irgendwie mochte ich ihn seltsamerweise. Das lag wohl auch daran, dass ich seine aussichtslose Flirterei unmöglich ernst nehmen konnte. Ehrlich gesagt, glaubte ich nicht mal, dass er das Ganze überhaupt selbst ernst nahm, auch wenn Adam das nicht zu checken schien. Ich konnte sehen, wie wütend es ihn jedes Mal machte, wenn Jeremy mir wieder irgendeine Zweideutigkeit entgegenschleuderte.

Ich konnte nicht anders, ich fühlte mich immer wie ein albernes Schulmädchen, wenn er empört die Zähne zusammenbiss. Der eifersüchtige Adam machte mich ganz wuschig.

Alles fühlte sich beinahe perfekt an. Das hätte mich vorsichtig machen sollen, aber mein Gehirn war gerade viel zu benebelt für Panik.

Adam nahm mir einen der Flipflops ab und ließ seinen Finger entlang der Krümmung meines Fußes gleiten, wodurch ich mich zu winden begann. Ich versuchte ihm zu entkommen, aber er klammerte seine Hand um meinen Knöchel und hielt mich fest, während er mich schelmisch angrinste. Der Arsch.

„Es war nicht Mr. Weston, es war Mr. Harrup, der uns beim Saufen auf dem Footballfeld erwischt hat. Ich weiß das, weil er mich über den halben Platz gejagt hat und mich fangen wollte", brachte Kyle gerade vor, während er noch ein paar Bier aus der Kühlbox holte.

„Es war Mr. Weston. Ich erinnere mich ganz genau. Du warst voll wie eine Haubitze und hast unseren Geschichtelehrer wahrscheinlich für den Papst gehalten", spottete Skylar und nahm das Bier, das er ihr hinhielt.

„Ich glaub, Sky hat recht, Web. Es war definitiv Mr. Weston", schaltete sich Adam ein.

„Sicher nicht. Ich kann mich erinnern, dass ihm fast das Toupet vom Kopf geflogen wäre, und Mr. Harrup war unser einziger Lehrer mit einem Toupet", sagte Kyle. Er wandte sich mir zu. „Du warst auch dabei, Galloway, wer war es? Weston oder Harrup?"

Ich hatte die Augen halb geschlossen und war schon fast weggedriftet, während Adam meine Wade streichelte. Seine Finger waren magisch. Mir fiel ein, was seine Finger noch so konnten. Ich biss mir auf die Lippe, um mein Lächeln zu verbergen.

„Yo, Galloway, ist da wer zu Hause?" Kyle schnippte mir einen Kronkorken ins Gesicht, den Adam aber wegschlug, bevor er mich berühren konnte.

„Worüber labert ihr denn da?“ Ich setzte mich auf, zog widerwillig meinen Fuß aus Adams Schoß. Ich hatte ja darauf bestanden, dass niemand von unserem … ähm … Arrangement erfuhr, dementsprechend war es wohl nicht sehr diskret, wenn er mir das Bein rieb.

„Die Nacht, in der wir uns zum Ziel gesetzt haben, uns auf dem Footballfeld abzuschießen. Welcher Lehrer hat uns erwischt? Ich sage, es war Mr. Harrup, die Rauschkugeln da meinen, es war Mr. Weston.“

Ich lehnte mich nach hinten und stützte mich auf die Hände, streckte die Beine und versuchte sie unauffällig gegen Adam zu pressen. Ich war wie eine rollige Katze. Ich konnte an nichts anderes denken als an Sex. Und an Adam ohne Kleider.

Aber nur, weil ich schon so lange mit niemandem sonst geschlafen hatte. So eine lange Durststrecke würde ja wohl jeden ständig geil machen. Das hatte nichts mit Adam an sich zu tun.

Red dir das nur weiter ein, Schätzchen.

„Mr. Weston. Eindeutig. Ich erinnere mich an die Warze auf seinem Kinn.”

„Sag ich doch!“, jubelte Skylar und gab Adam ein High-Five.

Kyle verdrehte die Augen. „Ich glaub keinem von euch. Ihr drei seid in den Wald davongerannt, während ich wie ein Häftling verfolgt wurde. Ihr könnt mich mal“, hickste er. „Okay, ich glaube, ich muss mal mit dem Bier aufhören. Ich hab grad ein bisschen in den Mund gekotzt.“ Er verzog das Gesicht und schluckte.

„Eklig.“ Skylar würgte.

Ich fühlte mich ganz warm und zufrieden. Ich konnte mich nicht an das letzte Mal erinnern, dass es mir so gegangen war. Und das hatte mit den drei Menschen um mich herum zu tun, so, wie es immer gewesen war. Vielleicht war es ja doch möglich, den ganzen Schmerz loszulassen. Zumindest mal für eine Nacht.

„Und, wie geht’s eigentlich deiner Schwester?“, fragte Kyle am Ende eines weiteren Schluckaufs.

Ich schaute ihn enttäuscht an. Ich hatte wirklich gehofft, dass er seine unerwiderten Gefühle für Whitney Galloway inzwischen überwunden hätte. „Sie ist nervig wie immer“, berichtete ich ungerührt.

„Woher die Feindseligkeit? Du und Whit seid euch doch immer nahegestanden”, fragte Adam neugierig. Ich hatte fast vergessen, dass er in die letzten zehn Jahre meines Lebens nicht eingeweiht war und dementsprechend keine Ahnung hatte, dass meine Schwester und ich längst nicht mehr so gut miteinander auskamen waren wie damals.

Skylar und ich schauten uns an. Ihr war sehr wohl bewusst, wie sehr sich Whitney verändert hatte. Sie wusste aus erster Hand, wie egoistisch und von sich selbst eingenommen sie geworden war.

„Sagen wir einfach, der Erfolg ist Whitney ein wenig zu Kopfe gestiegen. Wir haben uns vor langer Zeit auseinandergelebt und uns nie so richtig davon erholt. Ende der Geschichte." Ich wollte nicht über Whitney reden. Gerade jetzt nicht, wo ich mich so schön gemütlich und flauschig fühlte.

„Das kann ich nicht glauben. Whitney ist doch nicht so", verteidigte sie Kyle.

„Naja, du kannst dich ja selbst davon überzeugen, sie zieht nämlich Ende des Monats zurück nach Southport", verkündete ich. Skylar riss die Augen auf und Kyles Kinnlade fiel herunter.

„Whitney kommt zurück? Seit wann? Ich dachte, sie lebt in Frankreich auf großem Fuß?", rief Skylar aus.

Ich hob die Hände. „Sie hat beschlossen, die pflichtbewusste Tochter zu spielen und zurück nach Hause zu kommen. Ich bin mir sicher, dass da für sie auch was dabei rausspringt. Whitney tut nichts Uneigennütziges. Nicht mehr."

Kyles Gesicht war feuerrot geworden. „Whitney kommt zurück?", fragte er undeutlich und mit schielenden Augen.

„So sieht's aus."

Adam wandte sich ihm zu und zeigte auf ihn. „Bist du sie nicht das eine Mal besuchen gefahren? Gleich nachdem sie nach LA gezogen ist?"

„Du bist Whitney besuchen gegangen? Wieso höre ich jetzt erst davon?", fragte ich.

„Er war fast eine Woche lang dort. Und dann ist er wiedergekommen und wollte kein Wort darüber sagen. Ist es nicht so, Kumpel?" Adam stieß Kyle mit dem Fuß an und jener schaute inzwischen definitiv ganz schön grün im Gesicht aus.

Er richtete sich stolpernd auf. „Ich glaub, ich muss kotzen." Er rannte ins Haus.

„So ähnlich geht's mir auch damit", murmelte ich. „Ist er wirklich nach LA runtergefahren, um Whitney zu sehen?", fragte ich Adam.

Er nickte. „Ja, ich weiß noch, dass ich das echt schräg fand. Er ist zurückgekommen und war total schweigsam, und nicht lange danach ist er dann mit Josie zusammengekommen, deshalb hab ich das Ganze nie wieder erwähnt."

Jungs waren doch echt seltsam. Frauen würden bei sowas nachhaken, bis sie die Wahrheit raushatten. Männer zuckten einfach die Achseln und tranken zusammen ein Bier.

„Hm", war mein Kommentar.

„Apropos, ich ruf mir jetzt ein Taxi." Skylar holte ihr Telefon raus und stand vom Boden auf. „Wir sehen uns dann, Adam." Sie schaute mich an. „Rufst du mich morgen an?"

Ich nickte.

Sie richtete daraufhin einen Finger auf mich, dann auf Adam. „Ihr zwei, seid lieb zueinander!"

Meine und Adams Augen trafen sich und er grinste. „Machen wir, Sky. Versprochen." Ich trat ihm ans Bein. Es war viel zu offensichtlich. Gottseidank war Skylar zu betrunken, um etwas zu bemerken.

„Okay, sagt Webber, dass ich gegangen bin. Ich schätze mal, die Toilette wird für eine Weile seine ganze Aufmerksamkeit in Anspruch nehmen." Und damit verließ sie den Ort des Geschehens durchs Gartentor.

Und wir waren alleine.

Adam glitt herüber und setzte sich neben mich. „Gott, das war ja kaum auszuhalten." Er beugte sich vor und seine Nase rieb sich an meiner Wange. „Ich will dich schon den ganzen Abend lang berühren."

Er küsste sanft die Haut unter meinem Ohr und ich erschauderte. Ich konnte mich nicht wehren. Es war längst zu spät, um verbergen zu können, was dieser Kerl mit mir anstellte.

„Wem sagst du das", raunte ich und wandte mich seinen Lippen zu. Er nahm mein Gesicht in seine Hände und küsste mich lang und innig. Seine Zunge schlängelte sich träge in meinen Mund.

„Komm mit mir nach Hause", flüsterte er und ließ seine Lippen entlang der Linie meines Kinns gleiten, seine Finger hielten meine Beckenknochen fest „Bitte, Meg." Es gefiel mir, wenn er bettelte.

„Okay", konnte ich nur sagen. Die Worte waren mir abhandengekommen. Wir mussten weg, bevor ich ihm die Kleider runterriss und ihn direkt auf Kyles Rasen vernaschte.

Wir standen tapsig auf, voller händeringender, wollüstiger Energie.

„Du bist betrunken, du kannst nicht fahren", erinnerte ich ihn.

„Verdammt. Ich hab Lena hergefahren. Vielleicht ist sie ja nüchtern." Adam verzerrte frustriert das Gesicht.

„Lena kann uns beide auf keinen Fall zusammen zu dir nach Hause bringen. Da merkt sie doch was. Niemand darf hiervon erfahren." Ich zeigte zur Verdeutlichung auf die leere Luft zwischen uns.

Adam zog mich hautnah an sich. Ich konnte die Erektion durch seine Shorts hindurch fühlen. „Dann werde ich dich gleich hier ficken müssen, Galloway", knurrte er.

Ich war zehn Sekunden entfernt, ihn genau das tun zu lassen. Noch nie im Leben hatte ich sosehr nach jemandem gelechzt. Die Gefühle, die ich als hormonverwirrte Teenagerin für ihn gehabt hatte, waren nichts im Vergleich zu dieser wilden, ungestümen und pulsierenden Kraft, die in meinem Inneren tobte.

Doch dann kam ich zu Sinnen. „Du musst dich drum kümmern, dass Lena sicher nach Hause kommt, dann können wir gehen."

Adam ächzte, nickte aber. „Dann suchen wir mal meine Schwester, die Bumsbremse."

Wir gingen ins Haus. Alle schienen gegangen zu sein, zurück blieben überall halbleere Bierdosen und Teller mit halbaufgegessenem Essen. Es sah aus wie die Schlachtfolgen einer College-Party.

Adam zog mich an der Hand durch die Räume, auf der Suche nach Lena. Ich konnte Kyle im Badezimmer würgen hören. Igitt. Aber ich wusste aus Erfahrung, dass man ihn in Ruhe lassen musste. Er war kein freundlicher Patient.

Dann entdeckte ich Adams Schwester im Wohnzimmer. „Da ist sie ja."

Adam wandte sich in die angezeigte Richtung und schaute grimmig. „Gott, er kann sie einfach nicht in Ruhe lassen. Es wundert mich, dass sie ihm noch nicht die Augen ausgekratzt hat."

Lena saß mit Jeremy Wyatt auf der Couch und für mich sah es keineswegs so aus, als seien seine Augen in Gefahr. Sie berührten sich zwar nicht, aber selbst ich konnte erkennen, dass sie es beide gern getan hätten. Sie sprachen leise und hatten die Köpfe dicht beieinander. Lena lächelte und strich sich eine verirrte Haarsträhne hinters Ohr. Soweit ich wusste, war Jeremy sonst ein großspuriger Bastard. Aber gerade war an ihm nichts Großspuriges zu erkennen. Der Blick, mit dem er die jüngere Ducate anschaute, war fast zärtlich. Und an Adams Blick war zu erkennen, dass das nichts Gutes war.

„Hey, Leute", rief ich. Lenas Kopf schoss in die Höhe und sie rückte augenblicklich einen halben Meter von Jeremy weg.

„Oh, hey", sagte sie und strich sich übers Haar. Jeremys Augen strahlten ungewöhnlich hell, aber ich bezweifelte, dass das etwas mit dem Alkohol zu tun hatte.

„Ich würde dann mal gehen. Ich hab ein Taxi gerufen", meinte Adam.

„Ah, okay." Lena schielte zu Jeremy hinüber, der seine Augen nicht von ihr nehmen zu können schien.

„Ich kann ja schauen, dass Lena nach Hause kommt", schlug er vor. Hatte Adam den Wink mit dem Zaunpfahl verstanden?

„Nicht nötig. Der Wagen ist in ein paar Minuten da." Adams Augen wanderten immer wieder zu mir. Gottseidank war seine

Aufmerksamkeit nicht auf die beiden gerichtet. Ich war zwar halb betrunken und halb berauscht von ihm, aber trotzdem schien es mir ziemlich offensichtlich, dass Lena und Jeremy noch etwas Zeit miteinander verbringen wollten.

„Du siehst müde aus, großer Bruder. Wieso bringst du nicht einfach Meg nach Hause? Ich wohn nur einen Block entfernt und Jeremy zwei Straßen weiter. Er sorgt schon dafür, dass ich gut heimkomme. Stimmt's?“ Lena sah Jeremy mit erhobenen Augenbrauen an.

Jeremy nickte. „Ja, im Ernst. Alles gut.”

Adam schaute die beiden zweifelnd an. „Ihr hasst euch. Lena, alleine wirst du die Leiche nie los, wenn du ihn abmurkst.“

Lena kicherte nervös. „Ich werd schon keinen Mord begehen. Und falls doch, kenn ich ja einen guten Anwalt.” Jeremy hob dann noch beschwichtigend die Hände. „Ich werde mich benehmen und ein perfekter Gentleman sein.“

Adam schnaubte verächtlich. „Von wegen Gentleman. Wenn du sie mit deinen Händen begrapschst, hack ich sie dir ab. Denk dran, Wyatt.“ Er wankte leicht vor und zurück.

„Ich glaub, die kommen schon zurecht, Adam. Ich würde jetzt echt gern gehen“, sagte ich bedeutungsschwer und hielt seinen Arm fest, um ihn zu stützen.

Adam schaute zu mir hinab und schien seine Schwester und Jeremy vergessen zu haben. Er dachte nicht mehr an sie. Er dachte an Sex. Es stand ihm ins Gesicht geschrieben. „Okay, klingt gut. Wir sehen uns.” Er drehte mich um und schob mich aus dem Zimmer.

„Bye!“, rief ich den beiden zu und winkte über meine Schulter, während ich von Adam zur Tür hinausgelenkt wurde.

Einmal draußen packte er mich und küsste mich so fest, dass meine Knie weich wurden. „Ich sorge dafür, dass du deinen Namen vergisst“, versprach er und es kribbelte bis in meine Zehenspitzen.

Nachdem wir auf die Rückbank des Taxis gestiegen waren und ich seine Hände zum dritten Mal von meinen Möpsen entfernt hatte, brachte ich Lena und Jeremy zur Sprache. „Die scheinen echt miteinander auszukommen. Muss gut sein, wo sie doch zusammenarbeiten“, deutete ich behutsam an. Adam war immer schon sehr beschützend gegenüber Lena gewesen und das hatte sich bestimmt nicht geändert. Und auch wenn Jeremy sein Partner und Freund war, hatte das absolut nichts zu bedeuten, wenn es um Lena ging.

Er strich die Haare von meinem Hals und suchte nach der sensiblen Haut darunter. „Lena hasst ihn, was gut so ist, weil Jeremy eine männliche Hure ist und ich sein Gesicht umgestalten müsste, wenn er sich an ihr vergreift." Sein Mund verweilte vor meinem. „Wie dem auch sei, ich will nicht über die zwei reden."

Ich ließ mich von ihm zum Schweigen bringen.

Kapitel sechzehn

Meghan

„Halt dich am Bettrahmen fest", blaffte Adam.

Ausnahmsweise tat ich ohne Widerrede wie geheißen. Ich packte die Metallstreben und mein Körper bebte erwartungsfroh. Ich fühlte ihn hinter mir. Ich war auf allen vieren, den Hintern in die Luft gestreckt. Seine Hände kamen vor und legten sich über meine Brüste, dann presste er sich ruckartig in mich.

„Ahhh!", schrie ich und warf den Kopf zurück.

Er hämmerte auf mich ein. Ich konnte ihn praktisch bis in meinen Hals spüren. Unsere Körper schaukelten im Takt, seine Eier klatschten gegen meine Klitoris.

„Gott, oh Gott!", grölte er und beschleunigte seine Bewegungen. Ich schob meinen Arsch gegen jeden seiner Stöße, nahm ihn ganz in mich auf.

Er langte zwischen meine Beine und stieß mich so über die Kante. Ich schrie auf und kam lautstark und mächtig. Er zuckte, packte meine Haare und zerrte, während er kam.

Danach brachen wir auf seinem Bett zusammen. Er nahm mich in die Löffelchenstellung, sein Schwanz steckte noch immer in mir. Er schien nie gewillt, unsere Körper zu trennen, bis ich diejenige sein musste, die sich wegbewegte.

„Verdammt noch mal, Weib. Willst du mich etwa umbringen?", keuchte er in meinen Nacken und drückte mich dabei.

„Tod durch Vögeln, klingt doch gar nicht so schlecht", scherzte ich und hob seine Hand an meinen Mund, um seine Knöchel zu küssen. Ich hielt inne, als ich bemerkte, wie zärtlich die Geste war, und ruckelte weg von ihm. Ich rollte mich auf den Rücken und verbarg meine Brüste unter der Decke.

Adam wollte mich wieder an sich ziehen und dumm, wie ich war, ließ ich ihn gewähren. Er schmiegte meinen Kopf unter sein Kinn. Er passte viel zu perfekt. Das störte mich.

Nein, genau genommen störte mich, dass es mich *nicht* störte.

Wir schliefen jetzt seit fast drei Wochen miteinander. Und zwar nicht nur ein oder zwei Mal da und dort. Nein, jeden. Einzelnen. Tag. Für gewöhnlich auch gleich zwei oder drei Mal hintereinander. Wir waren unersättlich. Es war fast, als hätten wir beide noch nie zuvor Sex gehabt. Wir bumsten herum wie Teenager, die sich gerade gegenseitig entjungfert hatten. Es war Irrsinn und eigentlich mehr als lächerlich, aber es ging einfach nicht anders. Wenn ich nicht bei Adam war, dachte ich an Adam. An die Dinge, die er mit mir anstellte, an das Gefühl, das er mir gab.

Und es war nicht nur der Sex. Es war die Art, wie er lächelte, wenn er mich ansah. Der Klang seiner Stimme, wenn er mich mitten in der Nacht anrief. Die idiotischen Nachrichten, die er mir aus dem Büro schickte, wenn ich auf der Hebebühne stand, vier Meter entfernt von ihm. Die M&Ms, die er in seinem Nachtkästchen aufbewahrte und die er nur mit mir teilte. Wie er mir automatisch die Fernbedienung in die Hand drückte, weil er wusste, dass ich mir nach der Arbeit gern die Abendnachrichten anschaute. Drei Wochen nur, aber wir waren in eine Normalität abgerutscht, die so nie hätte passieren dürfen.

Ich hatte so sehr versucht, diese Sache zwischen uns zwanglos zu halten, aber das war eben nicht so leicht, wenn die beiden Beteiligten sich so gut kannten und sie ihre gemeinsame Vergangenheit ständig in diese mühelose Leichtigkeit zog. Und wo ich doch die letzten zehn Jahre stets proklamiert hatte, ihn zu hassen, erschreckte es mich, wie schnell ich diese Abneigung beiseitelegen konnte, selbst wenn ich mir geschworen hatte, dass das nie geschehen würde. Wie einfach es war, mir selbst zu erlauben, all die Schmerzen zu vergessen, die er mir damals zugefügt hatte. Denn jetzt gab er mir alles, was ich mir mit siebzehn von ihm gewünscht hatte.

Es fühlte sich mehr und mehr wie eine Beziehung an. Fickfreunde kuscheln hinterher nicht miteinander. Ich wusste, ich sollte aufstehen, mich anziehen und nach Hause gehen. Es war deutlich nach Mitternacht. Aber ich war erschöpft und es war viel zu gemütlich.

Adams Finger zogen träge ihre Kreise über meinen Arm und verursachten entlang ihres Pfades Gänsehaut. „Marla war heute Nachmittag da, um sich das Gemälde anzusehen, nachdem du gegangen bist", sagte er mit schwerer und müder Stimme. Er hatte morgen einen langen Tag. Ich wusste, dass er um neun Uhr einen Gerichtstermin im Fall Taylor hatte. Er hatte die ganze Woche daran gearbeitet.

Scheiße. Ich kannte seinen verdammten Terminkalender, genauso wie er meinen. Wieso störte mich das nicht? „Ach ja? Und findet meine Arbeit ihre Zustimmung?" Mein Magen zog sich zusammen. Es machte mir tatsächlich Sorgen, was Marla Delacroix wohl über mein Wandgemälde zu sagen hatte. Sie war eine Miesmacherin und wenn es ihr nicht gefiel, bestand durchaus die Möglichkeit, dass sie Aufhebens machen würde und ich zuletzt um meinen Lohn kam.

Adam rollte mich auf den Rücken, lehnte sich über mich und strich mir das Haar aus dem Gesicht. Seine blauen Augen waren warm und sanft.

Es machte mich unruhig, wenn er mich so ansah. Er küsste meine Nasenspitze. „Sie ist ganz aus dem Häuschen, Meg. Ich mein, das hat sie nicht gesagt, aber ihr ist keine Kritik eingefallen."

Ich machte große Augen. „Wow. Dann hätte sie auch gleich einen Freudentanz aufführen können. Mehr Lob kann man von Marla gar nicht bekommen.“ Das war die Wahrheit. Sie kritisierte so ziemlich alles und ich wusste ja, dass ich persönlich bestimmt nicht ihre erste Wahl gewesen war.

„Wie sollte es ihr auch nicht gefallen? Es ist einfach fantastisch, Baby“, hauchte er, bevor er meinen Mund erneut mit einem wohligen Kuss umfing.

Baby.

Er hatte mich Baby genannt.

Seit wann waren wir im Reich der Kosenamen und der liebevollen Küsse angekommen?

Sein Handy auf dem Nachttisch begann zu klingeln. Das eindringliche Summen durchbrach die Stimmung.

„Willst du nicht rangehen?“, fragte ich an seinen Lippen.

„Ignorier es. Wer es auch ist, kann eine Nachricht hinterlassen“, murmelte er und sank wieder tiefer in den Kuss. Er passte sich selbst zwischen meine Beine ein und hatte sich gerade wieder in mich geschlängelt, als das Telefon erneut losging.

„Verdammte Scheiße“, knurrte er.

Ich wand mich unter ihm hervor und schnappte mir das Gerät, wobei ich auf den Bildschirm schielte. Beim Anblick von Chelseas Namen wurde ich stocksteif.

Was für ein Stimmungskiller.

Ich tat, als hätte ich nichts gesehen, und reichte ihm das Handy. „Geh schon ran.“ Ich bewahrte einen sorglosen Ton. Ich wollte ihn nicht merken lassen, was ich gesehen hatte.

Wieso?

Weil ich seine Reaktion sehen wollte?

Weil ich ihm und dieser Sache tief im Inneren nicht vertraute?

Adam seufzte schwer und nahm das Handy. Sein Gesichtsausdruck war völlig unlesbar, als er auf das Display schaute. Er lenkte die Augen kurz auf mich, aber ich tat so, als würde ich mich plötzlich sehr für meinen linken Daumennagel interessieren.

Er drückte einen Knopf und schaltete das Gerät dann aus, bevor er es zurück auf den Nachttisch warf.

„Wer war's?“ Ich musste einfach fragen. Was tat ich denn da? Wieso spielte ich solche Spielchen?

Adam kam wieder her, um mich zu küssen. „Niemand wichtiges."

Und deshalb war ich so zurückhaltend mit ihm. Weil er mir nicht verriet, dass es Chelsea war, die angerufen hatte. Die Jahre der Unsicherheit zeigten ihre gemeine Fratze und ich wich ihm aus, bevor seine Lippen meine fanden.

Ich glitt mit den Beinen vom Bett und stand auf. „Ich muss mal aufs Klo", sagte ich hastig und verschwand im Nebenzimmer. Ich schloss die Tür hinter mir, denn ich brauchte einen Moment allein.

Die letzten drei Wochen waren fast zu gut gewesen. Ich hatte mir geschworen, Adam nicht zum Opfer zu fallen, und bisher hatte ich mich daran auch gehalten. Ich hatte meine Gefühle sorgsam unter Kontrolle gehalten. Zumindest hatte ich das gedacht. Ich konnte ihm meinen Körper geben, nicht aber mein Herz. Das sollte ich mir hinter die Ohren schreiben. Aber Sex war eine komische Sache. Denn körperliche Intimität wurde nun mal leicht zu emotionaler Intimität. Und ehe man sich's versah, brachte man ihm den Kaffee genau so, wie er ihn gernhatte, und er hatte sich darum gekümmert, meine Sorte Zahnpasta im Bad zu haben.

Und dennoch war Chelsea offensichtlich noch immer nicht aus seiner Welt verschwunden. Und er machte ein Geheimnis daraus, wie deutlich an seiner Reaktion auf ihren Anruf zu erkennen war. Der Geist seiner Vergangenheit mit Chelsea hing wie eine düstere Wolke über uns, ob ich sie nun ignorierte oder nicht.

Ich spritzte mir kaltes Wasser ins Gesicht und fuhr mir mit den Fingern durch die Haare. Ich betrachtete mein Spiegelbild. Ich strahlte. Wie überaus ärgerlich. Als ich mich ein wenig gesammelt hatte, ging ich zurück ins Badezimmer, wo ich Adam dabei vorfand, wie er mit Sorgenfalten auf sein Handy starrte. Er legte es weg, als er mich sah, und winkte mich zu sich ins Bett. Ich gehorchte langsam und ein wenig widerwillig.

Adam kuschelte sich von der Seite an mich und ich verabscheute mich dafür, wie schnell ich mich in ihn sinken ließ. Wie ich mich an seine Haut angoss, als wären wir ein einziges Wesen.

„Okay, also es war Chelsea, die angerufen hat", gestand er. Ich schaute ihn an, überrascht von seiner Ehrlichkeit. Na sowas, das hatte ich nicht erwartet.

„Und wieso hast du das nicht gleich gesagt?", versuchte ich möglichst ohne Anklage zu fragen, aber wenn es um Chelsea ging, fiel mir das schwer. Alte Gewohnheiten und so.

Adam küsste mich am Haaransatz. „Weil ich nicht will, dass sie das hier ruiniert. Ich will nicht, dass ihr Name das befleckt, was wir hier gemeinsam haben."

„Naja, sie ist deine Frau – "

„Zukünftige Exfrau, meinst du“, unterbrach er mich.

„Na gut. Zukünftige Exfrau. Du musst dich mit ihr abgeben. Sie gehört zu deinem Leben. So ist das nun mal.“

Adam rollte mich erneut auf den Rücken und lehnte sich über mich, umrahmte mit den Händen mein Gesicht, seine fantastischen Augen schauten mich an. „Sie gehört nicht zu meinem Leben. Sie schikaniert mich wegen der Bedingungen unserer Scheidung. Sie spielt Spielchen, wie sie es immer tut. Du weißt, dass sie mir nichts bedeutet, oder? Das es nur eine Frau gibt, die ich will. Sie ist nichts, Baby. Das verspreche ich dir.“

Da war das Wort wieder. Baby.

Das wurde mir allmählich zu viel. Ich schaute weg, atmete durch. „Du erdrückst mich“, keuchte ich und Adam ging runter von mir, um mir etwas dringend benötigten Raum zu geben. „Ehrlich gesagt ist das nicht wirklich wichtig, Adam. Ich muss mich auf die Beendigung des Gemäldes konzentrieren. Was anderes hat in meinem Kopf sowieso nicht Platz“, log ich kaltschnäuzig. Denn in meinem Kopf machten sich definitiv auch noch ganz andere Sachen breit als das verdammte Gemälde.

Er strich mit der Hand in einer sanften Geste durch meine Haare, die überhaupt nicht dabei half, die Spannung in mir abzubauen. „Das verstehe ich. Wie lange noch? Einen Monat? Zwei?”

„Wahrscheinlich nur noch eine Woche“, sagte ich und fühlte seine Hand aus meinen Haaren fallen.

„Eine Woche nur?“, fragte er und implizierte noch eine Menge weiterer Fragen.

„Mhm“, entgegnete ich. Mir war klar, wohin das jetzt führen würde, und ich musste das von Anfang an unterbinden.

„Und wenn du damit fertig bist – “

Ich setzte mich mit einem Ruck auf und löste mich von ihm. Adam schaute perplex. „Wir werden das lassen, okay“, sagte ich scharf.

Seine Brauen zogen sich zusammen. „Was lassen? Ich frag doch nur, was deine Pläne nach dem Wandgemälde sind? Darf ich das nicht?“

Ich stand auf und schnappte mir meine Klamotten. Ich schlüpfte in mein Höschen und zog meinen BH an, der irgendwie auf der Nachttischlampe gelandet war. „Nein, darfst du nicht, Adam. Wir waren uns einig, dass wir das nicht tun würden.”

Ich konnte ihn nicht ansehen. Hätte ich es doch getan, hätte ich sein Haus nicht mehr verlassen, und ich brauchte plötzlich einfach Abstand. Aber gleichzeitig brauchte ich seine Nähe. Seine Küsse. Ich brauchte ihn so sehr, es brachte mich fast zum Platzen.

Es war alles ein einziger, riesiger Widerspruch.

Er war vom Bett aufgestanden und stand nun da, beobachtete mich. „Wir haben uns auf Sex geeinigt. Ohne Verpflichtungen. Ich verstehe nicht, wie eine einfache Frage nach deinen Plänen dagegen verstoßen sollte." Er klang verletzt. Gottverdammt.

Ich zog mir schnell meine Shorts und mein T-Shirt über, bevor ich meine Haare zu einem Pferdeschwanz zusammennahm. „Weil sowas nur Paare tun. Sie reden über die Zukunft. Wir machen das nicht", rief ich ihm ins Gedächtnis, auch wenn es sich wie ein Messerstich in den Bauch anfühlte.

Adam schwieg, während ich den Rest meiner Sachen zusammensuchte, die ich überall im Raum verteilt hatte in meiner Eile, meine Klamotten loszuwerden. Ich fand meinen Schlüssel auf dem Boden unter seinem Bett. Wie war das denn passiert? Als ich mich wiederaufgerichtet hatte, war Adam da, viel zu dicht.

„Ich muss nach Hause, Adam", protestierte ich.

„Hör auf, Meg. Du verhältst dich idiotisch", mahnte er. Er legte einen Finger unter mein Kinn und hob mein Gesicht, sodass mir keine andere Wahl blieb, als ihn anzusehen. Ich hasste und liebte es gleichzeitig, wenn er herrisch wurde.

Er hatte sich nicht die Mühe gemacht, sich anzuziehen, stand also noch immer in all seiner nackten Pracht da. Es war sehr schwer, meine Aufmerksamkeit auf seine Worte zu richten und nicht auf jenen, großen, herrlichen Schwanz, den er so gekonnt führte.

Trotz der kurzen Geilheit, die mich überkam, horchte ich auf, als ich idiotisch genannt wurde. „Ich bin nicht idiotisch, ich bin pragmatisch. Ich will nicht, dass die Dinge verwirrend werden."

Adam schaute mich fest an. „Wann war ich je verwirrt, was das hier angeht?"

„Ich weiß nicht, sag du's mir, *Baby*", spuckte ich ihm vor die Füße.

Adam schloss mit einem Stöhnen die Augen. „Meinst du das ernst? Du drehst hier diesen Film, weil ich dich *Baby* genannt hab? Und du erzählst mir, du wärst *nicht* idiotisch?" Er schnaubte ungläubig.

„Ich will nur nicht, dass die Grenzen verschwimmen – "

Er küsste mich, um mich zum Schweigen zu bringen. Ich kannte die Taktik nur zu gut. „Es gibt keine verschwommenen Grenzen. Mir ist sehr wohl bewusst, wo mein Platz in deinem Leben ist und wo nicht", beteuerte er. Hörte ich da eine gewisse Traurigkeit in seinem Ton?

„Ich weiß nicht, Adam – "

„Wir haben hier ein gutes Ding laufen. Ich für meinen Teil will das nicht ruinieren. Wir haben Sex. Wir haben gerne Sex miteinander. Und wir können weiterhin gerne miteinander Sex haben, bis wir keine Lust mehr aufeinander haben. Punkt."

Ich wollte ihm glauben. Und ich wollte ihm gleichzeitig ganz und gar nicht glauben. Das war die Krux an der Sache.

Doch dann hob er mich hoch, sodass ich meine Beine um seine Hüfte schlingen musste, und trug mich zurück zum Bett. „Ich finde, wir haben genug geredet, du nicht?", fragte er, bevor sein Mund mich wieder zu verschlingen begann.

**

„Du warst nicht hier, als Whitney gestern Abend angekommen ist", sagte Mom, die von ihrer Zeitung aufgeblickt hatte, als ich die Küche am nächsten Morgen betrat.

Ich war bewusst ferngeblieben, auch wenn ich das meiner Mutter natürlich nicht erzählen würde. Ich würde nie zu alt sein für eine ordentliche Schelte von June Galloway. „Sorry, Mom. Ich hab bis spät am Abend an der Wand gearbeitet – "

„Und dann warst du bei Adam." Mom versetzte mir einen altklugen Blick. „Das hab ich mir zusammengereimt, weil du nicht nach Hause gekommen bist, bis der Hahn gekräht hat."

Meine Wangen fühlten sich warm an. „Wir sind mit ein paar Leuten zusammengesessen. Nicht nur Adam und ich", log ich. Und zwar schlecht.

„Mmhmm", machte Mom nur, rückte sich die Brille zurecht und kehrte wieder zu ihrer Lektüre zurück.

Ich goss mir eine Tasse Kaffee ein, lehnte mich an den Tresen und pustete über die Oberfläche, um das Gebräu abzukühlen. Ich brauchte dringend Koffein. Mom hatte recht, ich war erst heimgekommen, als der Himmel bereits hell wurde. Adam hatte versucht, mich zum Übernachten zu überreden, aber ich hatte mich geweigert. Bei ihm zu schlafen würde die Sache auf eine Ebene heben, auf die ich wirklich nicht gehen wollte. Adam wusste das wohl auch. Deshalb hatte er mich ausnahmsweise in Ruhe gelassen, als ich die Einladung ablehnte.

„Adam und ich sind nur Freunde. Wolltest du das nicht? Dass wir wieder Freunde sind?", fragte ich und achtete auf einen unbekümmerten Tonfall.

Mom faltete die Zeitung in der Mitte zusammen und schaute mich aufmerksam an. „Ja, aber ist das wirklich das, was hier los ist?"

Ich nahm einen Schluck Kaffee, um die Antwort hinauszuzögern. „Natürlich. Was sollte sonst los sein?"

Mom schüttelte den Kopf. „Du kannst dich ja gerne selbst belügen, aber mir machst du nichts vor."

Ich öffnete den Mund, um ihr zu widersprechen, als Whitney gerade in den Raum gewirbelt kam mit wehendem Seidenbademantel wie bei Cleopatra.

„Guten Morgen", sagte sie mit vor Müdigkeit rauer Stimme. Sie beugte sich hinab, um Mom auf den Kopf zu küssen. Ihre roten Haare waren hochgetürmt, ein paar Ranken davon fielen ihr über die Schultern. Auch wenn sie unter der Zeitverschiebung leiden musste, sah sie aus, als käme sie gerade von einem Wellnesswochenende zurück. Ich hatte mich noch nie unzulänglich betreffend das Aussehen gefühlt, ich wusste schon, dass ich hübsch war. Selbstvertrauen war nie ein Thema für mich gewesen. Aber Whitney war noch mal eine ganz andere Nummer. Ihr Äußeres versprühte den Glamour des alten Hollywoods. Sie war umwerfend ohne jede Mühe, weshalb sie mehr Männer verbrauchte als viele andere Frauen Unterwäsche.

Als sie ihren ersten Auftrag als Visagistin an einem Filmset bekommen hatte, dachte ich, es könnte nur eine Frage der Zeit sein, bis sie selbst auf die große Leinwand wechselte, sie hatte absolut das Aussehen und das Charisma dafür. Als sie anfing, war sie eine ganz andere Person gewesen. Die Leute waren angezogen von ihrer Liebenswürdigkeit. Aber irgendetwas war mit meiner Schwester passiert, irgendetwas, das sie verändert hatte. Und ich wusste nach wie vor nicht so recht, was das war.

Ich verarbeitete noch immer die Neuigkeit, dass einer meiner besten Freunde vor Jahren fast eine Woche mit ihr verbracht hatte, ohne dass ich je davon erfahren hatte. Ich wollte sie deswegen ausfragen, aber ebenso wie ich die Gewohnheit aufgegeben hatte, Geheimnisse mit ihr zu teilen, hatte sie dasselbe bei mir getan.

„Tasse, bitte." Whitney hielt ihre Hand in meine Richtung und ich sollte ihr wohl einen Kaffee reichen. Wollte sie nicht auch noch mit den Fingern schnippen?

„Was, hast du deine Haussklavin etwa nicht mitgenommen?", äffte ich.

Whitney spitzte die Lippen.

Mom seufzte. „Fang nicht an, Meg. Es ist zu früh am Morgen für eure Streiterei."

Whitney ging zum Schrank und holte sich Dads Lieblingstasse heraus. Ich schnappte sie ihr aus der Hand. „Die kannst du nicht benutzen."

Whitney wollte sie mir wieder wegnehmen, aber ich hielt sie außerhalb ihrer Reichweite, als wären wir kleine Kinder.

„Er ist nicht hier, um sie zu verwenden, oder doch?“, antwortete sie hasserfüllt und die Worte waren wie ein Schlag ins Gesicht.

„Echt toll, Whit. Ich sehe, der Flug hat deinem Charakter offenbar echt gutgetan.“ Ich stellte Dads Tasse wieder zurück und gab ihr eine andere.

Whitney hatte wenigstens den Anstand, so auszusehen, als würde sie sich schämen. „Das war beschissen von mir. Tut mir leid. Ich bin einfach müde. Der Zeitunterschied ist ein Hammer.” Sie versuchte es mit einem Lächeln, das ich nicht erwiderte.

Mom beobachtete uns beide genau. Wahrscheinlich wartete sie nur darauf, die Ringrichterin spielen zu müssen. „Ich muss ein paar Besorgungen machen. Kann ich euch beide alleine hier zu Hause lassen? Vielleicht könntet ihr euch ja mal wie Schwestern verhalten?“ Mom schob ihre Brille auf die Stirn und wartete auf eine Antwort.

Whitney schenkte sich eine Tasse Kaffee ein und lächelte einfältig und aufgesetzt. Sie hätte wirklich Schauspielerin werden sollen. „Natürlich, Mom. Mach dir keinen Kopf wegen uns.” Ihre Augen huschten in meine Richtung. „Meg und ich kommen schon klar.“

Mein Lächeln war entschieden weniger süßlich. „Ja, wir kommen klar.“

Mom wirkte nicht besonders überzeugt, aber sie verließ die Küche mit einer Warnung, dass das Haus besser noch stehen sollte, wenn sie wieder zurückkam.

Whitney und ich sprachen lange kein Wort, nachdem Mom gegangen war. Ich beschäftigte mich mit dem Toaster, dann mit meinem Erdnussbuttersandwich. Whitney öffnete einen Joghurt und aß ihn schweigend.

„So, ich muss jetzt los“, sagte ich nach 15 Minuten quälender Stille.

Whitney blickte auf, fast als hätte sie vergessen, dass ich auch da war. „Wo gehst du hin?“

Ich überlegte ihr zu sagen, sie solle sich um ihren eigenen Kram kümmern, aber ich schuldete es Mom, friedlich zu sein. „Ich mache ein Wandgemälde für die Zweihundertjahrfeier der Stadt.“

Whitney leckte ihren Löffel ab, bevor sie ihn in die Spüle legte. Ich nahm ihn mit spitzen Fingern und tat ihn in den Geschirrspüler, nicht ohne ihr dabei einen vielsagenden Blick zu versetzen.

„Mom hat davon erzählt. Sie hat gemeint, du malst an der Wand von Adams Bürogebäude“, sagte Whitney unter betonter Ignorierung meines Blicks.

„Mhm“, machte ich nur. Ich erkannte den Ton in ihrer Stimme wieder. Sie stocherte nach Informationen. Sie hätte wissen müssen, dass sie die von mir nicht bekommen würde. Einstmals hätte ich ihr alles erzählt. Ich begriff erst jetzt, wie sehr mir das fehlte. Wie sehr sie mir fehlte. Aber es war nicht meine Schuld, dass wir uns fremd geworden waren.

Oder?

Adam. Whitney.

Was, wenn es doch meine Schuld war, dass ich sie beide verloren hatte?

Whitney nahm mich am Arm. „Meg, wenn wir schon unter demselben Dach leben, versuchen wir doch, miteinander zurechtzukommen. Wenigstens Mom zuliebe."

Ich hatte meinen selbstgerechten Hass mit einem Mal satt. Was hatte er mir je gebracht? Aber das bedeutete nicht, dass ich die Einzige war, die etwas ändern musste.

„Schön, aber dann musst du das selbstverliebte Zickengehabe sein lassen. Das ist ermüdend", entgegnete ich.

Whitney schien verblüfft, aber sie antwortete nicht mit einem beißenden Kommentar. Vielleicht war ich nicht die Einzige von uns, die allmählich lernte, wie man auch mal den Mund hielt.

Sie ließ meinen Arm los. „Vielleicht wäre es schön, wenn wir mal wieder ein bisschen Zeit miteinander verbringen", wagte sie sich zögerlich vor.

„Ja, vielleicht", stimmte ich zu, jetzt schon etwas sanfter.

Whitney spülte ihre Kaffeetasse aus und stellte sie mit einem Blick zu mir in die Spülmaschine, betont langsam. Ich konnte nicht anders und schnaubte.

„Also dann, ich muss jetzt los", sagte ich und schnappte mir meine Schlüssel.

Whitney folgte mir zur Tür. „Es ist komisch, wieder hier zu sein. War es für dich auch komisch?", fragte sie und hielt mir die Tür auf, während ich meine Materialien hinaustrug.

„Es war wie in Schuhen rumzulaufen, die früher mal bequem waren, aber jetzt nicht mehr passen, falls das für dich Sinn ergibt."

Whitney nickte. „Total. Ich meine, es ist schön zu Hause zu sein, aber es ist nicht dasselbe ohne – "

„Dad?", beendete ich ihren Satz.

Ihre grünen Augen wurden glasig und ich konnte sehen, dass sie mühsam die Tränen zurückhielt. „Ja", hauchte sie schwach.

Ohne nachzudenken legte ich einen Arm um sie und drückte sie kurz. „Es wird leichter. Inzwischen bin ich sogar irgendwie gern wieder hier. Aber wenn du das irgendjemandem erzählst, werde ich es leugnen."

Wir teilten ein Grinsen, zum ersten Mal seit einer gefühlten Ewigkeit.

„Könnte das womöglich etwas mit einem gewissen Kerl zu tun haben, den du bis zu deinem letzten Atemzug zu verachten geschworen hast?", stichelte Whitney.

„Die Dinge stehen … anders, was Adam anbelangt."

„Vielleicht können wir ja mal zusammen Abendessen in den nächsten Tagen. Nur wir beide. Und du kannst mir erzählen, inwiefern die Dinge anders stehen." Whitney klang hoffnungsfroh. Ich konnte sehen, dass ich ihr genauso fehlte wie sie mir.

Stolz war tatsächlich eine einsame Sache. Vielleicht war ja meine Beziehung zu ihr nicht das Einzige, was ohne ihn besser werden würde.

„Das würde mir gefallen. Obwohl es über Adam nichts zu sagen gibt." Lüge. Lüge. Lüge.

Whitney grinste schief. „Ich weiß ja nicht. Ich hab diesen Blick an dir schon mal gesehen, weißt du nicht mehr?"

Ich wischte ihren Kommentar mit einem Lachen weg. „Wir sehen uns später." Und dann ging ich schnell zum Auto, bevor ich noch mehr verriet.

Kapitel siebzehn

Adam

Es war ein wirklich beschissener Tag.

Ich war absolut kaputt. Die vielen langen Nächte mit Meg begannen ihren Tribut zu zollen. Ich behielt sie nur zu gern so lange wie sie es zuließ in meinem Bett, aber nur drei Stunden Schlaf vor einer Verhandlung waren nicht ideal.

Und wenn ich ehrlich war, war es mehr als nur die Müdigkeit. Ich war insgesamt kurz vor dem Überschnappen. Ich hatte keine Ahnung, was mit Meg abging. In einem Moment war alles wunderbar, im nächsten wurde sie wieder zur Eiskönigin. Ihre ständige Beharrlichkeit, dass es bei uns beiden nur um Sex ging, tat mir weh. Das wollte ich zwar nicht, aber Scheiße noch mal, es war eben so.

Denn was ich für Meghan Galloway fühlte, war mehr als nur Lust.

Ich hatte allmählich genug von unserer Vereinbarung. Einfach so rumvögeln hätte ich mit so ziemlich jeder *außer* Meg gewollt. Und dann hatte sie letzte Nacht jegliches Gespräch über die Zukunft völlig blockiert. Darüber, was sie tun würde, wenn sie mit dem Wandbild fertig war. Sie brauchte nur noch etwa eine Woche, bis es fertig sein sollte. Und Whitney war jetzt wieder hier. Was würde sie davon abhalten, zurück nach New York zu gehen?

Nichts.

Ich versuchte mir einzureden, dass das egal war. Dass Meg und ich Freunde bleiben würden, auch wenn sie ging. Das wir in Kontakt bleiben würden. Aber das war nicht genug. Es würde nie genug sein. Nicht jetzt. Nicht nachdem ich davon gekostet hatte, wie es war, sie für mich zu haben.

Ich liebte sie, verdammt. Ich wusste das mit einer Gewissheit, die tief aus meinem Inneren kam. Ich liebte sie, seitdem ich alt genug war zu verstehen, was Liebe ist. Und selbst in den Jahren meiner Ehe mit Chelsea waren diese Gefühle geblieben und hatten nur darauf gewartet, wieder anerkannt zu werden.

Ich liebte Meghan Galloway.

Und sie würde mich verlassen.

Ich wusste, wie das letzte Kapitel dieser Geschichte aussehen würde. Sie würde wieder in ihre verbeulte Karre steigen und davonfahren, mich im Rückspiegel verschwinden lassen, wie sie es schon ein Jahrzehnt zuvor getan hatte.

Dieses Mal war es anders.

Gefühle waren eine vertrackte Sache und sie hatte mich total kirre gemacht. Ich war mit meinem Latein am Ende. Ich war ständig mies gelaunt und hatte Lust, jedem eins in die Fresse zu hauen, der mir blöd kam, deshalb war ich auch schon voll auf 180, als ich um halb neun an jenem Morgen im Gericht ankam. Das konnte ja heiter werden.

Es begann damit, dass der Staatsanwalt mir eine prall gefüllte Akte hinlegte, die meine gesamte Argumentation unterminierte. Wie sich herausstellte, war dieser angeblich so simple Fall ein tosender Sturm voll Scheiße, weil mein Mandant ein verlogener Sack Abschaum war. Ich war gezwungen, meine komplette Strategie aus dem Stegreif abzuändern. Normalerweise wuchs ich an Herausforderungen wie dieser. Nicht dieses Mal. Dieses Mal war Adam Ducate müde von nur drei Stunden Schlaf und sein Herz lag in einer Müllpresse.

Um alles noch schlimmer zu machen, war Dick Radner der vorsitzende Richter, also durfte man dreimal raten, wie die Sitzung lief. Und dann verlor ich wohl auch noch kurz die Beherrschung und nannte den Staatsanwalt womöglich einen Esel. Das gefiel Richter Minipenis-Radner gar nicht, der mich aus dem Saal entfernen ließ und mir mit einer Strafe wegen Missachtung des Gerichts drohte.

Am Ende wurden meinem Klienten sechs Monate Haft und eine Strafe von dreitausendfünfhundert Dollar aufgebrummt. Für ein Erstvergehen war das völlig überzogen, aber jetzt deswegen zu streiten, hätte mir nur einen Platz neben meinem unehrlichen Mandanten eingebracht.

Als Krönung warteten draußen dann noch Mami und Papi, die mir die Hölle heiß machten, weil ich zugelassen hatte, dass ihr armes Baby in den Knast musste. Ich hielt warnend meine Hände hoch, als Mrs. Taylor in unangenehmer Lautstärke zu kreischen begann, dass sie jedem erzählen würde, was für ein schrecklicher Anwalt ich doch sei.

„Halten Sie die Luft an“, sagte ich leise und bedrohlich. Mrs. Taylor sah aus, als könnte sie Eisennägel kauen, aber ich würde nicht einfach nur dastehen und mir das bieten lassen.

Nicht heute, Satan.

„Ich bin der beste verdammte Anwalt in diesem Staat. Fragen Sie, wen sie wollen. Vielleicht sollten Sie mit ihrem perfekten Jungen darüber reden, wie man aufrichtig und ehrlich ist, dann müsste er jetzt nicht ein halbes Jahr im Gefängnis verrotten. Davon abgesehen können wir das Urteil anfechten. Ich habe vor, damit anzufangen, sobald ich im Büro bin. Aber wenn Sie der Meinung sind, dass Sie jemand besseres finden, meinetwegen. Das würde mein Leben erheblich einfacher machen. Und wenn Sie glauben, ich hätte Ihnen zu viel verrechnet, dann kann ich Ihnen angesichts der vielen Stunden, die mich dieser Fall bereits gekostet hat, versichern, dass ich Ihnen *zu wenig* verrechnet habe. Verklagen Sie mich deswegen von mir aus. Ich treffe mich gern vor Gericht mit Ihnen." Ich krallte mich so fest in den Griff meiner Aktentasche, dass er zu zerbersten drohte.

Mr. Taylor beschwichtigte seine Frau und versuchte die Situation zu glätten. „Nein, wir möchten Sie weiterhin für den Fall behalten. Bitte legen Sie Berufung ein. Wir melden uns diese Woche. Und danke für alles, was Sie für unseren Jungen getan haben."

Noch immer kochend vor Rage schüttelte ich seine Hand, ignorierte die Hyäne neben ihm und ging zurück ins Büro.

Ich konnte Meg an der Wand arbeiten sehen, mindestens zehn Meter über dem Boden, als ich in die Straße bog. Sie verpasste gerade dem riesigen Ahornbaum den letzten Schliff, der über die ganze linke Seite wuchs. Das Endergebnis zu sehen, schnürte mir die Brust zu, und der ganze verwirrende Mist in meinem Kopf wurde allmählich echt zu viel.

Ohne auch nur hallo zu sagen, ging ich durch die Rezeption hinein, an Lena vorbei, die mich alarmiert beobachtete. Ich ignorierte Jeremy, der mir etwas hinterherrief. Ich stieß meine Tür auf und knallte sie hinter mir zu. Ich schleuderte die Aktentasche in eine Ecke, ließ mich in meinen Stuhl fallen und den Kopf in meine Hände sinken.

Dann nahm ich den Zettel mit Nachrichten, den mir Lena hingelegt hatte. Chelsea hatte drei Mal angerufen. Ich zerknüllte das Papier und warf es in den Mülleimer, ohne den Rest auch nur zu beachten.

Es klopfte zögerlich an meiner Tür. Lena steckte den Kopf herein. „Schlechte Verhandlung?", fragte sie, ohne hereinzukommen. Sie wusste, dass ich in solcher Stimmung besser gemieden wurde.

„Ich will nicht drüber reden." Ich lehnte mich zurück und schloss die Augen. In meinem Kopf pochte es.

„Ähm, Meg ist hier. Sie möchte, dass du dir das Wandgemälde ansiehst und ihr grünes Licht gibst, bevor sie es abschließt. Ich hab gesagt, ich müsste nachsehen, wie viel du zu tun hast, aber sie will gerade los und noch etwas Farbe besorgen, also dachte ich, vielleicht hast du eine Minute."

Plötzlich hielt ich es nicht mehr aus. Ich stand auf und ging an Lena vorbei hinaus. Meg redete gerade mit Robert. Ihre langen, schlanken Beine waren mit Farbe bekleckst, ihre Haare zu einem losen Dutt geknöpft.

Was sollte ich nur tun, wenn sie weg war?

„Wo gehst du hin?", fragte Lena und eilte mir nach.

„Sag meine Termine am Nachmittag ab. Ich bin krank. Ich muss hier raus." Megs Blick traf mich. Ihre Augen drückten Besorgnis aus.

Ich wollte sie bitten, mit mir zu kommen. Ihr sagen, dass ich sie brauchte. Aber das war mein eigenes Problem, also sagte ich kein Wort zu ihr. Stattdessen ging ich zur Tür hinaus und zu meinem Wagen. Ich schaltete gleich das Handy aus und fuhr los. Ich dachte zuerst daran, nach Hause zu gehen. Vielleicht ein bisschen trainieren. Vielleicht ein Buch lesen oder sowas. Aber keine von diesen Ideen gefiel mir eigentlich.

Also bog ich in eine Seitenstraße und fuhr aus der Stadt hinaus.

Irgendwann war ich auf einer von Schlaglöchern übersäten schmalen Landstraße und mein Wagen polterte bei jeder der vielen Unebenheiten. Das lange Gras streifte an den Türen entlang und ich machte mir kurz Sorgen, dass es den Lack zerkratzen könnte. Dann beschloss ich, dass mir das scheißegal war.

In dieser Gegend war ich seit fast zehn Jahren nicht gewesen. Ich parkte das Auto am Waldrand. Der alte Trampelpfad war komplett überwuchert, aber ich wusste, wo ich suchen musste. Ich war ihn oft genug gegangen. Ich stand einen Moment lang nur da und hörte dem unablässigen Summen der Zikaden zu, schon löste sich die Spannung in mir ein wenig.

Ich schlüpfte aus meinem Jackett und warf es auf den Beifahrersitz, bevor ich mich auf den Weg ins Dickicht machte. Mein letzter Besuch hier war kurz vor Schulbeginn im Abschlussjahr gewesen. Es war die Nacht gewesen, die unsere Zukunft besiegelte, was ich damals natürlich nicht wusste. Ich wusste nicht recht, weshalb ich gerade jetzt hierhergekommen war, aber ich musste irgendwo sein, wo mich niemand finden konnte. Und niemand, der mich suchen könnte, wusste von diesem Ort.

Außer Meg.

Brombeerstacheln verfingen sich in meinen dreihundert Dollar teuren Hosen, aber das scherte mich nicht. Ich ging weiter, bis ich durch das Gestrüpp brach und mich am Flussufer wiederfand. Die Bäume hingen tief über dem Wasser, die Sonnenstrahlen schafften es kaum hindurch. Der Fluss war breit an diesem Punkt und tief. Das wusste ich aus einer Menge Erfahrung. Ich wusste auch, dass das Wasser selbst mitten im Sommer noch kalt war. Aber das hatte uns nie davon abgehalten, hier als Kinder stundenlang baden zu gehen.

Das alte Grourer-Schwimmloch, so benannt nach der Familie, der einst das Land hier gehört hatte, war früher der Lieblingsplatz vieler Kinder aus der Gegend gewesen. Es schien, als wäre es im Lauf des vergangenen Jahrzehnts zu einem Relikt der Vergangenheit verkommen. Die Kids gingen jetzt wohl lieber in die Mall im Nachbarort, anstatt in einem algenbefallenen Flussloch zu schwimmen.

Ich fühlte eine seltsame Nostalgie nach dem etwas modrig

riechenden Wasser, also streifte ich meine Schuhe ab und zog die Socken aus. Ich knöpfte meine Hose auf und faltete sie, legte sie auf einem flachen Stein am Rand des Wassers ab. Mein Hemd folgte. Und meine Krawatte. Bis ich nur noch in Boxershorts dastand.

Ich kletterte auf den Steinhaufen, den die vielen Teenagerfüße über Jahre glattpoliert hatten, und mit einem leicht übergeschnappten Jauchzer sprang ich in den Fluss.

Die Kälte komprimierte mir die Luft in den Lungen und ich tauchte schnell wieder an die Oberfläche, um nach Atem zu japsen. Ich lachte und fühlte mich ganz außer mir. Ich tauchte mit dem Kopf erneut unter, ließ mich treiben, meine Gliedmaßen schwebten schwerelos.

Ich schloss die Augen und ließ meine Gedanken in der Zeit zurückreisen.

Der Sommer war fast vorüber. In weniger als einer Woche würde die Schule wieder losgehen. Es war ein surreales Gefühl, bald in der Abschlussklasse zu sein. Dass mein letztes Schuljahr bald beginnen würde. Die vergangenen drei Monate waren in einem Rausch von Sonne, Partys, Baden und übermäßigem Alkoholkonsum untergegangen. Und jetzt schwamm ich gerade träge im alten Wasserloch herum. Vor ein paar Stunden war hier noch alles voller Leute gewesen, jetzt waren nur noch Meg und ich da.

Meine verrückte beste Freundin hatte es sich zum Lebensziel erklärt, überall immer die Letzte zu sein. Wer sie ein Weichei schimpfte, bekam eins aufs Maul. Sie schlug sich viel mit der Tendenz der Leute herum, sie zu unterschätzen.

Ihr leicht entzündliches Temperament war es auch, das mir gerade Sorgen machte, denn ich wusste, dass sie sauer sein würde, wenn sie herausfand, was ich in den letzten zwei Wochen so getrieben hatte, wenn ich nicht bei ihr war.

Kyle wusste es. Er hatte mich mitleidig angeschaut, mir auf den Rücken geklopft und gemeint: „Das ist dein Begräbnis, Alter." Webber war nie eine besondere Hilfe, wenn es um den Umgang mit Frauenproblemen ging.

Meg würde wütend sein. Wahrscheinlich mehr als nur ein bisschen aufgebracht.

Aber sie würde mir vergeben. Das tat sie immer. Wir waren Freunde seit der Wiege. Sie hatte mir einmal gesagt, ich könnte jemanden umbringen und sie würde mir helfen, die Leiche loszuwerden.

Ich baute darauf, dass dieser Freibrief auch dafür galt, dass ich jetzt mit Chelsea Sloane ging.

Ich konnte noch immer nicht recht fassen, dass ich mich gerade in einer heißen und verruchten Beziehung mit der Königin der Schule höchstpersönlich befand. Ich hatte gedacht, dass die besoffene Knutscherei bei der Party vor zwei Wochen bestimmt eine einmalige Sache bleiben würde. Ich hatte sie immer schon scharf gefunden, auch wenn sie eine totale Zicke war. Es gab ganz sicher nicht einen einzigen Typen in unserer Schule, der sich noch nie zum imaginären Bild von Chelsea nackt einen runtergeholt hatte.

Ich hätte nur nie gedacht, dass an ihr mehr dran war als ein paar tolle Beine.

Aber in den letzten vierzehn Tagen hatte ich eine andere Seite von Chelsea kennengelernt. Sie war nicht nur schlecht. Sie schwor, dass viele der Dinge zwischen ihr und Meg einfach nur Missverständnisse waren. Sie bestand darauf, dass sie es nicht gewesen war, die sich die Spitznamen ausgedacht hatte, unter denen meine Freundin jahrelang gelitten hatte, dass das alles von Josie gekommen sei und sie nur so doof gewesen war, da mitzumachen.

Und ich glaubte ihr. Sie wirkte so traurig, weil Meg sie nicht mochte. Sie sagte, dass sie gern mit ihr befreundet wäre. Vielleicht war das ja die Gelegenheit für die beiden, den ganzen Mist hinter sich zu lassen, und wenn sie schon keine super Freundinnen würden, könnten sie wenigstens friedlich koexistieren.

Die Sache mit Chelsea hatte schneller Fahrt aufgenommen als von mir geplant. Jeden Abend, nachdem ich Meg nach Hause gebracht hatte, ging ich rüber zu ihr. Sie führte mich dann ins Poolhaus hinten im Garten und wir machten ein paar Stunden lang rum. Es war recht schnell von Küssen und Fummeln weitergegangen, Hüllen waren gefallen und mein Schwanz war in ihrem Mund gelandet.

Und dann hatte letzte Nacht das eine zum anderen geführt und wir hatten miteinander geschlafen. Es war mein erstes Mal und ich war mir ziemlich sicher, dass ich mich mies anstellte. Aber Chelsea schien es zu genießen und ich wollte es noch mal versuchen. Tatsächlich war das im Moment das Einzige, woran ich überhaupt noch denken konnte.

Aber wieso fühlte ich mich so verdammt schuldig deswegen?

Wegen dem Mädchen, das mich von dem Felssockel über mir angrinste, bevor sie sich mit einer Arschbombe ins Wasser stürzte. Sie tauchte an die Oberfläche, die Haare nach hinten aus dem Gesicht gestrichen, und meine Brust zog sich zusammen.

Ich ging mit Chelsea. Ich wollte mit Chelsea gehen. Ich wollte mit Chelsea Sex haben. Viel Sex.

Meg würde das verstehen.

Wir waren in erster Linie Freunde. Auf keinen Fall würde sie mich für immer hassen. Klar, am Anfang würde sie wütend sein. Aber ich würde es ihr einfach erklären. Ihr sagen, wie viel mir an Chelsea lag. Sie würde das schon verkraften.

Oder?

Meg spritzte mich mit Wasser voll und ich verschluckte versehentlich einen Mundvoll.

„Bäh, ekelhaft, Galloway. Dafür wirst du büßen." Ich stürzte mich auf sie und sie flüchtete kreischend. Ich packte sie am Knöchel und zerrte sie zurück. Ich legte die Arme um ihre Hüfte und zog sie an mich, wobei ich ihre Arme an ihrer Seite festhielt. „Tief Luft holen", warnte ich, bevor ich uns beide unter Wasser tauchte. Als wir wieder an die Oberfläche kamen, prustete sie und ich lachte, weil sie so angefressen dreinschaute.

Erst da bemerkte ich, dass ich noch immer meine Arme um sie gelegt hatte. Ihr schlanker, kleiner Körper war an meinen gepresst. Ich konnte jeden Zentimeter von ihr fühlen. Ihre Brüste drückten sich an mich.

Ihr Gesicht legte sich zurück, um mich anzusehen, ihre grünen Augen blitzten auf. Wir atmeten beide schwer und ich konnte mir nicht verkneifen, mit dem Blick zu ihren Lippen zu wandern. Sie standen leicht offen und ich fragte mich nicht zum ersten Mal, wie ihr Mund wohl schmecken mochte.

Ich hatte sie ein einziges Mal geküsst und an ihrem Blick von damals konnte ich erkennen, dass sie es für einen Fehler gehalten hatte. Wir taten immer so, als wäre das nie geschehen. Ich hatte die Gefühle, die ich für meine beste Freundin verspürte, runtergeschluckt, weil ich überzeugt war, dass sie nie, niemals gleich fühlen würde wie ich. Und ich war sicher, dass ich damit noch immer recht hatte.

Wieso fragte ich mich dann jetzt, ob es okay wäre, sie zu küssen?

Sie blinzelte. Ich blinzelte. Ich lockerte meinen Griff, ließ sie aber nicht los.

„Adam", murmelte sie mit matten Augenlidern.

Sie würde so wütend auf mich sein … Die Erinnerung daran, was ich hinter ihrem Rücken getan hatte, war wie eine entsicherte Granate.

Ich ließ meine Hände fallen und glitt weg von ihr.

„Lass dir das eine Lehre sein", scherzte ich, auch wenn es total verkrampft klang.

Meg lachte ein bisschen unbeholfen. „Wird es wohl", antwortete sie dumpf.

Wir schwammen noch ein bisschen rum, aber irgendetwas hatte sich verändert zwischen uns.

Ich hatte keine Ahnung, dass ich bereits begonnen hatte, ihr Herz zu brechen.

**

Ich trieb auf dem Rücken und starrte in die Baumkronen, wünschte mir tausend Dinge, die nie passieren würden, und hasste mich für Dinge, die bereits geschehen waren. Etwas platschte neben mir ins Wasser. Ich drehte mich auf den Bauch. Ein paar Sekunden später tauchte ein roter Schopf neben mir aus dem Wasser auf.

Natürlich hatte sie mich gefunden. Ich war nicht einmal überrascht.

Denn eigentlich hatte ich mir das ja auch gewünscht.

„Woher wusstest du, dass ich hier bin?", fragte ich.

Meg legte den Kopf schief. „So schwer bist du nicht zu durchschauen, Ducate. Und wenn du mies drauf bist, wirst du noch berechenbarer." Sie schaute sich auf der Lichtung um. „Und ich erinnere mich, dass du immer hierhergekommen bist, wenn du mies drauf warst."

Auch damit hatte sie natürlich recht.

Sie fuhr sich mit den Händen durch die Haare und strich sie sich aus ihrem wunderschönen Gesicht. Gott, wie gerne ich sie ansah.

Ich drehte mich weg von ihr.

„Willst du drüber reden, wieso du so schlechte Laune hast?“, fragte sie. Sie schien völlig im Dunkeln darüber zu sein. Dass meine Stimmung nur ihretwegen so war, wie sie war, dass sie die Geschicke meines Herzens in der Hand hielt. Wann hatte ich ihr nur all diese Kontrolle überlassen?

„Nicht wirklich“, entgegnete ich knapp.

Sie schwieg einen Augenblick lang. „Das ist okay. Wir müssen nicht reden. Wir können einfach zusammen hier rumtreiben, wenn das in Ordnung ist.” Sie legte sich auf den Rücken und ich sah, dass auch sie sich bis auf die Unterwäsche entblößt hatte. Das Material war transparent geworden und ich konnte die Umrisse ihrer Nippel erkennen.

Natürlich wollte ich sie flachlegen. Ich wollte sie immer flachlegen. Aber im Augenblick gab es wichtigere Dinge als Sex.

Ihre Gegenwart reichte aus.

Denn ich liebte mehr als nur ihren Körper und die Art, wie heiß und spitz sie mich dauernd machte. Ich liebte, wie der Klang ihres Atems mich sofort entspannte. Wie der Geruch ihrer Haare ein Gefühl von Heimat verbreitete. Wie sie mich tief drin auch nach all den Jahren noch so gut kannte wie niemand sonst. Und wenn ich sagte, dass ich nicht reden wollte, dass sie nicht darauf bestand. Sie ließ mich in Frieden. Aber sie blieb an meiner Seite, bot stilles Verständnis und Rückhalt. Wir waren immer ein gutes Team gewesen.

Ich verstand, dass wir das immer noch waren.

Wir trieben mit abgespreizten Armen und Beinen und die Stille war nicht unangenehm.

„Hast du manchmal auch das Gefühl, dass du eine lange Straße entlang auf eine Mauer zurast und keine Bremse hast?“, fragte ich nach einer Weile.

„Jeden Tag“, sagte Meg leise. Und dann, wie auf ein Kommando, griffen wir gleichzeitig nacheinander und fassten uns im kalten Wasser bei der Hand.

„Aber du wirst den Wagen wenden. Wie du es immer tust, Adam“, fuhr sie fort und ich konnte hören, dass sie es ehrlich meinte.

Seit wann glaubte sie wieder an mich? Es fühlte sich gut an. Mehr als nur gut.

Es bedeutete mir alles.

Wir glitten noch lange Zeit auf dem Rücken weiter, die Finger ineinander verschlungen, wie wir es als Kinder getan hatten.

Und für eine Weile war alles ganz einfach.

Kapitel achtzehn

Adam

„Rate mal, was ich mithabe." Meg und ich waren aus dem Wasser geklettert. Ich warf mir das Hemd über, ließ es aber aufgeknöpft. Meg war wieder in ihre Shorts geschlüpft, stand aber ansonsten nur im BH da.

Wir saßen am Ufer, ich hatte die Beine von mir gestreckt und Megs Haare trockneten in der Sonne. Sie langte in die Stofftasche, die sie überall hin mitnahm, und holte einen Satz Spielkarten hervor. Ich lachte und fühlte, wie das letzte bisschen Spannung von mir abfiel.

Meg grinste schief. „Ich hab mir noch mal den Zwischenstand angeschaut und es sieht so aus, als hättest du einiges an Aufholbedarf." Sie nahm die Karten heraus und begann zu mischen.

„Das liegt daran, dass deine Aufzeichnungen nicht korrekt sind", widersprach ich und nahm die sieben Karten, die sie mir hingelegt hatte.

„Das kannst du dir ruhig einreden, Ducate", entgegnete sie und legte gleich drei Königinnen hin.

Ich stöhnte auf. „Du bist so eine Betrügerin. Woher soll ich überhaupt wissen, dass du ordentlich gemischt hast?"

„Weil ich nicht betrügen muss, um so eine Pfeife wie dich zu schlagen", konterte sie mit einem Grinsen und nahm sich eine Karte.

Wir fielen gleich wieder in unser übliches Geplänkel ein. Sie führte sogar ihren Siegestanz auf, als sie das erste Spiel mit zwölf Punkten Vorsprung gewann. Sie zog eine Linie in den Erdboden. „Ein Spiel für mich", prahlte sie.

„Jetzt geht's bergab, Galloway", drohte ich scherzhaft und nahm mir die Karten, um neu zu mischen.

Drei Spiele später hatte ich noch immer erst eines gewonnen, aber das machte mir nichts aus, weil wir miteinander lachten und blödelten, als wären wir noch immer sechzehn.

„Das hat mir gefehlt, weißt du", sagte ich, als ich mir meine neuen Karten nahm. Die Luft begann kühler zu werden und die Schatten waren bereits lang. Ich hatte keine Ahnung, wie lang wir schon hier waren. Stunden wohl. Aber ich hatte es nicht eilig, zu gehen und in die reale Welt zurückzukehren. Denn in jener Welt würde mich Meg früher oder später zwangsläufig verlassen.

Aber hier, beim alten Grourer-Schwimmloch, schienen wir genau am rechten Ort und zur rechten Zeit zu sein.

Meg schaute über die Karten zu mir auf, die Augen voller Wärme, wenn auch ein wenig traurig. „Ich auch, Adam." Sie stieß ein Seufzen aus.

„Ich hab sehr versucht, es nicht zu vermissen, aber es hat sich immer so angefühlt, als wäre da ein großes Loch, genau hier." Sie legte ihren Finger mitten auf die Brust. Genau über ihrem Herzen.

Ich legte eine Folge Kreuze hin, sparte mir aber, es ihr unter die Nase zu reiben. „Du hast mich echt gehasst, hm?" Es war eher eine Feststellung. Eine rhetorische Frage. Ich kannte die Antwort bereits.

Meg gab mir dennoch eine.

„Ja, Adam, ich hab dich gehasst. Sehr. Und zwar deshalb, weil mir so viel an dir lag." Sie ließ die Finger über ihre Karten gleiten, bevor sie eine ausspielte. „Ich war nicht sicher, ob ich jemals drüber wegkommen würde."

Ich atmete scharf ein, bevor ich die nächste Frage stellte. „Und, bist du? Drüber weggekommen?"

Sie hob ihre grünen Augen und ich fühlte mich, als hinge ich über einem Abgrund und wartete nur darauf, dass sie mich hinabstieß.

„Du musst wissen, ich hatte an jenem Abend vor, dir zu sagen, dass ich dich liebe. Beim Ball." Sie schaute weg. „Ich war so dumm, zu glauben, dass du gleich fühlst. Besonders nach unserem Tag damals hier. Im Wasser."

Ihr Blick verhärtete sich etwas. „Ich dachte, du würdest mich küssen." Sie lachte freudlos. „Aber damals warst du schon was, zwei Wochen mit Chelsea zusammen? Ich war so eine gottverdammte Idiotin."

Ich schluckte schwer. „Ja, das war ich wohl."

Meg schloss ihre Augen und schüttelte den Kopf. „Ich hab mich so dumm gefühlt. Es ging nicht nur darum, dass du mit jemand anderem zusammen warst – auch wenn das schon schlimm genug war –, sondern dass es *sie* war. Du wusstest doch, wie sehr ich sie gehasst hab. Du hast mir das Herz gebrochen, Adam. Und das dann noch mit ihr."

Ich legte meine Karten nieder und griff nach ihrer Hand. Ich war erleichtert, als sie sich nicht zurückzog. „Ich *wollte* dich küssen an jenem Tag, Meg. Du warst noch nie dumm und wirst es auch nie sein." Sie weigerte sich, mich anzusehen. Gott, wie sehr ich mir wünschte, sie würde mich ansehen. „Ich war jahrelang in dich verliebt. Der Kuss damals in deinem Zimmer, als wir dreizehn waren, das war kein Unfall. Das hab ich monatelang geplant."

Megs Lippen bebten leicht, während sie ein Lächeln wegzubeißen versuchte. „Man sollte meinen, dass die Ausführung nach monatelanger Planung etwas besser ausfallen hätte müssen."

Ich nahm ihr Kinn zwischen meine Finger und drehte ihren Kopf zu mir her. Ihre Augen waren hell, so als versuchte sie, nicht zu weinen. „Ich hab jahrelang an nichts anderes als dein Gesicht gedacht. Du warst meine ganze Welt. Siehst du das nicht?" Die Beichte fühlte sich gut an. Ich hatte viel zu lange damit gewartet, ihr das zu sagen.

„Warum dann, Adam? Warum Chelsea?"

So endete es immer. Wieder am Ausgangspunkt. Bei Chelsea.

„Weil sie alles war, was du nicht warst", gestand ich und hasste mich dafür, wie hart das klang.

Meg verzog das Gesicht. „Autsch, Ducate. Das schmerzt."

Ich hob ihre Hand an meinen Mund und küsste die Knöchel. „Ich hatte es aufgegeben, dass du mich auch lieben würdest, Meg, aber es hat mich gequält. Du warst das wunderschöne wilde, wahnsinnig schlaue Mädchen, mit dem ich zusammen sein wollte, aber ich hab gedacht, das wäre eine Sackgasse."

„War es aber nicht, Adam. Ich wollte dich auch", hauchte Meg mit gepeinigtem Blick.

Ich küsste erneut ihre Hand, aus dem Wunsch heraus, sie zu spüren. Aus Furcht, sie würde verschwinden. „Ich war ein bescheuerter siebzehnjähriger Junge, der es nicht gut vertragen hat, in der Friendzone zu landen. Und dann bin ich zu Lance Ridgeways Party gegangen. Du warst nicht dabei, weil du mit Skylar in diesen Film mit den französischen Untertiteln wolltest. Du warst immer unterwegs und hast andere Sachen gemacht. Du warst bei Skylar. Bist mit Whitney shoppen gegangen. Es hat sich so angefühlt, als würdest du dich immer mehr von mir lösen. Ich weiß, du hast die Tage gezählt, bis du Southport verlassen kannst. Aber ich hab geglaubt, du zählst die Tage, bis du mich verlassen kannst."

Meg schaute skeptisch. „Das ist doch lächerlich. Ich hatte ein Leben, Adam. Ich hatte andere Freunde. Und klar wollte ich studieren gehen, aber das hat doch nicht bedeutet, dass ich dich zurücklassen wollte."

Ich hob die Arme in einer Geste von Zugeständnis. „Das weiß ich jetzt auch, durch die Augen eines sehr reifen Mannes Ende zwanzig." Meg gluckste und wusste den Versuch der Auflockerung wohl zu schätzen. „Aber ich war ein Teenager. Und die sind nicht für ihre ausgereiften Denkprozesse bekannt."

„Auch wieder wahr", stimmte Meg zu und kam dabei näher, wodurch sich unsere Beine berührten. Unsere Hände legten sich ineinander. Sie hatte mir zugehört. Ich hatte das Gefühl, dass wir womöglich letzend Endes doch noch die Kurve kriegen könnten. Das mit dem Sex war eine Sache gewesen, aber hier ging es darum, unsere leidvolle Geschichte zu entrümpeln und neu anzufangen.

Ich wünschte mir sehnlichst eine Zukunft mit dieser Frau. Ich hatte bis zu jenem Moment nicht begriffen *wie* sehnlich.

„Wenn ich bei Chelsea war, dachte ich nicht an dich. An ihr gab es nicht das kleineste Detail, das mich an dich erinnert hat, und das brauchte ich damals. Denn weil ich nicht haben konnte, was mein Herz wollte, entschied ich mich für das komplette Gegenteil. Ich hab unterschätzt, wie wütend dich das machen würde, und ich hab meine Fähigkeit unterschätzt, dich wieder zu besänftigen."

Meg machte keine Miene. Ihr Gesicht verriet keine Regung. Ich konnte sie nicht deuten. Ich vermochte nicht zu sagen, was sie dachte. Also redete ich weiter. „Da bei Lances Party hab ich mich betrunken. Völlig angesoffen. Du erinnerst dich vielleicht, was für ein Trottel ich war, wenn ich dicht war", meinte ich.

Meg hob eine Augenbraue. „Ich bin mir nicht sicher, ob sich diesbezüglich in der Zwischenzeit viel verändert hat."

Machte sie einen Scherz?

„Chelsea war auch da. Ich bin ihr über den Weg gelaufen, als sie weinend draußen auf der Veranda saß. Ich konnte sie nicht einfach so lassen, also hab ich mich zu ihr gesetzt. Wir haben zu reden begonnen. Sie erzählte, dass sich ihre Eltern scheiden lassen wollten. Ich hab ihr einen Arm um die Schulter gelegt, und ehe ich mich versah, waren wir am knutschen."

Meg hielt eine Hand hoch. „Spar dir die Details, bitte."

Ich drückte ihre Hand sanft runter. „Hör zu."

Ich sah, dass sie widersprechen wollte. Sie wollte mich zum Schweigen bringen. Es war eine jahrelange Gewohnheit, alles zu blockieren, was mich und Chelsea betraf. Ich begriff endlich, wie tiefgreifend sie tatsächlich verletzt war. Wie sehr ich sie getroffen hatte.

Ich hasste mich dafür.

„Chelsea hat mir eine Seite von sich gezeigt, die ich noch nicht gekannt hatte. Ich weiß inzwischen, dass das alles Lügen waren, aber damals glaubte ich, dass wir sie vielleicht einfach falsch eingeschätzt hatten."

„Falsch eingeschätzt? Meinst du das ernst?", schnaubte Meg.

„Sie hat erzählt, sie wollte sich mit dir versöhnen. Und je mehr Zeit ich mit ihr verbracht hab, desto mehr hat sie mich manipuliert. Sie hatte offensichtlich schon von klein auf gelernt, wie sie von den Leuten bekam, was sie wollte, und bei mir bedeutete das, die Verletzliche zu spielen. Sie hat meinen Komplex mit dem Ritter auf dem weißen Ross schon von weitem gesehen. Ich war so ein Depp."

„Da kann ich nicht widersprechen", murmelte Meg.

Ich drückte ihre Hand. „Ich hab damals geglaubt, du würdest mir vergeben. Das hab ich wirklich. Ich dachte, du wolltest mich nicht, und dass unsere Freundschaft so stark wäre, dass sie sogar Chelsea aushielte. Ich hatte keine Ahnung, dass auch du mal an deine Grenzen kommen würdest."

„Du hast also gedacht, ich würde Chelsea als deine Freundin akzeptieren und dann mit ihr händchenhaltend die Straße runterhüpfen? So naiv konntest doch selbst du nicht sein", sagte Meg ungläubig.

„Mir war klar, dass du wütend sein würdest, aber ich hätte nicht gedacht, dass du es mir die nächsten zehn Jahre nicht vergeben würdest, Meg." Ich fand mich in der Defensive wieder. Ich versuchte das in den Griff zu kriegen. „Ich hatte unsere Freundschaft für stärker gehalten."

Megs Augen verfinsterten sich und sie entzog mir ihre Hand. „Und ich dachte, ich würde dir mehr bedeuten als ein Schäferstündchen."

Punkt an sie.

„Ich hab meinen Fehler mehr oder weniger sofort erkannt. An deinem Gesicht beim Ball, als du mich mit Chelsea gesehen hast, war es deutlich zu erkennen."

Ich war so von Chelsea eingenommen gewesen, dass ich Meg gar nicht kommen sehen hatte. Erst als sie hinter mir nach Luft schnappte, erregte sie meine Aufmerksamkeit. Ich schaute auf und sah sie. Schön und am Boden zerstört.

Das Leid war ihr ins Gesicht geschrieben. Und sie rannte los.

Erst in jenem Moment begriff ich, wie monumental ich es versaut hatte.

„Du bist mir nicht gefolgt!", sagte sie anklagend.

„Doch! Ich schwöre, ich bin dir nach!", rief ich aus.

Meg rannte den Gang hinunter und stieß die Türen des Turnsaals auf.

Ich ging ihr sofort hinterher. Chelsea packte meinen Arm.

„Wo willst du hin?", fragte sie und ihre Fingernägel gruben sich in meine Haut.

„Ich muss mit Meg reden. Ich muss es ihr erklären." Mein Herz pochte. Alles stand plötzlich Kopf. So hatte ich mir das nicht vorgestellt. Ich hätte es wirklich besser wissen müssen.

„Was ist mit mir, Adam?" Chelseas Augen füllten sich mit Tränen und ich fühlte mich schrecklich. Ich wollte nicht ihre Gefühle verletzten, aber gerade war Meg wichtiger. Das hätte mein erster Hinweis sein müssen, dass Chelsea immer die zweite Wahl bleiben würde.

Ich gab ihr einen Kuss. „Ich komm wieder. Versprochen." Dann drehte ich mich um und rannte meiner besten Freundin hinterher.

Ich sah sie in der überfüllten Sporthalle nicht mehr. Ich fand Kyle, der sich gerade mit ein paar Basketballfreunden unterhielt. Ich eilte hinüber zu ihm. „Web, hast du Meg gesehen?", keuchte ich und rang nach Luft.

Kyle versetzte mir einen ratlosen Blick. „Alles in Ordnung? Zuerst fetzt Galloway hier raus wie bei einem Hausbrand und jetzt kommst du daher, als hätte jemand deine Katze überfahren. Was ist los?"

Ich hatte keine Zeit für einen detaillierten Bericht meines Versagens. „Sag mir, wo sie hin ist, Webber. Jetzt." Ich schrie ihn praktisch an.

Kyle schaute perplex. „Sie ist gegangen, Mann. Vielleicht erwischt du sie noch am Parkplatz."

Doch da war sie nicht. Ich stieg in meinen Wagen und fuhr zu ihrem Haus. Ich klopfte an die Tür und als Whitney öffnete, wusste ich, dass ich nicht die geringste Chance hatte, mit Meg zu reden.

„Geh weg, Adam", befahl Whitney mit versteinertem Gesicht. Whitney konnte furchteinflößend sein, wenn sie es wollte. Ich hatte schon in jungen Jahren gelernt, mich nicht mit ihr anzulegen.

„Ich muss mit Meg reden", flehte ich.

„Du hast heute schon genug angerichtet. Geh einfach. Vielleicht redet sie später mit dir." Dann machte sie die Tür vor meiner Nase zu.

Ich stand noch eine Weile da und überlegte, noch mal zu klopfen. Vielleicht würde ja Mrs. Galloway aufmachen. Ich könnte ihr alles erklären und sie bitten, mich zu Meg zu bringen.

Aber Whitney hatte recht. Ich hatte fürs Erste genug Schaden angerichtet. Ich würde das am Morgen in Ordnung bringen.

Meg würde mir vergeben.

Wie sie es immer tat.

„Whitney hat mir nie erzählt, dass du da warst", sagte Meg nach einer Pause.

„Sie war ganz schön sauer auf mich. Es überrascht mich nicht, das zu hören." Das hier war noch schwieriger, als ich gedacht hatte. Die Vergangenheit umzugraben, war ein harter Prozess.

„Sie hatte trotzdem kein recht, mir das vorzuenthalten", sagte Meg in sich gekehrt.

„Ich hab danach so oft versucht, mit dir zu reden. Erinnerst du dich nicht mehr an das Footballspiel? Und vor dem Abschluss?", fragte ich.

Meg verpasste mir einen Blick, der nicht gerade freundlich war. „Ich erinnere mich daran, dass du und Chelsea in der verdammten Schule rumstolziert seid wie König und Königin. Ich erinnere mich daran, wie du mich im Vorbeigehen nie angeschaut hast. Dass ich mich gefühlt hab, als würde ich nicht existieren."

Ich nahm erneut ihre Hand. „Verflucht, Meg, mir war hundselend. Ich hab dich so vermisst. Aber du warst so wütend auf mich. Du hast Kyle gesagt, dass du mich hasst – "

„Natürlich hat er dir das gesagt. Nichts bleibt je geheim bei Webber." Meg verdrehte die Augen.

„Ich dachte irgendwann, es würde das Beste sein, wenn ich dir Zeit ließ. Dass es sich wieder einrenken würde, wenn ich dich in Ruhe ließ. Ich ahnte doch nicht, dass du gehen und nie wieder mit mir reden würdest."

Meg kaute ihre Unterlippe. „Du hast sie geheiratet."

Immer, immer wieder zurück zum Selben.

Ich schloss kurz die Augen und wünschte mir, andere Worte finden zu können. „Ja, ich hab sie geheiratet. Aber ich wünschte, ich hätte es nicht. Es war der größte Fehler meines Lebens. Denn das Mädchen, das sie mir am Anfang gezeigt hat, war nicht die Frau, die sie wirklich war. Ich hab mich viel zu lange an eine vergiftete Beziehung binden lassen. Aber ich schwör dir, Meg, du warst immer diejenige, an die ich gedacht habe. Jeden. Einzelnen. Tag."

Eine Träne lief ihr vom Gesicht und ich strich sie weg, streichelte mit dem Daumen ihre Wange. „Du und ich, Galloway. Es war schon immer so."

„Ich war auch eine Idiotin", sagte sie leise.

„Nein, ich bin der Idiot in dieser Gleichung", bestritt ich.

Meg schenkte mir ein schwaches Lächeln. „Immer verteidigst du mich." Ihre Augen waren sanft und ich wusste, wir hatten einen Schritt in eine bessere Richtung gemacht. „Aber ich hab zugelassen, dass mein Stolz uns Jahre gekostet hat, die wir gemeinsam hätten haben können."

Gemeinsam.

Gemeinsam.

„Na, dann lass uns doch nicht noch mehr Zeit verschwenden", drängte ich und hob sie in meinen Schoß.

Ihr Gesicht war nach wie vor ernst. „Ich gehe zurück nach New York, Adam."

„Wieso kannst du nicht bleiben? Deine Mom ist hier. Und Whitney jetzt auch. Unsere Freunde sind hier." Ich küsste die Kuhle an ihrem Hals. „Ich bin hier."

„Mein Leben ist in New York", argumentierte sie, aber es klang dünn.

„Dein Leben ist hier. Bei mir." Ich küsste sie langsam und innig.

Ich küsste sie auf eine Art, die von Ewigkeit sprach. Hier ging es nicht um Sex. Hier ging es nicht um Lust. Hier ging es um Liebe.

Eine Liebe, die schon seit achtundzwanzig Jahren wuchs.

**

Sie fuhr hinter mir her nach Hause. Wir gingen hinein und stießen unsere Schuhe in eine Ecke. Meg warf ihre Tasche auf den Tisch neben der Tür, den Schlüssel in die Steinschale. Mir fiel auf, wie sie sich in dem Haus bewegte, als lebte sie hier. Vielleicht würde sie das ja bald.

Aber eins nach dem anderen.

„Willst du was zu essen bestellen? Ich könnte eine Pizza vertragen", schlug ich vor, nachdem ich in der Küche das Licht eingeschaltet hatte. Wir blieben dicht beieinander, so als wäre jeder Zentimeter zwischen uns zu viel.

Meg verzog das Gesicht. „Keine Pizza. Wie wär's mit was Thailändischem?"

Ich zog sie an mich, ihr Kopf landete auf meiner Brust. „Thailändisch klingt gut. Willst du die Bestellung abgeben? Die Karte liegt da drüben auf dem Schrank." Ich küsste ihre Stirn. „Ich geh mir was Bequemeres anziehen."

Ich wollte gerade die Küche verlassen, als mein Blick zum Fenster hinaus zu Mrs. Hamiltons Haus fiel. Es war fast acht Uhr. Es überraschte mich, ihr Haus im Dunkeln liegen zu sehen. Um diese Zeit hatte sie für gewöhnlich alles hell erleuchtet, ob die Sonne nun noch am Himmel war oder nicht.

„Hm", machte ich bei mir selbst.

Meg schaute von ihrem Handy auf. „Hm, was?"

Ich ging näher ans Fenster ran. „Das Haus meiner Nachbarin ist dunkel."

Meg schaute mich belustigt an. „Ist halt keiner zu Hause."

„Mrs. Hamilton ist zweiundachtzig. Sie ist ein Gewohnheitstier. Um Punkt halb sieben schaltet sie im unteren Stock alle Lichter an. Das macht sie so, seitdem ihr Mann gestorben ist. Sie hasst die Dunkelheit. Sagt über sich selbst, dass sie im Herzen noch immer eine Fünfjährige sei."

Meg legte ihr Telefon weg. „Das muss noch nicht heißen, dass sie nicht da ist. Vielleicht ist sie ja nur oben."

„Sie schaut sich von sieben bis acht alte Folgen Matlock an, bevor sie zu Golden Girls umschaltet."

Meg gluckste. „Du weißt ja ganz schön viel über den Fernsehplan deiner Nachbarin."

„Sie ist da drüben ganz allein. Wir reden viel miteinander. Sie hat nur einen Sohn, und der ist ein Saftsack, der sie nie besucht. Sie ist eine alte Dame und redet gerne über so ziemlich alles. Deshalb weiß ich eben auch über alles Bescheid, was sie im Fernsehen anschaut. Und über ihren Garten. Und über das Bananenbrot, das sie jeden Donnerstag macht." Ich hatte ein flaues Gefühl im Magen und spürte das Bedürfnis, nach meiner alten Nachbarin zu sehen. Irgendwas stimmte da nicht.

„Du machst dir Sorgen. Man sieht's dir an." Meg legte eine Hand auf meinen Arm und ich lächelte.

„Sieht man nicht", erwiderte ich.

Sie strich mit der anderen Hand durch meine Haare und ich musste mich zwingen, nicht wie eine Katze zu schnurren. „Wenn du dir Sorgen machst, geh und sieh nach ihr." Sie ging in Richtung Eingangstür und winkte mich mit sich. „Ich komm mit."

„Wir klopfen nur mal an", pflichtete ich ihr bei.

Ein paar Augenblicke später standen wir auf Mrs. Hamiltons Veranda und ich klingelte an der Tür. Alles blieb still. Das ungute Gefühl wurde stärker.

„Das gefällt mir nicht." Ich versuchte, durch die Vorhänge ins Wohnzimmer zu schauen, aber ich konnte nicht viel erkennen.

„Du bist dir ganz sicher, dass sie nie irgendwo hingeht? Dass es ein Grund zur Sorge ist, dass ihre Lichter aus sind und sie nicht zu Hause zu sein scheint? Du hast gesagt, sie hat einen Sohn, vielleicht hat er sie ja zum Essen ausgeführt oder so", mutmaßte Meg.

„Wie gesagt, er taugt nichts. Taucht hier nur auf, wenn er Geld braucht." Ich drehte den Türknauf und die Tür öffnete sich, wobei mir ein Schwall kalte Luft entgegenkam.

„Mrs. Hamilton", rief ich, bevor ich den Gang betrat.

„Ich weiß nicht, ob wir einfach so in ihr Haus gehen sollten", sagte Meg, als ich bereits den Gang hinunter ging.

Mrs. Hamiltons Haus war komplett düster. Ich schaltete im Vorbeigehen ein paar der Lichter ein, Meg folgte mir.

„Hier scheint niemand zu sein", meinte sie.

„Wo zum Teufel kann sie sein?" Ich drehte das Licht in der Küche auf und bemerkte gleich, dass eine Menge Geschirr herumstand. Ich wusste von Mrs. Hamilton, dass sie ein Putzteufel war, also vergrößerte sich meine Beunruhigung nur noch mehr. Ich überlegte gerade, wen ich anrufen könnte, um nach ihr zu fragen, als Meg aus dem Garten nach mir rief.

„Adam, schnell!"

Ich rannte zur Verandatür hinaus. Meg kniete neben der reglosen Mrs. Hamilton, die seitlich zusammengekrümmt dalag, den Sonnenhut auf dem Kopf und noch immer mit den Gartenhandschuhen an den Händen.

„Mrs. Hamilton?", rief ich sie laut an, während ich sie behutsam auf den Rücken rollte. Ich beugte mich über die alte Dame, ein Ohr dicht an ihrem Mund. Ich schaute hinüber zu Meg. „Sie atmet." Ich holte mein Handy heraus und reichte es ihr. „Wähl den Notruf."

Ich wandte meine Aufmerksamkeit wieder Mrs. Hamilton zu. Ich bemerkte, dass ihre eine Gesichtshälfte schlaff war, also vermutete ich einen Schlaganfall. Angesichts ihrer Gärtnerkluft musste sie schon seit Stunden hier draußen liegen. Der Magen zog sich mir zusammen.

Meg kniete sich nun neben mich, das Handy ans Ohr gepresst, während sie mit der Notrufzentrale sprach. „Nein, sie atmet, ist aber ohnmächtig. Nein, ich weiß nicht, wie lange sie schon hier ist. Sie ist die Nachbarin von meinem Freund, wir haben nach ihr gesehen."

Selbst in der Hitze dieser Situation entging mir nicht, dass Meg Galloway mich soeben als ihren Freund bezeichnet hatte.

Die nächsten zehn Minuten vergingen wie im Rausch. Die Sanitäter kamen und luden Mrs. Hamilton auf eine Bahre. Meg bestand darauf, dass ich im Krankenwagen mitfuhr und sie uns folgen würde.

„Wir müssen ihren Sohn anrufen", sagte ich, während wir den Sanis hinterherliefen.

„Darum kann ich mich kümmern, bleib du bei Mrs. Hamilton", entschied Meg.

Im Krankenhaus wurde Mrs. Hamilton sofort in den OP gerollt und mir wurde ein Wartezimmer zugewiesen. Meg kam zwanzig Minuten später nach.

„Ich hab eine Nachricht auf Daniels Anrufbeantworter hinterlassen. Er ist nicht rangegangen", berichtete sie.

„Das überrascht mich nicht." Ich legte meine Arme um sie und drückte sie fest an mich. „Danke, Galloway."

Sie legte den Kopf schief, um mich anzusehen, stieg auf die Zehenspitzen und küsste mich auf den Mund. „Kein Grund zu danken."

Ich hob die Augenbrauen. „Übrigens hab ich vorher gehört, wie du mich deinen Freund genannt hast. Bin ich das denn nun?"

Meg stöhnte und stieß mich in die Seite. „Können wir unseren Beziehungsstatus bitte nicht hier im Wartezimmer vom Krankenhaus besprechen?"

Ich küsste die Spitze ihrer leicht nach oben geschwungenen Nase. „Dann findest du also, dass wir einen Beziehungsstatus haben, den es zu besprechen gilt?"

Sie presste ihre Stirn gegen meine Brust. „Du gibst nicht auf."

Ich drückte sie sogar noch fester. „So ist es, Baby. Dass du das auch nicht vergisst." Dieses Mal machte ihr der Kosename wohl nichts aus.

Wir warteten fast vier Stunden lang, bis endlich der Arzt kam. Meg und ich, die beide trotz einer Überdosis Koffein völlig erschöpft waren, sprangen auf die Beine.

„Wie geht's Mrs. Hamilton?"

„Adam, du weißt, dass ich dir keine Informationen geben kann, du bist kein Familienangehöriger. Dafür braucht man kein Jurastudium", antwortete er ernst.

Ich kannte Dr. Jameson schon mein Leben lang. Er und mein Vater spielten einmal im Monat zusammen Golf. Ich hatte mit seinem Sohn Dylan Baseball gespielt. „Dr. Jameson, Sie wissen aber auch, dass Mrs. Hamilton hier keine Familie hat. Wir können Daniel nicht erreichen. Sonst hat sie niemanden. Können Sie mir nicht einfach sagen, ob sie wieder wird?"

Ich wusste, dass das riskant war. Ich war sehr wohl vertraut mit den Grenzen der Vertraulichkeit in der Medizin. Die Statuten waren sehr deutlich bezüglich dessen, wer welche Informationen erhalten durfte. Ich wusste aber auch, dass Dr. Jameson ein einfühlsamer Mensch war. Der Arzt schloss sein Klemmbrett und schob seine Brille zurecht. „Ich kann dir keine Details geben, aber ich kann dir sagen, dass sie wieder gesund wird." Er trat dicht heran und sprach leise weiter. „Es war ein Schlaganfall, aber kein sehr heftiger. Sie hatte Glück, dass ihr sie gefunden habt." Er räusperte sich. „Sagt Daniel, dass er sich bei mir melden soll, sobald er kann." Er klopfte mir kräftig auf die Schulter, bevor er durch die Flügeltüren zurück in Richtung Operationssaal verschwand.

„Ich sollte hierbleiben, bis Daniel auftaucht", sagte ich an Meg gewandt.

„Du brauchst Schlaf, Ducate. Du siehst wie ein Untoter aus", stellte sie fest.

„Danke, du weißt echt, wie du einen aufrichten kannst", scherzte ich.

Meg legte mir eine Hand an die Wange. „Jemand muss sich ja drum kümmern, dass du auf dich aufpasst."

Ich strich mit meiner Hand über ihre. „Und dieser Jemand bist du?"

Wir standen ein paar Augenblicke so da, bevor sie sanft ihre Hand wegnahm. „Ich bleib hier bei dir."

„Nein, wenigstens einer von uns sollte schlafen", widersprach ich, aber Meg hatte sich bereits wieder gesetzt und nahm eine Zeitschrift, die sie durchzublättern begann.

„Du und ich, Ducate. Schon vergessen?" Sie lächelte und ich fand mich alsbald erneut in dem Stuhl neben ihr wieder. Sie küsste mich zärtlich und irgendwie fühlte es sich an, als wäre alles auf der Welt im Lot.

Kapitel neunzehn

Meghan

„Wo geht's denn hin so früh?", fragte Whitney, als ich fünf Tage nach Mrs. Hamiltons Schlaganfall morgens in die Küche kam.

„Ich geh noch im Krankenhaus nach Adams Nachbarin sehen, bevor ich mit der Arbeit am Gemälde anfange. Ich glaube, heute könnte es fertig werden", antwortete ich. Das war natürlich nur ein Teil der Wahrheit, denn ich plante auch, im Café vorbeizuschauen und Frühstück für Adam zu holen. Er wollte vor der Arbeit auch noch zu Mrs. Hamilton und hatte bestimmt zu essen vergessen.

Mit Adam fühlte es sich jetzt anders an. Das war es auch. Ich konnte nicht mehr weiter so tun, als ginge es nur um etwas rein Körperliches. Diesen Vorwand hatten wir spätestens beim Baden im Fluss weggewaschen.

Seine Erklärung zu hören, warum das damals alles geschehen war, hatte wehgetan, aber es hatte gleichzeitig einen Teil von mir geheilt, der lange Zeit verletzt war. Ich hatte feststellen müssen, dass ich auch unglaublich wütend auf mich selbst war. Wütend, weil ich so stur war und etwas zerstört hatte, noch bevor es eine Möglichkeit zum Wachsen gehabt hatte. Wenn es möglich gewesen wäre, ich hätte eine Zeitreise gemacht und die junge Meghan Galloway geohrfeigt, weil sie eine wirklich dumme Kuh war. Ich stellte außerdem fest, dass ich bereits begonnen hatte, Adam zu vergeben, und dass mein Zorn von etwas anderem ersetzt wurde. Etwas viel Stärkerem.

Aber ehrlich gesagt wusste ich echt nicht, was ich damit jetzt anfangen sollte.

Whitney schaute amüsiert. „Du gehst ins Krankenhaus, um nach Adams Nachbarin zu sehen?" Sie gluckste und schüttelte den Kopf. „Schätzchen, ich verdiene mein Geld auf Filmsets. Ich erkenne einen einstudierten Text, wenn ich einen höre."

Ich warf frustriert die Hände in die Luft. Zugegeben, die Dinge standen besser mit Whitney, aber es gab nach wie vor Barrieren zwischen uns, die nur die Zeit überwinden konnte. Ich war noch immer schnell genervt von so ziemlich allem, was sie sagte. Immerhin war das in den vergangenen Jahren mehr oder weniger zu meiner Standardreaktion auf sie geworden. Aber wie mit Adam lernte ich allmählich, meinen Zorn auf meine Schwester loszulassen. Ich hatte schon zu viele Leute wegen meines halsstarrigen Stolzes verloren und es war höchste Zeit, dieses vermaledeite Biest in Zaum zu kriegen.

„Das ist kein Text. Ich gehe ins Krankenhaus." Ich tat mein Bestes, nicht ertappt zu klingen. Aber es war mir offensichtlich nicht gelungen.

Whitney schaltete die Kaffeemaschine ein und nahm sich eine Tasse aus dem Schrank. Sie deutete fragend auf den Kaffee und ich schüttelte den Kopf. „Richtig, weil du ja ‚ins Krankenhaus' gehst." Die implizierten Anführungszeichen in ihrem Spruch machten mich unweigerlich sauer.

Ich schlang mir die Tasche über die Schulter und warf ihr einen Blick zu, den sie aus Erfahrung zu deuten wissen musste. Es war mein patentierter „Leg-dich-nicht-mit-mir-an-Blick", den viele Bewohner von Southport mit Vorsicht genossen.

Aber meine Schwester ließ sich davon nicht beeindrucken.

„Ich weiß, dass du mit Adam pennst. Mom hat mir erzählt, wie du ihn um sechs Uhr früh hier rausgescheucht hast. Sie sagt auch, dass du nachts nie zu Hause bist und dass du entschieden weniger … *verbissen* bist." Sie schenkte sich Kaffee ein und fügte ganze vier Löffel Zucker hinzu, was mir schon vom Anblick Zahnschmerzen bereitete.

„Verbissen? Mom sagt, ich sei verbissen? Irgendwie habe ich so eine Ahnung, dass das nicht Moms Worte waren." Ich zeigte meine Zähne und imitierte ein Lächeln.

Whitney nahm einen tiefen Schluck Kaffee und zuckte die Achseln. „Okay, vielleicht hab ich ja etwas übertrieben, aber du wirst ja wohl nicht bestreiten, dass dein kleines Bumsfest mit der Liebe deines Lebens deine Einstellung zum Positiven verändert hat."

Ich prustete und hätte mich fast verschluckt. „Er ist nicht die Liebe meines Lebens", bestritt ich verdattert.

Whitney hob mal wieder ihre Augenbrauen, sagte aber nichts dazu. Sie ließ mich einfach in meiner eigenen Marinade ziehen.

„Wie dem auch sei, ich muss später in der Stadt ein paar Besorgungen für Mom machen. Soll ich bei Adams Büro vorbeikommen und dich zum Mittagessen abholen? Gibt's die eine Burgerbude am Maple Drive noch?", fragte Whitney und steuerte behände von dem Thema weg, mit wem ich wohl meine Nächte verbrachte, auch wenn es jetzt in der Luft hing und nicht mehr zu vertreiben war.

Liebe meines Lebens. Liebe meines Lebens? Natürlich war er die Liebe meines Lebens.

Und was sollte ich deswegen jetzt unternehmen?

Das kindliche Verlangen, aus meiner Heimatstadt zu flüchten, brannte noch immer lichterloh, aber es fühlte sich zusehends wie etwas an, das ich fühlen *sollte*, weniger wie etwas, das ich tatsächlich fühlte. Aber konnte ich mich denn wirklich hier in Southport sehen? Das war die Frage. Was gab es hier für mich?

„Dein Leben ist hier. Bei mir."

Ich wusste, was Adam da suggerierte. Ich wusste, was er von mir wollte. Ich wusste nur nicht, ob ich es ihm geben konnte, ob ich das Gefühl würde loslassen können, im Leben versagt zu haben, wenn ich mich in dieser Kleinstadt niederließ, von der ich geschworen hatte, dass ich sie für immer hinter mir lassen wollte.

Mom hatte vor kurzem schließlich eingewilligt, Whitney das Haus kaufen zu lassen. Völlig überraschend hatte sie sich kaum gewehrt, als wir uns mit ihr hingesetzt und darüber gesprochen hatten. Die Aussicht darauf, den Rest ihrer Tage in dem Haus verbringen zu können, das sie und Dad für uns gemacht hatten, war wichtiger als ihr doofer Stolz.

Scheinbar waren alle Galloways dabei, sich von Dingen lösen zu lernen, die ihnen nur schadeten.

Aber jetzt, wo das geregelt war, fühlte ich mich wie ein überflüssiger Arm, der nur ohne echten Zweck herumbaumelte. Whitney war angeritten gekommen und hatte die Situation gerettet und ich hing jetzt in der Schwebe. Mir blieb nichts weiter, als das Wandgemälde abzuschließen und zurück in meine abgewirtschaftete Behausung in Brooklyn zu kehren.

Der Sirenengesang des Big Apple war aber lange nicht so deutlich zu vernehmen wie einst. Und es bedurfte keiner Wissenschaft, um herauszufinden, wessen Schuld das war.

Wäre es denn so schlimm? Ein Leben mit Adam aufzubauen?

Was sollte ich tun, wenn alles den Bach runterging?

Da war es also. Das wahre Problem. Denn ich hielt mich mit Todesgriff an der Angst fest. Er hatte mich einst verletzt. Würde er mich wieder verletzen?

Whitney fuchtelte mit einer Hand vor meinem Gesicht rum. „Hallo? Erde an Meghan."

Ich blinzelte und bemerkte erst jetzt, dass ich unangenehm lange ins Leere gestarrt hatte. „Oh, ja, klar, klingt super."

Ich winkte ihr kurz zu und eilte hinaus zu meinem Wagen, bevor sie mich noch weiter auseinandernehmen konnte.

Ich fuhr hinaus zum Krankenhaus und ging die Flure entlang zu Mrs. Hamiltons Zimmer. Die diensthabenden Krankenschwestern begrüßten mich, als ich eintrat.

Sie war die letzten fünf Tage über ohne Bewusstsein gewesen, deshalb war ich sehr überrascht, sie aufrecht im Bett sitzend anzutreffen, wie sie gerade Rührei mampfte. Die linke Seite ihres Gesichts hing noch immer leicht herab, aber längst nicht mehr so deutlich wie an dem Tag, als wir sie im Garten gefunden hatten. Alles in allem schaute sie gar nicht schlecht aus.

„Oh, ähm, Tschuldigung“, stammelte ich verdutzt, als ich sie so sah.

Mrs. Hamilton blickte mich aus klaren Augen an und auf ihrem Gesicht machte sich ein Lächeln breit. „Du musst Meg sein. Adam hat gemeint, du würdest kommen und nach mir sehen. Was für ein liebes Mädchen du bist. Komm, setz dich, leiste mir Gesellschaft, während ich mich hier selbst zwangsernähre.“ Ihre Stimme hatte einen angenehmen Klang und ich folgte ihr aufs Wort.

„Adam hat mir gar nicht erzählt, dass Sie wach sind“, sagte ich, nachdem ich mich in einen der unbequemen Stühle neben ihrem Bett gesetzt hatte.

„Er war genauso überrascht wie du. Sein Kinn ist auf dem Boden aufgeschlagen.“ Mrs. Hamilton kicherte, bevor sie ernst wurde. „Es tut mir leid, dass ich euch beiden so eine Bürde gewesen bin.“

Ich streckte mich und legte meine Hand auf ihre faltigen Finger. Diese fremde Frau, mit der ich bisher nur im ohnmächtigen Zustand zu tun gehabt hatte, war mir sofort sympathisch. „Sie sind absolut keine Bürde. Adam hat Sie sehr gern.“

Sie schniefte ein bisschen. „Er ist so ein wunderbarer Junge. Ich wünschte, mein Daniel wäre ein wenig mehr wie er.” Sie sagte den Namen ihres Sohnes mit einem bitteren Unterton. Ich kannte sie nicht, also wollte ich nicht nachhaken, und sie führte das Thema auch nicht weiter aus.

Ich wusste, dass Adam Mrs. Hamiltons Sohn vor ein paar Tagen dann doch noch erreicht hatte, aber er behauptete, dass er geschäftlich unterwegs sei. Da Adam erzählt hatte, dass er seit Jahren keinen Job länger behalten hatte, konnte man sich gut ausmalen, dass er log. Ich hoffte nur, dass er irgendwann doch noch das Richtige tun und seine Mutter besuchen würde.

„Adam sagt, du wärst jeden Tag hier gewesen. Das ist wahnsinnig lieb von dir, Meg. Unser Junge sagt auch, du wärst seine Freundin und dass du gerade wieder in die Stadt gezogen bist. Dass du Künstlerin bist. Ich würde zu gern etwas von deiner Arbeit sehen. Seine Augen leuchten richtig, wenn er von dir spricht. Nach dieser schrecklichen Chelsea hab ich mir schon Sorgen gemacht, er würde nie sein Glück finden.“ Mrs. Hamilton verschwendete jedenfalls keine Zeit. Man erkannte gleich, dass sie eine dieser Frauen war, die alles über jeden wussten, ohne dabei allzu aufdringlich zu sein. Ihr Antrieb schien von Liebe und Sorge um Adam geprägt zu sein, und das ließ mein Herz aufblühen.

„Scheint ja fast, als hätten Sie beide den Morgen damit verbracht, über mich zu tratschen", scherzte ich wohlmeinend und lachte dabei, um ihr zu verstehen zu geben, dass ich deshalb nicht böse war.

Mrs. Hamilton machte ein tadelndes Geräusch. „Ich tratsche nicht, das ist was für den Pöbel."

Ich löschte mein Lächeln. „Natürlich. Tut mir leid, dass ich sowas angedeutet hab."

Daraufhin gackerte Mrs. Hamilton vergnügt los. „Natürlich tratsche ich! Was soll eine alte Frau wie ich denn sonst tun?"

Sie war zum Brüllen und ich genoss ihre Gegenwart sehr. Jetzt wurde mir klar, wieso Adam in die Rolle ihres Beschützers geschlüpft war. Sie war der Prototyp der niedlichen Oma.

„Aber um Ihre Frage zu beantworten, ja, ich bin Künstlerin. Ich bin gerade dabei, das Wandgemälde für die Zweihundertjahrfeier der Stadt abzuschließen. Wenn Sie hier raus dürfen, nimmt sie Adam bestimmt mal mit, um es sich anzusehen."

Mrs. Hamilton legte ihre Gabel beiseite und den Deckel zurück auf ihren Teller. „Oder du nimmst mich mit. Mir würde es gefallen, wenn die Künstlerin ihre Arbeit selbst erklärt. Das wäre doch aufregend."

„Oh." Ich räusperte mich. „Ich weiß nicht sicher, wie lange ich noch hier sein werde. Aber wenn ich kann, werde ich das tun."

Mrs. Hamilton schaute mich aus verschlagenen Augen an. Man hätte nie gedacht, dass diese Frau vor fünf Tagen erst einen Schlaganfall gehabt hatte. „Tut mir leid, ich dachte Adam hätte gesagt, dass du jetzt hier lebst. Er hat mir den Eindruck vermittelt, dass ihr beide – "

„Ich hab noch keine konkreten Pläne gemacht. Ist alles noch ein bisschen unsicher", unterbrach ich sie, bevor sie sagen konnte, was sie sagen wollte.

Mrs. Hamiltons Augen waren voller Wärme. „Er wäre sicher sehr traurig, wenn du gehen würdest, ganz anders als bei seiner Exfrau." Ihre Grimasse machte sehr deutlich, wie ihre Meinung über Chelsea aussah. Kein Wunder, dass ich sie mochte.

Bevor ich antworten konnte, kam ein Arzt herein und ich verabschiedete mich mit dem Versprechen, am Abend wiederzukommen.

Mein Telefon summte in meiner Tasche, eine Nachricht von Adam.

Treffen zum Frühstück?

Ich tippte eilig eine Antwort.

Bin in zehn Minuten da.

Als ich in dem Café ankam, in dem Adam praktisch sein Leben verbrachte, fand ich ihn in einer der Tischnischen hinten, stirnrunzelnd über sein Handy gebeugt. Stirnrunzeln war eine Untertreibung. Sein Gesicht verriet viel eher das Verlangen, jemanden zu ermorden.

Ich näherte mich dem Tisch und glitt auf die Bank ihm gegenüber. Er schaute auf und seine Haltung wechselte augenblicklich. Er steckte sein Telefon weg und nahm meine Hände, beugte sich über den Tisch und küsste mich. Und ich hielt ihn nicht davon ab. Obwohl uns alle sehen konnten.

Es war gleichzeitig aufregend und furchteinflößend.

„Du hast mir nicht gesagt, dass Mrs. Hamilton wach ist", sagte ich und lehnte mich zurück, um einen kräftigen Schluck Kaffee zu nehmen. Adam hatte bereits für mich bestellt.

„Ich hab uns beiden den Bagel mit Speck und Eiern bestellt, wenn das okay ist. Und entschuldige, ich dachte mir, du würdest es dann eh erfahren, wenn du da bist. Ich hatte gleich in der Früh ein Konferenzgespräch mit Chelseas Anwalt", sagte er und verzog das Gesicht.

Zu diesem kurzen Statement gab es so einiges zu sagen. Also begann ich mal mit dem leichtesten Teil. „Ich kann mein eigenes Essen bestellen, Adam. Ich bin nicht mehr fünf." Adam hatte eine deutliche Neigung zum Alphamännchen. Manchmal störte mich das nicht, etwa wenn er mich an den Haaren zog und mir befahl, mich am Kopfteil festzuhalten, aber bei anderen Gelegenheiten irritierte mich sowas. Die Feministin in mir konnte nicht zulassen, dass er glaubte, er müsse sich um mich kümmern.

Adam rollte mit den Augen. „Sorry. Das nächste Mal lass ich dich hungern." Er nahm meinen Kommentar nicht ernst. Wohl auch deshalb, weil ich absichtlich einen Streit provozierte.

Wieso tat ich das?

Weil du Angst hast, dumme Kuh.

Seine Füße verhakten sich unter dem Tisch mit meinen und wir saßen zusammen da wie ein altes Ehepaar, das seinen Kaffee trinkt und sich dabei ankeift.

Lauf. Lauf. Lauf. Er tut dir wieder weh, wenn du nicht aufpasst. Pass auf.

Dann stürzte ich mich auf den zweiten Teil seiner Aussage. „Du hattest ein Gespräch mit Chelseas Anwalt? Worüber?"

Adam sprach nicht viel über den Scheidungsprozess mit Chelsea, sicher auch deshalb, weil ich nicht gefragt hatte. Ich versuchte zu vergessen, dass sie noch immer existierte. Auch wenn sie noch immer da war, ständig zwischen uns und bereit, meine ganze Unsicherheit zum Vorschein zu bringen.

Adam betrachtete mich mit suchendem Blick, bevor er antwortete. „Es scheint, als wolle sie den Trumpf der vernachlässigten Ehefrau ausspielen und diese Scheidung mit Händen und Füßen bekämpfen."

Ich konnte ihm nicht in die Augen sehen. „Das heißt also was?"

Adam räusperte sich – ein sicheres Anzeichen dafür, dass er sich unbehaglich fühlte. Denn diese Situation war ja auch wirklich alles andere als behaglich. Über die Exfrau reden mit der aktuellen – was? Fickfreundin?

Freundin?

Besseren Hälfte?

„Sie will die Scheidung nicht. Sie will, dass wir zur Eheberatung gehen. Sie besteht darauf, dass wir das tun, bevor die Papiere unterschrieben werden." Adam rührte in seinem Kaffee, obwohl kaum mehr etwas davon übrig war.

„Eheberatung", wiederholte ich dumpf.

„Ja. Und wenn ich nicht mein letztes Hemd in dieser Scheidung verlieren will, muss ich das unter Umständen wirklich tun. Das Ding ist, ich weiß, dass sie mich nicht will. Sie will einfach nur nicht, dass ich glücklich bin", erklärte er angewidert.

„Also musst du mitspielen", schloss ich, wobei mir das Herz bis zum Hals schlug. Es fühlte sich nur nach einer weiteren Bedrohung für uns an. Ein weiterer Grund dafür, dass das hier nie funktionieren würde.

Mit einer raschen Geste stand Adam auf und kam herüber auf meine Seite, setzte sich neben mich und legte seinen Arm um mich. Er nahm mein Gesicht in die freie Hand und bohrte seine Augen in mich. „Das sind nur wieder Chelseas Spielchen. Ich lasse sie nicht damit durchkommen. Ich werde nicht zulassen, dass sie diesen Schwindel von einer Ehe noch weiter hinauszieht. Du bist meine Zukunft, Meg."

Seine Zukunft. Sein Leben.

Die Kellnerin brachte unser Frühstück, aber mir war der Appetit vergangen. Das alles war viel zu viel, viel zu schnell. Ich liebte Adam und ich wollte ihm vertrauen. Und ich wollte bei ihm sein. Aber da gab es immer noch Chelsea. Und da gab es meine sehr reale Angst davor, dass mir das alles um die Ohren fliegen würde.

Ich schüttelte den Kopf und löste seine Hand von meinem Gesicht. „Ich muss mich an die Arbeit machen. Ich will heute noch fertig werden." Ich stand auf und entfernte mich von ihm.

„Was ist mit deinem Frühstück? Wir können's dir ja einpacken lassen und dann gehen wir gemeinsam rüber – "

„Nein", sagte ich etwas zu laut, was ich mit einem Lächeln überspielte. „Wir sehen uns später. Vielleicht kannst du mir ja noch einen

Kaffee mitnehmen.“ Ich tippte auf meine Uhr. „Die Zeit läuft.“

Adam wirkte besorgt, hielt mich aber nicht vom Gehen ab.

Er kannte mich gut genug, um mir nicht in die Quere zu kommen.

Kapitel zwanzig

Meghan

Ich verbrachte den Rest des Tages oben auf der Hebebühne beim Malen und Fertigstellen von Dingen, die noch etwas Nachbearbeitung brauchten. Adam kam ein paarmal heraus und schaute nach, ob ich noch irgendwas brauchte. Ich winkte ihn jedes Mal fort und beteuerte, dass ich alles hätte.

Natürlich konnte er durch mein gezwungenes Lächeln hindurchsehen.

Ich sah Adam um halb sechs Uhr gehen. Er hielt unter der Plattform an und schirmte die Abendsonne mit der Hand über den Augen ab. „Wie lange bleibst du noch da oben?", wollte er wissen.

Ich schaute hinab zu ihm und fand es einigermaßen schwierig, ihm in sein schönes Gesicht zu sehen. „Bis ich fertig bin", antwortete ich.

Adams Augen weiteten sich ein wenig. „Du glaubst, dass du heute fertig wirst?" Ich hörte den Schrecken in seiner Stimme. Er gab sich auch keine Mühe, ihn zu verbergen. Wir wussten beide, dass das Gemälde eine Verbindung zwischen uns beiden darstellte. Es hatte uns für eine bestimmte Zeitspanne aneinandergebunden. Ohne es mussten wir uns etwas überlegen. Ich war mir ziemlich sicher, dass wir beide Angst davor hatten, wozu das führen würde.

„Ich denke schon", sagte ich, tauchte den Pinsel in die Farbe und ging wieder an die Arbeit, um zu verdeutlichen, dass ich nicht reden wollte.

Adam stand noch eine Weile da und sah mir zu. „Es sieht wunderschön aus", meinte er letztlich.

Zunächst gab ich keine Antwort. Ich malte einfach weiter. Und als ich mich schließlich umwandte, um etwas zu sagen – ihm zu danken, ihm zu sagen, dass seine Worte mir fiel bedeuteten –, ging er bereits zu seinem Wagen.

Ich arbeitete noch zwei Stunden weiter und als ich schließlich kaum noch meinen Arm heben konnte, erklärte ich das Wandgemälde für vollendet. Ich senkte die Hebebühne auf den Boden ab, entlud meine Ausrüstung und die Farbe und tat einige Schritte zurück, um alles zu betrachten.

Ich hatte verdammt gute Arbeit geleistet. Es war ganz ehrlich das beste Kunstwerk, das ich je geschaffen hatte. Ich nahm mein Handy heraus und machte mehrere Fotos im spätabendlichen Sommerlicht, um sie in den Netzwerken und auf meiner Website zu posten.

Ich fühlte mich ganz kribbelig und euphorisch und konnte kaum fassen, was ich da kreiert hatte. Ich führte sogar einen kleinen Tanz auf, mitten auf dem Gehsteig, und es war mir ganz egal, ob mich jemand dabei sah.

Die einzige Person, mit der ich diesen Moment gern geteilt hätte, war Adam Ducate.

Und das sagte mir alles, was ich zu wissen brauchte. Also schluckte ich meine Zweifel und bösen Vorahnungen hinunter und beschloss, meine Zukunft hier und jetzt zu leben.

**

Ich fuhr in den nächsten Laden und holte zwei Flaschen Champagner. Ich wollte nicht nur die Fertigstellung meines Gemäldes feiern, sondern auch die Tatsache, dass ich endlich meinem Herzen wieder die Zügel überlassen und meinem Hirn sein blödes Maul stopfen wollte.

Ich wollte bei Adam sein. Ich liebte ihn. Ich wollte ein Leben mit ihm. Ich wollte ihm sagen, dass wir gemeinsam die Zukunft meistern würden. Dass wir etwas aufbauen würden. Zusammen.

Ich platzte vor einer Art von Glück, die ich kaum wiedererkannte. Das war nur Adam zu verdanken. Ich fuhr zu seinem Haus und ließ den ganzen Weg über schnulzige Liebeslieder schmettern. Nur Adam Ducate konnte mich dazu bringen, mir die abgeschmacktesten Rockballaden anhören zu wollen.

Das knallige Auto in der Auffahrt fiel mir nicht auf. Ich wünschte, ich hätte darauf geachtet. Das hätte mich auf den Vorschlaghammer vorbereiten können, der mir kurz darauf ins Gesicht geschlagen wurde.

Ich öffnete meine Haare und bauschte sie mit den Fingern auf, wobei ich mir noch dachte, dass ich frische Klamotten mitbringen hätte sollen. War aber auch nicht so wichtig, ich wollte mich eigentlich eh so schnell wie möglich von Adam entkleiden lassen. Was kein Problem sein sollte nach dem, was ich ihm sagen wollte.

Ich grinste wie eine Blöde, als ich an der Tür klingelte und dabei die zwei Flaschen Schaumwein umklammerte. Ich würde Adam gleich erzählen, dass ich es mit einer echten Beziehung versuchen wollte. Dass ich das Ende der Malarbeiten nicht auch zum Ende für uns machen wollte. Dass New York nicht wichtig war. Dass das einzige Leben, das ich wollte, mit ihm war. Wir hatten lang genug gewartet, um zusammen zu sein. Es war Zeit, mit der Sturheit abzuschließen und die zweite Chance anzunehmen, die sich uns bot.

Die Tür öffnete sich.

„Adam – "

Sein Name fiel wie ein Klumpen Blei zu meinen Füßen, denn es war nicht Adam, der vor mir stand.

„Hallöchen, Zwei-Rücken-Galloway. Was machst du denn bei *mir* zu Hause?" Chelsea trug ein knappes Seidenkleid, ihre voluminösen Brüste quollen oben hervor. Ihr blondes Haar wogte in perfekten Wellen über ihre Schultern hinab. Die kollagengefüllten Lippen waren leicht geteilt und formten einen vollendeten Schmollmund. Und sie stand da, in Adams Tür, als gehöre ihr die Bude. Als hätte sie jedes Recht, hier zu sein.

„Was willst du hier?", fragte ich mit hochkochender Wut. Was war hier los? Ich schaute über ihrer Schulter nach Adam, konnte ihn aber nirgends sehen. Der Geruch von Essen lag in der Luft und Musik kam aus den Boxen im Wohnzimmer. Ließ er etwa Justin Bieber laufen? In welche Hölle war ich hier geraten? Mehrere entzündete Kerzen auf dem Tisch fielen mir ins Auge, die den Raum in ein romantisches Ambiente tauchten.

Chelsea stemmte eine Hand in ihre Hüfte und schnippte sich die Haare über die Schulter, wobei sie die Augen zu Schlitzen verengte. „Ich lebe hier, Meg. Also, ich frag dich noch mal, Zwei-Rücken, was tust du vor *meinem* Haus?"

Ihr Haus.

Ihr Haus.

Das konnte doch nicht sein.

„Weiß Adam überhaupt, dass du hier bist, du verdammter Psycho?" Ich brodelte und überlegte mir schon, mir mit Gewalt Zutritt zu verschaffen.

Chelsea lachte, ein nervtötend glockenheller Klang. Gott, wie ich sie hasste. „Natürlich weiß er das, du Dummerchen. Er ist in der Küche und macht unser geliebtes Chicken Marsala." Sie beugte sich zu mir vor, als hätte sie ein Geheimnis zu teilen. „Das war das Essen, das wir auf unserer Hochzeitsreise in Rom immer gegessen haben."

Das konnte einfach nicht sein. Adam wollte nichts mit Chelsea zu tun haben.

„Lass mich mit Adam reden. Jetzt", bellte ich in ihre Fratze.

Sie tat einen Schritt zurück, offensichtlich erschrocken über meine Aggression. Doch dann wandte sie den Kopf über ihre Schulter und rief: „Adam, hier ist jemand, der dich sehen will."

Und ich hörte seine Stimme aus dem Haus, gedämpft, aber klar. „Was?"

Er war hier. Er war wirklich hier. Und Chelsea war bei ihm.

Chelsea, die natürlich die Enttäuschung in meinem Gesicht erkannte, drehte das Messer in der Wunde um. „Wir gehen zur Therapie. Wir geben unserer Ehe noch eine Chance." Sie besah mich mit einem affektierten Lächeln. „So macht man das, wenn man sich liebt. Man gibt nicht einfach auf. Adam weiß, dass wir zusammengehören. So war es immer." Sie musterte mich von Kopf bis Fuß und kräuselte abschätzig die Lippen. „Du kannst meine Veranda jetzt verlassen."

Und dann schlug sie mir die Tür vor der Nase zu.

Ich blieb stehen, die zwei Flaschen in Händen, und fühlte mich wie der dümmste Mensch auf Erden. Mit leichtem Schwindel kramte ich fahrig ein Stück Papier und einen Stift aus der Tasche, schrieb schnell eine Notiz und befestigte sie am Champagner, den ich vor der Tür stehen ließ.

Dann rannte ich zum Wagen und stieg gerade noch rechtzeitig ein, bevor die Tränen zu fließen begannen.

**

Ich war froh, dass Mom mit Adams Mutter unterwegs war, als ich nach Hause kam. Ich wollte nicht erklären müssen, wieso ich dem emotionalen Zusammenbruch nahestand. Die Eingangstür fiel hinter mir zu und ich ließ mich daran hinab zu Boden sinken. Ich zog die Knie an die Brust, begrub mein Gesicht in den Händen und schluchzte, wie ich es seit Dads Tod nicht mehr getan hatte.

Und das wegen einem beschissenen Mann.

Ich fühlte mich über alle Maßen erbärmlich und ich wollte mich nur zusammenrollen und sterben, denn der Kerl, an dem ich meine Träume festgemacht hatte, hatte sich als genau das erwiesen, wofür ich ihn schon immer gehalten hatte.

Ein Arschloch erster Güte.

Ich wurde das Bild nicht los von Chelsea mit ihrem perfekten, schlanken Körper in dem verdammten hauchdünnen Fetzen Stoff, der ihr wie angegossen passte. Dann stellte ich mir auch noch Adam vor, wie er ihr den Fetzen auszog und sie mit dem Mund berührte –

„Aaarghhh!", schrie ich aus voller Kehle und ließ alles raus.

Whitney erschien in der Wohnzimmertür, ein paar Ohrhörer um den Hals und mit perplexem Gesicht. „Was um alles in der Welt, Meg?" Doch dann schaute sie mein Gesicht genauer an. Ohne ein weiteres Wort nahm sie meine Hände und hievte mich auf die Beine. „Lass ihn das nicht mit dir machen. Niemals darfst du einem Mann solche Macht über dich geben." Sie schüttelte mich sanft, aber ihr Gesicht war voller Donnergroll.

Meine Lippen zitterten und ich versuchte nicht weiter zu schluchzen. Verdammt, ich hasste Schwäche in jeder Form und ich wollte mir selbst eine runterhauen. „Ich hab meine Deckung aufgegeben, Whit. Ich hab zugelassen, dass ich ihn wieder liebe. Ich hätte es doch wissen müssen."

Und dann heulte ich wieder, wo ich doch geschworen hatte, nicht mehr zu heulen.

Whitney lenkte mich in die Küche, setzte mich dort an den Tisch und füllte den Teekessel, bevor sie ihn auf den Herd stellte. Sie holte zwei Tassen und eine Teeschachtel mit grün-braunem Etikett hervor.

„Ich geb dir was von meinem Entspannungstee. Mach keinen Aufstand. Trink ihn einfach und vertrau mir", sagte sie und tauchte ein paar Teebeutel zum Ziehen ins kochende Wasser.

Ein kräftiger moschusartiger Duft erfüllte den Raum. „Was ist das denn für ein Tee?", wollte ich wissen, als sie mir eine dampfende Tasse vor die Nase stellte.

„Trink", befahl sie. Ich tat wie geheißen und nahm einen vorsichtigen Schluck.

Ich schaute meine Schwester etwas befremdet an. „Du weißt schon, dass da Gras drin ist, oder?"

Whitney gab mir einen Blick, der sagte: „Ach was?"

„Das macht ihn ja so entspannend. Und das ist rein zu medizinischen Zwecken, also verurteil mich nicht. Und jetzt trink aus und dann erzähl mir, was los ist."

„Ich würde dich nicht dafür verurteilen, dass du Tee mit Weed trinkst. Für andere Dinge ja, aber das nicht", scherzte ich. Dann trank ich die Hälfte des heißen Getränks, bis ich ein angenehm benebeltes Gefühl bekam und alles in meinem Kopf ein wenig verschwamm. Es war, als hätte man mich in Watte gehüllt. Und es nahm meiner extremen Wut ein wenig die Schärfe.

„Ich hasse ihn", verkündete ich fest. „Ich hasse ihn so sehr." Ich nahm noch einen Schluck. „Adam Ducate ist ein Arschloch."

Noch ein Schluck.

Whitney füllte meine Tasse wieder bis zum Rand. „Was ist passiert? Du kannst mir vertrauen, das weißt du."

Ich versetzte ihr einen zweifelnden Blick. „Warum? Weil wir uns in den letzten Jahren immer so nahegestanden sind? Was weißt du überhaupt über gebrochene Herzen? Die einzige ernste Beziehung in deinem Leben ist doch mit deinem blöden Job."

Whitney pustete in ihren Tee, bevor sie daran nippte. „Ich weiß mehr über gebrochene Herzen, als du denkst, Schwesterchen", hauchte sie leise. So leise, dass ich sie kaum hören konnte.

Ich schnaubte. „Ja, sicher. Ich denke doch, über irgendwelche spektakulären Trennungen hätte ich von Mom erfahren."

Whitney schüttelte den Kopf. „Keine Trennung. Nicht wirklich. Es war … etwas anderes."

Selbst in meinem leicht berauschten Zustand konnte ich doch die Schwere spüren, die plötzlich auf meiner Schwester zu liegen schien. Dass sie da von einer Geschichte sprach, die auf eine Weise schmerzvoll war, die ich nicht verstand.

Ich stellte meine Tasse hin, wandte ihr meine ganze Aufmerksamkeit zu und war froh, mich auf etwas konzentrieren zu können, das nichts mit Adam zu tun hatte. „Was ist passiert?", fragte ich und erwartete eigentlich schon, dass sie sich vor mir verschließen würde. Das hatte sie über die Jahre oft genug getan, es hätte mich also nicht überrascht.

Zu meinem Erstaunen begann sie zu sprechen

„Ich weiß, ich war in der letzten Zeit nicht ganz leicht – "

„Untertreibung des Jahres, Whit. Du bist zur Oberzicke geworden", sprang ich ihr gleich wieder ins Wort.

Whitney verzog das Gesicht, widersprach aber nicht. „Manchmal verändern einen Dinge eben, Meg. Sie verändern dein Wesen bis in die Zellstruktur. Ich hab gelernt, dass ich, um die Tage zu überstehen, nicht mehr die Whitney Galloway sein konnte, die ich war. Ich musste zu jemand Härterem werden. Jemand, der nicht verletzt werden konnte. Denn wenn ich mir erlaubt hätte zu *fühlen*, dann würde ich heute ziemlich sicher nicht mit dir hier sitzen."

Ich ließ mich im Stuhl zurückfallen, komplett überrumpelt. „Was zur Hölle ist denn passiert, Whitney? Das hat doch nicht etwa damit zu tun, dass dich Kyle Webber in LA besucht hat, oder doch?"

Meg wirkte alarmiert. „Wer hat dir das erzählt?"

„Was ist passiert?", wiederholte ich und ignorierte ihre Frage.

„Es hat nichts mit Kyle zu tun. Kyle war – ist – wundervoll. Er hat definitiv Besseres verdient als das, was ich ihm gegeben habe", sagte sie traurig.

An dieser Geschichte gab es eine Menge, das ich hören wollte, und auch wenn ich wusste, dass jetzt nicht der Moment war, früher oder später würde ich es irgendwie aus ihr rauskriegen.

„Scheiße passiert, Meg. Schlimme Sachen. Und man lernt, damit umzugehen, und man kommt drüber weg. So hab ich es jedenfalls gemacht."

Es klang nicht gerade so, als wäre sie drüber weg. Womöglich hatte sie es unterdrückt. Es weggeschoben, an einen Ort, wo es ihr nicht mehr wehtun konnte. Aber wenn ich irgendwas aus meiner tragisch-melodramatischen Vergangenheit gelernt hatte, war es, dass nichts je im Verborgenen bleibt. Es kam irgendwann zurück und verfolgte einen. Und wenn man gerade glaubte, in ein glänzendes, neues Leben einzutreten, dann stiegen die aufgestauten Emotionen wieder aus der Asche auf wie ein angepisster Phönix.

Ich legte meine Hand auf ihre und drückte sie. „Ich bin hier. Ich war immer hier."

Whitney drehte ihre Handfläche nach oben und verschränkte ihre Finger mit meinen, wie wir es immer gemacht hatten, als wir kleine Mädchen waren. „Ich weiß. Vielleicht, eines Tages …"

Mein Handy begann zu klingeln und zerstörte den Moment.

„Bah", knurrte ich und fischte es ungeschickt aus meiner Tasche. Ich schaute auf den Bildschirm und hätte es am liebsten in eine Ecke gepfeffert. „Adam."

Es klingelte weiter, während ich seinen Namen in leuchten grünen Buchstaben anstarrte. Dann wurde es still. Zehn Sekunden später klingelte es erneut. Ich schickte den Anruf zur Mobilbox.

„Willst du mir erzählen, was heute passiert ist? Was überhaupt mit euch beiden passiert ist?"

Whitney schien die Kontrolle über sich selbst wiedererlangt zu haben. Ihre vorübergehende Verletzlichkeit war zwar passé, aber ich nahm mir vor, das nicht zu vergessen. Eines Tages, wenn ich wieder vernünftig denken konnte, würde ich herausfinden, was ihr zugestoßen war, und dann würden wir uns das gemeinsam anschauen. Wie wir es immer schon hätten tun sollen.

Ich seufzte. Geräuschvoll und ausgedehnt. „Ich hab ihn so lange gehasst. Er hat mir wirklich wehgetan", begann ich zu erzählen.

Whitney stand auf, schnappte sich eine Dose von Moms Keksen und brachte sie an den Tisch, was ich gut fand, denn ich war plötzlich, sehr, sehr hungrig. „Ich war dabei, schon vergessen? Ich hatte einen Platz in der ersten Reihe von dem ganzen Spektakel."

Mein Handy begann schon wieder zu läuten, doch dieses Mal schaltete ich das Ding aus. Ich nahm drei Kekse aus der Dose und nach kurzer Überlegung griff ich mir noch einen vierten. „Ich bin hierher zurückgekommen und hab mir eingebildet, ich könnte ihm aus dem Weg gehen."

Whitney lachte. „Komm schon, Meg, so naiv warst du doch wohl nicht wirklich. Wir reden hier von Southport. Man trifft seine gesamte Kindergartengruppe jedes Mal, wenn man in den Supermarkt geht."

„Ich weiß, ich weiß. Es war Wunschdenken." Wir lächelten einander an und es war gut, wie in alten Zeiten mit ihr zu reden. „Aber dann bin ich Der Herr der Ringe anschauen gegangen – "

„Alter, diese Filme haben noch nie zu irgendwas Gutem geführt", intonierte Whitney dramatisch.

Ich zerknüllte eine Papierserviette und warf sie nach ihr. „Hey, das sind meine Lieblingsfilme!"

„Das weiß ich, du hast mich etwa eine Million Mal gezwungen, sie mir anzusehen." Sie grinste.

„Vielleicht nicht grad ganz eine Million", stellte ich klar. „Wie dem auch sei, ich bin ins Kino gegangen und natürlich war dann auch Adam da, weil das Universum mir eins auswischen will."

„Natürlich", stimmte Whitney trocken zu.

Ich ignorierte ihren Sarkasmus.

„Er hatte eine Flasche dabei und wir haben uns betrunken – "

„Prost." Sie hob ihre Tasse und nahm einen Schluck.

„Lässt du mich jetzt die Geschichte erzählen oder nicht?" Ich legte die Stirn in Falten, mein Kopf fühlte sich schwer an. Whitney hob die Hand und machte eine Geste, als würde sie die Lippen versiegeln. Also fuhr ich fort. „Wir haben also ein bisschen was getrunken. Dann hat eins zum andern geführt. Und ehe ich mich versehe, liegt meine Unterwäsche auf dem Boden und wir bumsen wie die Eichhörnchen, dass ich mir den Hintern an diesen beschissenen Kinosesseln aufreibe."

Whitney verschluckte sich und hustete so, dass sie sich die Hand vor den Mund halten musste, um nicht den ganzen Tisch mit Tee vollzuspucken. Als sie sich wieder mehr oder weniger gefangen hatte, wischte sie sich den Mund ab. „Du hattest Sex im Kino? Ich hatte ja keine Ahnung, dass du so eine Exhibitionistin bist."

„Wir waren die Einzigen dort", protestierte ich.

„Soweit du weißt", lachte sie.

Ich wollte mir nicht vorstellen, dass uns irgendwelche notgeilen Teenager beobachtet haben könnten, wie wir gerade zugange waren. „Wie auch immer. Wir hatten Sex. Dann bin ich gegangen. Dann ist er die Eiche vor meinem Zimmer raufgeklettert – "

„Ist er etwa zehn? Was zur Hölle? Er hätte sich das Genick brechen können. Was für ein Trottel", schimpfte Whitney.

„Du bist echt schlecht im Zuhören", tadelte ich.

„Sorry, aber das ist auch eine verrückte Geschichte."

„Wem sagst du das!“ Ich stopfte mir einen Keks in den Mund, kaute und schluckte schwer, bevor ich meine rührselige Erzählung fortsetzte. „Also, natürlich hatten wir danach wieder Sex.“

Whitney rollte die Augen gen Himmel. „Natürlich.“

„Und jetzt schlafen wir seit fast einem Monat miteinander. Und wir reden hier von unglaublichem Sex. Die Sorte, bei der sich die Zehen verkrampfen.“ Ich lächelte, obwohl mein Herz so schmerzte. „Er macht diese Sache mit seiner Zunge – “

„Hey, hey, halt. Ich will nichts von Adams Zunge hören. Komm schon. Verschon mich, bitte”, unterbrach mich Whitney erneut.

Ich wischte ihren Kommentar weg. „Ach was. Der Mann kann ficken wie ein Gott. Es ist zum Kotzen, wie gut er ist. Das ist wahrscheinlich auch der Grund dafür, dass Chelsea zurückgekommen ist und sich mehr holen will”, nuschelte ich in meinen Tee hinein.

Whitneys Augen weiteten sich. „Ah, jetzt verstehe ich.“

„Es sollte doch nur Sex sein, Whit. Heißer, verrückter Sex mit Haare ziehen und Arsch versohlen.“

„Meg, bitte“, stöhnte Whitney auf, aber ich ignorierte sie.

„Aber heute hab ich begriffen, dass ich mehr will als nur eine Fickbeziehung. Ich hab begriffen, dass ich nicht zurück nach New York will. Dass ich mir mit ihm auf der Couch Filme reinziehen will. Ich mag es, mitten in der Nacht versaute Nachrichten hin und her zu schreiben. Ich mag es, ihm dabei zuzusehen, wie er Popcorn in der Mikrowelle anbrennen lässt.“

Whitney schob die Schachtel Kekse in meine Richtung. „Das ist ja schlimmer, als ich gedacht hab. Iss mehr Zucker.“

Ein Schluchzen entfuhr mir. „Ich mag sein bescheuertes Grübchen und das fehlende Eck an seinem Zahn, das er aus irgendeinem Grund nie hat richten lassen, obwohl er mehr Geld als Verstand hat. Ich hab also dieses ganze lebensverändernde Zeug begriffen und wusste einfach ganz sicher, dass es ihm gleich ging. Er hat zu mir gesagt, mein Leben gehöre hierher, zum Teufel noch mal. Er hat mich *Baby* genannt!“

Whitney hielt mir ein Taschentuch hin und ich wischte mir die Augen. „Ich brauch mehr von diesem Tee. Ich bin nicht entspannt genug“, sagte ich. Whitney erhob sich und setzte noch mal Wasser auf. „Also, weil ich so eine Idiotin bin, stelle ich mir schön vor, wie toll es heute Abend wird. Ich hab Adams Gesicht vor Augen, wenn ich ihm erzähle, dass ich mit ihm zusammen sein will. *Richtig* mit ihm zusammen sein. Wir hätten dann abgefahrenen Affensex gehabt – “

„Meg, ich werd dich ab jetzt jedes Mal mit kaltem Wasser abspritzen, wenn du wieder damit anfängst“, warnte mich Whitney.

Ich nahm die heiße Tasse entgegen, die sie mir reichte, und starrte in die trübe Flüssigkeit, während mir die Tränen von den Wangen liefen. „Es hätte der Anfang für uns werden sollen. Ich fahre also mit Champagner zu seinem Haus, um den Abschluss des Wandgemäldes zu feiern – "

„Du bist fertig? Das ist ja großartig! Ich kann's kaum erwarten, es zu sehen!", rief Whitney enthusiastisch dazwischen, aber ich ließ sie nicht das Thema wechseln. Ich war in Fahrt gekommen.

Ich legte einen Finger auf die Lippen und brachte sie zum Schweigen. „Ich gehe also zu seinem Haus und klopfe an die Tür und die verfickte Chelsea, die Hurenschlampe von Sloane, macht mir auf in ihrem winzigen Fetzen von einem Kleid. Ich konnte ihre Titten sehen, Whit. Und sie waren unglaublich." Ich verschlang noch zwei Kekse, obwohl mein Magen rebellierte. Ich hoffte, mich nicht übergeben zu müssen.

„Die lassen sich doch scheiden, oder? Vielleicht hat sie ja irgendwelchen Psychoscheiß abgezogen und in seiner Küche einen Hasen geschlachtet", warf Whitney ein.

„Adam war da. Ich hab ihn gehört", sagte ich niedergeschlagen. Meine Augen begannen wieder zu brennen. Ich hatte das Weinen gründlich satt, aber ich schien nicht aufhören zu können. Der Entspannungstee half nicht. „Ich dachte, er wollte mit mir zusammen sein. Alles, was er in den letzten vier Wochen gesagt und getan hat, hat darauf hingedeutet."

Ich vergrub das Gesicht in meinen Armen auf dem Tisch und begann wieder zu schluchzen. Verdammter Adam Ducate!

Whitney legte ihren Arm um meine Schulter. „Tut mir leid, Schwesterherz. Wenn er mit Chelsea rummacht, während er mit dir rummacht, dann ist er deine Tränen nicht wert. Aber vielleicht ist das auch gar nicht das, was da eigentlich los ist. Vielleicht ist da ein Missverständnis passiert."

Ich richtete mich auf und wischte mir den Schnodder von der Nase, wobei ich laut schniefte. „Es macht keinen Unterschied, ob sie poppen oder nicht. Ich kann ihm nicht vertrauen. Ich werde mich nie davor sicher fühlen, dass er mir nicht noch mal wehtut."

Whitney seufzte. „Das ist zehn Jahre her, Meg – "

„Und gerade eben hab ich die Schlampe praktisch in Unterwäsche bei ihm zu Hause gesehen!" Meine Stimme war schrill angeschwollen. „Ich kann das nicht mit ihm tun. Ich kann es nicht."

Meine Schwester zog mich in eine Umarmung und ich weinte an ihrer Schulter, genau so wie vor all diesen Jahren. Wegen demselben dämlichen Jungen.

Sie streichelte meinen Rücken. „Wenn ein Mann dich mehr zum Weinen als zum Lächeln bringt, dann ist er deine Zeit nicht wert, Meg. Lass dir das von einer gesagt sein, die es wissen muss."

Brachte mich Adam mehr zum Weinen als zum Lächeln?

Nein.

Aber diese vielen Tränen waren echt richtig Scheiße.

Es klingelte an der Tür. Whitney und ich schreckten auf und huschten gemeinsam ins Wohnzimmer, um hinter dem Vorhang herauszugucken.

„Es ist Adam", flüsterte Whitney.

„Nein. Ich will ihn nicht sehen." Ich trat vom Fenster zurück, als die Klingel erneut schrillte.

„Meg! Ich weiß, du bist da drin! Dein Wagen steht hier draußen! Verdammt noch mal, mach die Tür auf!", polterte Adam und hämmerte mit der Faust gegen die Tür.

„Er tritt sie noch ein", flüsterte Whitney mit weit aufgerissenen Augen.

„Er wird schon wieder gehen. Wir müssen nur leise sein", raunte ich zurück.

Natürlich ging Adam nicht. Er war nicht der Typ zum Aufgeben.

„Vielleicht solltest du mit ihm reden. Dir seine Seite der Geschichte anhören", schlug Whitney vor, während Adam unablässig den Klingelknopf drückte und dabei mit der Hand halb die Tür einschlug.

„Meg, ich werde alle deine Nachbarn aufwecken! Mach einfach die Tür auf! Es ist nicht das, was du denkst! Sie ist einfach aufgekreuzt! Ich hatte keine Ahnung!"

Whitney starrte mich an. „Hörst du das? Es klingt – "

„Ist mir egal, wie es klingt. Chelsea wird immer zwischen uns stehen. Er ist nicht meine Zukunft. Wir passen ganz einfach nicht zusammen. Nicht so." Ich wusste nicht mal, ob das Sinn ergab, aber vor mir selbst hörte es sich logisch an.

Whitney schaute nicht zufrieden aus. „Ich finde, dass du dich unglaublich stur aufführst, Meg."

„Nicht, Whitney. Bitte nicht." Ich verkroch mich in eine Ecke und versuchte ihn mit Willenskraft zum Gehen zu bringen.

Nach zehn weiteren Minuten wurde es still. Whitney löste sich von mir und ging zur Tür.

„Nicht!", rief ich noch, doch es war bereits zu spät. Sie öffnete die Tür und Adam saß auf der Schwelle, den Kopf in die Hände gestützt. Er schaute hoch zu meiner Schwester und sprang auf.

„Whitney, wo ist Meg?", fragte er und klang dabei erschöpft und unglaublich traurig.

Whitney schaute zu mir zurück und ich schüttelte den Kopf. „Sie will dich nicht sehen, Adam“, sagte sie zu ihm.

Ich kroch weg, sodass er mich nicht sehen würde, aber ich konnte ihn noch durch den Türspalt beobachten. Ich sah, wie sich sein Kiefer anspannte. „Sie hat das alles falsch verstanden. Chelsea und ich sind nicht zusammen.” Er machte einen Schritt vor, doch Whitney stellte sich ihm in den Weg. „Hörst du mich, Meg? Chelsea und ich sind nicht zusammen!“, schrie er ins Haus hinein.

„Hör auf, Adam. Das hilft dir nicht weiter. Lass ihr einfach etwas Zeit – “

Adams Gesicht wurde böse. „Das ist einfach lächerlich. Du hörst mich doch, Meg?“, rief er. „Du siehst immer gleich das Schlimmste in mir. Verstehst du eigentlich, wie sich das anfühlt? Wenn die Frau, die man liebt, in einem nichts als Narben und Schmerzen sieht? Du willst dran glauben, dass ich dir wehtun werde, also konnte ja nichts anderes passieren! Hab ich Recht?“ Er trat zurück und stopfte seine Hände in die Hosentaschen. „Ich kann dich nicht dazu zwingen, die Wahrheit zu sehen, wenn du sie einfach nicht sehen willst.“

Er ging die Stufen hinab, ließ die Schultern niedergeschlagen hängen. „Ich werde dir nicht nachjagen, Meg. Weil ich keine Chance hab, dich einzufangen.“ Seine Stimme brach gleichzeitig mit den Resten meines Herzens. „Und nur dass du’s weißt, nicht Chelsea hat uns kaputt gemacht, sondern du. Du hast uns in Fetzen gerissen.“

Dann war er weg.

Whitney schloss die Tür. Und ich zerbrach in tausend Stücke.

Kapitel einundzwanzig

Adam

Dass alles im Eimer war, wusste ich bereits, als ich zur Dusche herauskam und den Geruch von Chicken Marsala in der Nase und den Klang von Justin Bieber im Ohr hatte.

Eher würde die Hölle zufrieren, als dass ich mir freiwillig Justin fucking Bieber angehört hätte.

Jemand rief meinen Namen. Ich hörte es kaum, weil ich mir gerade die Haare mit dem Handtuch rubbelte. Ich rief: „Was?", aber niemand antwortete. Ich hoffte, dass es Meg war. Ich hatte mir gewünscht, sie würde vorbeikommen, sobald sie mit dem Gemälde fertig war.

Ich erschrak. Meg war fertig mit dem Gemälde. Ich wusste noch immer nicht, was das für uns bedeutete, aber ich war entschlossen, es herauszufinden. Und wenn sie hier war und kochte, dann musste das ein gutes Zeichen sein. Aber wieso um alles in der Welt spielte sie dieses schreckliche Katzengejaule?

„Meg? Was tust du – ?"

Ich lief ins Schlafzimmer und fand Chelsea auf meinem Bett liegend vor. Mit ihren Kleidern auf dem Boden. Ihre Brüste stolz präsentiert. Die Beine hatte sie leicht gespreizt, um mir zu zeigen, dass sie frisch vom Waxing kam.

„Hallo, Darling", schnurrte sie und drückte den Rücken durch, wobei ihr Haar aufs Kissen fiel.

„Was zur Hölle tust du hier? Raus aus meinem Bett. Und zieh dir was an!", schrie ich sie an, nahm das Stück kaum existenten Stoffes auf und warf es ihr hin.

Chelsea ließ sich nicht aus der Ruhe bringen. „Ich werde nicht gehen, bevor wir über uns gesprochen haben. Wir müssen uns überlegen, wie wir das in Ordnung bringen. Ich glaube nicht, dass du eine Scheidung willst." Sie schlüpfte in das Negligee, doch es bedeckte nicht viel. Ich konnte noch immer mehr von meiner zukünftigen Exfrau sehen, als mir lieb war.

Ich spürte unbändige Rage. Unbändigen Zorn. Doch dann löste sich das alles auf. Wie eine zerplatzte Seifenblase. Ich ließ alles los und es schwebte ins Nichts davon. Chelsea war unwichtig. Ihre Spielchen ohne Bedeutung.

Denn ich hatte jetzt Meg. Und das nahm all dem hier seine Macht.

Ich schaute Chelsea an – diese Frau, von der ich die letzten zehn Jahre gedacht hatte, ich würde sie lieben – und fühlte nur Mitleid mit ihr, denn ich war ihr gegenüber nicht fair gewesen. Ich war die Ehe mit ihr auf unehrliche Weise eingegangen. Ich hatte ihr nie mein ganzes Ich gegeben. Sie hatte nie auch nur einen Bruchteil meines Herzens besessen.

Chelsea war nicht die einzig Böse in dieser Situation.

„Du musst das nicht tun, Chelsea. Du musst nicht deinen Körper verwenden, um zu bekommen, was du willst. Sei besser als das." Ich reichte ihr meinen Bademantel, den sie in offensichtlicher Verwirrung entgegennahm.

„Es tut mir leid, Chelsea", sagte ich und setzte mich auf die Bettkante.

Sie wirkte überrumpelt, ihre falschen Wimpern blinzelten in rascher Abfolge. „Wofür entschuldigst du dich?"

„Dieses beschissene Chaos von einer Ehe", antwortete ich.

Chelsea kroch herüber zu mir, versuchte aber nicht, mich zu berühren. Ausnahmsweise einmal schien sie aus dem Konzept gebracht zu sein. „Deshalb hat doch mein Anwalt die Eheberatung vorgeschlagen – "

Ich schaute sie an. Schaute sie wirklich an. Sie war egoistisch und oberflächlich, manchmal richtiggehend grausam. Aber das bedeutete nicht, dass sie nur meinen Zorn verdiente. Ich war für diese Situation genauso verantwortlich wie sie.

„Du hast mich nie geliebt, Chelsea. Tu nicht so, als wäre es anders. In dieser Ehe ist es niemals um Liebe gegangen. Es ging um Zweckmäßigkeit. Du wolltest Status und ich wollte jemanden, um mir beim Vergessen zu helfen."

Chelsea zog die Brauen zusammen und schürzte die Lippen. „Ich hab dich geliebt, Adam. Ich liebe dich immer noch."

„Du liebst mein Geld. Und das ist okay. Sei einfach ehrlich zu dir selbst", entgegnete ich. Chelsea schaute weg, ohne zu dementieren. Dieses Schweigen war das Ehrlichste, was sie mir gegenüber je zum Ausdruck gebracht hatte.

„Es war anstrengend, mich immer mit ihr messen zu müssen, weißt du", sagte sie nach einer Weile. Sie hatte das aufgesetzte Trillern aus ihrer Stimme genommen. Sie wollte mich weder verführen noch manipulieren. Eine willkommene Abwechslung.

„Ich wusste nicht, dass du das Gefühl hattest, dich mit irgendjemandem messen zu müssen", sagte ich aufrichtig.

Chelsea schnaubte unelegant. „Ach komm schon. Denkst du etwa, ich wüsste nicht, dass du immer nur Zwei-Rücken – " Ich funkelte sie an und sie machte eine Grimasse. „Sorry, Meghan. Ihr zwei wart zum

Totlachen. Einfach jeder wusste, dass ihr ineinander verknallt wart, außer euch selbst."

„Wieso wolltest du dann mit mir zusammen sein?", fragte ich verwirrt.

Chelsea verdrehte die Augen. „Weil du Adam Ducate bist. Jedes Mädchen wollte dich. Ich wollte, was keine haben konnte. Ist ein ziemlicher Ego-Boost, wenn man den Jungen für sich beansprucht, den alle für unerreichbar gehalten haben."

Ich wusste nicht, ob ich mich beleidigt fühlen sollte oder nicht. Ich entschied mich dagegen. Es war egal.

„Es tut mir leid", sagte ich noch einmal. Es schien mir das Einzige zu sein, was ich dazu sagen konnte.

Chelsea zuckte mit den Schultern. „Ich wusste, in welches Nest ich mich lege. Und wir hatten doch auch gute Zeiten, nicht?" Sie klang so jung, so verletzlich. Diese Chelsea kannte ich noch nicht. Sie war nicht vollkommen scheußlich.

„Ja, schon", stimmte ich zu, denn sie hatte recht. Es war nicht alles schlecht. Nur eben das meiste.

Wir saßen zusammen da, ohne zu sprechen, nahmen uns einen Augenblick, um das Ende einer gemeinsamen Dekade zu verarbeiten.

„Keine Eheberatung, Chelsea. Wir müssen beide neu anfangen. Du kannst die Wohnung in Aspen haben, aber das Haus am See gehört mir."

Chelsea wischte sich die Augen trocken. „Keine Eheberatung. Ich unterzeichne die Papiere morgen Früh." Sie erhob sich und bauschte ihre Haare auf, stemmte eine Hand in die Hüfte. „Ich muss mich nicht an einen Mann klammern, der mich nicht will. Es gibt größere und bessere Fische da draußen als Adam Ducate."

Ich lächelte und sie lächelte zurück. Ihre Stellungnahme war keine Beleidigung. Das war vorbei.

„Du fängst dir einen verdammten Wal, kein Zweifel", scherzte ich und auch sie musste lachen.

Ich folgte ihr nach unten und hielt ihr den Mantel hin, den sie über die Couch geworfen hatte. Ich musste den Bieber abwürgen, bevor ich noch irgendwas zerschlug.

Chelsea schlang sich ihre Designertasche über die Schulter und hielt an der Tür noch einmal inne. „Ich sollte dir wohl sagen, dass Meg vorher hier war."

Ich blieb wie angewurzelt stehen, jeder Muskel spannte sich. „Was?"

Chelsea zuckte zusammen. „Ich hab die Tür aufgemacht – "

„In diesem Aufzug?", wollte ich wissen.

Sie nickte. „Sie war nicht glücklich." Ich konnte mir denken, was sie jetzt dachte. Fuck. Fuck. Fuck. „Es tut mir leid, wenn ich das für dich versaut hab, Adam." Zum ersten Mal klang sie wirklich aufrichtig. Das wirkte seltsam an ihr.

Ich seufzte und holte meinen Schlüssel. „Wenn es versaut ist, dann nicht wegen dir, Chelsea." Und das war die Wahrheit. Die Angelegenheit zwischen Meg und mir griff tiefer als das. Vertrauen war schwer wiederaufzubauen, wenn es mal gebrochen war. Ich hoffte nur, dass Meg mir eine Möglichkeit ließ, es noch einmal zu versuchen.

Ich trat auf die Veranda hinaus und sah zwei Flaschen Champagner, die an die Hauswand gelehnt waren. Ein Stück Papier klemmte unter einer davon.

Ich nahm es, las es und das Blut gerann mir in den Adern.

Es waren nie nur du und ich. Danke, dass du mir die Wahrheit gezeigt hast.

Meg

Es war zu spät.

Gott, es war zu spät.

Ich fühlte meine Welt in tausend Stücke zerbrechen.

**

Zwei Tage waren seitdem vergangen. Meg sprach nicht mit mir und ich hatte es aufgegeben, sie dazu zwingen zu wollen. Wir hatten kurz vor etwas Großartigem gestanden und sie hatte das alles weggeworfen wegen einem Missverständnis. Ich konnte ehrlich nicht mehr so tun, als wäre Chelsea die Wurzel des Problems. Nein. Es ging weit darüber hinaus. Und die Einzige, die es lösen konnte, war Meghan.

Ich vermisste sie. Ich sehnte mich nach ihr. Ich fühlte mich verdammt noch mal nicht vollständig ohne sie. Ich nahm ein Dutzend Mal mein Handy, um ihr zu schreiben, sie anzurufen. Ich verlor fast den Verstand.

„Was ist dir denn über die Leber gelaufen? Macht dir eine Alte zu schaffen?", fragte mich Jeremy irgendwann am dritten Tag ohne Meg. Er hatte ja keine Ahnung, welche Tür er mit seinem üblichen Gelaber da aufgestoßen hatte.

„Schieb ab, Wyatt", schnauzte ich. Ich versuchte, an einem meiner vielen Fälle zu arbeiten, aber ich drehte mich seit einer Stunde um denselben Absatz im Kreis. Also gab ich schließlich auf und knallte den Laptop energisch zu.

„Gottseidank sind die von der Steuer absetzbar, so wie du das Zeug vermöbelst", scherzte Jeremy, aber seine Augen verrieten Besorgnis.

„Wenn du was zu sagen hast, sag es. Ich bin nicht in der Stimmung für Geplänkel", murrte ich und stützte den Kopf in die Hände.

Würde es als Stalking gelten, wenn ich bei Megs Elternhaus vorbeifuhr? Ich wollte einfach nur sehen, ob sie da war. Ich hatte Angst davor, dass sie ihr Zeug packen und einfach nach New York abhauen würde, ohne dass ich je davon erfuhr.

Vielleicht sollte ich bei June anrufen. Sie würde mich anhören. Sie liebte mich. Oder ich hätte Mom fragen können ... nein. Das konnte ich nicht tun. Ich wollte ihr nicht erklären müssen, wieso der Gedanke an Megs Abreise mich in Panik versetzte.

Wenn ich so fühlte, dann sollte ich sie einfach anrufen.

Aber ich wusste aus Erfahrung, je mehr ich Meg drängte, desto weiter würde sie weglaufen. Und ich wollte nicht, dass sie so weit weglief, dass ich sie nicht mehr finden konnte.

„Adam."

Ich hatte gar nicht bemerkt, dass Jeremy etwas gesagt hatte. Er schnippte mit den Fingern vor meinem Gesicht herum

„Was?", blaffte ich.

Jeremy setzte sich in den Stuhl mir gegenüber und legte ausnahmsweise nicht auch gleich die Füße hoch, als gehöre ihm der Laden. Jeremys Neigung, das Eigentum an allem und jedem zu beanspruchen, war gewiss eine seiner widerlicheren Eigenschaften. Er beugte sich vor und stützte die Ellbogen auf die Knie. „Was ist los, Ducate? Du läufst schon seit Tagen hier rum, als hättest du eine Regenwolke über dem Kopf hängen. Niemand kann irgendwas zu dir sagen, ohne dass du ihm gleich an die Gurgel springst. Du hast Lena gestern angeschrien, weil sie dir zum Mittagessen das falsche Sandwich gebracht hat. Das war uncool, Mann. Du kannst ja ein Arsch zu mir oder Robert sein, aber lass deine Schwester in Frieden."

„Wie bitte?", fragte ich perplex. Ich war es nicht gewohnt, dass Jeremy mein Verhalten kritisierte. Normalerweise war das meine Aufgabe. Und seit wann war er Lenas Beschützer?

„Du hast mich schon gehört. Sei ein Arsch, aber spar dir das für den Gerichtssaal." Jeremy lehnte sich im Stuhl zurück und verschränkte die Arme vor der Brust. „Lass mich raten, deine fabelhafte Laune hat entweder mit deiner Oberschlampe von Ex zu tun oder mit der scharfen Künstlerin, bei der du ihn seit einem Monat wegsteckst."

Meg und ich waren wohl nicht so raffiniert gewesen, wie wir gedacht hatten. „Beides", murmelte ich, ohne mir die Mühe zu machen, den letzten Part zu bestreiten.

Jeremy war zufrieden mit sich selbst. „Hab ich mir gedacht. Ich bin ein verdammter Profi darin, Menschen zu lesen. Vergiss nicht, ich hab die Wendung am Ende von Die üblichen Verdächtigen in den ersten fünf Minuten schon vorausgesagt."

„Himmel, gibst du deswegen immer noch an? Der Film ist über zwanzig Jahre alt. Komm mal runter." Ich verkniff mir jedoch jegliche Boshaftigkeit.

Lena steckte ihren Kopf herein. Sie wirkte, als hätte sie sich auf das Schlimmste gefasst gemacht. War ich in letzter Zeit wirklich so ein Arschloch gewesen? Ich kannte die Antwort bereits. „Dein Ein-Uhr-Termin ist da." Sie warf Jeremy einen Blick zu und ich hätte schwören können, dass da irgendeine nonverbale Kommunikation abging. Seit wann lief das denn? Es schien mir, als hätte ich eine Menge Meetings verpasst. „Ist alles in Ordnung bei euch?"

„Alles gut. Stimmt's, Ducate?", fragte Jeremy, nachdem er aufgestanden war.

Ich öffnete achselzuckend meinen Laptop.

Jeremy versetzte mir einen ernsten Blick. „Entweder du unternimmst etwas bezüglich deiner Lage oder du kommst drüber weg. Aber schlurf hier nicht rum und blas Trübsal. Das passt nicht zum harten Image des Adam Ducate."

„Ja, ja, jetzt verpiss dich endlich und lass mich arbeiten." Ich jagte meinen Partner zwar aus meinem Büro, aber ich wusste seinen Rat zu schätzen, ganz egal, wie er vermittelt worden war.

**

Der Rest des Tages verging recht schnell und ich schaffte es noch vor sieben Uhr aus dem Büro. Der Gedanke an einen langen, leeren Abend allein hatte mir zu schaffen gemacht. Als mich meine Mutter also kurzfristig anrief und zum Abendessen einlud, freute ich mich sehr über die Gelegenheit.

Es hatte etwas Heilendes, bei der Familie zu sein, wenn man ganz tief unten war. Ich brauchte jetzt die Normalität eines Essens mit der Art von Konversation, die nur meine Eltern und meine Schwester bieten konnten.

„Mom, ich hab dir die Käseröllchen mitgebracht, die du magst", rief ich, als ich die Küche meiner Eltern betrat. Ich schaute mich geschwind um und hoffte fast, dass wie beim letzten Mal ein paar unerwartete Gäste da sein würden.

Lena stand am Herd über einen Wok gebeugt, der wie wild dampfte. Sie wirkte etwas gestresst, als sie die Flammen unter Kontrolle zu bringen versuchte, die bereits am Rand der Pfanne hinaufzüngelten. Dad hackte Zwiebeln und Karotten auf dem Tresen. Er winkte mir über die Schulter zu. Sonst war niemand da. Schien wohl eine reine Familienangelegenheit zu werden. Ich unterdrückte so gut ich konnte meine Enttäuschung.

„Brauchst du den Feuerlöscher?", fragte ich meine Schwester, die mich anfunkelte.

Mom wirbelte herein und brachte eine Wolke Parfum und Haarspray mit. Sie küsste mich auf die Wange und drückte mir ein Bier in die Hand. „Lena hat heute das Regiment, also setz dich, genieß es und komm ihr nicht in die Quere."

„Lena kocht? Ist das nicht gefährlich?", fragte ich und mir zog sich innerlich alles zusammen. Meine Schwester war nicht gerade berühmt für ihre Kochkünste.

„Das hab ich gehört, Arschloch", versetzte sie mir vom Herd aus.

„Sei nicht gemein, Adam. Und jetzt geh und mach's dir bequem, trink dein Bier." Sie schob mich in Richtung des Stuhls am Fenster. Dann beugte sie sich herab und sprach leise weiter, so dass meine Schwester sie nicht hören konnte.

„Wir werden so tun, als sei es das beste Essen, das wir je gegessen haben, okay?"

„Na schön, aber wenn wir alle eine Lebensmittelvergiftung bekommen, dann bin ich der erste, der dir sagt, dass ich's ja gewusst hab", flüsterte ich zurück, froh darüber, dass das Zischen des Woks unsere Unterhaltung übertönte.

„Lena, du musst das Gas ein bisschen runterdrehen. Du verbrennst das Gemüse", griff Dad ein und beobachtete dabei nervös den Rauch, der von der Pfanne ausging.

„Ich hab das letzte Woche in meinem Kochkurs gemacht, ich weiß schon, was ich tue", entgegnete Lena.

„Kochkurs?", fragte ich.

„Lena geht schon seit ein paar Monaten in einen Kochkurs", klärte mich meine Mutter auf.

„Toll, wie gut du immer zuhörst, Blödmann." Lena streckte mir die Zunge raus.

„Kinder, Kinder, benehmt euch", rügte Dad.

„Ich freu mich, dass du den riesigen Stock aus deinem Arsch gezogen hast – ich meine Po. Tschuldigung, Mom", fügte Lena hinzu.

„Wieso hat dein Bruder einen Stock in seinem Po?“, wollte Mom wissen, während sie das Besteck aus der Schublade holte, um den Tisch zu decken.

„Ich vermute, er steht in Zusammenhang mit Meg Galloway“, antwortete Lena, bevor ich sie zum Schweigen hatte bringen können. Ich nahm einen Schluck Bier und wünschte mir dabei, meine vorlaute Schwester würgen zu können.

„Und wieso sollte Meg einen Stock in Adams Po tun?“, fragte Mom und Lena und ich prusteten beide los.

„Weil sie und ich den letzten Monat gemeinsam verbracht haben.“ Ich nahm an, es würde am besten sein, es gleich von vornherein zuzugeben. Sonst hätte Lena es für mich getan. Und anscheinend war ja sowieso schon der halbe Ort über unser Verhältnis informiert.

Dad jauchzte und reckte eine Faust in die Luft. „Ich wusste es!“ Er hielt die Hand auf in Richtung meiner Mutter. „Du schuldest mir fünfzig Mäuse, Marion.“

„Na schön“, machte meine Mutter genervt, öffnete ihre Handtasche, holte eine Fünfzigernote heraus und knallte sie in Dads ausgestreckte Hand.

„Moment mal, ihr beide habt auf Meg und mich gewettet?“, fragte ich.

Dad steckte das Geld in die Tasche. „Ich hab deiner Mutter gesagt, dass ich glaube, dass da was läuft zwischen euch beiden. Leslie Blankenship hat vor ein paar Wochen behauptet, dass sie euch zusammen im Kino gesehen hätte.“

Oh, Scheiße.

„Ich hab Leslie nicht gesehen.“ Meine Stimme war ein wenig zu schrill. Lena hob eine Augenbraue, aber ich beachtete sie nicht weiter.

„Sie hat euch beide in der Lobby gesehen. Sie war mit ihrem Enkel im Kino und hat gemeint, ihr beiden hättet ganz innig getan“, bemerkte Dad süffisant.

Puh. Es wäre mir nun wirklich nicht recht gewesen, wenn der ganze Ort von unserem Stelldichein im Kino erfahren hätte.

„Und ich war der Meinung, dass, wenn du und Meg miteinander ausgeht, du bestimmt etwas zu deiner Mutter gesagt hättest.“ Mom verengte die Augen zu schlitzen und ich fühlte mich wieder wie mit zehn.

„Und ich war der Meinung, dass junge Leute manche Dinge eben lieber für sich behalten, anstatt sie vor der ganzen Welt kundzutun“, meldete sich Dad erneut zu Wort.

„Ich bin nicht die ganze Welt, Tom. Ich bin seine Mutter. Und wenn er *romantisch* Zeit mit einer Person verbringt, die wie eine zweite Tochter für mich ist, dann hätte ich doch wenigstens gedacht, dass er uns –"

„Es war nicht romantisch, Mom. Zumindest am Anfang nicht", mischte ich mich ein und unterbrach ihre beginnende Tirade.

Mom legte die Hand auf die Hüfte. „Und was war es dann?"

Scheiße. Da hatte ich mich ja schön reinmanövriert. Ich musste wie ein Reh im Scheinwerferlicht ausgesehen haben.

„Es war nur Sex, Mom. Sie waren nicht wie Freund und Freundin", antwortete Lena schadenfroh an meiner Stelle und genoss ganz offensichtlich meine Unbehaglichkeit. „Sie waren Bumsbekannte."

Mom japste nach Luft. „Wie kannst du sowas sagen, Lena? Meg ist nicht so ein Mädchen. Und unser Adam wäre niemals so ungehobelt." Mom war sowas von prüde.

„Marion, die Dinge sind anders heute. Es ist nichts Falsches daran, eine rein sexuelle Beziehung zu führen. Ist ja auch nicht so, als hätten wir bis zur Ehe gewartet." Dad zwinkerte Mom zu und ich wollte mich unter dem Tisch verkriechen.

Lena lachte sich einen Ast ab, die Verräterin.

„Können wir dieses Gespräch bitte beenden?", stöhnte ich und fragte mich, ob ich einfach zur Tür hinausrennen und erst in ein paar Kilometern anhalten sollte.

„Nein, können wir nicht. Ich habe gerade herausgefunden, dass mein Junge mit der Tochter meiner besten Freundin geht, nein, Entschuldigung, *bumst*, und anscheinend bin ich die Letzte, die es erfährt", schimpfte Mom. Gottverdammt, meine Mutter hatte soeben das Wort ‚bumsen' verwendet. Ich war ganz offiziell in eine andere Dimension eingetreten.

„Wir haben es niemandem erzählt, Mom." Wieso musste ich mit meiner Mutter meine geheime Beziehung besprechen? Fahr zur Hölle, Lena.

„Dein Vater hat's gewusst", schniefte Mom.

„Ist auch egal, es ist vorbei. Erledigt. Beendet. Es gibt nichts zu besprechen. Also lasst uns das vergessen." Ich krallte mein Bier so fest, dass ich das Glas hätte zerbrechen können.

„Und er führt sich seit Tagen wie ein riesen Vollidiot auf. Ich vermute mal, es wurde nicht auf die beste Art beendet", verkündete Lena. Ich wünschte wirklich, sie hätte endlich die Klappe gehalten.

Moms Verärgerung machte mütterlicher Sorge Platz. Sie setzte sich neben mich an den Tisch und legte ihre Hand auf meinen Arm. „Was ist passiert, Schatz?“

Ich seufzte. Das Thema zu meiden würde eindeutig nicht funktionieren. Da konnte ich auch gleich alles preisgeben. Also erzählte ich vor meiner Familie in der Kurzfassung, was mit Chelsea und Meg vorgefallen war.

„Alter, die Schnepfe braucht einen Maulkorb“, schnauzte Lena.

Mom schaute streng. „Ich hab Chelsea noch nie gemocht. Sie kam mir immer unaufrichtig vor.”

Das war auch eine Art, es auszudrücken.

„Sie stellt kein Problem mehr dar. Ich hab heute Morgen einen Anruf von ihrem Anwalt bekommen, sie hat der Scheidungsvereinbarung zugestimmt.“ Das war die eine gute Sache, die aus dieser ganzen vertrackten Situation hervorgegangen war.

„Na, immerhin“, sagte meine Mom und tätschelte mir die Hand, als wäre ich immer noch ein Kind.

„Und was ist dann das Problem? Es war doch nur ein Missverständnis. Das muss Meg doch einsehen.“ Lena nahm das Essen vom Ofen und begann es formlos in die Schalen zu kippen.

„Ich weiß nicht, was Meg denkt. Sie will nicht mit mir reden. Und ehrlich gesagt hab ich es satt, dass sie sich immer dafür entscheidet, nur das Schlechteste in mir zu sehen.“ Es war die Wahrheit und auch wieder nicht. Ich hatte es satt, aber nicht satt genug, um nicht mit ihr zusammen sein zu wollen. Ich fand nur einfach nicht, dass es meine Aufgabe war, etwas zu unternehmen.

Lena knallte mir die Schüssel vor die Nase. „Männer sind solche Trottel“, erklärte sie.

„Hä?“ Ich verstand nicht, weshalb sie so aufgebracht war. Ich hätte erwartet, dass Mom sie tadelte, aber die nickte stattdessen nur und stimmte meiner aufbrausenden Schwester zu.

„Das sind sie. Ich hatte gehofft, dass ich dich nicht zu einem Trottel erzogen habe, Adam.“ Mom schien schwer enttäuscht.

Ich wandte mich Dad zu. „Hast du eine Ahnung, was die da reden?“

Dad schüttelte den Kopf, hielt aber weise den Mund.

„Meg denkt, du hättest Chelsea schon einmal ihr vorgezogen“, begann Lena.

„Ich hab ihr aber gesagt, dass das Schwachsinn ist. Ich hab ihr erklärt, wieso ich getan hab, was ich getan hab. Das muss ich doch wohl nicht noch mal wiederholen“, protestierte ich.

Mom und Lena schürzten die Lippen und starrten mich gemeinsam an. Ich fühlte mich selbst unter ihren Blicken zusammenschrumpfen. Himmel, waren die furchteinflößend.

„Liebst du sie?", fragte Mom rundheraus.

„Ja", antwortete ich ohne zu zögern. Es gab einige Dinge, zu denen ich immer stehen würde, und dass ich Meghan Galloway liebte, gehörte inzwischen dazu.

„Sie will, dass du dich für sie entscheidest. Sie will, dass du sie auch weiterhin daran erinnerst, dass sie es ist, die du willst. Wir sind alle tief drinnen ein bisschen unsicher, du musst ihr zeigen, dass sie immer schon diejenige war, die du brauchst. Diejenige, für die du dich immer entscheiden wirst", klärte mich Lena altklug auf.

„Wir wollen alle von den Füßen gehauen werden. Also geh und hau diese wundervolle Frau von ihren Füßen", fügte Mom mit einem Lächeln hinzu.

„Und das funktioniert?" Ich klang sowas von kleinlaut. Sowas von verängstigt. Und das war ich auch. Wenn es um Meg ging, hatte ich schreckliche Angst. Angst davor, sie für immer zu verlieren.

Mom legte ihre Hand auf meine. „Manche Dinge sollen einfach sein. Und du und Meg, ihr seid so eine Sache. Das hab ich schon gesehen, als ihr noch Kinder wart."

„Und was, wenn es schon zu spät ist? Was ist, wenn sie zurück nach New York geht? Was, wenn – ?"

„Und was ist, wenn morgen die Welt untergeht? Was soll's? Sei ein Mann, Adam. Schnapp sie dir", schnauzte Lena, die ganz offensichtlich die Geduld mit mir verlor.

Alle drei schauten mich voller Erwartung an.

„Na gut." Ich stand auf, ohne mein Essen angerührt zu haben. „Ähm, soll ich das wegräumen – ?"

„Geh!", riefen Mom, Dad und Lena einstimmig.

„Na gut. Ich geh ja schon!" Ich ging in Richtung Tür, hielt dann noch einmal inne und drehte mich um.

„Danke."

Kapitel zweiundzwanzig

Meghan

Ich stand inmitten meines Zimmers und fühlte mich, als wäre ich im Treibsand gefangen. Ich konnte mich nicht bewegen, obwohl ich wusste, dass ich hier nicht bleiben konnte. Ich hatte Damien zuvor angerufen und ihm gesagt, dass ich in ein paar Tagen zurück nach New York kommen wollte.

„So früh schon?“, hatte er gefragt.

„Ich bin fertig mit allem, was ich hier zu tun hatte“, war meine Antwort gewesen, wobei ich meine Traurigkeit verbarg. Ich hatte gedacht, ich würde so schnell wie möglich zurück nach New York wollen, zurück zu meinem Leben.

All das hatte sich geändert. Jetzt brachte der Gedanke an die Abreise nichts als Schmerzen. Aber ich konnte nicht bleiben. Nicht jetzt, wo es mit Adam vorbei war. Ich konnte es nicht riskieren. Ich konnte mich nicht der täglichen Qual aussetzen, eine Kleinstadt mit ihm zu teilen. Nicht jetzt, wo ich wusste, wie es sich anfühlte, ihn so absolut zu lieben. Was ich für Adam als hormongesteuerte Teenagerin gefühlt hatte, verblasste im Vergleich zu der alles verschlingenden Liebe, die ich für ihn als Erwachsene empfand.

Es war zum Kotzen.

„Du klingst nicht glücklich. Ich dachte, du hasst es da unten in der Kleinstadtidylle“, hakte Damien nach. „Ich habe den Eindruck, das könnte etwas mit einem gewissen Herrn mit Grübchen zu tun haben, von dem du geschworen hast, dass du ihn meiden würdest.“

„Ich muss zurück zu meinem Leben – “

„Weil dein nächster Job als Kellnerin mit Mindestlohn ganz oben auf der Prioritätenliste steht“, warf Damien zurück. „Jetzt komm, es klang doch eigentlich, als hättest du da unten ein ganz gutes Ding laufen. Du hast dich so glücklich angehört wie lange nicht. Was ist los?“

„Hör zu, du kannst in der Wohnung bleiben, bis du was anderes gefunden hast, falls du dir deswegen Sorgen machst“, sagte ich scharf und viel zu aggressiv.

Damien ließ einen tiefen Pfiff vernehmen. „Wow, Mädel, irgendwas macht dir aber definitiv zu schaffen. Willst du Papa Damien echt nicht erzählen, was los ist?“

„Es gibt nichts zu erzählen. Es ist einfach Zeit für mich zu gehen."

„Okay, na schön. Aber irgendwas geht da ab bei dir. Irgendwas Großes. Irgendwas, weswegen du die Hosen voll hast. Ich kenne dich, Meg. Ich kann die Panik in deiner Stimme hören. Und ich glaube, du solltest dir selbst ein bisschen Zeit geben, bevor du allzu große Entscheidungen triffst. Diese Wohnung hier läuft dir nicht davon. Und du findest immer irgendeinen Scheißjob. Du hast doch selbst gesagt, dass du zum ersten Mal seit Jahren gemalt hast, ich meine wirklich gemalt."

„Ja, hab ich. Aber malen kann ich überall. Das muss ich nicht hier tun", bemerkte ich.

„Und wieso hast du das dann vorher nicht getan?"

Seine Frage traf ins Schwarze.

Und voll ins Herz.

Aber ich wollte nicht mit dem Herzen denken. Nicht mehr. Mein Herz war ein Trottel.

„Ich schreibe dir, wenn ich hier losfahre", sagte ich und beendete damit die Unterhaltung.

„Okay, Schätzchen. Pass auf dich auf, wir hören bald voneinander."

Ich legte auf und fühlte mich noch schlechter als zuvor.

„Malen kann ich überall", sagte ich laut in den leeren Raum hinein.

Ich öffnete meinen Schrank und fand das Bild, das ich in meiner ersten Nacht hier gemacht hatte. Ich hatte es seitdem nicht mehr angesehen.

Jetzt tat ich es.

Es war ein Chaos aus Wasserfarben. Sonnenauf- und Sonnenuntergänge, alles vermischt in einem Meer aus Farbe. Und in der Mitte schwarze Umrisse zweier Leute. Eine Frau mit Haaren wie Feuer. Ein Mann mit einem Lächeln wie die Sonne.

Sie trieben auf dem Rücken inmitten der Wogen aus Farbe. Die Arme ausgestreckt, aber die Finger eng verschlungen. Sich festhaltend. Nie loslassend. Und ihre Gesichter einander zugewandt.

Immer einander zugewandt.

Denn diese zwei Menschen sahen immer nur einander.

„Wah!", stöhnte ich auf und wollte das Bild zum Fenster hinauswerfen.

Aber ich wollte es nicht verstecken. Ich hatte es satt, die Dinge vor mir herzuschieben. Selbst wenn sie schmerzten.

Ich musste raus aus dem Haus. Ich fürchtete zu ersticken.

„Mom, ich bin eine Weile unterwegs", rief ich nach hinten, wo sie und Whitney gerade zusammen Brot backten. Mom war richtig aufgelebt seit Whitneys Ankunft. Scheinbar hatte die Anwesenheit meiner älteren Schwester mehr zu heilen vermocht, als ich alleine je im Stande gewesen wäre.

„Okay. Bring Eiscreme mit. Du hast alles aufgegessen", rief sie zurück.

Ich schnappte mir den Schlüssel und das Bild von Adam und mir und ging zum Wagen. Ich hatte keine Ahnung, wieso ich es mitnahm, aber ich wollte es nicht zurücklassen, also legte ich es in den Kofferraum und fuhr dann in die Stadt.

Ich wusste nicht einmal, wohin ich unterwegs war, bis ich vor seinem Haus hielt. Sein Auto stand nicht in der Auffahrt, obwohl es Samstag war. Was zur Hölle hatte ich vor? Auf seiner Veranda rumhängen, bis er nach Hause kam? Ich holte das Bild aus dem Kofferraum und ging auf seine Eingangstür zu.

Ließ ich das hier für ihn zurück?

Wozu? Ich hatte deutlich gemacht, dass es keine Zukunft für uns gab.

Aber dieses Bild sprach etwas in mir an, das anders dachte. Die zwei Gestalten in dem Bild waren keine Darstellungen von Adam und Meg in unserer Vergangenheit. Sie waren Adam und Meg im Hier und Jetzt. Ich hatte es gemalt, bevor wir zu etwas anderem geworden waren, und doch schien es, als hätte mein Herz von Anfang an gewusst, wo es hingehörte.

Wieso also war ich so schnell davongelaufen, beim ersten Anzeichen von Problemen? Wo ich doch tief im Inneren gewusst hatte, dass das, was Chelsea mir da zeigte, nicht die Realität war. Ich kannte Adam. Ich wusste, was für ein Junge er gewesen war, und ich begann zu erkennen, was für ein Mann er geworden war.

Und doch hatte ich vor, nach New York zurückzukehren. Ich ließ das hier hinter mir.

Und was tat ich dann jetzt auf Adams Veranda mit einem Bild, das meine Gefühle auf Leinwand verewigte?

„Gott, ich bin ein Witz", murmelte ich bei mir selbst.

Ich wollte mich gerade auf den Weg zurück zu meinem Wagen machen, mit dem Bild in der Hand, als ich von einem Paar Scheinwerfer geblendet wurde. Ich sah zu, wie Adams Auto vor Mrs. Hamiltons Haus hielt. Er parkte und machte den Motor aus.

Er hatte mich noch nicht gesehen. Seine Aufmerksamkeit war ganz von der alten Dame auf dem Beifahrersitz eingenommen. Er stieg eilig aus und ging auf die andere Seite, um seiner Nachbarin die Tür aufzumachen.

Er hielt sie fest und half ihr aus dem Wagen. Sie war etwas unsicher auf den Beinen, aber sie schien wieder recht gut bei Kräften zu sein.

Ich fühlte mich plötzlich schuldig, weil ich sie nicht mehr besuchen gegangen war, seitdem Adam und ich … was eigentlich? Uns getrennt hatten?

Langsam legten sie die Strecke bis zu ihrer Haustür zurück und er sperrte die Tür auf, dann geleitete er sie hinein. Bald schon waren alle Lichter eingeschaltet, genau wie sie es mochte.

Ich dachte darüber nach, ihm helfen zu gehen, aber ich war mir sicher, dass Mrs. Hamilton müde sein musste, also hielt ich es für besser, mich nicht aufzudrängen. Ich setzte mich auf die Stufen, genau wie er es Tage zuvor bei mir zu Hause getan hatte, und ich wartete. Zwanzig Minuten später sah ich ihn drüben herauskommen und herüber zu seinem Haus gehen. Er holte sein Handy heraus und tippte etwas auf dem Bildschirm.

Ein paar Sekunden später vibrierte mein Telefon. Ich schaute hinab auf die Nachricht und konnte nicht anders als lächeln.

Ich muss dich sehen. Bitte ruf mich an.

Er war nur ein paar Meter entfernt und wusste noch immer nicht, dass ich da war. Ich stand auf und ließ mein Handy in die Tasche gleiten. „Ich musste dich auch sehen", sagte ich behutsam, aber ich hätte genauso gut brüllen können. Adam, völlig verdutzt, sprang einen halben Schritt zurück.

„Verdammte Scheiße, Galloway, willst du mir einen Herzinfarkt verpassen?"

Ich krümmte mich und hielt mir heulend vor Lachen den Bauch. „Dein Gesicht war unbezahlbar!", quietschte ich nach Luft ringend.

„So eine Komikerin", kommentierte er amüsiert und legte den Kopf schräg. „Hast du etwa das Teleportieren gelernt? Wie bist du so schnell hergekommen?"

„Ich war schon da", gestand ich.

Er steckte die Hände in die Taschen und sah dem Jungen von früher so unglaublich ähnlich. „Ich wollte zu dir kommen. Aber dann hab ich den Anruf gekriegt, dass Mrs. Hamilton entlassen werden sollte. Sie konnten ihren Sohn nicht erreichen, welch Überraschung. Sonst wäre ich es gewesen, der vor *deiner* Tür gewartet hätte."

„Du musstest dich um Mrs. Hamilton kümmern. Sie hat dich gebraucht."

Er kam näher, bis wir praktisch mit den Zehenspitzen aneinanderstießen. Ich musste den Hals recken, um zu ihm aufzusehen. Er gab mir immer das Gefühl, klein zu sein, zierlich sogar, als wäre er mein großer, Ehrfurcht gebietender Beschützer, ob ich das nun wollte oder nicht.

„Gehst du zurück nach New York?", fragte er ohne Überleitung.

Ich schluckte und schaute weg. „Ich hatte vor, dieses Wochenende zu fahren."

„Dieses Wochenende", wiederholte er.

Ich nickte. Ich öffnete den Mund, um zu sagen, dass ich mir ziemlich sicher sei, dass ich meine Meinung geändert hätte. Dass mir diese Sache, die zwischen uns aufgeblüht war, alles bedeutete. Dass ich genug davon hatte, meine Gefühle zu bekämpfen. Dass ich zum ersten Mal seit Jahren wirklich malte. Dass ich dafür ihm danken musste. Dass ich mich wieder in unsere kleine Stadt verliebt hatte und mich hier glücklicher fühlte, als ich es je zuvor gewesen war. Dass New York nicht mehr denselben Reiz auf mich hatte wie früher, dass ich entdeckt hatte, was es bedeutete, wahrlich am Leben zu sein.

Aber er ließ mich nichts davon sagen.

Er nahm meine Hände und legte sie auf sein Herz. Ich konnte das gleichmäßige Pumpen unter meinen Fingern spüren. „Wenn du nach New York gehst, dann folge ich dir."

Was auch immer ich von ihm erwartet hatte, das war es nicht. „Was hast du gesagt?" Ich starrte ihn mit vor Überraschung offenem Mund an.

„Ich mein's ernst. Ich weiß, ich hab gesagt, ich würde dir nicht nachjagen, aber das war eine beschissene Lüge. Ich würde dir bis ans Ende dieser verfluchten Welt nachjagen, wenn es sein muss. Ich habe achtundzwanzig Jahre lang darauf gewartet, mit dir zusammen zu sein. Ich werde dich nicht einfach wieder aus meinem Leben verschwinden lassen."

„Adam, lass mich was sagen."

„Hör mir nur kurz zu. Ich hab mir das den ganzen Abend lang durch den Kopf gehen lassen, seit mich meine Eltern und Lena losgeschickt haben, um dich zurückzuholen. Aber dann hab ich den Anruf aus dem Krankenhaus bekommen und musste einen Umweg machen."

„Deine Eltern und Lena haben dir gesagt, du sollst mich zurückholen?", fragte ich amüsiert und wünschte mir, bei dieser speziellen Unterhaltung dabei gewesen zu sein.

„Wenn du nicht bleiben willst, dann gehen wir zusammen. Ich gehe mit, wohin du auch willst. Wenn es New York ist, bin ich dabei. Wenn du nach Timbuktu willst, dann baue ich uns eine Hütte mitten im Dschungel, weil alles andere egal ist, solange wir zusammen sind."

„Im Ernst, Adam, hol mal Luft", sagte ich in dem Versuch, ihn zum Zuhören zu bringen. Ihm zu sagen, dass ich gleich fühlte. Aber er redete einfach weiter.

Er nahm mein Gesicht in seine Hände, die Augen warm und voll auf mich fokussiert. „Ich liebe dich, Meghan Galloway. Ich liebe dich schon immer, und ich habe vor, dich zu lieben, bis wir alt sind und sie uns schließlich nebeneinander unter den Boden legen."

„Ganz schön morbid", scherzte ich, aber meine Augen füllten sich mit Tränen.

„Und im nächsten Leben werde ich dich immer noch lieben. Und in dem danach auch. Und so weiter."

Ich atmete schaudernd ein. „Du und ich, Ducate", flüsterte ich.

Seine Augen strahlten und er beugte sich hinab, um mich zu küssen. „Du und ich, Galloway."

Sein Mund traf auf meinen und die Welt explodierte in Hundert Farben und einer Million Sterne.

Er löste sich nach einer Weile von mir, sein Gesicht ganz ernst. „Chelsea hat die Scheidungspapiere unterzeichnet. Sie wird kein Problem mehr sein."

Ich legte meine Arme um seinen Hals. „Sie war noch nie das Problem, nicht wirklich. Es war mein Stolz, der uns fast zerstört hätte. Und meine blöde Sturheit."

Er lachte. „Der Stolz der Galloways ist legendär. Meine Mutter hat mich immer schon gewarnt."

„Ach, hat sie das?" Mein Mund formte das breiteste Grinsen.

„Hat sie. Und sie hat mir außerdem gesagt, dass du und ich füreinander bestimmt sind. Und wenn meine Mutter etwas sagt, dann höre ich natürlich auf sie."

„Wie es sich gehört. Sie ist eine weise Frau", pflichtete ich ihm bei.

Er küsste mich erneut und es fühlte sich wie fliegen an.

„Komm rein. Bleib bei mir. Dieses Mal die ganze Nacht. Ich möchte nicht, dass du in ein paar Stunden ohne Höschen hier rausrennst." Er nahm meine Hand und führte mich zum Haus.

„Nur wenn du versprichst, dass du nicht den ganzen Platz im Bett aufbrauchst. Du bist ein schlimmer Deckendieb." Ich knuffte ihn mit dem Ellbogen in die Rippen.

Wir näherten uns dem Haus und Adam erblickte die Leinwand, die ich an die Verandastufen gelehnt hatte. „Was ist das?"

„Oh. Ähm, das ist für dich." Ich fühlte mich verlegen, als er es aufhob und schweigend betrachtete. Seine Augen wanderten über die Farbschwaden und die umrissene Zeichnung.

„Das sind wir", sagte er nach einer langen Pause.

„Ja."

Er schaute mich an, und seine Wangen waren feucht. „Wann hast du das gemalt?"

„In der Nacht, als ich von deinen Eltern heimgekommen bin, an meinem ersten Abend in Southport." Ich konnte nicht genau sagen, was er wohl dachte, aber ich merkte, dass ihm das Sprechen schwerfiel.

„Wenn es dir nicht gefällt, ist nicht schlimm. Ich wollte dir nur zeigen, dass du mich selbst damals inspiriert hast. Dass du mich immer inspiriert hast – "

Er unterbrach mich mit einem Kuss. „Du hast es gewusst", hauchte er an meinem Mund und ich sank in seine Arme.

„Ich hab es immer gewusst."

Epilog

Meghan

Sechs Monate später

„Das ist, glaub ich, dann alles“, sagte Kyle und stellte meinen Koffer inmitten des Schlafzimmers auf den Boden. „Hätte gedacht, dass es mehr Zeug sein würde, wo du doch eine Frau bist und so.“

Ich gab ihm einen leichten Schlag auf den Arm. „Ich weiß ja gottseidank, dass du diesen sexistischen Scheiß nicht ernst meinst, Web, sonst müsste ich dich echt windelweich prügeln.“

„Gerade du solltest dich davor hüten, sie zu provozieren. Hast du aus dem Eisbahn-Zwischenfall denn nichts gelernt?“, fragte Adam und küsste meinen Nacken.

Kyle schauderte. „Alter, den Teil meiner Erinnerung hatte ich verdrängt. Die Erniedrigung verfolgt mich seitdem ständig.“

„Das kommt davon, wenn man Meg sagt, dass sie Schlittschuh läuft wie ein Mädchen. Was hattest du erwartet? Dass sie heulen geht? Natürlich hat sie dir deinen jämmerlichen Arsch versohlt”, kommentierte Skylar, die gerade einen Karton mit Zeichenblöcken und Stiften öffnete.

„Die kommen ins Atelier im unteren Stock“, sagte Adam zu ihr.

„Das Atelier?“, fragte Skylar. „Klingt ja äußerst extravagant.“

„Adam hat darauf bestanden, dass wir sein Trainingszimmer in ein Arbeitszimmer für mich zum Malen umwandeln. Ich hab ihm gesagt, dass ich überall malen kann, aber du weißt ja, wie stur er ist.“

Adam schlang einen Arm um meine Hüfte und zog mich fest an seine Seite. Ich passte perfekt. Ich hatte schon immer perfekt gepasst. „Genau, weil *ich* der Sture in dieser Beziehung bin.“

Wir vier tauschten wissende Blicke aus und prusteten dann lachend los.

Adam schob meinen Koffer in den begehbaren Kleiderschrank. Er hatte die rechte Seite bereits für meine Sachen freigeräumt. Als ich zugestimmt hatte, bei ihm einzuziehen, hatte er einen Dekorateur angeheuert, der das ganze Haus nach meinen Vorstellungen umgestaltet hatte.

„Es soll genauso dein Haus sein wie meins. Ich möchte, dass du dich daheim fühlst.“

Ich wusste, dass er mir das Gefühl nehmen wollte, in ein Haus zu ziehen, dass er sich früher mit Chelsea geteilt hatte. Er machte sich Sorgen, dass mich das noch immer störte, ganz egal, wie oft ich ihm sagte, dass sie nicht wichtig war.

War sie auch nicht.

Chelsea hatte die Scheidungspapiere unterzeichnet und war nach Miami gezogen, nicht lange nachdem Adam und ich uns versöhnt hatten. Am Ende des Jahres, nach den nötigen zwölf Monaten der Trennung, würden sie offiziell geschieden sein. Wir hatten alle erleichtert aufgeatmet. Adam hatte seitdem nichts mehr von ihr gehört, außer durch ihren Anwalt.

Skylar war in ein hübsches Häuschen in der Stadtmitte gezogen und arbeitete von zu Hause aus. Adam hatte sie gleich dazu beauftragt, seine Website neu zu gestalten und sich ein paar Marketingideen einfallen zu lassen. Sie arbeitete viel mit Adams Partner Robert zusammen. Es kam mir auffällig vor, wie viele Stunden sie gemeinsam an dem Projekt verbrachten. Aber ich kannte Skylar gut genug, um sie nicht danach zu fragen, bis sie von allein damit zu mir kam. Sie war komisch in solchen Dingen.

Und ich konnte das nachvollziehen.

Es klingelte an der Tür. „Die ersten Leute sind da. Komm, Baby.“ Adam nahm mich bei der Hand und zog mich aus dem Zimmer. Das Wort Baby verursachte bei mir nicht mehr das Bedürfnis, schreiend davonzurennen. Inzwischen gefiel es mir sogar irgendwie.

Wir öffneten die Tür und fanden eine Traube Menschen auf der Veranda vor.

Meine Schwester drückte mir eine Topfpflanze in die Hand. „Nicht umbringen, okay?“, sagte sie, als ich sie auf den Tisch im Eingangsbereich stellte.

„Ich hab nur eine einzige Pflanze umgebracht, Whit. Nur eine“, antwortete ich unter Verdrehen der Augen.

„Hey, Whitney“, sagte Kyle, der auch heruntergekommen war und sich nun dicht zu meiner Schwester stellte. Sie lächelte ihn zur Begrüßung freundlich an. So, wie er sie ansah, war ich sicher, dass seine jugendliche Verknalltheit nie verflogen war.

Ich hatte noch immer nicht herausgebracht, was zwischen ihnen in jener Woche vor vielen Jahren passiert war, aber ich würde es einem von ihnen schon noch aus der Nase ziehen.

„Ich hab euch beiden einen Karottenkuchen gemacht. Und Tom war der Meinung, dass ihr einen elektrischen Korkenzieher gebrauchen könntet. Ich hab ihm gesagt, dass Adam sicher alle Küchenspielereien hat, die es gibt. Ist ja nicht so, als würdest du in ein nagelneues Haus einziehen.

Aber er hat darauf bestanden." Marion küsste mich auf die Wange und Tom überreichte mir einen Beutel, der mit Küchenpapier ausgestopft war.

„Danke, Dad. Das wissen wir zu schätzen. Mein alter ist tatsächlich vor einer Weile kaputt gegangen." Adam umarmte seinen Vater.

Lena war die Nächste, die ankam, und mir fiel später auf, dass sie das exakt fünf Minuten vor Jeremy Wyatts Eintreffen tat. Sie hätten es fast so geplant haben können, sodass es nicht so wirkte, als wären sie zusammen hier.

Adam ahnte zwar noch immer nichts, aber ich war mir inzwischen ziemlich sicher, dass zwischen den beiden etwas lief.

Irgendetwas musste in der Luft liegen.

Mrs. Hamilton ließ auch nicht mehr lange auf sich warten – und brachte ihren Sohn Daniel mit. Wie sich herausgestellt hatte, war er die letzten acht Monate tatsächlich nicht in der Stadt gewesen, weil er außerhalb einen Job ergattert hatte. Jetzt war er wieder bei seiner Mutter eingezogen und schien sich um sie zu kümmern. Adam war noch etwas misstrauisch ob seiner Absichten, aber es machte sie glücklich, ihren Sohn zu Hause zu haben, also sparte er sich irgendwelche abfälligen Kommentare.

Unser Haus – es fühlte sich so gut an, das zu sagen – füllte sich mit Freunden und Verwandten. Mit allen, die uns wichtig waren. Die wir liebten.

New York fehlte mir nicht. Keine Sekunde lang. Außer Damien gab es dort nichts, das ich wollte. Mein Freund hatte freudig gelacht, als ich ihm erzählt hatte, dass ich in Southport bleiben würde.

„Wusst ich's doch!", hatte er entzückt gerufen und dann versprochen, dass er so bald wie möglich zu Besuch kommen würde. Und das war er auch. Er war bestimmt schon sechs Mal hier gewesen, seitdem ich mich in meiner Heimatstadt niedergelassen hatte.

Das Wandgemälde war auch ein großer Erfolg. Es war ein surrealer Moment gewesen, bei der offiziellen Enthüllung am Wochenende der Feier dabei zu sein. Alle in der Stadt hatten sich riesig über das Stück gefreut und ich hatte am Ende mehrere neue Aufträge bekommen. Als Resultat des Zuwachses an Arbeit hatte ich mich entschlossen, einen Galerieraum in derselben Straße wie Adams Büro zu mieten, wo ich meine Kunst ausstellen konnte. Ich verdiente nicht gerade tonnenweise Geld … noch nicht. Aber das Interesse an meiner Arbeit war ermutigend.

Adam war mein größter Fan. Das Gemälde, das ich vor Monaten von uns gemacht hatte, hatte einen prominenten Platz im Wohnzimmer bekommen.

Meine Mutter betrachtete es sich eben mit Tränen in den Augen.

„Dein Dad hätte sich so für dich gefreut“, sagte sie und ich legte meine Arme um ihre schlanke Gestalt und umarmte sie innig.

„Bist du glücklich, Mom?“, fragte ich sie.

„Wenn meine Mädchen glücklich sind, bin ich auch glücklich“, beteuerte sie. Sie schaute hinüber zu Adam, der gerade mit Robert und Skylar scherzte. „Und er macht dich glücklich, stimmt's?“ Es war nicht wirklich eine Frage. Die Antwort kannte sie.

„Mehr als alles andere“, antwortete ich.

Unsere Augen trafen sich quer durch den Raum.

Du und ich, formte er mit dem Mund.

Mein Herz quoll fast über.

Du und ich, deutete ich zurück.

Und so würde es immer sein

Adam und ich.

Für immer.

Und ewig.

Ende

Liebe Leser,

vielen Dank für das Lesen meines Buches, ich hoffe sehr, dass euch die Story gefallen hat! ;-)

Ohne begeisterte Leser wie euch wäre es für mich nicht möglich, meinen Traum zu leben und meine Fantasien in diese Romane zu packen.

Falls ihr einen kurzen Moment Zeit habt, so würde ich mich sehr freuen, wenn ihr mir eine kurze Rezension auf Amazon schenkt. Da ich nicht die Werbemittel eines großen Verlages habe, bin ich auf Empfehlungen meiner Leserschaft angewiesen und dankbar für jede Bewertung! ;-)

Herzlichen Dank,

Sarah

Über Sarah

Sarah schreibt seit ihrem sechzehnten Lebensjahr und hat schon mehrere Bestseller auf Amazon veröffentlicht. Egal, ob die Männer in ihren Büchern Milliardäre, Bad Boys oder beides sind - sie liebt es über heiße Kerle zu schreiben, die gleichzeitig ihre Liebste beschützen und herausfordern; ebenso wie über die Frauen, nach denen sie sich sehnen. Ihre unterhaltsamen Geschichten sind immer heiß und aufregend, mit vielen Wendungen und einem garantierten Happy End - genau so, wie es auch nach einem wilden Ritt im Schlafzimmer sein sollte, wenn du verstehst, was ich meine ;-)

Kontaktiere Sarah direkt auf Facebook und erhalte den Liebesroman "Die Rückkehr des Milliardärs" gratis!

www.facebook.com/sjbrooksoffiziell

Printed in Great Britain
by Amazon